W0234268

Victoria Holt

Schwarzer Opal

Roman

Aus dem Englischen übersetzt von
Margarete Längsfeld

Droemer Knaur

Titel der Originalausgabe »The Black Opal«
Originalverlag: Harper Collins Publ., London

CIP-Titelaufnahme der Deutschen Bibliothek

Holt, Victoria
Schwarzer Opal: Roman / Victoria Holt
Aus dem Engl. übers. von Margarete Längsfeld
München: Droemer Knaur, 1995
ISBN 3-426-19343-4
Vw: Hibbert, Eleanor Alice Burford
[wirkl. Name] → Holt, Victoria

Dieses Buch wurde auf chlor- und säurefreiem Papier gedruckt.

Umschlaggestaltung Agentur ZERO, München
Satzarbeiten MPM, Wasserburg
Druck und Bindearbeiten Mohndruck, Gütersloh
Printed in Germany
ISBN 3-426-19343-4

2   4   5   3   1

Inhalt

Entdeckung im Garten

Als Tom Yardley an einem frühen Märzmorgen durch den Garten streifte, um nachzusehen, wie die neugepflanzten Rosen gediehen, machte er eine erstaunliche Entdeckung. Tom, der Gärtner von Dr. Marline im Haus Commonwood, brauchte, wie er selbst sagte, nicht viel Schlaf. Oft stand er auf, sobald es tagte, und ging hinaus in den Garten, der seinen Lebensinhalt darstellte.

Er traute seinen Augen nicht, aber da lag es. Er hatte zuerst ein Weinen gehört, und als er unter dem Azaleenstrauch nachschaute – jenem, der ihm letztes Jahr einigen Kummer bereitet hatte –, was fand er da – ein in einen Wollschal gewickeltes Baby.

Das Baby war ich.

Der Doktor lebte im Haus Commonwood, seit er die Praxis von seinem Vorgänger, dem alten Dr. Freeman, übernommen hatte. Er habe das Haus mit dem Geld seiner Frau erworben, hieß es, denn in einer kleinen Landgemeinde waren die Leute stets über solche Einzelheiten im Bilde. Der Doktor und Mrs. Marline ließen es sich in dem Haus gutgehen – selbstverständlich mit dem Geld der Gattin –, und Mrs. Marline war sowohl Herr als auch Herrin des Hauses.

Als ich dort auftauchte, lebten drei Kinder in der Familie. Adeline war zehn Jahre alt und von schlichtem Wesen. Die Dienstboten tuschelten über sie, und ich erfuhr, daß ihre Geburt »schwierig« gewesen sei. Adeline, hieß es, sei nicht ganz »richtig im Kopf«. Mrs. Marline, die nicht glauben konnte, daß irgend etwas, das sie hervorgebracht hatte, nicht vollkommen war, schien äußerst bestürzt gewesen zu sein, und erst nach langer Zeit wurde Henry geboren. Er war, als ich gefunden wurde, vier Jahre alt, und an ihm war so wenig ein Makel wie an der zwei Jahre jüngeren Estella. Nanny Gilroy hatte die Aufsicht über die Kinderstube, und Sally Green, damals dreizehn Jahre alt, war gerade ins Haus gekommen, um von Nanny unterwiesen zu werden. Das war ein Glück für mich, denn als ich in ein verständiges Alter kam, erzählte sie mir von meinem Auftauchen und dessen Auswirkungen im Hause.

»Es wär' gut möglich gewesen, daß dich überhaupt niemand gefunden hätte«, sagte sie. »Du hättest unter dem Strauch liegen bleiben können, bis du gestorben wärst, du armes Würmchen. Aber ich schätze, irgendwann hättest du dich schon bemerkbar gemacht. Ein richtiger kleiner Schreihals warst du. Tom Yardley kam die Treppe zum Kinderzimmer hoch und hielt dich, als hätte er Angst, du könntest ihn beißen. Nanny war noch nicht auf. Sie kam in ihrem alten Flanellmorgenrock und mit Lockenwicklern aus ihrem Schlafzimmer. Ich hatte auch was gehört, drum war ich schon draußen. Tom Yardley sagte: ›Guckt mal, was ich gefunden habe … unter dem Azaleenstrauch, der mir letztes Jahr so viel Kummer gemacht hat.‹ Nanny Gilroy starrte ihn an. Dann sagte sie: ›Ach du liebes bißchen! Das ist ja eine schöne Bescherung, ich muß schon sagen.‹ Ich hab' dich auf der Stelle ins Herz geschlossen. Ich liebe Babys, besonders bevor sie anfangen, überall rumzukrabbeln, wenn sie so winzig und hilflos sind. Nanny meinte: ›Es kommt von den Zigeunern, darauf geh' ich jede Wette ein. Kommen einfach daher, machen einem zu schaffen und verschwinden wieder. Die anderen dürfen sich dann um ihren Kram kümmern.‹«

Es paßte mir nicht, als »Kram« bezeichnet zu werden, aber ich hatte die Geschichte sehr gern und schwieg still. Die

Zigeuner hatten damals anscheinend im Wald nicht weit von Haus Commonwood ihr Lager aufgeschlagen. Man konnte den Wald von den rückwärtigen Fenstern aus sehen.

Sally erzählte mir weiter, Nanny Gilroy habe gemeint, es sei das Vernünftigste, mich in einem Waisenhaus oder im Armenhaus abzuliefern, wohin man gewöhnlich Findelkinder brachte.

»Es gab einen regelrechten Aufstand«, erklärte sie. »Mrs. Marline kam rauf ins Kinderzimmer, um dich in Augenschein zu nehmen. Was sie sah, hat ihr nicht sonderlich gefallen. Sie guckte dich mit diesem typischen Blick an, die Mundwinkel nach unten verzogen und die Augen halb zu, und sagte, die Decke müsse auf dem Abfallhaufen verbrannt und du müßtest saubergemacht werden. Anschließend solle man die Behörden verständigen, damit sie dich abholten. Dann kam der Doktor nach oben. Er hat dich eine Weile angeschaut, ohne was zu sagen. Ein richtiger Arzt eben. Er sagte: ›Das Kind hat Hunger. Gib ihm Milch, Nanny, und mach es sauber!‹ Du hattest so ein Ding am Hals hängen.«

Ich sagte: »Ich weiß. Ich habe es immer aufbewahrt. Ein Anhänger an einer Kette, mit einer Inschrift.«

»Der Doktor hat ihn angesehen und gesagt: ›Das sind Romani-Zeichen oder so was. Sie muß von den Zigeunern kommen.‹ Nanny war hocherfreut, weil sie genau dasselbe gedacht hatte. ›Ich hab's gewußt‹, sagte sie. ›Kommen einfach in den Wald. Also wirklich!‹ Der Doktor hielt seine Hand hoch – du weißt ja, wie er ist –, als wollte er nichts mehr davon hören, aber du kennst Nanny. Sie dachte, sie wär' im Recht, und sie sagte, je eher das Baby auf dem Weg ins Waisenhaus wäre, desto besser. Der Doktor erwiderte: ›Findest du wirklich, Nanny?‹ – ›Aber ja doch‹, sagte Nanny. ›Sie ist 'ne richtige kleine Zigeunerin, Sir, und da ist sie im

Armenhaus oder Waisenhaus am besten aufgehoben.‹ –
›Bist du ganz sicher, Nanny?‹ Seine Stimme war eiskalt,
und Nanny hätte es merken müssen, aber sie war ja so
überzeugt, daß sie recht hatte, und sagte: ›Ohne jeden
Zweifel.‹ – ›Da bist du ja sehr scharfsichtig‹, sagte er. ›Aber
für mich ist die Herkunft des Kindes nicht so eindeutig.‹ Du
fingst aus Leibeskräften an zu schreien, und ich wollte dir
so gerne sagen, daß du aufhören sollst, denn mit dem
knallroten schrumpeligen Gesicht sahst du nicht besonders niedlich aus, und ich dachte: Die schaffen dich weg,
du dummes Baby, wenn du so weiterbrüllst, und wie wird
es dir wohl im Waisenhaus gefallen? ›Ich denke, Sir‹, fing
Nanny an, aber der Doktor unterbrach sie: ›Spar dir die
Mühe, Nanny!‹ sagte er, was eine höfliche Form für ›Halt 's
Maul!‹ war. ›Mrs. Marline und ich werden entscheiden, was
zu tun ist.‹
Ich dachte: Entscheiden wird sie. Er wird dabei nicht viel zu
sagen haben, und das Baby kommt ins Waisenhaus. Ich hatte mich geirrt. Noch heute habe ich keine Ahnung, was Mrs.
Marline umgestimmt hat. Sie war unbedingt dafür gewesen,
dich, so schnell es ging, aus dem Haus zu schaffen. Ich frage
mich immer noch, was geschehen ist. Nanny mußte natürlich tun, was der Doktor anordnete, also hat sie dich gewa-
schen und in Sachen von Miß Estella gesteckt, und nun
warst du ein adrettes Baby. Wir hörten, du solltest eine Weile in Commonwood bleiben, weil es sein könnte, daß jemand
Ansprüche auf dich erhebt – was unwahrscheinlich war,
weil derjenige, der es hätte tun können, dich ja eben erst
unter dem Azaleenstrauch ausgesetzt hatte. Nanny sagte:
›Der Doktor hat ein weiches Herz, aber das letzte Wort, das
hat er nicht. Das hat die Herrin. Er sieht nicht, daß es besser
für das Baby ist, wenn es jetzt gleich weggegeben wird, bevor es sich an das Leben bei feinen Herrschaften gewöhnt.‹
Auch Nanny hat sich geirrt. Sie hätte schwören können, daß

die Herrin das Baby in kürzester Zeit aus dem Haus schaffen würde. Aber aus irgendeinem Grund mußte sich Mrs. Marline dem Doktor fügen.« So blieb ich in Haus Commonwood, und das Erstaunlichste war, daß ich die Kinderstube mit den Marline-Kindern teilte.

* * *

»Du warst vor allem *mein* kleines Baby, nicht das der anderen«, sagte Sally. »Ich hing an dir, und du hingst an mir. Nanny konnte nicht vergessen, wie du ins Haus gekommen warst. Du gehörtest nicht hierher, sagte sie. Sie konnte sich nie und nimmer daran gewöhnen, dich zu behandeln wie die anderen Kinder.« Das wußte ich nur zu gut. Was Mrs. Marline anging, so würdigte sie mich kaum eines Blickes; die wenigen Male aber, wenn sie es dennoch tat und ich sie ertappte, sah sie ganz schnell weg. Der Doktor war bei den seltenen Gelegenheiten, wenn wir uns begegneten, reserviert, doch schenkte er mir jedesmal ein flüchtiges Lächeln, und manchmal tätschelte er mir den Kopf und fragte: »Na, geht's gut?« worauf ich befangen nickte, was er wiederum mit einem Nicken quittierte; dann ging er rasch weiter, als sei er bestrebt, von mir wegzukommen. Adeline war stets sanftmütig. Sie liebte Babys und kümmerte sich um mich, als ich klein war. Sie hielt mich an der Hand, als ich laufen lernte; sie zeigte mir Bilder in den Kinderbüchern und schien daran ebensoviel Freude zu haben wie ich. Estella war abwechselnd freundlich und feindselig. Manchmal schien sie sich auf Nannys Verachtung für mich zu besinnen und sie nachzuahmen. Dann wieder war sie wie eine Schwester zu mir. Henry beachtete mich kaum, aber da er anscheinend keine Zeit für Mädchen oder irgendwelche Personen hatte, die jünger waren als er – seine Schwester eingeschlossen –, war das nicht im mindesten kränkend. Es verging eine Weile, bis man befand, daß ich einen Namen haben müsse. Ich war immer als »das Kind« und von Nanny nur als »diese Zigeunerin« bezeichnet worden. Sally erzählte mir, wie ich zu meinem Namen kam. Sally interessierte sich für Namen und ihre Bedeutungen. »Seit ich hörte, daß meiner ›Prinzessin‹ bedeutet. Ich heiße nämlich eigentlich Sarah, verstehst du? Also, dich wollten sie Rose nennen. Tom Yardley erzählte dauernd, wie er rausgegangen war, um nach den Rosen zu sehen, die er kürzlich gepflanzt hatte. Und da hat er dich unter dem Azaleenstrauch gefunden. Darum dachten sie, Rose wäre der passende Name für dich. Mir hat er nicht gefallen. Für mich warst du keine Rose. Rose heißen so viele. Du warst irgendwie anders. Ich fand, du sahst ein bißchen wie eine kleine Zigeunerin aus. Ich hatte mal von einer Zigeunerin gehört, die Carmen hieß . . . nein, Carmel, glaub' ich. Und weißt du was, als ich rauskriegte, daß Carmel ›Garten‹ bedeutet – also, das paßte doch gut, oder nicht? Du konntest nur Carmel heißen. Hatte man dich nicht im Garten gefunden? ›Carmel‹, sagte ich, ›das ist ihr Name. Der und kein anderer.‹ Niemand hatte was dagegen, und von da an riefen sie dich Carmel. Und als zweiten Namen gaben sie dir March, denn im März hatte Tom Yardley dich gefunden. Aber deinen Rufnamen, muß man sagen, habe ich dir gegeben.«

»Danke schön, Sally«, sagte ich. »Rose heißen wirklich viel zu viele.«

Da war ich also: Carmel March, Herkunft unbekannt, wohnhaft in Haus Commonwood dank der Güte von Dr. Marline und etwas weniger gütevoll geduldet von seiner herrischen Gattin sowie Nanny Gilroy.

* * *

Es war gar nicht so überraschend, daß ich zu einer »vorlauten« Person heranwuchs, wie Nanny sagte. In diesem Haus, in dem ich mich mehr oder weniger selbst zu behaupten hatte, mußte ich den Leuten ständig begreiflich machen, daß ich mich nicht wie eine unbedeutende Person behandeln lassen wollte. Ich mußte allen begreiflich machen, daß ich, lag meine Herkunft auch im dunkeln, ebensoviel taugte wie irgend jemand von ihnen.

In jenen frühen Tagen war mein Reich zumeist die Kinderstube, wo Nanny Gilroy einen deutlichen Unterschied machte zwischen mir und den anderen. Ich war die Außenseiterin, und mußte ich dies auch als Tatsache erkennen, so wollte ich doch gleichzeitig zeigen, daß an einer geheimnisumwitterten Person etwas Besonderes war. Ich wurde dort geduldet, weil der Doktor offensichtlich eine seltsame Vorstellung von Waisenkindern hegte, und aus dem noch befremdlicheren Grunde, daß Mrs. Marline ihm nicht widersprochen hatte, und so wurde ich aufsässig. Ich sagte mir, daß ich so gut war wie irgendwer anderer. Das ließ mich anmaßend werden.

»Zigeunerblut!« bemerkte Nanny. »Sind sie nicht immer aufdringlich, wenn sie einem Wäscheklammern andrehen und ein Silberstück abluchsen wollen dafür, daß sie einem die Zukunft voraussagen, die sie sich aus den Fingern saugen?«

Ich war sehr neugierig, was die Zigeuner betraf, und suchte über sie zu erfahren, was ich konnte. Ich entdeckte, daß sie in Wohnwagen lebten und von einem Ort zum anderen zogen. Für mich waren sie geheimnisvolle, romantische Leute, und ich war so gut wie sicher, daß ich eine von ihnen war.

Um uns zu unterrichten, kam Miß Mary Harley ins Haus. Sie war die Tochter des Pastors: sehr groß, linkisch, mit unordentlichen, dünnen Haaren, die dauernd aus den zu ihrer Bändigung gedachten Nadeln rutschten. Sie war nervös und schüchtern und, was ich heute weiß, nicht sehr tüchtig. Aber sie war gütig, und da ich dankbar war für jede Art von Güte, die mir widerfuhr, hatte ich sie gern.

Sie kam, weil Mrs. Marline gemeint hatte, die Kinder seien noch zu klein, um ins Internat geschickt zu werden, und bis es soweit sei, genüge Miß Harley durchaus.

Miß Harley kam mit Freuden. Ich hatte Nanny Gilroy zu Mrs. Barton, der Köchin, sagen hören, die Hauslehrerin sei gewiß froh über das Geld. Davon bleibe im Pfarrhaus nicht viel übrig, was kein Wunder sei angesichts dieses Schuppens von Haus, das in Schuß gehalten werden müsse, und dreier Töchter, die es zu verheiraten gelte und von denen keine besonders ansehnlich sei. Es hieß allgemein, die Pastorenfamilie sei arm wie eine Kirchenmaus, und das Geld komme sehr gelegen.

Miß Harley lehrte mich schreiben und lesen. Ich wurde zusammen mit Adeline unterrichtet, die ich aber bald überflügelte. Während der Schulstunden war ich sehr zufrieden.

Meine lebhafteste Kindheitserinnerung ist die erste Begegnung mit Onkel Toby.

Ich ging gerne allein in den Garten, und oft führten mich meine Schritte zu dem Azaleenstrauch. Ich stellte mir den Märzmorgen vor, als ich dort ausgesetzt wurde. Ich sah im Geiste eine verschwommene Gestalt, die sich in den Garten schlich, leise, um nur ja nicht gehört zu werden. Und da war ich, in einen Schal gewickelt. Vorsichtig, liebevoll wurde ich unter den Strauch gelegt, und wer immer mich dort zurückließ, küßte mich zärtlich, denn sie – es mußte eine Sie gewesen sein, weil es immer Frauen sind, die sich mit Babys befassen – war gewiß sehr unglücklich darüber, daß sie mich verlassen mußte.

Wer war »sie«? Eine Zigeunerin, hatte Nanny gesagt. Sie trug bestimmt große Ohrringe und hatte schwarze, lockige Haare, die ihr bis über die Schultern hingen.

Und als ich wieder einmal dort stand, trat jemand ganz dicht zu mir. Er sagte:»Guten Tag! Wie heißt du denn?« Ich fuhr herum. Er wirkte riesig. Er war tatsächlich sehr groß. Seine Haare waren blond – von der Sonne gebleicht, wie ich später entdeckte –, und seine Haut war goldbraun. Er hatte die blauesten Augen, die ich je gesehen hatte, und er lächelte.

»Ich heiße Carmel«, sagte ich mit jener Würde, die ich gelernt hatte an den Tag zu legen.

»Ein schöner Name«, sagte er. »Ich wußte doch gleich, daß du etwas Besonderes an dir hast. Was tust du hier?«

»Ich schau mir den Azaleenstrauch an.«

»Der ist sehr schön.«

»Er hat Tom Yardley einmal viel Kummer gemacht.«

»Tatsächlich? Aber du hast ihn gern?«

»Man hat mich unter ihm gefunden.«

»Ach, unter diesem Strauch, ja? Kommst du ihn dir oft anschauen?«

Ich nickte.

»Ja, das kann ich mir vorstellen. Es wird ja schließlich nicht jeder unter einem Azaleenstrauch gefunden, nicht wahr?«

Ich zog die Schultern hoch und lachte. Er stimmte mit ein.

»Wie alt bist du, Carmel?«

Ich hielt vier Finger in die Höhe.

Er zählte sie ernsthaft.

»Vier Jahre? Meiner Treu! Was für ein schönes Alter! Wann bist du vier geworden?«

»Ich bin im März gekommen. Drum heiße ich Carmel March.«

»Ich bin Onkel Toby.«

»Von wem bist du der Onkel?«

»Von Henry, Estella und Adeline. Von dir auch, wenn du mich haben magst.«

Ich lachte wieder. Ich konnte ohne einen bestimmten Grund lachen, wenn ich glücklich war, und von ihm ging etwas aus, das mich glücklich machte.

»Magst du?« fuhr er fort.

Ich nickte. »Du wohnst nicht hier«, sagte ich.

»Ich bin zu Besuch. Ich bin gestern abend angekommen.«

»Bleibst du hier?«

»Eine Weile. Dann reise ich wieder ab.«

»Wohin?«

»Aufs Meer ... ich lebe auf dem Meer.«

»Dort draußen gibt's nur Fische«, sagte ich ungläubig.

»Und Seeleute«, fügte er hinzu.

»Onkel Toby! Onkel Toby!« Estella kam angelaufen und stürzte sich auf ihn.

»Hallo! Hallo!« Er hob sie in die Luft und hielt sie hoch, und sie lachten zusammen. Ich war eifersüchtig.

Dann kam Henry hinzu: »Onkel Toby!«

Der Mann setzte Estella ab und begann, sich mit Henry zu unterhalten.

»Wann bist du angekommen? Wie lange bleibst du? Wo bist du gewesen?« wollte Henry wissen.

»Mal hübsch der Reihe nach«, sagte er. »Ich bin gestern abend angekommen, als ihr schon im Bett wart. Ich habe alles über euch gehört, was ihr getrieben habt, als ich fort war. Und ich habe die Bekanntschaft von Carmel gemacht.«

Estella sah spöttisch zu mir herüber, aber Onkel Tobys Lächeln war herzlich.

»Laßt uns hineingehen!« sagte er. »Ich habe euch viel zu erzählen und viel zu zeigen.«

»Ja, ja«, rief Estella.

»Gehen wir!« sagte Henry.

Estella umklammerte Onkel Tobys Hand und zog ihn zum Haus. Ich fühlte mich plötzlich alleingelassen, doch da drehte sich Onkel Toby zu mir um und streckte seine Hand aus.

»Komm, Carmel!« sagte er.

Und ich war wieder glücklich.

* * *

Onkel Tobys Besuche sind die glücklichsten Erinnerungen an meine Kindheit. Sie waren nicht sehr häufig, aber dafür um so kostbarer. Er war Mrs. Marlines Bruder, was mich immer wieder erstaunte. Zwei verschiedenere Menschen konnte es nicht geben. Er hatte nichts von ihrer herben Strenge. Man hatte den Eindruck, daß nichts auf der Welt ihn je verdrießen könne. Was immer daherkäme, er würde es überwinden, und er gab einem das Gefühl, daß man es selbst genauso machen konnte. Vielleicht war das das Geheimnis seines Charmes.

Wenn er da war, ging es im Haus ganz anders zu. Sogar Nanny Gilroy wurde sanfter. Er sagte allen lauter Sachen, die er so nicht meinen konnte. Lügen? dachte ich. Das war gewiß nicht gut. Aber was Onkel Toby auch tat, es war stets richtig in meinen Augen.

»Nanny«, sagte er etwa, »du wirst mit jedem Mal, das ich dich sehe, schöner.«

»Nun machen Sie aber mal 'nen Punkt, Captain Sinclair!« sagte sie dann und schürzte die Lippen. Aber ich denke, sie hat es tatsächlich geglaubt.

Selbst Mrs. Marline war wie verwandelt. Ihr Gesicht wurde weich, wenn sie ihn ansah, und ich wunderte mich abermals, daß das ihr Bruder sein sollte. Auch der Doktor war

17

verändert. Er lachte öfter. Und Estella und Henry hielten sich immer in seiner Nähe auf. Er war gütig, und zu Adeline war er besonders liebevoll. Sie saß dann da und lächelte ihn an, so daß sie auf seltsame Weise richtig schön aussah.

Mich bezauberte, daß er mich immer mit einbezog. Ich bildete mir ein, daß er mich lieber hatte als die anderen – aber vielleicht wollte ich das nur glauben.

Zuweilen sagte er: »Komm mit, Carmel!« Und er drückte meine Hand. »Bleib schön bei Onkel Toby!« Als ob er mich dazu hätte auffordern müssen!

»Das ist *mein* Onkel Toby«, reklamierte Estella, »nicht deiner.«

»Er hat gesagt, er ist mein Onkel, wenn ich ihn mag, und ich mag ihn.«

»Zigeunerkinder haben keine Onkels wie Onkel Toby.«

Das stimmte mich traurig, weil ich wußte, daß es wahr war. Doch ich weigerte mich, es hinzunehmen. Er machte nie einen Unterschied zwischen mir und den anderen, vielmehr zeigte er sogar ganz deutlich, daß er mein Onkel sein wollte.

Wenn er im Haus Commonwood war, verbrachte er stets viel Zeit mit den Kindern. Estella und Henry bekamen Reitstunden, und er sagte, ich müsse auch reiten lernen. Er setzte mich auf ein Pony mit einem Leitzügel und führte es mit mir auf einem Feld im Kreis herum. Das war für mich die höchste Seligkeit.

Er erzählte uns Geschichten von seinem Leben auf See. Er kam mit seinem Schiff in alle Länder der Welt. Er erzählte von Orten, von denen ich nie gehört hatte: dem geheimnisvollen Fernen Osten, den Wundern Ägyptens, dem farbenfrohen Indien, Frankreich, Italien und Spanien.

Dann stand ich in der Schulstube vor dem Globus, drehte ihn herum und fragte Miß Harley: »Wo liegt Indien? Wo liegt Ägypten?« Ich wollte mehr über die wundervollen Gegenden wissen, die der noch wundervollere Onkel Toby besucht hatte.

Er brachte den Kindern und – o Wunder über Wunder – auch mir Geschenke mit. Es nützte nichts, daß Estella sagte, er sei nicht mein Onkel Toby. Er gehörte mir ... mehr als ihnen.

Das Geschenk für mich war eine Schatulle aus Sandelholz, auf der drei Äffchen hockten. Er sagte mir, was ihre Haltung bedeutete:»Nichts Böses sehen, nichts Böses sagen, nichts Böses hören«, und wenn man den Deckel der Schatulle aufmachte, erklang »God Save the Queen«. Etwas so Schönes hatte ich noch nie besessen. Ich wollte die Schatulle nicht aus den Augen lassen. Ich stellte sie an mein Bett, so daß ich nachts die Hand nach ihr ausstrecken und sie fühlen konnte, und wenn ich aufwachte, spielte ich als erstes die Melodie.

Haus Commonwood war verzaubert, wenn er da war, und wenn er fortging, wurde es wieder glanzlos und gewöhnlich. Doch zurück blieb die Hoffnung, daß er wiederkommen würde.

Wenn er Lebewohl sagte, klammerte ich mich an ihn; das schien ihm zu gefallen.

»Kommst du bald wieder?« fragte ich jedesmal.

Und seine Antwort lautete immer gleich:»Sobald es mir möglich ist.«

»Ganz bestimmt?« fragte ich ernst, da ich die Angewohnheit der Erwachsenen kannte, Versprechungen zu machen, die sie nicht zu halten beabsichtigten.

Und zu meiner geradezu unerträglichen Freude antwortete er:»Nichts kann mich fernhalten, seit ich die Bekanntschaft von Miß Carmel March gemacht habe.«

Ich lauschte auf das Klappern der Pferdehufe und das Räderrattern der Kutsche, die ihn forttrug. Wenn wir dann

ins Haus gingen, sagte Estella:»Das ist nicht *dein* Onkel Toby.«
Aber nichts vermochte mich davon zu überzeugen, daß er nicht mein Onkel war.

*   *   *

Eines Tages im Frühling, nicht lange nach einem Besuch Onkel Tobys, verkündete Henry:»Die Zigeuner sind im Wald. Ich hab' ihre Wohnwagen gesehen, als ich vorbeiging.«
Ich bekam Herzklopfen. Sie waren viele Jahre nicht in der Gegend gewesen – seit meiner Geburt nicht mehr.
»Ach, du liebes bißchen«, stöhnte Nanny Gilroy.»Da muß man doch was tun! Müssen die denn hierherkommen und anständige Leute belästigen?« Dabei sah sie mich an, als sei ich dafür verantwortlich.
Ich sagte:»Das ist ihr gutes Recht. Der Wald ist für alle da.«
»Komm mir nicht mit deinen Frechheiten, Fräuleinchen, wenn ich bitten darf«, sagte Nanny.»Du magst ja deine Gründe haben, solche Leute zu mögen. Ich – und es gibt Tausende wie mich – fühle da anders. Wenn sie mit ihren Wäscheklammern und Heidesträußen hierherkommen, sag ihnen ruhig grob die Meinung, Sally! Von mir kriegen sie dasselbe zu hören.«
Sally sagte klugerweise nichts, und ich setzte meine aufsässige Miene auf, was dumm von mir war, weil es nichts half.
Es wurde viel über die Zigeuner geredet. Die Leute mißtrauten ihnen. Sie seien lästig, hieß es, und sie würden listig andeuten, daß es Unglück brächte, wenn man ihnen ihre Waren nicht abkaufte oder sich nicht wahrsagen ließ.
Nachts machten sie im Wald Feuer und saßen dann singend drumherum. Wir konnten sie vom Garten aus hören.

20

Ich fand ihren Gesang sehr melodisch. Einige junge Mädchen aus der Nachbarschaft ließen sich wahrsagen. Nanny ermahnte Estella, auf der Hut zu sein. »Die haben alle möglichen Tricks auf Lager. Sie entführen Kinder, lassen sie hungern und zwingen sie, Wäscheklammern verkaufen zu gehen. Die Leute haben Mitleid mit ausgehungerten Kindern.«

Ich sagte zu Estella: »Das ist nicht wahr! Sie stehlen keine Kinder.«

»Nein«, pflichtete Estella mir bei. »Sie legen sie unter Sträuchern ab, damit andere sich um sie kümmern. Ist doch klar, daß du sie verteidigst.«

Sie ist eben eifersüchtig auf dich, sagte ich mir. Sie war zwar zwei Jahre älter, aber ich konnte ebenso gut lesen wie sie. Außerdem hatte Onkel Toby mich besonders gern. Sie sang:

>»Mutter sagt, sieh dich nur vor,
>Öffne Zigeunern nicht Tür und Tor!

Und warum nicht?« fuhr sie fort. »Weil sie dich entführen, dir Schuhe und Strümpfe wegnehmen und dich Wäscheklammern verkaufen schicken.«

Ich ging weg und versuchte, ein hochmütiges Gesicht zu machen, aber ich war verstört. Schade, daß Onkel Toby nicht da war. Ich hätte gerne mit ihm über die Zigeuner gesprochen. Ich interessierte mich sehr für sie, und es fiel mir schwer, ihrem Lager fernzubleiben.

Ich war damals sechs Jahre alt, aber ich glaube, man hätte mich für älter halten können. Ich war so groß wie Estella, und mein Bedürfnis, mich zu behaupten, war stärker denn je. Obwohl ich gekleidet und ernährt wurde wie sie und Unterricht wie Kinderstube mit den Kindern des Hauses teilte, wurde mir ständig vorgehalten, daß ich meine Anwesenheit einzig der Barmherzigkeit des Doktors und seiner

Gattin zu verdanken hätte. Deshalb also mußte ich ihnen ständig beweisen, daß ich genauso war wie die übrigen, wenn nicht sogar besser.

Ich liebte Sally, ich mochte Adeline und Miß Harley. Ich hatte eben alle gern, die freundlich zu mir waren, und natürlich betete ich Onkel Toby an. Ich stürzte mich auf jegliche Zuneigung, die mir entgegengebracht wurde, weil ich sie bei anderen so sehr entbehrte.

Es war leicht für mich, fortzuschleichen, und unweigerlich führten mich meine Schritte zum Lager. Aus dem Schutz der Bäume konnte ich die Wohnwagen betrachten, ohne daß jemand meine Anwesenheit bemerkte.

Mehrere dunkle Kinder spielten barfuß miteinander. Junge Frauen hockten im Kreis und flochten Weidenkörbe oder schnitzten Holz. Sie sangen leise und plauderten bei der Arbeit.

Eine Frau interessierte mich besonders. Sie war allerdings nicht jung. Sie hatte dichtes, schwarzes Haar mit grauen Strähnen. Sie saß immer auf den Stufen eines bestimmten Wohnwagens, wenn sie mit den anderen arbeitete. Sie redete sehr viel. Ich war zu weit entfernt, um zu verstehen, was sie sagte, aber ich hörte sie hin und wieder singen. Sie war mollig und lachte viel. Ich wünschte, ich hätte gewußt, worum es bei alledem ging.

Ich fragte mich oft, was aus mir geworden wäre, wenn man mich nicht unter den Azaleenstrauch gelegt hätte. Wäre ich dann eines von diesen barfüßigen Kindern? Ich schauderte bei dem Gedanken. Obwohl ich nicht eigentlich erwünscht war, war ich doch froh, daß man mich im Haus Commonwood aufgenommen hatte. Ich war dem Doktor doppelt dankbar, daß er darauf bestanden hatte, mich dazubehalten. Ihm lag zwar offensichtlich nichts an mir, aber vielleicht hatte er es für eine gute Idee gehalten und gedacht, er komme nicht in den Himmel, wenn er mich fortschickte. Auf alle Fälle war ich froh, daß sie mich behalten hatten, aus welchem Grund auch immer.

Es war ein heißer Nachmittag. Ich saß unter den Bäumen und beobachtete die Zigeuner. Die Kinder unterhielten sich laut. Die mollige Frau saß wie immer auf den Wohnwagenstufen. Der Korb, den sie flocht, lag in ihrem Schoß, und sie sah aus, als würde sie jeden Moment einnicken.

Ich dachte, bei dieser Hitze sei weniger Vorsicht angebracht als sonst, und ich könne mich vielleicht etwas näher heranwagen. Ich stand abrupt auf, übersah aber den Stein, der aus dem Erdboden ragte. Ich stolperte und fiel der Länge nach ins Gras der Lichtung.

Es geschah so geschwind, daß ich einen Aufschrei nicht unterdrücken konnte. Mein Fuß tat auf einmal sehr weh, und ich sah Blut an meinem Strumpf.

Die Kinder hatten mich natürlich entdeckt, und ich versuchte, mich hochzurappeln. Ich stieß einen Schmerzensschrei aus, denn mein linker Fuß wollte mich nicht tragen, und ich fiel nochmals hin.

Die mollige Frau stieg die Wohnwagenstufen herab.»Was gibt's?« rief sie.»Nanu! Ein kleines Mädchen! O je! Was hast du denn da gemacht? Du hast dir weh getan?«

Ich sah auf das Blut an meinem Strumpf. Schon kniete sie neben mir, während die Kinder um uns standen und zusahen.

»Tut's da weh, Schätzchen?«

Sie betastete meinen Knöchel, und ich nickte.

Sie brummte und wandte sich an die Kinder.»Geht, holt Onkel Jake! Sagt ihm, er soll herkommen ... und zwar schnell!«

Zwei Jungen liefen davon.

»Hast dich verletzt, Herzchen. Dein Knöchel. Nichts Schlimmes. Aber wir wollen die Blutung stillen. Jake wird jede Minute hier sein. Er ist da drüben, Holz fällen.«

Trotz der Schmerzen in meinem Fuß, und obwohl ich nicht gehen konnte, war ich ganz aufgeregt. Es hatte mir immer Spaß gemacht, dem faden Einerlei der Onkel-Toby-losen Tage zu entfliehen, und ich war froh über jede Art von Ablenkung. Diese war besonders fesselnd, weil sie mich den Zigeunern näherbrachte.

Die zwei Jungen kamen wieder angelaufen, gefolgt von einem großen Mann mit dunklen, lockigen Haaren und goldenen Ohrringen. Er hatte ein stark gebräuntes Gesicht, und sein freundliches Lächeln ließ seine weißen Zähne sehen.

»O Jake«, sagte die mollige Frau. »Das Fräuleinchen hatte ein kleines Mißgeschick.« Sie lachte stumm, man sah es nur am Zucken ihrer Schultern. Sie hatte sich nicht ungeschickt ausgedrückt, und ich quittierte ihre Wortwahl mit einem Lächeln.

»Schaff sie am besten in den Wagen, Jake! Ich werde die Wunde verarzten.«

Jake hob mich auf und trug mich über die Lichtung. Er stieg die Stufen des Wohnwagens hinauf, auf denen die Frau gesessen hatte, und ging hinein. Auf einer Seite des Wohnwagens stand eine Bank, auf der anderen ein Diwan. Auf diesen legte er mich. Ich sah mich um. Es war wie in einem kleinen Zimmer, sehr unordentlich, und auf der Bank standen Becher und Flaschen.

»So, da wären wir«, sagte die Frau. »Ich tu' dir schnell etwas auf das Bein. Dann sehen wir zu, daß wir dich nach Hause bringen. Woher kommst du, Schätzchen?«

»Ich wohne in Haus Commonwood bei Dr. Marline und seiner Familie.«

»Oh«, sagte sie. »Na so was!« Sie schüttelte sich, als ob sie insgeheim lachte. »Sie werden sich Sorgen um dich machen, Schätzchen. Wir schicken ihnen am besten eine Nachricht.«

24

»Sie machen sich keine Sorgen um mich ... noch nicht.«

»Oh ... na gut. Wir ziehen jetzt den Strumpf aus. Kannst du?«

»Alles in Ordnung?« fragte Jake.

Die Frau nickte. »Wir rufen dich, wenn wir dich brauchen.«

»Ist recht«, sagte Jake und lächelte mir freundlich zu.

»So«, sagte die Frau. Ich hatte inzwischen meinen Strumpf ausgezogen und sah bekümmert auf das Blut, das aus der Schürfwunde sickerte.

»Zuerst waschen«, sagte die Frau. »Du«, sie zeigte auf eines der Kinder, die uns in den Wohnwagen gefolgt waren, »bring mir eine Schüssel mit Wasser!«

Das Kind füllte folgsam eine Schüssel, die auf der überladenen Bank stand, halbvoll mit Wasser aus einem ebenfalls dort stehenden Emaillekrug.

Die Frau hatte einen Lappen in der Hand und begann, mein Bein abzuwaschen. Ich blickte entsetzt auf den blutdurchtränkten Lumpen und das sich rot färbende Wasser in der Schüssel.

»Ist halb so schlimm, Schätzchen«, sagte sie. »Das ist bald wieder heil. Ich tu' dir was drauf. Hab' ich selbst gemacht. Wir Zigeuner kennen uns da aus. Hab nur Vertrauen zu der Zigeunerin!«

»Oh, das habe ich«, sagte ich.

Sie lächelte mich an, daß ihre prachtvollen Zähne blitzten.

»Paß auf, das kann zuerst ein bißchen weh tun. Aber je mehr es weh tut, um so schneller wird es wieder gut. Verstehst du?«

Ich nickte.

»Achtung!«

Ich zuckte zusammen.

»Schon geschehen. Du bist die Kleine vom Doktor, nicht?«

»Nein. Nicht richtig. Ich bin bloß da.«

»Zu Besuch?«

»Nein. Ich wohne da. Ich bin Carmel March.«

»Das ist aber ein hübscher Name, Schätzchen.«

»Carmel bedeutet Garten, und in einem solchen haben sie mich gefunden, und weil's im März war, haben sie mich March genannt.«

»In einem Garten!«

»Das wissen alle hier in der Gegend. Ich lag unter dem Azaleenstrauch, der Tom Yardley einmal so viel Kummer gemacht hat.«

Die Frau starrte mich erstaunt an und nickte langsam mit dem Kopf.

»Und du lebst jetzt dort?«

»Ja.«

»Und sind sie gut zu dir?«

Ich zögerte. »Sally ist lieb und Miß Harley und Adeline ... und Onkel Toby natürlich. Aber ...«

»Der Doktor und seine Frau nicht?«

»Ich weiß nicht. Sie beachten mich kaum. Aber Nanny Gilroy sagt immer, ich gehöre nicht dorthin.«

»Sie ist nicht sehr nett, nein?«

»Sie denkt bloß, ich sollte da nicht sein.«

»Das hört sich für mich nicht sehr nett an, Herzchen. So, jetzt verbinde ich dich.«

»Das ist sehr nett von Ihnen.«

»Wir sind brave Leute, wir Zigeuner. Du darfst nicht alles glauben, was man über uns erzählt.«

»Tu ich auch nicht.«

»Das sehe ich. Du hast kein bißchen Angst vor mir, was?«

Ich schüttelte den Kopf.

»Bist ein tapferes kleines Mädchen. Jetzt bringen wir dich nach Hause. Jake wird dich tragen, weil du nicht laufen kannst. Aber vorher gebe ich dir was Heißes zu trinken, und wir können ein Weilchen schwätzen, während du dich ein bißchen ausruhst. Dein Knöchel wird bald wieder gut sein. Ist nur verstaucht. Tut ein bißchen weh, aber bald ist er wieder heil. Du darfst nur noch nicht auftreten. Hier, das ist ein Kräutertrank, der beruhigt nach einem Schock ... und den hattest du, Schätzchen.«

Das Gebräu tat sehr gut. Sie beobachtete mich, während ich trank.

»Schön«, sagte sie. »Jetzt wollen wir ein bißchen plaudern, wir zwei. Erzähl mir vom Doktor und seiner Frau, und von Nanny und allen anderen! Sie geben dir doch genug zu essen?«

»O ja.«

»Das ist gut.«

Sie hörte mit großem Interesse zu, während ich ihr von Haus Commonwood erzählte.

»Was ich da von dieser Nanny höre, will mir gar nicht gefallen«, sagte sie.

»Sie ist eigentlich ein gutes Kindermädchen. Sie denkt bloß, ich bin nicht gut genug, um mit den anderen aufzuwachsen.«

»Und du beweist ihr das Gegenteil, darauf möchte ich wetten.«

Ihre Schultern zuckten vor Lachen, und ich stimmte in ihr Gelächter ein. Dann fragte sie ernst: »Bist du traurig wegen dieser Nanny?«

»Na ja, ein bißchen ... manchmal.«

Darauf erzählte ich ihr von Onkel Toby, und ihre Augen blitzten vor Heiterkeit.

»Und er hat dir die Schatulle mit den Affen geschenkt. Meiner Treu, der scheint mir ein netter Mensch zu sein.«

»O ja, das ist er.«

»Und du hast ihn gern und er dich auch?«

»Ich glaube, er mag mich mehr als die anderen.«

Sie nickte, und wieder bebten ihre Schultern.

»Soso, Schätzchen«, sagte sie. »Das wundert mich kein bißchen.«

Es war ein wunderbares Erlebnis. Sie gefiel mir. Ihr Name

sei Rosie, sagte sie, Rosie Perrin. Da erzählte ich ihr, daß ich beinahe Rose getauft worden wäre und warum.

»Na so was!« sagte sie. »Wir hätten zwei blühende Röschen abgegeben, wir zwei, was?«

Ich war ganz betrübt, als ich nach Haus Commonwood zurückgebracht wurde. Dort war man ziemlich bestürzt, als Jake mit mir ankam.

»Das kleine Fräulein ist hingefallen«, erklärte er Janet, dem Hausmädchen, das ihm öffnete.

Janet wußte nicht recht, was sie tun sollte, und Jake trat in die Diele. »Sie kann nicht laufen«, sagte er. »Ich bringe sie am besten in ihr Bett.«

Er folgte Janet die Treppe hinauf, wo die Kinderzimmer lagen.

Nanny war entsetzt. »Ach, du liebes bißchen!« sagte sie. »Und was jetzt?«

»Die Kleine ist im Wald gestürzt«, erklärte Jake. »Sie darf mit einem Bein nicht auftreten. Ich leg' sie auf ihr Bett.«

Sally sah mit großen Augen neugierig zu, wie ich aufs Bett gelegt wurde. Dann führte Janet Jake nach unten, und das Donnerwetter ging los.

»Was hast du dir bloß dabei gedacht, Zigeuner ins Haus zu bringen!« schimpfte Nanny.

»Sie kann nicht laufen«, sagte Sally. »Er mußte sie tragen.«

»Hat man so was schon gehört! Was hattest du da zu suchen, im Wald, bei den Zigeunern?«

Ich sagte: »Sie haben mich gefunden, nachdem ich hingefallen bin. Sie waren sehr nett zu mir.«

»Nett, daß ich nicht lache! Sie sind immer bloß darauf aus, anständige Leute auszunehmen.«

»Sie haben überhaupt nichts genommen. Sie haben mir einen Kräutertrank gegeben.«

»Und jetzt? Und jetzt? Ich geh' sofort zur Herrin und sag' ihr, was passiert ist.«

Das hatte einen Besuch des Doktors zur Folge. Nanny stand dabei, mit verkniffenen Lippen, die Augen vorwurfsvoll auf mich gerichtet. Der Doktor sprach kaum mit ihr. Ich hatte den Eindruck, daß er Nanny nicht besonders leiden konnte. Er lächelte mich recht liebenswürdig an.

»Na«, sagte er, »was hast du angestellt?«

»Ich bin im Wald hingefallen. Die Zigeuner haben mich gefunden. Eine Frau hat mir was zu trinken gegeben und mein Bein eingerieben und verbunden.«

»Schön, das wollen wir uns mal ansehen, ja? Tut es weh?«

»Jetzt nicht mehr. Vorhin hat's weh getan.«

Er betastete meinen Knöchel. »Du hast ihn dir verstaucht«, sagte er. »Ein bißchen aufgeschürft und verrenkt. Ist nicht weiter schlimm. Du mußt nur ein paar Tage ruhen.« Er nahm den Verband ab. »Hm. Gut so. Den Verband lassen wir eine Weile drauf. Das genügt fürs erste.« Er wickelte ihn stramm und schenkte mir wieder dieses nette Lächeln. »Ist wirklich nicht weiter schlimm«, fügte er beruhigend hinzu.

»Sie hatte im Wald nichts zu suchen«, sagte Nanny. »Bringt uns diese Leute ins Haus!«

Er bedachte Nanny mit einem kühlen Blick, der mich in meinem Verdacht bestätigte, daß er sie nicht leiden konnte. Er sagte: »Carmel hätte nicht alleine laufen können. Es war nett von ihnen, sich ihrer anzunehmen. Ich bin sicher, Mrs. Marline möchte sich mit einem Briefchen für diese Freundlichkeit bedanken.«

Er wandte sich an mich und lächelte wieder gütig. »Ich nehme nicht an, daß sie ihre Namen genannt haben?«

»Doch, doch«, rief ich. »Die Frau, die mir den Trank gegeben und mich verbunden hat. Ihr Name war Rosie Perrin.«

»Den merke ich mir«, sagte er, dann nickte er und ging.

Nanny murmelte: »Zigeunern schreiben! Daß ich nicht lache! Und jetzt? Die Herrin wird sich hüten. Da hast du ja

was Schönes angerichtet! Stürzt im Wald, und bringst uns diese Leute ins Haus!«
Sally wollte alles über mein Abenteuer hören, und ich glaube, Estella wünschte, es wäre ihr passiert. Sally sagte, es sei sehr hilfreich gewesen von den Zigeunern, sich um mich zu kümmern.
Der Doktor kam jeden Tag, um nach meinem verletzten Bein zu sehen und meinen Knöchel zu betasten. Er war immer freundlich zu mir und kühl zu Nanny. Ich mochte ihn dafür um so lieber. Mrs. Marline kam nicht. Ich hätte gerne gewußt, ob sie Rosie Perrin geschrieben hat.
Dieser Vorfall bedeutete einen Wendepunkt in meinem Verhältnis zum Doktor. Von nun an nahm er hin und wieder Notiz von mir, und dann sagte er: »Knöchel wieder in Ordnung?« Und nach einer Weile bloß: »Alles in Ordnung?«
Ich gewann ihn richtig lieb. Er machte auf mich den Eindruck, als liege ihm wirklich etwas daran, daß mit mir »alles in Ordnung« war, obwohl man mich unter dem Azaleenstrauch ausgesetzt und ich Zigeuner ins Haus gebracht hatte.

* * *

Das Herrschaftshaus in der Nachbarschaft hieß The Grange. Der Besitzer war Sir Grant Crompton, der allgemein als Gutsherr bezeichnet wurde. Sir Grant und Lady Crompton waren die Wohltäter der Gemeinde und beschäftigten eine erkleckliche Anzahl der Bewohner; sie verpachteten ihren Grund an Bauern und schickten den Armen jedes Jahr zu Weihnachten eine Gans.
Alles ging sehr traditionell zu. Lady Crompton führte den Vorsitz bei Festlichkeiten, Basaren und Veranstaltungen, deren Einkünfte einem guten Zweck zuflossen. Die Cromp-

tons erschienen, wenn sie am Ort waren, stets in der
Kirche und nahmen auf den Bänken Platz, die seit hundert
Jahren der Familie vorbehalten waren. Das Personal saß
unmittelbar hinter ihnen. Sir Grant spendete großzügig für
kirchliche Belange, und er wurde von allen sehr verehrt.
Die Cromptons hatten zwei Kinder: Lucian und Camilla.
Ich sah sie öfters mit einem Stallburschen ausreiten. Die
Geschwister waren ein sehr hübsches und vornehm wir-
kendes Pärchen, und sie würdigten uns kaum eines Blik-
kes, wenn wir uns auf den Feldwegen begegneten – die
beiden auf prächtigen Rössern, wir zu Fuß. Estella seufzte
dann und wünschte, sie würde auf The Grange leben und
auf einem weißen Pferd reiten, ihren Bruder auf einem
ebenso herrlichen Reitpferd neben sich. Lucian war allerdings viel größer und stattlicher als Henry.
Sie waren eben »die Leute von The Grange«, der Doktor
hingegen, in gesellschaftlichen Kreisen nicht gerade ver-
achtet, wurde zwar hin und wieder nach The Grange eingeladen, doch mutmaßte man, daß dies nur geschah, um die
Zahl voll zu machen oder weil ein würdigerer Gast in
letzter Minute abgesagt hatte.
Mrs. Marline war darüber ein wenig verstimmt, und man
hatte sie fragen hören, was sich die Cromptons eigentlich
einbildeten. Sobald sich aber die Gelegenheit bot, die Verbindung zwischen The Grange und Haus Commonwood zu
festigen, war sie hocherfreut.
Mrs. Marline war anläßlich eines bestimmten wohltätigen
Werkes zu Besuch in The Grange, wo sie von Lady Crompton freundlich empfangen wurde. Und während ihres Ge-
sprächs hatte sich ergeben, daß beide Damen sich Gedanken über die Ausbildung ihrer Söhne machten.
Lady Crompton erwog, einen Hauslehrer für Lucian einzustellen, weil sie meinte, es sei noch zu früh für ihn, ein
Internat zu besuchen, und da Mrs. Marline vor demselben

Problem stand, hatten die beiden Damen eine Menge zu besprechen. Am Ende machte Lady Crompton den Vorschlag, daß die zwei Knaben gemeinsam von einem Hauslehrer unterrichtet werden könnten, der nach The Grange kommen sollte. Mrs. Marline war von der Idee begeistert.

Ich nahm an, daß sie sich die Kosten für den Hauslehrer teilen würden, denn ich hörte Nanny Gilroy sagen, daß die Cromptons ungeachtet ihrer Hochherrschaftlichkeit »nicht mit Geld um sich warfen« und vermutlich ziemlich »knickerig« seien. Und natürlich wußten wir alle, daß Mrs. Marline Geld hatte und sicher bereit war, für ein solches Privileg, das dies in ihren Augen darstellte, zu bezahlen.

So wurde man sich also einig, und jeden Morgen außer sonntags begab sich Henry nach The Grange, von wo er dann am Nachmittag mit Büchern und Hausaufgaben für den folgenden Tag zurückkehrte.

Es war in Mrs. Marlines Augen eine äußerst zufriedenstellende Übereinkunft, bedeutete sie doch, daß die Familien häufiger miteinander Kontakt bekamen als vorher. So wurden Estella, Henry und Adeline zum Tee mit Lucian und Camilla nach The Grange eingeladen, was Estella entzückte, sie aber auch sehr unzufrieden mit Haus Commonwood machte, das sich im Vergleich zu The Grange recht bescheiden ausnahm.

Ich wurde nie gebeten mitzukommen. Ich glaube, Nanny Gilroy hatte dabei die Hand im Spiel, und Mrs. Marline hat ihr selbstverständlich beigepflichtet. Aber ich war überzeugt, der Doktor hätte ihnen nicht zugestimmt, wenn er in der Sache gefragt worden wäre.

Dann aber kam es anders.

Onkel Toby besuchte uns, während sein Schiff wegen kleinerer Instandsetzungsarbeiten im Hafen lag. Es war wie immer ein wunderbarer Besuch. Onkel Toby brachte mir ein Geschenk aus Hongkong mit: einen Jadeanhänger an einer schmalen Goldkette. Der Anhänger war mit chinesischen Schriftzeichen verziert, die, so sagte er mir, »viel Glück« bedeuteten.

Ich hatte ja noch den anderen Anhänger, den ich um den Hals getragen hatte, als man mich unter dem Azaleenstrauch fand. Den betrachtete ich oft, trug ihn aber nie, wohl aus dem Gefühl heraus, daß er die Leute an mein Auftauchen erinnern würde und daran, daß ich eigentlich nicht hierher gehörte. Onkel Tobys Geschenk war etwas anderes. Ich war entzückt – nicht nur wegen der Glücksverheißung, sondern weil es von Onkel Toby war. Nanny Gilroy hätte bestimmt gesagt, es schicke sich nicht für ein Kind in meinem Alter, Schmuck zu tragen, und mir befohlen, ihn abzunehmen, weswegen ich ihn, wenn sie zugegen war, unter meinem Kleid verborgen trug. Ich trennte mich nie von ihm, auch nicht während der Nacht, und beim Aufwachen berührte ich ihn als erstes und murmelte: »viel Glück«, indes ich die andere Hand nach der Spieldose ausstreckte und mir *»God Save the Queen«* anhörte.

Estella war ganz aufgeregt, weil sie und Henry zum Tee nach The Grange eingeladen waren. Bei schönem Wetter – und wir befanden uns mitten in einer Hitzewelle – sollte der Tee auf dem Rasen vor dem Haus eingenommen werden. Nanny hatte Sally beauftragt, Estellas blaues Kleid mit der Satinschärpe und den Puffärmeln aufzubügeln. Estella müsse ebenso fein gekleidet sein wie Camilla – »und noch hübscher aussehen«, fügte Nanny hinzu.

Ich sah Sally zu, die sorgfältig das Kleid bügelte. »Schade, daß sie dich nicht eingeladen haben«, sagte sie. »Du würdest doch gerne hingehen, nicht? Du siehst nicht weniger hübsch aus als die anderen.«

»Ich mag nicht hingehen«, log ich. »Ich bleib' lieber hier.«

»Es wäre aber schön für dich«, beharrte Sally. »Und eigentlich sollten sie dich einladen. Schätze, das würden sie auch ... wenn Nanny nicht wäre, darauf möchte ich glatt wetten. Und dann ist natürlich *sie* noch da.«
Mit »sie« meinte sie Mrs. Marline. Und ich war sicher, daß sie mit ihrer Vermutung recht hatte.
Als Estella das Kleid schließlich anhatte, mußte ich, wenngleich widerwillig, zugeben, daß sie sehr hübsch darin aussah.
Ich beobachtete vom Fenster aus, wie sie nach The Grange aufbrachen, und da kam mir eine verrückte Idee. Ich war zwar nicht eingeladen, aber das war kein Grund, nicht hinzugehen.
Ich war schon einmal auf dem Gelände von The Grange gewesen. Die Neugierde hatte mich damals getrieben. Es war an einem Nachmittag gewesen, als das Haus sehr ruhig dalag. Hätte man mich entdeckt, hätte ich gesagt, daß ich mich verlaufen habe. Man konnte durch eine Hekke, die die Koppel umgab, auf das Grundstück gelangen, und hinter den Koppeln war das Gebüsch, das den Rasen vor dem Haus säumte. Ich war durch die Hecke gekrochen und über die Koppel zu dem Gebüsch geflitzt, von wo ich einen guten Blick auf den Rasen und das Haus hatte.
Es war ein sehr elegantes Haus: aus grauem Stein, sehr alt, mit einem Türmchen an jedem Ende und einem großen Torbogen, der zu einem Innenhof führte. Von dem Gebüsch aus würde ich einen guten Blick auf die Teegesellschaft haben, ohne daß jemand meine Anwesenheit bemerkte.
Wenn ich auch kein Gast war, so sah ich doch nicht ein, weshalb ich mir die Gesellschaft nicht ansehen sollte. Als die anderen also fort waren, schlich ich mich aus dem Haus und befühlte meinen Glücksanhänger, um mich zu

34

vergewissern, daß ich ihn bei mir hatte und ich trotz meines waghalsigen Unterfangens beschützt sein würde.

Ich gelangte unentdeckt zu dem Gebüsch und hatte eine gute Sicht auf den Rasen. Einen weißen Tisch mit weißen Stühlen hatte man für das Beisammensein im Freien aufgestellt. Estella und Henry waren eingetroffen und zunächst ins Haus gebeten worden. Ich nahm an, daß sie bald herauskommen würden, begleitet von Lucian nebst Camilla und vielleicht dem blassen Hauslehrer.

Ich verkroch mich unter den Büschen. Ich durfte unter keinen Umständen gesehen werden und mußte den richtigen Augenblick abpassen, um zu verschwinden. Ich wollte durch das Gebüsch kriechen und dann den gefährlichen Abschnitt wagen, den Lauf über die Koppel zur Hecke. War ich erst durch diese geschlüpft, war ich in Sicherheit.

Und alles würde gutgehen, weil ich meinen Glücksanhänger bei mir trug. Ich hob beide Hände, um ihn zu berühren, und wurde von Entsetzen gepackt. Er war nicht da.

Einige Sekunden war ich vor Schreck wie gelähmt, so daß ich mich nicht rühren konnte. Ganz kurz zuvor hatte ich ihn noch gefühlt. Er *mußte* dasein. Ich träumte wohl. Es war ein Alptraum. Ich erhob mich, obwohl ich damit riskierte, gesehen zu werden. Wieder griff ich mir an den Hals. Kein Anhänger. Keine Kette. Wie konnte das passiert sein? Ich hatte den Verschluß fest zugemacht; darauf achtete ich immer. Ich schüttelte mein Kleid. Ich starrte auf die braune Erde. Von dem Anhänger keine Spur.

Er kann nicht weit sein, tröstete ich mich. Noch vor wenigen Minuten hast du ihn umgehabt. Ich kroch auf allen vieren und suchte. Er mußte heruntergefallen sein. Ich hatte mein kostbares Geschenk – Onkel Tobys Geschenk – und all mein Glück verloren.

Ich war untröstlich. Meine Wangen waren naß von Tränen.

Ich mußte ihn finden. Ich mußte. Ich kroch herum, suchte und suchte. Ich mußte den Weg zurückverfolgen, den ich gekommen war. Wußte ich genau, auf welchem Pfad ich die Koppel überquert hatte? Verzweiflung überkam mich. Ich setzte mich, schlug die Hände vors Gesicht und weinte.

Plötzlich spürte ich, daß jemand bei mir war.

»Was hast du?« fragte Lucian Crompton.

Ich vergaß, daß ich kein Recht hatte, in The Grange zu sein. Ich hatte keinen anderen Gedanken im Kopf als den, meinen kostbarsten Besitz verloren zu haben.

Ich stammelte: »Ich hab' meinen Glücksanhänger verloren.«

»Deinen was?« rief er. »Wer bist du? Was machst du hier?«

Ich beantwortete die Fragen der Reihe nach. »Den Anhänger, den mir Onkel Toby aus Hongkong mitgebracht hat. Auf dem steht ›viel Glück‹. Ich bin Carmel, und sie haben mich nicht zum Tee eingeladen, drum bin ich hergekommen, um zuzugucken.«

»Woher kommst du?«

»Vom Haus Commonwood.«

»Die sind heute hier.«

»Ja, aber ich nicht. Ich wollte bloß zugucken.«

»Oh, jetzt weiß ich. Du bist die Kleine, die ...«

Ich nickte. »Man hat mich unter dem Azaleenstrauch gefunden, der Tom Yardley mal ganz viel Kummer gemacht hat. Ich bin Carmel, das bedeutet Garten. Weil ich nämlich dort gefunden wurde.«

»Und du hast den Anhänger verloren?«

»Er hing noch um meinen Hals, als ich unter der Hecke durchgekrochen bin.«

»Welcher Hecke?«

Ich deutete über die Koppel.

»Auf diesem Weg bist du hierhergekommen?«

Ich nickte.
»Und da hast du ihn noch gehabt. Dann kann er ja nicht weit sein, oder? Er muß hier irgendwo sein.«
Ich fühlte mich ein bißchen getröstet. Er sprach so zuversichtlich.
»Schön, dann suchen wir ihn! Welchen Weg bist du gekommen?«
Ich zeigte in die Richtung.
»Gut, gehen wir. Du zeigst mir, wo du warst. Vier Augen sehen mehr als zwei. Halt du deine offen! Hier entlang! Paß auf, wo du hintrittst! Du willst ihn doch nicht zertreten, oder? Wie sieht er denn aus?«
»Er ist grün, und es steht ›viel Glück‹ drauf, in chinesischen Buchstaben.«
»Schön. Der dürfte nicht schwer zu finden sein.«
Wir kamen an den Rand des Gebüschs. Ohne Erfolg.
»So«, sagte er, »du bist über die Koppel gelaufen. Ich sehe, wo du durch die Hecke gekrochen bist. Die kleine Öffnung da drüben, nicht? Dort war es.«
Ich nickte.
»Dann müssen wir zu der Lücke. Halt die Augen offen, wenn wir über die Koppel gehen! Versuch, dich genau an den Weg zu erinnern, den du gekommen bist!«
Wir gingen in einigem Abstand bis zu der Hecke. Er kniete sich nieder und stieß einen Triumphschrei aus.
»Ist er das?«
Ich hätte vor Freude weinen können.
Er hielt den Anhänger mit der Kette in die Höhe und sagte:
»Ah, ich sehe. Schau, der Verschluß ist kaputt! Deswegen hast du ihn verloren.«
»Kaputt«, sagte ich bestürzt, und meine Freude verflog.
Er betrachtete den Verschluß genau. »Aha. Ein Glied ist aufgegangen. Das muß bloß wieder befestigt werden. Dem Verschluß selbst fehlt nichts. Aber das muß ein Juwelier

machen. Higgs in der High Street repariert das im Nu. Dann ist die Kette wieder in Ordnung.«

Er gab mir den Anhänger an der Kette. Ich nahm ihn in die Hand, halb erfreut, halb betrübt. Ich hatte ihn nicht verloren, aber ich mußte ihn zu Higgs in der High Street bringen. Nanny würde es nicht erlauben. Ich mußte Estella oder Henry bitten, mir zu helfen. Vielleicht konnte Sally es tun.

Er beobachtete mich. Dann lächelte er. »Ich sag' dir, was wir machen«, sagte er. »Nach dem Tee bring' ich ihn zu Higgs, und er erledigt das gleich.«

»Willst du das wirklich tun?« rief ich.

»Ich wüßte nicht, warum nicht.«

»Nach dem ...«

»Ja, erst müssen wir Tee trinken. Komm!«

»Aber ich kann nicht ...«

»Ich hab' dich eingeladen. Eines Tages gehört dieses Haus mir, und ich kann einladen, wen ich mag.«

»Nanny ...«

»Welche Nanny?«

»Nanny Gilroy. Sie wird sagen, es war nicht recht von dir, mich einzuladen. Wo man mich doch unter dem Azaleenstrauch gefunden hat. Nanny wird sagen, ich gehöre nicht ...«

»Wenn *ich* sage, du gehörst dazu, dann gehörst du dazu«, sagte er mit einer Großspurigkeit, die mich zum Lachen brachte.

Ich drückte meinen Anhänger an mich. Das Glück war wiedergekehrt.

So ging ich denn mit Lucian zum Rasen hinüber. Estella war baß erstaunt, Henry ebenso. Lucian berichtete ihnen von dem Anhänger, und Camilla wollte ihn sehen und etwas über die chinesischen Buchstaben hören, die »viel Glück« bedeuteten.

»Ist der hübsch!« sagte sie. »So einen hätte ich auch gerne.«
Ich strahlte vor Freude und war sehr glücklich.

Estella machte ein bestürztes Gesicht. Sie sagte: »Wißt ihr,
Carmel, sie … sie gehört nicht richtig zu uns.«
»O ja«, sagte Lucian. »Man hat sie unter dem Strauch
gefunden. Sie hat es mir erzählt. Warum wurde sie nicht
eingeladen?«
»Hm, ja … Sie ist ein Findelkind«, sagte Estella.
»Wie lustig!« rief Camilla. »Klingt richtig aufregend. Wie
bei Shakespeare oder im Märchen …«
»Sie wurde unter einem Azaleenstrauch ausgesetzt.«
»Ja!« sagte Lucian. »Der dem armen Tom Yardley mal so
viel Kummer gemacht hat.«
Er und Camilla sahen sich an und lachten.

Die beiden gefielen mir. Sie waren sehr freundlich. Ich
vermutete, das kam daher, weil sie reich und bedeutend
waren und es nicht nötig hatten, anderen klarzumachen,
daß sie mehr waren, als sie schienen. Sie benahmen sich
mir gegenüber, als sei ich ein weiterer Gast. Der Kuchen
war delikat. Er war mit Kokosnußsplittern bestreut, und
ich aß zwei Stück.
»Schmeckt er dir?« fragte Lucian und lächelte mich an, als
ich mir das zweite Stück nahm.
»Köstlich.«
»Besser, als im Gebüsch herumzukriechen, was?«
Er und Camilla lachten, und ich sagte: »Viel besser.«

Sie schienen mich beide zu mögen, und sobald wir den Tee
getrunken hatten, ging Lucian in den Stall und sagte dem
Stallknecht, daß er mit dem Einspänner in die Stadt fahren
und uns alle mitnehmen wolle. Lucian schien ungeheuer
bedeutend zu sein, denn alle taten unverzüglich, was er
sagte. Wir quetschten uns in den Einspänner, was sehr
spaßig war. Lucian kutschierte, und ich saß neben ihm.
Dann betraten wir Mr. Higgs' Geschäft, und Mr. Higgs

bediente uns persönlich und sagte:»Guten Tag, Mr. Lucian! Womit kann ich dienen?«
»Bloß eine Kleinigkeit«, sagte Lucian.»Ein Glied an dieser Kette. Es muß nur befestigt werden, nehme ich an.«
Mr. Higgs sah sich die Kette an und nickte.»Jim wird das erledigen«, sagte er.»Dauert höchstens zwei Minuten. Muß nur am Ring befestigt werden. Jim! Mr. Lucian möchte das repariert haben. Siehst du, was fehlt?«
Jim nickte und verschwand.
»Gehört wohl dem kleinen Fräulein, der Anhänger?« fragte Mr. Higgs.
»Ja, ihr Onkel hat ihn ihr aus Hongkong mitgebracht.«
»Chinesisch, ja. Gute Handarbeit. Die machen interessante Sachen. Und wie ist das werte Befinden in The Grange?«
Lucian versicherte Mr. Higgs, daß alle bei bester Gesundheit seien, und ich bewunderte seine leichte Art, Konversation zu machen, während ich ungeduldig darauf wartete, meinen Anhänger wiederzubekommen.
Und da war er, genau wie vorher, und niemand würde ihm ansehen, daß ein Glied beschädigt gewesen war.
Lucian wollte bezahlen, doch Mr. Higgs sagte:»Oh, das kostet nichts, Mr. Lucian. Mußte doch bloß festgemacht werden. War Ihnen gerne gefällig.«
Lucian legte mir die Kette mit dem Anhänger um den Hals und machte die Schließe zu.»So«, sagte er,»der sitzt wieder fest.«
Und von jenem Augenblick an liebte ich ihn.

* * *

Nanny Gilroy war durchaus nicht erbaut, als sie von Estella hörte, daß ich an der Teegesellschaft teilgenommen hatte.
»Vorlaut«, bemerkte sie.»Hab' ich's nicht immer gesagt?«

Estella sagte: »Lucian hat sie mitgebracht. Er sah sie im Gebüsch, wo sie ihren Anhänger verloren hatte.«

»Anhänger! Was tut ein Kind in ihrem Alter mit einem Anhänger?«

»Onkel Toby hat ihn ihr geschenkt.«

Sie lächelte, wie sie es immer tat, wenn Onkel Tobys Name erwähnt wurde, und schnalzte mit der Zunge. Es war eindeutig, daß sie dachte, wenn er dafür verantwortlich war, könne es nicht so schlimm sein.

Als Estella und Henry das nächste Mal zum Tee eingeladen wurden, bat man auch mich dazu. Und allmählich wurde es mir zur Gewohnheit, nach The Grange zu gehen. Ich hatte Camilla gern. Sie gab mir niemals zu verstehen, daß sie mich den anderen für nicht ebenbürtig hielt. Und was Lucian betraf, so hatte ich das Gefühl, daß uns aufgrund des Erlebnisses mit dem Anhänger eine besondere Freundschaft verband.

So gedieh die Freundschaft zwischen Commonwood und The Grange. Der gemeinsame Hauslehrer hatte den Anfang gemacht. Dann kam Mrs. Marlines Entschluß, jene Geselligkeiten wieder aufleben zu lassen, deren sie sich erfreut hatte, bevor sie unter ihrem Stand geheiratet hatte. Sie tat alles, um Lady Cromptons Beifall zu finden, und widmete sich wohltätigen Werken, zumal solchen, an denen die Lady beteiligt war. Infolgedessen war auch Mrs. Marline in The Grange ein häufiger Gast.

So konnte Henry sich mit Lucian anfreunden und Estella mit Camilla. Wie gut, daß Töchter und Söhne der beiden Familien altersmäßig so gut zusammenpaßten! Ich wurde nicht ausgeschlossen, Lucian hatte stets ein besonders nettes Lächeln für mich. Zumindest bildete ich mir ein, daß es ein besonders nettes war. Wenn er einen Blick auf meinen Anhänger warf, den ich, sobald Nanny Gilroy außer Reichweite war, immer über dem Kleid trug, so wußte ich, daß er leicht amüsiert an unsere erste Begegnung zurückdachte. Das Leben war sehr vergnüglich.

Mrs. Marline war von jeher eine gute Reiterin gewesen, und wir erhielten alle Reitunterricht. Estella und Henry hatten ihre Ponys, mir hatte Onkel Toby eines besorgt, damit ich an den Stunden teilnehmen konnte. Was war er doch für ein wunderbarer Onkel! Und daß sich mein Schicksal so zum Guten verändert hatte, schrieb ich ihm zu.

Mir war allmählich klargeworden, welche Rolle Mrs. Marline im Hause spielte. Sogar Nanny Gilroy wurde in ihrer Gegenwart still und fügsam. Alle hatten großen Respekt vor ihr, auch der Doktor. Vielleicht müßte es richtiger heißen: besonders der Doktor.

Ich hörte Nanny Gilroy mit Mrs. Barton, der Köchin, über die Herrin reden.

»Sie ist ein rechter Drachen«, sagte Nanny. »Nie läßt sie den Doktor vergessen, mit wessen Geld die meisten Rechnungen bezahlt werden. Sie hat im Haus die Hosen an.«

»Er ist ein guter Mensch, der Doktor«, erwiderte Mrs. Barton. »Seine Patienten halten große Stücke auf ihn. Mrs. Gardiner sagt, sie hat Qualen gelitten mit ihrem Bein, bis sie zu ihm kam. Er ist wirklich ein feiner Herr ... auf seine Art.«

»Viel zu sanftmütig, wenn Sie mich fragen. Kann sich anscheinend nicht durchsetzen. Na ja, sie hat eben das Geld, und Geld hat das Sagen.«

»Da haben Sie recht«, sagte Mrs. Barton. »Der arme Doktor! Schätze, der hat nicht viel vom Leben.«

Mrs. Marline nahm nach wie vor kaum Notiz von mir. Es war, als wollte sie nichts davon wissen, daß ich da war. Mir machte das nichts aus, eigentlich war ich sogar ganz froh darüber. Ich hatte Onkel Toby und Sally, dazu jetzt auch noch Lucian und Camilla. Estella und Henry waren nicht übel, und Adeline hatte mich immer gern gehabt.

Am Ende des Sommers war das Zigeunerlager nicht mehr im Wald.

»Heute hier, morgen da«, sagte Nanny. »Gut, daß wir sie wieder los sind.«

Ich hätte die Zigeuner gerne verteidigt und Nanny daran erinnert, daß Rosie Perrin mein Bein verbunden und Jake mich nach Hause getragen hatte. Aber natürlich sagte ich nichts.

Dann wurde darüber geredet, daß Henry ins Internat kommen sollte: »Lucian von The Grange geht, da muß Master Henry auch gehen. Dieselbe vornehme Schule wird es wohl sein, schätze ich. Wo Lucian von The Grange hingeht, dahin geht auch Henry, verlaßt euch drauf! Ich kenne doch unsere Madam.«

»Wer sonst, wenn nicht Sie?« schmeichelte Mrs. Barton der Kinderfrau. Sie war sehr darauf erpicht, sich mit Nanny gut zu stellen, die im Haus als Autorität galt – an zweiter Stelle gleich nach Mrs. Marline.

Ich fand es sehr betrüblich, daß Lucian fortging. Er und Camilla kamen hin und wieder nach Commonwood zum Tee. Das waren ganz besondere Anlässe, und doch genoß ich sie nicht so wie die Einladungen nach The Grange. Mrs. Marline war beim Tee nicht direkt zugegen, hielt sich aber stets in der Nähe auf, ängstlich darauf bedacht, daß alles in bester Ordnung ablief und der Tee in Commonwood in jeder Beziehung jenem in The Grange gleichkam. Mich, glaube ich, hätte sie am liebsten ausgeschlossen, aber da Lucian darauf bestanden hatte, daß ich ihnen in The Grange Gesellschaft leistete, konnte sie mich kaum fernhalten.

Ihre Anwesenheit wurde mir immer bewußter. Sie hatte eine schrille, durchdringende Stimme und ein sehr herrisches Wesen, und sie klagte ständig über etwas, das getan oder nicht getan worden war. Sie stellte einen krassen Gegensatz zu dem sanftmütigen Doktor dar. Ich fragte mich, ob er deswegen so geworden war – so resigniert. Ich konnte mir vorstellen, daß sie auf jemanden wie den Doktor, dem daran gelegen schien, Schwierigkeiten um jeden Preis aus dem Weg zu gehen, eine solche Wirkung ausübte.

Es hat mich immer aufs neue erstaunt, wie unser Leben lange Zeit nach einer Art Schablone ablaufen kann, und dann ändert ein Ereignis alles, und was hernach geschieht, ist die Folge dieser einzigen Kleinigkeit, ohne die nichts, was später folgt, stattfinden würde.

Genauso geschah es in Haus Commonwood.

Mrs. Marline nahm mit Feuereifer an der Fuchsjagd teil, eine Leidenschaft, die sie mit den Cromptons teilte.

Henry, Estella, Adeline und ich haben uns oft eingefunden, um dem Beginn der Jagd zuzusehen. Die Gesellschaft brach von The Grange aus auf, und Mrs. Marline, ganz Reiterin, die ihr Roß genauso in der Gewalt hatte wie den Doktor und ihren Haushalt, war mittendrin und tauschte Artigkeiten mit den Angehörigen des Landadels aus, die aus benachbarten Gemeinden eingetroffen waren.

Die Herren sahen prächtig aus in ihren roten Röcken. Die Hunde bellten, und eine allgemeine Aufregung lag in der Luft. Der Doktor ritt nicht mit bei der Fuchsjagd. Er wäre unter solchen Leuten ausgesprochen fehl am Platz gewesen.

Wie dem auch war, wir sahen ihnen, während sie hinter dem armen kleinen Fuchs her ritten, nach, bis sie außer Sicht waren. Dann kehrten wir nach Hause zurück.

Ich erinnere mich, es war ein kalter Tag, und wir rannten den ganzen Weg. Henry sehnte den Tag herbei, da er an der Jagd würde teilnehmen dürfen. Estella wußte nicht recht, ob sie das wollte. Sie fühlte sich auf ihrem Pony nicht so wohl und befürchtete, daß die temperamentvollen Pferde der Reiter ihr bange machen könnten.

Der Tag verlief dann wie gewöhnlich. Wie hätten wir ahnen sollen, wie bedeutsam er sich für uns alle in Haus Commonwood erweisen würde?

Der Stumpf eines Baumes war schuld, der vor geraumer Zeit entwurzelt worden war. Die jüngsten Regenfälle hatten ihn offenbar freigelegt, und er lag auf dem Weg, den der Fuchs einschlug.

Ich hörte, was geschehen war, als ich mich mit Estella im Garten aufhielt. Im Haus war es still. Schon erstaunlich, welchen Unterschied Mrs. Marlines Abwesenheit ausmachte.

Wir sahen Fred Carton, den Polizisten, sein Fahrrad zum Tor schieben. Dann kam er den Weg herauf.

»Mr. Carton!« rief Estella. »Was gibt es?«

»Ist der Doktor da?« fragte er. »Ich muß sofort zu ihm.«

»Ja, er ist da«, sagte Estella.

Janet, das Hausmädchen, kam heraus. Sie erschrak, als sie Mr. Carton sah.

»Ich muß den Doktor sprechen«, sagte Mr. Carton ziemlich kurz angebunden. Normalerweise war er liebenswürdig und zu Scherzen aufgelegt.

Estella und ich sahen uns mit wachsender Unruhe an. Etwas stimmte nicht, und Mr. Carton war gekommen, um uns zu sagen, was es war.

Wir folgten Mr. Carton ins Haus, und Janet ging hinauf, um den Doktor zu rufen.

Er kam sogleich, und Besorgnis sprach aus seiner Stimme, als er sagte: »Was ist los? Was gibt's?«

Estella und ich lauschten.

»Es ist Mrs. Marline, Sir. Ihr Pferd ist gestürzt. Man hat sie ins Krankenhaus gebracht. Am besten, Sie gehen gleich hin.«

»Ich komme sofort«, sagte der Doktor.

Die Gouvernante

Man hat sie nicht auf einer Trage nach Hause gebracht wie damals Mr. Carteret von Letch Manor, der sich auf der Jagd das Bein gebrochen hatte. Man hat sie ins Krankenhaus gebracht, und das ließ Schlimmes befürchten.

Der Doktor blieb lange fort. Die Neuigkeit, die Herrin habe einen Jagdunfall erlitten, verbreitete sich im Haus. Es müsse schlimm sein, hieß es, denn man habe sie nicht nach Hause gebracht, sondern ins Krankenhaus. Es ist ganz natürlich, daß die Menschen sich bei einem solchen Ereignis als erstes fragen, welche Auswirkungen es für sie persönlich haben werde. Würde die Herrin sterben? Für die Dienstboten konnte dies bedeuten, daß sie ihre Stellung verloren. Alle Welt wußte, daß Mrs. Marline das Geld hatte. Niemand im Haus konnte sie gut leiden, das Personal ging ihr aus dem Weg, wann immer es möglich war.

Davon, daß Mrs. Marline ein »wahrer Drachen« sei, war freilich nicht die Rede. Im Gegenteil, sie verwandelte sich geschwind in eine Heilige. Ich wußte längst, daß der Tod sich auf diese Art auf die Menschen auswirkte. Demnach stand fest, daß Mrs. Marline sterben werde.

Endlich kam der Doktor zurück. Er sprach mit den Bediensteten, dann schickte er nach Estella, Henry und mir.

Als wir versammelt waren, sagte er zu uns: »Ich muß euch mitteilen, daß eure Mutter schwer verletzt ist. Ihr Pferd ist über eine vorstehende Baumwurzel gestolpert, als sie gerade über einen Zaun springen wollte. Dabei wurde das Pferd so schlimm verletzt, daß es getötet werden mußte. Eure

Mutter ist im Krankenhaus und muß ein paar Tage dort bleiben. Es steht zu befürchten, daß sie nie mehr gehen kann. Wir müssen beten, daß es Mittel und Wege gibt, damit sie gesund wird. In der Zwischenzeit können wir nur abwarten ... und hoffen.«

Wir waren alle sehr ernst. Nanny schloß sich mit Mrs. Barton ein, und die beiden besprachen die Zukunft. Estella und ich wußten nicht, was wir sagen sollten. Wir waren erschrocken und irgendwie gespannt. Da Mrs. Marline in meinem Leben nie eine große Rolle gespielt hatte, stellte ihre Anwesenheit oder Abwesenheit für mich kaum einen Unterschied dar. Aber ich wußte jetzt schon, daß nichts mehr ganz so sein würde, wie es vorher war.

Und ich behielt recht.

Wie eh und je wurde das Haus auch jetzt von Mrs. Marline beherrscht. Man hatte zwei Zimmer im Erdgeschoß für sie hergerichtet. Beide hatten Fenstertüren zum Garten hinaus, das eine wurde ihr Schlafgemach, das andere ihr Wohnzimmer. Mit einem Rollstuhl konnte sie sich von einem Zimmer zum anderen bewegen, aber sie war auf Hilfe angewiesen, um durch die Fenstertüren in den Garten zu gelangen. Sie hatte Glocken, mit denen sie die Dienstboten rufen konnte, und ihr gebieterisches Klingeln war häufig im Haus zu hören.

Jeden Morgen kam Annie Logan, um ihr beim Waschen und Anziehen zu helfen, und abends kam sie wieder. Annie Logan war die Gemeindeschwester. Sie traf auf ihrem Fahrrad pünktlich um neun Uhr ein und verbrachte ungefähr eine Stunde bei Mrs. Marline. Dann ging sie in die Küche, um mit Nanny Gilroy und Mrs. Barton Tee zu trinken. Sie plauderte ein wenig, und nach einer Weile radelte sie zu dem nächsten bedauernswerten Geschöpf, das ihrer Pflege bedurfte.

Es war offensichtlich, daß Mrs. Marline zeitweise unter

Schmerzen litt. Dr. Everest aus dem Nachbardorf behandelte sie. Das kam mir ziemlich seltsam vor, da wir doch einen Arzt im Hause hatten, und ich sagte es laut.
»Dummes Kind!« versetzte Henry. »Ein Doktor kann doch nicht seine eigene Frau behandeln.«
»Warum nicht?« fragte ich.
»Weil die Leute denken, er könnte ihr den Rest geben.«
»Den Rest geben? Was meinst du damit?«
»Sie ermorden, Dummchen!«
»Sie ermorden?«
»Ehemänner ermorden manchmal ihre Frauen.«
Da dachte ich, daß es sehr vernünftig war, Mrs. Marline von einem anderen Arzt behandeln zu lassen, denn dem Doktor war durchaus der Wunsch zuzutrauen, sie umzubringen.
Sie war stimmgewaltiger denn je. Ständig wetterte sie gegen alles und jeden. Nichts war ihr recht. Oft hörten wir, wie sie den armen Doktor abkanzelte. Wir vernahmen ihre laute Stimme und seine gefügigen Antworten. »Ja, meine Liebe. Selbstverständlich, meine Liebe.«
»Meine Liebe.« Das klang widersinnig. Wie konnte Mrs. Marline irgend jemandes »Liebe« sein?
Der arme Doktor sah ausgezehrt und abgehärmt aus. Ich verstand sehr gut, warum es notwendig war, daß sie von Dr. Everest behandelt wurde.
Wir waren ein sehr unglücklicher Haushalt. Nur ich hatte es relativ gut, weil ich Mrs. Marline aus dem Weg gehen konnte.
Wenn Onkel Toby kam, wurde das Leben heiterer. Sogar Mrs. Marline war dann ein wenig munterer, denn es freute sie sichtlich, ihn zu sehen. Er saß bei ihr, redete mit ihr und entlockte ihr ab und zu ein Lächeln.
Ich hatte ein langes Gespräch mit ihm. Es war im Garten.
»Schön, wenn man aus dem Haus kann«, meinte er. »Der

48

arme alte Doc! Es steht nicht besonders gut um ihn. Und Grace muß einem leid tun. Sie wollte immer, daß alles nach ihrem Willen ging. Sie hätte jemanden heiraten sollen, der ihr ähnlicher gewesen wäre, jemanden, der sie am Zügel genommen hätte. Unser Doc hätte ein behaglicheres Leben verdient.« Er hob den Blick zum Himmel. »Und so einer heiratet Grace! Manche Menschen haben eben Pech. Selber schuld, denke ich. Wie heißt es doch so schön? ›Nicht in unseren Sternen, in uns selbst steht es geschrieben.‹ Und wie sieht es mit dir aus, kleine Carmel? Wie berührt dich das alles?«

»Sie beachtet mich kaum ... hat es nie getan, also hab' ich Glück gehabt.«

»Ah, alles hat auch sein Gutes, wie? Bist schon ein großes Mädchen. Wie alt bist du jetzt? Acht?«

»Im März werde ich acht.«

Er tätschelte meine Hand. »Hast es nicht sehr gut getroffen, was? Ich wollte, du hättest es besser.«

»Es ist schön, wenn du kommst.«

Er legte seinen Arm um mich und hielt mich fest.

»Eines Tages«, fuhr er fort, »nehme ich dich vielleicht mit auf See. Wir segeln um die Welt. Wie würde dir das gefallen?«

Ich schlug vor Begeisterung die Hände zusammen. Worte waren nicht nötig.

»Wir werden im Mondlicht an Deck sitzen«, sagte er, »und zum Kreuz des Südens hinaufsehen.«

»Was ist das?« fragte ich.

»Das sind die Sterne, die man auf der anderen Seite der Welt sieht. An heißen Tagen beobachten wir die Wale, und wir sehen die Delphine aus dem Meer springen. Wir schauen den fliegenden Fischen zu, die übers Wasser gleiten ...«

»Und Meerjungfrauen?« fragte ich.

»Wer weiß? Für dich könnten wir vielleicht sogar eine Meerjungfrau herbeizaubern.«

»Sie singen Lieder und locken Seemänner in die Tiefe.«
»Wir lassen uns nicht locken. Wir segeln weiter.«
»Wann?« fragte ich.
»Eines Tages ... vielleicht.«
»Ich werde jeden Abend beten, daß es eintritt.«
»Tu das! Ich glaube, daß die da oben gelegentlich Gebete
erhören.«
Ich dachte später lange über diese Worte nach, und ich
träumte von dem Tag, an dem Onkel Toby sein Versprechen einlösen und mich mitnehmen würde.
Kurz darauf reiste Onkel Toby ab, und über das Haus
senkte sich erneut Unbehagen. Dr. Marline wirkte verloren und erschöpft. Nanny Gilroy und Mrs. Barton hatten in
der Küche lange Unterredungen mit der Gemeindeschwester. Einiges davon kam mir zu Ohren.
»Die Madam ist mit nichts zufrieden«, klagte Nanny Gilroy.
»Sie hat Schmerzen«, sagte Annie Logan. »Nicht ständig,
aber sie kommen immer wieder. Wenn sie besonders unerträglich werden, nimmt sie die starken Tabletten. Sie
enthalten Morphium. Das hilft ihr. Ohne die Tabletten
wäre sie noch viel schlimmer dran.«
»Sie war vorher schon schlimm genug«, sagte Mrs. Barton.
»Schon damals war sie mit nichts zufrieden, aber jetzt ist es
noch zehnmal schlimmer.«
Die Wochen vergingen. Mein achter Geburtstag war auf
den ersten März festgesetzt; das genaue Datum wußte ja
niemand. Tom Yardley hatte mich am sechzehnten März
gefunden, und man schätzte, daß ich zu der Zeit etwa zwei
Wochen alt gewesen war, und so schien der erste März
gerade richtig. Jeder Mensch hatte einen Geburtstag, und
meiner wurde auf dieses Datum gelegt. Onkel Toby hatte
Anweisungen gegeben, daß ich ein hübsches Kleid bekommen sollte. Sally hatte den Stoff gekauft und Mrs. Grey, der

Dorfschneiderin, ein altes Kleid von mir als Vorlage für die Größe gegeben. Es wurde das hübscheste Kleid, das Mrs. Grey je genäht hatte, und ich durfte es vor dem Morgen des ersten März nicht sehen. Sally schenkte mir ein Buch mit Kinderversen, das ich in der Buchhandlung gesehen und mir gewünscht hatte. Von Estella bekam ich eine blaue Schärpe, die ihr nicht mehr gefiel, und von Adeline eine Tafel Schokolade. Sonst dachte niemand an meinen Geburtstag, aber das machte mir nichts aus, weil ich dieses wunderhübsche Kleid hatte.

Dann passierte etwas, das unser aller Zukunft in Haus Commonwood bestimmen sollte. Mrs. Harley, die Frau des Pfarrers, erlitt einen leichten Schlaganfall, und Mary Harley konnte uns nicht mehr unterrichten, weil sie ihre Mutter pflegen mußte. Estella war jetzt zehn Jahre alt, und es mußte eine neue Gouvernante eingestellt werden.

Es war Onkel Tobys Wunsch, daß ich gemeinsam mit Estella von der neuen Gouvernante unterrichtet wurde. Ich fragte mich oft, was ohne Onkel Toby aus mir geworden wäre. Mir war klar, es war einzig seinem Eintreten für mich zu verdanken, daß mir gestattet wurde, die Brosamen zu nehmen, die vom Tische der Reichen fielen.

So kam Miß Kitty Carson als Gouvernante ins Haus Commonwood, um uns zu unterrichten.

* * *

Daß wir eine Gouvernante bekommen sollten, nahmen Estella und ich mit gemischten Gefühlen auf. Neugierde und Bangnis hielten sich die Waage. Vor ihrer Ankunft in Haus Commonwood sprachen wir ständig von ihr.

Wie würde sie sein? Alt und häßlich, erklärte Estella. Mit Haaren am Kinn gleich der alten Mrs. Cram im Dorf, die eine Hexe war, wie einige Leute behaupteten.

»Sie kann nicht sehr alt sein«, widersprach ich. »Sonst wäre sie ja zu betagt, um zu unterrichten.«

»Sie wird uns schwierige Rechenaufgaben stellen und uns am Tisch sitzen lassen, bis wir fertig sind.«

»Vielleicht ist sie nett.«

»Gouvernanten sind nie nett. Nanny sagt, sie sind nicht Fisch und nicht Fleisch, sie gehören nirgends hin. Sie denken, sie sind was Besseres als die Dienstboten, aber sie sind nicht gut genug für die anderen. Nach unten spielen sie sich auf, und vor der Familie kuschen sie. Ich werde sie jedenfalls hassen. Ich werde so garstig zu ihr sein, daß sie wieder geht.«

»Du solltest vielleicht erst mal abwarten, wie sie ist.«

»Das weiß ich schon«, sagte Estella. Ihre Meinung stand fest.

Am Tage der Ankunft der Gouvernante standen wir oben am Fenster und sahen sie in der Bahnhofsdroschke vorfahren. Wir musterten sie eingehend, als sie ausstieg und mit Tom Fellow, dem Droschkenkutscher, der ihr Gepäck trug, durch das Tor zum Haus ging.

Sie war groß und schlank. Ich bemerkte erleichtert, daß sie nicht im mindesten so aussah wie die alte Mrs. Cram. Sie sah vielmehr sehr sympathisch aus: nicht eigentlich hübsch, aber mit sanften, ansprechenden Zügen, so daß ich dachte, mit ihr sei leicht auszukommen. Sie mochte Ende zwanzig sein. Meiner Ansicht nach genau das richtige Alter für eine Gouvernante.

Sobald sie ins Haus trat, verließen Estella und ich das Fenster und schlichen zum oberen Treppenabsatz. Wir sahen, daß sie in Mrs. Marlines Zimmer geführt wurde. Die Tür schloß sich, so daß wir nicht hören konnten, was gesprochen wurde. Dann ertönte Mrs. Marlines Glokke, und Nanny, die in der Nähe gewartet hatte, ging hinein.

Sie kam mit der Gouvernante heraus. Nanny blickte recht verdrießlich. Es paßte ihr nicht, daß eine Gouvernante ins Haus kam. Sie sah sich wohl in ihrer Autorität bedroht, und ich wußte, daß sie sich vorgenommen hatte, kein gutes Haar an Miß Kitty Carson zu lassen.

Als die beiden die Treppe heraufkamen, verdrückten wir uns schleunigst in ein Zimmer. Die Tür ließen wir angelehnt, um lauschen zu können.

»Hier entlang«, sagte Nanny kühl. Und plötzlich erschien Dr. Marline.

Ich spähte aus der Tür und sah sie, als sie gerade vorübergingen. Der Doktor lächelte sehr liebenswürdig und sagte: »Sie müssen Miß Carson sein, nicht wahr?«

»Ja«, sagte die Gouvernante.

»Willkommen in Haus Commonwood!«

»Danke!«

»Ich hoffe, Sie werden hier glücklich sein. Sie haben die Mädchen wohl noch nicht gesehen?«

»Nein«, sagte sie.

»Nanny wird nach ihnen schicken.«

Estella und ich unterdrückten unser Kichern und verhielten uns still, bis sie zu dem Zimmer weitergegangen waren, das im zweiten Stockwerk für die Gouvernante hergerichtet worden war. Dann traten wir in den Flur und stiegen gemächlich die Treppe hinauf.

»Ah, da sind sie«, sagte Nanny Gilroy.

»Und Adeline?« fragte der Doktor.

»Sie wird in ihrem Zimmer sein«, erwiderte Nanny. »Carmel, lauf hinauf und hole sie!«

»Zuerst aber, Miß Carson«, warf der Doktor ein, »möchte ich Ihnen Ihre zwei Schülerinnen vorstellen: Estella und Carmel.«

Sie hatte ein reizendes Lächeln, das ihr Gesicht beinahe schön aussehen ließ.

»Guten Tag«, sagte sie unbefangen. »Ich hoffe, wir werden uns gut verstehen, ja, ich bin überzeugt davon.« Ihr Blick ruhte auf mir. Estella war ein wenig eifersüchtig. Ich mochte Miß Carson auf Anhieb gut leiden und hatte das sichere Gefühl, daß dies auf Gegenseitigkeit beruhte.

Dann ging ich Adeline holen. Sie war in ihrem Zimmer und sah ganz bestürzt und ängstlich aus. Sie hatte wohl Estellas Schilderung gehört, wie die neue Gouvernante sein würde.

Ich sagte: »Du sollst kommen und Miß Carson guten Tag sagen, Adeline. Ich glaube, sie ist sehr nett. Du brauchst keine Angst vor ihr zu haben. Du wirst sie bestimmt mögen.«

Adeline war stets leicht zu beeinflussen. Ihre Miene hellte sich auf, und sie wirkte erleichtert.

Ich war sehr zufrieden über die Art und Weise, wie Miß Carson Adeline begrüßte. Sie hatte offenbar gehört, daß das Mädchen etwas zurückgeblieben war. Sie nahm seine Hände und lächelte herzlich. »Ich bin sicher, wir zwei werden uns gut verstehen, Adeline«, sagte sie.

Adeline nickte fröhlich, und ich bemerkte, wie zufrieden der Doktor dreinsah.

»So, wir lassen Sie jetzt allein, damit Sie auspacken können, Miß Carson«, sagte Nanny energisch. »Später können Ihnen die Mädchen die Schulstube zeigen.«

»Sagen wir, in einer halben Stunde?« meinte Miß Carson.

»Ja, dann sollen sie Sie abholen. Möchten Sie eine Tasse Tee? Ich sage Mrs. Barton, sie soll sie Ihnen aufs Zimmer schicken.«

»Das fände ich sehr fein, danke«, sagte Miß Carson, und dann ließen wir sie allein.

»Ich glaube, sie ist in Ordnung«, sagte ich.

Estella kniff die Augen zusammen. »Es gibt Wölfe im Schafspelz«, sagte sie.

»Sie ist kein Wolf!« rief Adeline. »Ich finde sie nett.«
Estella setzte eine Miene überlegener Ungeduld auf. »Das
bedeutet, sie ist vielleicht nicht, was sie scheint«, sagte sie
düster.

* * *

Estella war fest entschlossen, Miß Carson nicht zu mögen.
Sie hatte keine Gouvernante gewollt. Sie wäre lieber in ein
Pensionat gegangen, wo Mädchen jede Menge Spaß hatten. Sie schliefen in Schlafsälen und feierten Mitternachts-
feste, und wir saßen hier mit einer blöden Gouvernante.
Adeline und ich empfanden das anders. Miß Carson wußte
genau, wie man Adeline behandeln mußte. Sie war sehr
geduldig mit ihr, und statt die Unterrichtsstunden zu fürchten, freute Adeline sich darauf. Sie entwickelte eine sklavi-
sche Anhänglichkeit für Miß Carson; sie wußte es so einzurichten, daß sie sich ständig dort aufhielt, wo die Gouvernante war, und wenn wir spazieren gingen, bestand sie
darauf, Miß Carsons Hand zu halten. In ihrer Nähe war sie
am glücklichsten.
Auch auf der Liste meiner Lieblinge stand Miß Carson
ganz obenan. Sie war warmherzig und besonders liebevoll
zu denen, die es am meisten brauchten. Adeline war seit
ihrer Ankunft sichtlich aufgeblüht.
Dem Doktor entging dies nicht, und es machte ihn sehr
froh. Er gewöhnte es sich an, in die Schulstunden zu
kommen und zuzuhören, und er zeigte viel mehr Interesse
an ihnen, als er für Miß Harleys Unterricht bewiesen hatte.
Einmal war ich im Garten, als auch Miß Carson dort war,
und wir setzten uns zusammen und unterhielten uns. Miß
Carson war stets aufgeschlossen für andere Menschen, so
daß sich ganz ungezwungen mit ihr plaudern ließ. Ich
konnte ihr erklären, daß ich mich nie als Mitglied der

Familie gefühlt hatte – ausgenommen, wenn Onkel Toby da war –, weil ich eben nicht richtig dazugehörte. Ich erzählte ihr, daß Tom Yardley mich unter dem Azaleenstrauch gefunden hatte.

»Sehen Sie«, sagte ich, »meine Mutter wollte mich nicht haben, deshalb hat sie mich da ausgesetzt. Die meisten Mütter haben ihre Babys lieb.«

»Deine Mutter hat dich ganz bestimmt liebgehabt«, sagte sie. »Vermutlich hat sie dich dort gelassen, weil sie dich so liebte und dir ein besseres Leben wünschte als das, das sie dir bieten konnte. Sie wußte, daß die Menschen im Haus Commonwood sich deiner annehmen, dir zu essen geben, dich aufziehen würden. Es war sogar ein Arzt im Haus.«

Ich war verblüfft, daß meine Mutter mich verlassen haben sollte, weil sie mich liebte. Dieser Gedanke war mir noch nie gekommen.

»Aber ich hatte immer das Gefühl, daß sie mich hier eigentlich nicht wollten«, erklärte ich. »Nanny dachte, man hätte mich besser in ein Waisenhaus oder ins Armenhaus stekken sollen. Und das hätten sie vielleicht auch getan, wenn der Doktor nicht gewesen wäre.«

»Der Doktor ist ein sehr guter und verständnisvoller Mensch.«

»Nanny fand, ich müßte fort.«

»Aber der Doktor hat dich behalten, deswegen ist es unwichtig, was Nanny denkt. Er wollte, daß du bleibst, und nur darauf kommt es an.«

»Sally hat mir alles erzählt. Sie erinnert sich noch genau, wie es gewesen ist. Sie war damals eben erst ins Haus gekommen. Sie sagte, sie hätte Angst gehabt, sie würden mich weggeben, weil der Doktor nicht viel zu sagen hatte. Mrs. Marline wollte mich auch nicht, und sie bestimmt, was gemacht wird.«

»Aber der Doktor hat sich durchgesetzt. Er wollte dich

behalten, und damit gut. Deine Mutter hat ein großes Opfer gebracht, weil sie das Beste für dich wollte, und du darfst dich in keiner Weise minderwertig fühlen. Du wirst ihnen schon zeigen, daß du genauso tüchtig bist wie sie alle, auch wenn du unter dem Azaleenstrauch gefunden worden bist.«

»Das werde ich«, sagte ich. Und mir war zumute, als wäre Onkel Toby zugegen gewesen.

Und ich liebte sie ebenso wie Adeline.

Nanny konnte die Gouvernante natürlich nicht leiden. Sie hatte von Anfang an Vorurteile gegen sie. Es paßte ihr nicht, daß Gouvernanten im Hause sich in die Erziehung der Kinder einmischten, und sie war entschlossen, ihre Ansicht nicht zu ändern. Gouvernanten seien eingebildet; sie hätten eine zu hohe Meinung von sich; sie fühlten sich »eine Stufe höher« als die Dienstboten. Und so konnte selbst die sanftmütige Miß Carson ihr nichts recht machen.

Und Mrs. Barton war natürlich Nannys getreue Verbündete. Gouvernanten seien lästig. Man müsse ihnen ihre Mahlzeiten aufs Zimmer bringen. Mit den Dienstboten wollten sie nicht essen, und für die Familie seien sie selbstverständlich nicht akzeptabel. Und dazu noch in dieser Familie, mit der Herrin im Rollstuhl, die dieses und jenes verlangte, während der Doktor alleine dasitze ... Und er sei sowieso keiner, der darauf achte, was ihm vorgesetzt werde. Ein komischer Laden sei das, wenn man sie, Mrs. Barton, frage – und mit einer Gouvernante im Haus werde es auch nicht besser.

Und immer war da die übermächtige Gegenwart von Mrs. Marline. Ständig klingelten die Glocken, und die Mädchen hetzten pausenlos hin und her.

»Murren und nochmals murren«, sagte Mrs. Barton. »Morgens, mittags und abends.«

»Sie würde noch am Erzengel Gabriel was auszusetzen haben«, erklärte Nanny.

Wir hörten Mrs. Marlines grollende Stimme hinter den geschlossenen Türen, wenn der Doktor bei ihr war. Sie schimpfte natürlich. Unaufhörlich ging das so, und dann trat eine kurze Pause ein. Da wußten wir, daß der Doktor sie mit seiner leisen, sanften Stimme zu beschwichtigen versuchte.

»Der Ärmste!« sagte Sally. »Er ist fix und fertig. Mecker, mecker, mecker, und unter uns gesagt, er wäre ohne sie besser dran. Sie wird ihr Leben lang hinfällig bleiben, und wenn sie so weitermacht, dann ist er der erste, der ins Gras beißt, wenn du mich fragst. Aber daß du ja niemandem erzählst, was ich gesagt habe!«

Der Doktor tat mir leid. Er war so sanft, und er sah so erschöpft aus, wenn er von seiner Frau kam. Er hielt sich möglichst viel in seinem Zimmer auf und schien es kaum erwarten zu können, in seine Praxis zu gehen. Dort blieb er länger als früher, was ich darauf zurückführte, daß es ihm verhaßt war, zu Mrs. Marline nach Hause zu kommen. Sobald er zurück war, rief sie nach ihm, und dann setzte das Stimmengemurre ein.

Annie Logan kam nach wie vor morgens und abends und blieb jedesmal auf ein Schwätzchen und eine Tasse Tee; dabei wurde in der Küche mit Nanny und Mrs. Barton eine Menge geflüstert. Ich versuchte zu lauschen, wenn ich konnte, und alles schien sich um »sie« und »ihn« zu drehen.

Ich spürte – oder bildete es mir ein –, daß eine unbehagliche Spannung im Hause herrschte. Manchmal, wenn Mrs. Marline ihre Tabletten genommen hatte, weil die Schmerzen schlimmer waren als sonst, senkte sich eine Stille über das Haus, als warte alles darauf, daß etwas geschehe.

Dann änderte sich die Stimmung wieder, und wir hörten,

wie der Rollstuhl von einem Zimmer zum anderen fuhr oder von Tom Yardley oder dem Doktor in den Garten geschoben wurde. Wir alle vermieden es hinauszugehen, wenn der Rollstuhl draußen war.

Dies war für Estella, Henry und Adeline nicht so leicht zu bewerkstelligen wie für mich, die stets von ihr ignoriert worden war. Sie fand ständig etwas an ihnen auszusetzen, ganz besonders an Adeline. Sie konnte ihre Verachtung für das arme Mädchen nicht verbergen. Sie konnte nicht vergessen, daß sie ein Kind geboren hatte, das nicht normal war; denn sie sah sich, wie ich mir vorstellte, stets als eine Frau, die in allem, was sie tat, Vollkommenheit erzielte.

Die arme Adeline brach unweigerlich in Tränen aus, sobald sie diesen Unterredungen mit ihrer Mutter entkommen war, denn sie wagte es nicht, vor Mrs. Marline zu weinen. Es war traurig, wie sie ihren Jammer unterdrücken mußte. Aber Miß Carson war immer da, wenn sie aus dem gefürchteten Zimmer kam. Sie wußte genau, wie Adeline zu trösten war, und diese vergaß bald ihre Mutter und ließ sich von der Gouvernante versichern, daß alles gut sei; sie hatte ja ihre geliebte Miß Carson, die ihr sagte, daß sie ein kluges Mädchen sei.

* * *

Im Sommer waren die Zigeuner wieder im Wald.

Eines Morgens sah ich sie. Sie waren wie so oft spätabends angekommen und hatten im Wald ihr Lager aufgeschlagen.

Ihre Anwesenheit war für mich jedesmal ungeheuer aufregend, was wohl auf meine besondere Beziehung zu ihnen zurückzuführen war. Und nie würde ich meine Begegnung mit Rosie Perrin und Jake vergessen.

Bald sahen wir sie mit ihren Körben voll Wäscheklammern und getrockneten Heidekraut- und Lavendelbüscheln umherziehen. »Kaufen Sie ein Sträußchen, das bringt Glück!« sagten sie und machten die Runde bei den Häusern der Nachbarschaft, und einige Mädchen gingen zu Rosie Perrin, um sich wahrsagen zu lassen.

Sie las ihnen aus der Hand und sagte ihnen, was die Zukunft für sie bereithielt. Es kostete nicht viel, und Sally erzählte mir, wenn man einen größeren Blick in die Zukunft tun wolle, könne man mehr bezahlen und in Rosies Wohnwagen gehen, wo sie eine Kristallkugel befrage. »Die«, sagte Sally, »ist das Wahre.«

Ich konnte nicht widerstehen, die Zigeuner aus dem Schutz der Bäume zu beobachten, genau wie damals, als ich mir den Knöchel verstaucht hatte. Und als ich eines Tages dort kauerte und den barfüßigen Kindern und Rosie Perrin auf den Stufen ihres Wohnwagens zusah, hörte ich Schritte hinter mir. Ich drehte mich um, und da stand Jake und lächelte mich an.

»Tag, Kleine«, sagte er. »Guckst du den Zigeunern zu?«

Ich wußte nicht, was ich antworten sollte, darum sagte ich nur: »Hm ... ja.«

»Hast wohl 'nen Narren an uns gefressen. Wir sind nicht wie die Leute, an die du gewöhnt bist, oder?«

»Nein«, antwortete ich freimütig.

»Tja, Abwechslung ist was Feines. Findest du nicht auch?«

»O ja.«

»Du erinnerst dich doch noch an mich?«

»O ja. Sie haben mich getragen.«

»Knöchel wieder in Ordnung?«

»Ja, danke.«

»Rosie hat dich richtig in ihr Herz geschlossen.«

Das freute mich. »Sie war sehr nett zu mir«, sagte ich.

»Sie hat dir gefallen, wie? Hast nichts gegen sie, nur weil sie eine Zigeunerin ist?«

»Ich mochte sie sehr gern.«

»Ich werd' dir was sagen. Sie würde sich bestimmt freuen, wenn du sie besuchen kämst.«

»Wirklich?«

»Darauf kannst du wetten.«

»Sie erinnert sich vielleicht nicht mehr an mich. Es ist lange her.«

»Rosie erinnert sich an alles, also auch an dich. Komm mit und sag ihr guten Tag!«

Ich folgte ihm zum Lager. Die Kinder hörten auf zu spielen und starrten mich an, und Rosie Perrin stieß einen Freudenschrei aus, als sie mich sah.

»Na, so was! Das kleine Fräulein Carmel! Komm rauf, Schätzchen! Wer hätte das gedacht!«

Ich stieg, gefolgt von Jake, die Stufen zum Wohnwagen hinauf und trat ein.

Rosie sagte: »Setz dich, Schätzchen! Ist 'ne Weile her, seit du hier warst. Was machen der Knöchel und die Wunde? Alles wieder gut geheilt? Ja? Ich hab's gewußt. Nun erzähl mal! Wie schaut's jetzt zu Hause aus? Sie behandeln dich doch noch gut, oder?«

»O ja. Wir haben jetzt eine Gouvernante.«

»Das ist ja fabelhaft. Ist sie lieb zu dir?«

»Sie ist sehr nett, und ich hab' sie richtig gern.«

Sie nickte. »Und wie steht's mit der Dame und dem Herrn Doktor ... Doktor ... Wie hieß er doch gleich?«

»Sie hatte einen Reitunfall. Sie kann nicht laufen. Sie braucht einen Rollstuhl, und oft hat sie große Schmerzen.«

»Die Ärmste. Die kleine Krankenschwester geht zu ihr, nicht? Morgens und abends. Eins von unseren Kleinen ist auf der Straße gestürzt. Sie ist mit ihrem Fahrrad gekommen und hat sich um das Kind gekümmert. Hat

sie gut gemacht. Wir haben ein bißchen geplaudert, sie und ich.«
»Das war Annie Logan. Ja, sie kommt und hilft Mrs. Marline.«
»Ist ein rechter Drachen, die Dame, wie?«
»Ja ... Ich glaub' schon.«
»Ist sie wenigstens anständig zu dir?«
»Sie beachtet mich kaum. Hat sie nie getan. Ich glaube, sie will nicht daran erinnert werden, daß es mich gibt.«
»Das ist vielleicht gar nicht so übel, was?« Sie stieß mich an und lachte. Ich lachte mit ihr.
»Wenn sie dich nur gut behandeln.«
Jake verzog sich und ließ uns allein, und sie stellte mir noch allerlei Fragen über das Haus und seine Bewohner. Ich erzählte ihr von Mrs. Marlines Zimmern im Erdgeschoß, dem Rollstuhl, den Glocken, die die ganze Zeit klingelten, und daß die Dienstboten murrten, weil sie mit nichts zufrieden sei.
Dann hörte ich jemanden singen. Es war eine schöne, klare Stimme, die eine schwungvolle Weise sang:

>»Es standen drei Zigeuner am Tor,
>Sie sangen so hoch, sie sangen so tief,
>Sie sangen der Herrin die Weise vor,
>Daß ihr das Herze überlief.«

Ich hatte zu sprechen aufgehört, um zu lauschen.
»Das ist Zingara«, sagte Rosie, und in diesem Moment ging die Wohnwagentür auf, und herein kam die schönste Frau, die ich je gesehen hatte. Kreolenringe baumelten an ihren Ohren, und die dichten, glänzenden schwarzen Haare trug sie hochgesteckt; ihre dunklen Augen blitzten, und Rosie sah sie voller Stolz an.
»Zingara!« rief sie.

»Wer sonst!« sagte die Frau. Dann lächelte sie mir zu und sagte:»Und das ist ...?«

»Die kleine Carmel March von Haus Commonwood.«

»Ich weiß, wer du bist«, sagte Zingara und sah mich an, als freue es sie sehr, mir zu begegnen.»Und wie kommt es, daß du die schlunzigen Zigeuner besuchst?«

Ich wußte nicht, was ich sagen sollte, deshalb kicherte ich ein wenig.

Sie trat vor mich hin und legte ihre Hände auf meine Schultern, musterte mich eingehend und gab mir das Gefühl, daß sie mich sehr gern mochte. Dann schob sie eine Hand unter mein Kinn und hob mein Gesicht zu sich empor.

»Kleine Carmel March«, sagte sie bedächtig,»ich möchte mich gerne mit dir unterhalten.«

»Dann setz dich zu ihr!« sagte Rosie.»Ich mach' euch einen Kräutertee, dann könnt ihr zwei ein Schwätzchen halten.«

Sie stand auf und ging nach hinten in den Wohnwagen, in eine Art kleinen Alkoven. Ich war mehr oder weniger allein mit Zingara. Sie sah mich unentwegt an, dann strich sie mir mit dem Finger über die Wange.

»Erzähl mir«, sagte sie ernst,»sind sie gut zu dir in dem Haus?«

»Hm, ja ... ich denke schon. Der Doktor lächelt immer, wenn er mich sieht, und Mrs. Marline beachtet mich nicht. Aber Miß Carson ist sehr lieb.«

Sie wollte mehr über Miß Carson erfahren und hörte mir aufmerksam zu. Ich fand es sehr nett von ihr, daß sie sich so für mich interessierte. Ich wiederholte, was ich Rosie kurz zuvor erzählt hatte.

»Du bekommst eine Schulbildung, und das hat viel für sich«, sagte Zingara.»Ich hätte nichts dagegen, selbst ein bißchen mehr von einer solchen abgekriegt zu haben. Aber ich komme trotzdem zurecht.«

»Lebst du hier bei den Zigeunern?« fragte ich.
Sie schüttelte den Kopf. »Nein, ich bin zu Besuch. Ich
bin aber bei ihnen aufgewachsen. Ich bin genauso her-
umgelaufen wie die kleinen Jungen und Mädchen, die du
da draußen siehst. Ich habe viel gesungen und getanzt.
Ich konnte einfach nicht aufhören. Und eines Tages wollte
so ein Bücherschreiber ein Buch über Zigeuner schreiben, und er kam und hat bei uns im Lager gewohnt. Er
hörte mich singen und sah mich tanzen und sagte, ich
solle was draus machen. Dann hat er das in die Hand
genommen. Ich besuchte eine Schule, wo Leute für die
Bühne ausgebildet werden. Und jetzt tingel' ich singend
und tanzend durchs Land. Zingara, die singende Zigeu-
nertänzerin.«
»Und jetzt bist du wieder hier?«
»Ab und zu komme ich her. Ich kann mich nicht losreißen,
weißt du. Genau, wie's in dem Lied von den schlunzigen
Zigeunern heißt: Du kannst nie vergessen, wohin du ge-
hörst.«
»Aber du bist gerne Zingara, die tanzende und singende
Zigeunerin.«
»Ja, es gefällt mir. Doch hin und wieder zieht es mich zu
meinen Leuten.«
Rosie kam mit drei Tassen aus dem Alkoven. »Das wird dir
schmecken«, sagte sie zu mir. »Ist mein Spezialgebräu.
Und wie sieht's aus mit euch beiden? Füreinander ent-
flammt, wie ich sehe.«
»So ist es«, sagte Zingara.
»Ein Glück, daß du hier warst, als Carmel zu Besuch kam«,
sagte Rosie mit betontem Augenzwinkern.
»Ein großes Glück«, pflichtete Zingara ihr bei.
»Nun, wie schmeckt dir mein Tee?« fragte Rosie. »Ist er so
gut wie der, den sie bei Doktors servieren?«
»Er ist anders«, erwiderte ich.

»Tja, wir *sind* anders, nicht?« sagte Rosie. »Wir können schließlich nicht alle gleich sein. Hat Carmel dir von der Gouvernante erzählt?«

»Ja«, antwortete Zingara. »Scheint eine sehr gute Gouvernante zu sein.«

Ich nickte eifrig.

»Ich wette«, sagte Zingara, »daß sie dich eines Tages auf eine Schule schicken.«

»Henry ist mit Lucian Crompton in einem Internat«, erklärte ich ihnen.

»Soso«, sagte Rosie, »das ist gut. Du wirst mit der Schwester des jungen Mannes in eines kommen. Dann wirst du eine richtige Dame.«

Wie genoß ich es, im Wohnwagen zu sitzen und mich mit ihnen zu unterhalten! Ich war von Zingara fasziniert. Sie war ein Zigeunerkind gewesen, das im Lager herumtollte, und dann hatte ein Herr, dem ihr Gesang und ihr Tanz gefielen, sie mitgenommen und zur Bühne gebracht. Eine wundervolle Geschichte. Ich hätte Zingara gerne tanzen gesehen. Wir redeten und redeten, und plötzlich fiel mir ein, wie lange ich schon fort war, und daß Estella und Miß Carson sich sicher schon fragten, wo ich blieb.

Ich sagte: »Ich muß gehen. Ich müßte längst zurück sein.«

»Sie werden dich vermissen, ja?« sagte Zingara.

»Inzwischen schon«, antwortete ich.

»Sie werden denken, die Zigeuner hätten dich gestohlen«, meinte Rosie lachend.

»Das denken sie bestimmt nicht«, widersprach ich.

»Man kann nie wissen«, meinte Rosie.

»Wir sehen uns wieder«, sagte Zingara zu mir.

»Oh, das will ich hoffen«, erwiderte ich.

Sie nahm meine Hände und hielt sie ganz fest. »Es war schön, mit dir zusammenzusein.« Sie schenkte mir ihr strahlendes Lächeln. Rosies Gesichtsausdruck war zärtlich und liebevoll. Mir war ganz warm vor Glück, und ich wünschte, nicht weggehen zu müssen.

Ich dankte Rosie für den Tee und sagte den beiden, wie sehr mich das Beisammensein mit ihnen gefreut hatte. Plötzlich legte Zingara ihre Arme um mich und drückte mich an sich. Sie gab mir einen Kuß, und Rosie saß ganz still dabei und lächelte.

»Sie muß gehen«, sagte sie schließlich. »Man wird sie erwarten.«

»Ja«, sagte Zingara und kam mit mir an die Wohnwagentür.

»Begleite sie lieber nicht!« sagte Rosie. »Du läßt sie am besten allein gehen.«

Zingara nickte.

Ich stieg die Treppe hinunter und drehte mich um. Sie standen beide oben und sahen mir nach. Ich winkte, dann sauste ich über die Lichtung in den Wald.

Ich war nicht weit gekommen, als ich Stimmen hörte. Ich blieb wie angewurzelt stehen und lauschte. Es hörte sich nach dem Doktor an. Das konnte nicht sein. Was sollte er um diese Zeit im Wald?

Ich ging still weiter. Ich wollte von niemandem gesehen werden, denn ich mochte nicht über meinen Besuch im Zigeunerlager sprechen. Ich wußte nicht recht, warum, außer daß ich mit Einwänden rechnete und nicht wollte, daß man mir verbot, dorthin zu gehen. Ich wollte darüber nachdenken. Zingara hatte einen tiefen Eindruck auf mich gemacht, so wie zuvor Rosie Perrin. Aber es war irgendwie anders. Ich wollte ganz allein über unsere Begegnung nachdenken. Ich mochte Estellas spöttische Bemerkungen nicht hören. Sie würde behaupten, daß sie mir geschmeichelt hätten, weil sie mir wahrsagen wollten oder dergleichen. An jeden Augenblick wollte ich mich deutlich erinnern, angefangen bei jenem Moment, als Jake neben mir stand und sagte, daß Rosie Perrin mich gerne sehen möchte, bis zu dem Zeitpunkt, als ich fortging.

Deswegen durfte mich niemand sehen.

Aber ja, das war die Stimme des Doktors und dann die von Miß Carson.

Dann sah ich die beiden. Sie saßen zusammen auf einem Baumstumpf. Ich kannte die Stelle gut. Ich hatte selbst oft auf diesem Stumpf gesessen.

Da ich mich ihnen von hinten genähert hatte, hatten sie mich nicht gesehen. Ich stand einige Zeit und beobachtete sie. Sie unterhielten sich ernsthaft. Ich konnte nicht hören, was sie sprachen, aber hin und wieder lachte einer von ihnen, also mußte es etwas Lustiges gewesen sein. Das Benehmen des Doktors war ganz anders als sonst. So hatte ich ihn noch nie gesehen. Und Miß Carson wirkte sehr übermütig. Sie machte einen ausgesprochen glücklichen Eindruck.

Es war höchst seltsam, denn sie schienen zwei andere Menschen zu sein.

Ich war heilfroh, daß ich sie gehört hatte, bevor sie mich sehen konnten. Nicht einmal Miß Carson hätte ich erklären mögen, daß ich die Zigeuner besucht hatte. Ich wandte mich ab und machte mich leise auf den Heimweg.

*　*　*

Ich ging danach noch einmal zu den Zigeunern. Rosie Perrin saß auf den Stufen ihres Wohnwagens und flocht einen Korb wie damals, als ich sie zum erstenmal gesehen hatte.

Sie erzählte mir, Zingara sei fort. Sie müsse ihren Kontrakt erfüllen. Die Leute in den Theatern hielten große Stücke auf sie, sagte sie, und sie tanze und singe viel in den großen Städten, sogar in London.

Wir unterhielten uns eine Weile. Sie fragte mich, wie mir Zingara gefallen habe.

»Sehr«, erwiderte ich, da drückte sie meine Hand und sagte:»Sie hat dich auch gern.«

In Haus Commonwood trat eine leichte Veränderung ein. Das lag nicht so sehr an Mrs. Marline. Sie war anspruchsvoll wie stets, und Mrs. Barton meinte sogar, sie werde mit jedem Tag schlimmer. Sie wartete nicht mal, bis die Tür zu war, bevor sie anfing, Dr. Marline unaufhörlich Vorhaltungen zu machen, und wir hörten, wie sie ihn daran erinnerte, daß das Haus von ihrem Geld gekauft worden sei und er ihr alles verdanke. Sie schien jedermann weh tun zu wollen, und weil Adeline am leichtesten zu kränken war, schien sie es auf diese Tochter besonders abgesehen zu haben.

Sie schickte nach ihr und traktierte sie mit Fragen, um ihre Fortschritte bei der neuen Gouvernante zu prüfen, wobei Adeline vor lauter Angst vollends den Verstand zu verlieren schien. Dann beklagte Mrs. Marline, welch einem armseligen Geschöpf sie das Leben geschenkt habe, und ließ durchblicken, dies sei allein einer Unzulänglichkeit des Doktors zuzuschreiben, man könne nicht ihr die Schuld in die Schuhe schieben.

Miß Carson wartete auf Adeline, wenn sie zitternd und entmutigt von ihrer Mutter kam. Sie ging mit ihr in die Schulstube und nahm sie in die Arme, hielt sie fest, wischte ihr die Tränen fort und murmelte Worte des Trostes. Sie versicherte Adeline, daß sie keineswegs ein armseliges Geschöpf sei, daß sie im Unterricht sehr gut mitkomme und nicht darauf achten dürfe, wenn irgend jemand das Gegenteil behaupte. Niemand werde ihr weh tun, solange Miß Carson da sei. Man müsse es zuerst mit ihr aufnehmen.

Ich folgte ihnen nach oben und tröstete Adeline ebenfalls.

Sie hörte uns lächelnd zu. Dann schlang sie ihre Arme um Miß Carsons Hals und klammerte sich an sie.

Zum Glück wechselten Adelines Stimmungen schnell, und Miß Carson vermochte sie bald zu überzeugen, daß alles gut sei – bis die nächste gefürchtete Vorladung erfolgte.

Als es soweit war, ging statt Adeline Miß Carson zu Mrs. Marline. Estella, Adeline und ich hielten uns in der Nähe der Tür auf, um mitzubekommen, was vorging.

Wir hörten Mrs. Marlines erhobene Stimme und Miß Carsons leises Gemurmel, und nach einer Weile kam Miß Carson heraus, das Gesicht gerötet, die Augen funkelnd. Sie sah niedergeschlagen und zornig aus. Da fürchtete ich, sie sei entlassen worden, und der Gedanke an ihren Fortgang erfüllte mich mit Bestürzung. Adeline und ich liebten sie, und selbst Estella gab zu, daß sie »nicht übel« sei.

Miß Carson ging in ihr Zimmer. Da ich die Spannung nicht mehr aushielt, ging ich zu ihr. Sie saß auf ihrem Bett und starrte vor sich hin. Ich warf mich in ihre Arme, und sie drückte mich an sich.

»Sie werden uns doch nicht verlassen?« rief ich bange.

Sie antwortete nicht. Aber sie machte ein so jämmerliches Gesicht, daß ich fürchtete, sie habe den Laufpaß bekommen.

Dann sagte sie traurig: »Ich könnte hier glücklich sein ... so glücklich«, als spreche sie mit sich selbst.

»Gehen Sie nicht fort!« sagte ich. »Verlassen Sie uns nicht! Adeline würde es nicht ertragen – und ich auch nicht. Wir lieben Sie.«

»Du gutes Kind«, sagte sie. »Ich liebe euch auch. Ich liebe dieses Haus. Ich liebe ...«

Ihre Lippen zitterten, und sie fuhr fort: »Sie hat gesagt, ich müsse gehen. Sie ist gemein. Sie interessiert sich nur für sich selbst. Der arme Doktor ... Was sage ich da? Da ist nichts zu machen, man muß sich damit abfinden ...«

Ich dachte: Wenn Mrs. Marline ihr den Laufpaß gegeben hat, ist nichts zu machen. Mrs. Marline bekommt immer, was sie will.

Ich stellte mir vor, wie trübselig es ohne Miß Carson sein würde. Es würde nichts mehr geben, um sich darauf zu freuen, abgesehen von Onkel Tobys Besuchen, und die waren so rar. Dann war da vielleicht noch Zingara, die Zigeunerin, aber sie hatte ihren Kontrakt. Sie würde nur sehr selten kommen.

Als der Doktor nach Hause kam, waren wir alle gespannt, was geschehen würde, wenn er ins Zimmer seiner Gattin ging, wie er es jeden Tag bei seiner Rückkehr tat.

Mrs. Marline schimpfte sehr viel. Kein Zweifel, sie war ungeheuer wütend. Der Doktor kam aus dem Zimmer. Sein Gesicht war weiß. Er ging direkt in Miß Carsons Zimmer und blieb lange dort.

Ich habe nie genau erfahren, was geschehen war, aber Miß Carson ging nicht fort. Der Doktor setzte auf irgendeine Weise seinen Willen durch wie einst, als Mrs. Marline mich ins Waisenhaus schicken, er mich aber dabehalten wollte.

Eine ungewisse Stimmung herrschte im Haus. Niemand wußte sicher, was als nächstes geschehen würde, und es wurde viel hinter geschlossenen Türen geredet. Man schien Miß Carson einen Aufschub gewährt zu haben. Auf alle Fälle blieb sie.

Von nun an ging sie nicht mehr in Mrs. Marlines Zimmer. Adeline auch nicht. Das arme Mädchen blieb vor weiteren schrecklichen Zwischenfällen verschont, und es wußte, daß Miß Carson es gerettet hatte.

Adeline war ein anhängliches Geschöpf, und sie liebte Miß Carson mehr als jeden anderen, den sie kannte. Ihr

Gesicht leuchtete auf vor Freude, wenn sie die Gouvernante sah, und sie blickte sie immerfort an und lächelte in sich hinein. Ich hatte den Eindruck, daß Adeline sich nur geborgen und glücklich fühlte, wenn Miß Carson bei ihr war.

* * *

Der Doktor drang stärker in mein Bewußtsein. Ich sah ihn jetzt häufiger. Er hatte sich sehr verändert. Er nahm immer mehr Anteil an unseren Leistungen, die ihn vor Miß Carsons Ankunft nie zu interessieren schienen. Oft kam er in die Schulstube und erkundigte sich nach unseren Fortschritten. Seine Besuche waren nicht im mindesten furchteinflößend. Er lächelte stets. Miß Carson war stolz auf Adelines Leistungen; denn sie konnte schon ein bißchen lesen, wozu sie früher nie imstande gewesen war.

Adeline wurde rot vor Freude, wenn Miß Carson sagte, sie müsse ihrem Papa vorlesen, um ihm zu zeigen, wie klug sie sei. Und Adeline, die Stirn vor Konzentration in Falten gelegt, schlug das Buch auf und fuhr mit dem Finger unter der Zeile entlang, wenn sie las:

> Alle meine Entchen
> Schwimmen auf dem See.
> Köpfchen in das Wasser,
> Schwänzchen in die Höh'.

Miß Carson klatschte in die Hände, wenn Adeline voller Stolz auf ihre Leistung den Blick hob und auf das Staunen in den Gesichtern der Zuhörer wartete. Der Doktor applaudierte ebenfalls, und Adeline war sehr zufrieden mit sich und glücklich.

Ich hätte gerne gewußt, ob der Doktor dasselbe dachte wie

ich, was nämlich für ein Unterschied bestand zwischen Miß Carson und Mrs. Marline.

Dann fragte er, wie Estella und ich vorankämen, und Miß Carson zeigte ihm unsere Arbeiten.

»Gut. Gut. Ausgezeichnet«, sagte er dann und sah Miß Carson an.

»Ich denke, ich sollte beginnen, die beiden in Französisch zu unterrichten«, sagte sie eines Tages.

»Eine hervorragende Idee!«

»Ich werde mein Bestes ...«

»Ich bin sicher, daß Sie es einfach fabelhaft machen werden«, sagte der Doktor und lächelte uns gütig zu, Miß Carson eingeschlossen.

Es bestand kein Zweifel, daß er viel von ihr hielt, und oft dachte ich, was für ein glückliches Haus dies sein könnte, wenn Mrs. Marline nicht wäre.

Henry kam aus dem Internat nach Hause. Er hatte sich eng mit Lucian Crompton angefreundet und war oft in The Grange. Camilla besuchte ein Pensionat, und wenn sie nach Hause kam, wurden wir zum Tee eingeladen. Sie erzählte uns haarsträubende Geschichten vom Leben in der Schule, die Estellas Neid erregten. Ich aber hätte Miß Carson gegen keinerlei Aufregungen und noch so verwegene Abenteuer tauschen mögen.

Ein neues Jahr war angebrochen, und die Atmosphäre in Haus Commonwood schien sich weiter zu verändern. Ich vermochte nicht genau zu sagen, woran es lag. Der Doktor war verändert. Oft hörte ich ihn lachen. Sogar wenn er aus Mrs. Marlines Zimmer kam und sie ihn grimmig zurechtgewiesen hatte, zeigte er nicht jene niedergeschlagene, bekümmerte Miene, die ich von früher kannte. Oft hörte ich ihn eine Melodie aus einer Operette von Gilbert und Sullivan summen, die damals von vielen Leuten gesungen wurde. Dergleichen hätte er früher nie getan.

Mrs. Marline hatte nun noch öfter schlimme Tage. Wir konnten nicht anders, als diese zu begrüßen, weil dann Dr. Everest kam und ihr ein Beruhigungsmittel verabreichte, das sie benommen machte, worauf im Erdgeschoß Ruhe herrschte und die Dienstboten nicht das ständige Klingeln der Glocken hören mußten.

Miß Carson wirkte glücklich. Ihr sympathisches Gesicht strahlte, und sie sah richtig schön aus. Nicht so wie Zingara, sondern eher von einem inneren Licht verklärt.

Adeline war glücklich. Sie lief umher und sang vor sich hin:

»Flimmre, flimmre kleiner Stern!
Was du bist, das wüßt' ich gern.«

Immer, wenn ich diesen Vers höre, fühle ich mich zurückversetzt in jene Tage, und heute weiß ich natürlich, daß sie der Auftakt zu dem Sturm waren, der bald losbrechen und uns alle mitreißen sollte. Damals aber waren wir alle recht glücklich. Nicht einmal Estella verlangte es nach dem Pensionat.

Mir fiel auf, daß die Dienstboten ständig miteinander tuschelten, das Geflüster aber abrupt abbrach, wenn eins von uns Kindern auftauchte.

Es tat sich etwas. Bange fragte ich mich, was.

Das Dachgeschoß von Haus Commonwood bestand aus Mansardenzimmern mit schrägen Decken. Dort schlief das Personal. Die Kinderzimmer befanden sich unmittelbar darunter im dritten Stockwerk. Hier lagen die Schulstube und unsere Schlafzimmer: meines, Adelines, Estellas, Henrys und natürlich das von Nanny und Sally. Miß Carsons Zimmer befand sich im zweiten Stock, und in der ersten Etage war das Elternschlafzimmer, das einst von Dr. und Mrs. Marline bewohnt wurde und jetzt dem Doktor allein gehörte.

Ich weiß nicht, warum ich ausgerechnet in jener Nacht aufgewacht bin. Vielleicht lag es am Mond, der fast voll war

und durchs Fenster direkt auf mein Bett schien. Ich schlug die Augen auf und betrachtete ihn. Er wirkte ganz nah. Plötzlich hörte ich etwas: als würde eine Tür geschlossen. Ich dachte sofort an Adeline. Ihr Zimmer lag neben meinem. Miß Carson hatte gesagt, wir müßten auf Adeline aufpassen und ihr immer das Gefühl geben, sie sei genau wie wir. Nie dürften wir andeuten, daß sie anders sei. Ich stieg aus dem Bett und öffnete leise meine Tür. Alles war still, und von Adeline war nichts zu sehen. Ihre Tür war geschlossen. Ich sagte mir, ich hätte mir eingebildet, etwas gehört zu haben. Vielleicht hatte ich geträumt. Dann hörte ich unten ein Geräusch. Ich spähte über das Treppengeländer und sah Miß Carson. Sie schlich durch den Flur zur Treppe, verstohlen, als wolle sie so wenig Lärm wie möglich machen. Sie stieg ein Stockwerk tiefer und ging auf Zehenspitzen über den Flur zum Elternschlafzimmer. Leise drückte sie die Klinke und trat ein.
Ich war erstaunt. Warum wollte sie um diese Zeit den Doktor sprechen? Konnte es sein, daß Adeline krank war? Aber Miß Carson mußte direkt aus ihrem eigenen Zimmer gekommen und sofort zu ihm hinunter gegangen sein. Es sah nicht danach aus, daß sie vorher bei Adeline gewesen war. Ich wartete eine Weile. Nichts geschah. Minuten vergingen, und die Tür zum Elternschlafzimmer blieb geschlossen.
Ich war sehr jung und verstand nicht, was das zu bedeuten hatte. Später freilich wurde mir vieles klar.

* * *

Mit Miß Carson war eine Veränderung vorgegangen. Zuweilen saß sie da und starrte ins Weite, als könne sie etwas sehen, das für uns übrige unsichtbar war. Ihr Gesicht war sanft und schön mit einem Anflug von Verwunderung. Erst wenn eins von uns etwas sagte, kam sie aus ihrem Traum zurück. Dabei war sie zu uns so lieb wie immer. Eindeutig ging im Hause etwas Heimliches vor. Es schien Nanny Gilroy zu freuen und zu amüsieren, obschon sie es zugleich mißbilligte. Aber ich hatte längst entdeckt, daß sie oft ihre Freude an bestimmten Vorkommnissen hatte, insbesondere solchen, die sie »schockierend« nannte. Als etwa die Bäckersfrau mit einem Handelsreisenden durchbrannte, erklärte Nanny, dies sei zwar verrucht, feixte aber, als sie sagte, mit der Bäckersfrau werde es ein schlimmes Ende nehmen, was diese freilich verdient habe. Dergleichen schien sie sehr zu befriedigen. Ich hatte sie nie gerngehabt, aber jetzt mochte ich sie weniger leiden denn je.

Eines Tages eröffnete uns Miß Carson, sie müsse einen Besuch machen und werde ein paar Tage fort sein. Als sie ging, geriet Adeline in Panik. Sie hatte furchtbare Angst, daß ihre Mutter nach ihr schicken würde, und immer, wenn wir im Erdgeschoß waren, drückte sie sich an mich und hielt meine Hand.

Als Miß Carson nach einer Woche zurückkam, klammerte Adeline sich mehr denn je an sie.

»Nicht fortgehen«, sagte sie unentwegt.

Miß Carson machte ein Gesicht, als wolle sie weinen. Sie nahm Adeline fest in die Arme und sagte: »Ich möchte nie fortgehen, Liebes. Ich möchte immer hierbleiben bei dir und Carmel, Estella und ... Immer und ewig möchte ich bleiben.«

Es war September. Lucian und Camilla, die in den Ferien zu Hause gewesen waren, würden bald auf ihre Schulen zurückkehren. Lucian war nach wie vor nett zu mir, obgleich er so viel älter war. Er nahm stets Notiz von mir und plauderte mit mir. Estella war darüber nicht sehr erbaut, weswegen seine Aufmerksamkeit mich doppelt freute. Sie war in Lucian vernarrt und versuchte, ihn immer dazu zu bringen, sich mit ihr zu unterhalten.

Es war heiß und schwül. Tom Yardley sagte, ein Gewitter liege in der Luft. Tatsächlich hörten wir es gelegentlich donnern. Im Rückblick denke ich, daß es symbolisch war für das, was in Haus Commonwood geschehen sollte.

Mrs. Marline fühlte sich gerade etwas besser, und während der letzten Tage hatte Tom Yardley ihren Rollstuhl zu einem schattigen Platz im Garten geschoben, wo sie las oder vor sich hin döste.

An jenem gewissen Tag kamen Lucian und Camilla nach Commonwood, und wir tranken alle miteinander Tee im ebenerdigen Salon. Da Mrs. Marline draußen im Garten war, mußten wir uns nicht vorsehen, nicht zuviel Lärm zu machen.

Lucian gab während der Gespräche stets den Ton an. Er war älter als Henry und kam uns allen sehr reif vor; daher respektierten wir ihn, und wenn er sprach, hörten wir zu, ohne ihn zu unterbrechen.

Er hatte ein Buch über das Schürfen nach Opal in Australien gelesen, das ihn sichtlich gefesselt hatte, und er erzählte uns von den Steinen. Adeline war auch zugegen; sie wollte immer an allem teilnehmen, was vorging, und Lucian bezog sie stets mit ein.

»Sie sind phantastisch«, sagte er mit jener Begeisterung, die er jedesmal an den Tag legte, wenn ihn etwas interessierte, und die so ansteckend wirkte, daß wir die Freude mit ihm teilten.

»Stellt euch vor, ihr seid auf der Suche nach ihnen und stoßt auf ein Prachtexemplar. Die Farben sind herrlich. Sie schillern in Rot-, Blau- und Grüntönen, und man nennt sie schwarze Opale, denn es gibt auch milchige. Die findet man woanders. Meine Mutter hat einen schwarzen Opal. Sie trägt ihn nicht oft. Sie verwahrt ihn mit anderen Schmuckstücken im Banktresor.«

»Die Leute sagen, daß sie Unglück bringen«, sagte Camil-

76

la. »Deshalb läßt unsere Mutter ihn dort. Sie denkt, dann trifft das Unglück die Bank und nicht sie.«

»Ist ja gar nicht wahr!« sagte Lucian lachend. »Sie verwahrt ihn in der Bank, weil er dort sicher aufgehoben ist. Er ist sehr wertvoll.«

»Meine Mutter hat auch einen Opal«, sagte Henry. »In einen Ring gefaßt. Den trägt sie manchmal.«

»Vielleicht hat sie deswegen den Unfall gehabt«, sagte Camilla, die von ihrer Unglückstheorie nicht ablassen wollte.

»Unsinn!« sagte Lucian obenhin. »Wie soll ein Stein Unglück bringen? Das sagen die Leute bloß, weil die Steine leicht splittern. Ihr wißt ja, wie solche Geschichten entstehen. Die Leute übertreiben, und dann wird man abergläubisch. Ich würde den Ring eurer Mutter gern einmal sehen.«

»Er ist schon lange Zeit im Familienbesitz. Sie hat ihn in ihrer Schmuckschatulle.«

»Sie trägt ihn nicht oft«, sagte Estella. »Natürlich wird er eines Tages mir gehören. Rund um den Opal sind kleine Diamanten eingelassen.«

Lucian schilderte uns dann, wie die Opale gewonnen werden, wie man sie sortiert und in die gewünschte Form schleift. Er erklärte, es sei eigenartig, daß man sie nur an bestimmten Stellen finde.

Als wir mit dem Tee fertig waren, sagte Henry, er wolle mit Lucian in die Stadt, um etwas für sein Fahrrad zu besorgen.

»Kommt ihr wieder her?« fragte Adeline.

»Ich denke schon«, sagte Lucian.

Wir gingen mit Camilla in die Schulstube und machten Ratespiele, die, wie Camilla sagte, bei den Mädchen im Schlafsaal beliebt waren, wenn das Licht ausging.

Kurz bevor Henry und Lucian aufgebrochen waren, hatte sich Mrs. Marline aus dem Garten ins Haus bringen lassen. Doch nach einer Weile hatte sie offensichtlich beschlossen, da es ein so schöner Tag und ihr Befinden besser war, wieder nach draußen zu gehen, und so schob Tom Yardley sie hinaus, und es war wieder Ruhe im Haus. Lucian und Henry kamen nicht wieder. Ich nahm an, sie waren wohl noch woanders hingegangen. Wir Mädchen begleiteten Camilla nach The Grange. Mrs. Marline war noch im Garten.

Ich ging in mein Zimmer hinauf, und kurz darauf hob unten im Erdgeschoß ein Geschrei an. Ich ging hinunter, um nachzusehen, was los sei.

Adeline war in höchster Verzweiflung. Sie saß im Schlafzimmer ihrer Mutter auf dem Fußboden, neben sich die umgekippte Kommodenschublade, deren Inhalt ringsum verstreut lag. Sie hatte die Lade offensichtlich zu weit herausgezogen, und da war sie ihr aus der Hand geglitten. Und nun lag sie umgekehrt auf dem Teppich. In einer solchen Situation konnte Adeline nichts anderes tun, als um Hilfe rufen und hoffen, daß jemand von uns, am liebsten Miß Carson, kommen und ihr aus der Patsche helfen würde, bevor ihre Mutter entdeckte, daß sie in ihrem Schlafzimmer gewesen war und sich an ihrer Kommode zu schaffen gemacht hatte.

Unglücklicherweise hörte Mrs. Marline das Geschrei. Tom Yardley war gerade in der Nähe, und Mrs. Marline ließ sich von ihm ins Haus schieben. In ihrem Schlafzimmer sah sie Adeline auf dem Fußboden sitzen, umgeben vom Inhalt der Schublade. Inzwischen war Nanny Gilroy hinzugekommen. Es folgte eine herzzerreißende Szene, die ich vom Flur aus durch die offene Tür beobachten konnte. Mrs. Marline betrachtete angewidert die schluchzende Adeline.

»Ich wollte ihn bloß Lucian zeigen«, stieß Adeline unter Schluchzern hervor. »Bloß ganz kurz. Ich wollte nicht ... sie ist ganz rausgerutscht, als ich gezogen habe ...«

»Hör auf zu schniefen, Kind!« sagte Mrs. Marline. »Du

siehst lächerlich aus. Yardley, heben Sie die Sachen auf und legen Sie sie zurück!«

Tom Yardley tat wie geheißen.

»Komm her!« sagte Mrs. Marline zu der zusammengekauerten Adeline. »Dummes Kind, wann wirst du endlich ein bißchen Vernunft annehmen?«

»Ich wollte doch bloß Lucian den Opalring zeigen. Ich wollte bloß ...«

»Schweig still! Wie kannst du es wagen, in mein Schlafzimmer zu gehen und Schubladen aufzuziehen?«

»Ich wollte bloß ...«

Nun war auch Miß Carson heruntergekommen.

»Was ist los?« fragte sie mich.

»Ich glaube, Adeline ist hineingegangen und hat eine Schublade aufgemacht, und die ist runtergefallen«, sagte ich. »Lucian hat von Opalen erzählt, und Adeline wollte ihm den Ring ihrer Mutter zeigen.«

»Arme Kleine! So darf man nicht mit ihr umgehen. Das hilft doch nichts.«

»Zur Strafe«, sagte Mrs. Marline, »gehst du in dein Zimmer und bleibst dort ohne Licht, wenn es dunkel ist.«

Adeline stieß ein Angstgeheul aus. Da ging Miß Carson in das Zimmer. Mit einem Freudenschrei lief Adeline zu ihr und klammerte sich an sie.

»Ist ja gut!« sagte Miß Carson zu Adeline. »Niemand wird dir etwas tun.«

Adeline schluchzte weiter und ließ Miß Carson nicht los.

»Was unterstehen Sie sich, sich einzumischen?« rief Mrs. Marline. »So eine Unverschämtheit! Das ist wirklich die Höhe! Sie werden dieses Haus auf der Stelle verlassen!«

»Nein, nein, nein!« schrie Adeline.

»Ich traue meinen Ohren nicht«, sagte Mrs. Marline. »Sind denn hier alle von Sinnen? Miß Carson, wie können Sie es wagen, hier hereinzukommen?«

»Adeline wollte nichts Böses tun und hat keinen Schaden angerichtet«, sagte Miß Carson bestimmt. »Komm, Adeline!«

Adeline faßte Miß Carsons Hand, während Mrs. Marline den beiden fassungslos nachsah. Miß Carson ging mit Adeline hinaus auf den Flur. Plötzlich stieß sie einen leisen Schrei aus, stolperte und wäre fast gestürzt, wenn Nanny Gilroy sie nicht aufgefangen hätte. So aber glitt sie langsam zu Boden und blieb auf dem Teppich liegen. Ihre Augen waren geschlossen, und sie sah sehr blaß aus.

»Sie ist ohnmächtig«, sagte Nanny mit einer Miene grimmiger Zufriedenheit. »Sie ist glattweg ohnmächtig geworden.«

»Was ist da los, um Himmels willen?« rief Mrs. Marline aus ihrem Schlafzimmer.

»Die Gouvernante ist ohnmächtig geworden, Madame«, sagte Nanny Gilroy. »Ich werde mich um sie kümmern.«

Adeline starrte bestürzt auf Miß Carson. Ich war entsetzt. Alles kam mir so unwirklich vor.

Mrs. Barton lief herbei und fragte: »Was ist los?«

»Die Gouvernante ist glatt in Ohnmacht gefallen«, sagte Nanny mit einer Überlegenheit, als wolle sie der Köchin mitteilen: Ich hab's ja gleich gesagt.

Die nächsten Minuten waren wie in einem phantastischen Alptraum. Adeline rief schluchzend: »Wach auf! Wach auf! Laß nicht zu, daß sie mir was tut!«

Nanny flüsterte mit Mrs. Barton. »Annie wird gleich hier sein. Wäre vielleicht ganz gut, wenn sie sie sich mal ansähe.« Sie stieß Mrs. Barton an, die feixte. Es war, als hätten sie ein gemeinsames lustiges Geheimnis.

Dann schlug Miß Carson zu Adelines und meiner Erleichterung die Augen auf. »Was ... was?« begann sie.

»Sie sind ohnmächtig geworden, meine Liebe«, sagte Mrs. Barton.

Miß Carson sah sich verwirrt und erschrocken um. Adeline kniete neben ihr und umklammerte ihre Hand. »Nicht ohnmächtig werden!« bat sie. »Bleib hier ... bei mir.«
»Ich helfe Ihnen, meine Liebe«, sagte Mrs. Barton. »Am besten, Sie legen sich ein bißchen hin.«
»Ganz recht«, sagte Nanny. »Sie müssen sich hinlegen. Sie hatten einen schlimmen Zusammenbruch.«
Miß Carson ging in ihr Zimmer. Nanny und Mrs. Barton führten sie, Adeline und ich bildeten die Nachhut.
Erschüttert über die Szene, die ich mit angesehen hatte, kam ich in Miß Carsons Schlafzimmer. Sie lag auf dem Bett und starrte an die Decke. In ihren Augen stand deutlich Furcht geschrieben.
»So, bleiben Sie ein Weilchen liegen«, sagte die Köchin. »Sie dürfen sich nicht aufregen.«
Ich sah, wie sich Nannys Mundwinkel zu dem bekannten Feixen verzogen. Dann fiel ihr Blick auf mich und Adeline. »Was tut ihr hier? Hinaus mit euch, aber flott!«
Ich nahm Adelines Hand, und wir verließen den Raum.
»Miß Carson ist doch nicht krank?« fragte Adeline bange.
»Nein nein, ihr fehlt nichts«, sagte ich.
»Sie wird nicht fortgeschickt, nicht wahr?«
Ich drückte ihre Hand. »O nein, nein«, sagte ich ohne Überzeugung. Ich mußte Adeline beruhigen. Ich konnte es nicht ertragen, ihr Gesicht so angstverzerrt zu sehen.
Nanny Gilroy war uns nachgekommen. Sie nahm Adeline an der Hand und zog sie mit sich fort.
Ich ging in mein Zimmer. Ich wußte, daß etwas Dramatisches passieren würde. Ich glaubte, man würde Miß Carson befehlen, ihre Sachen zu packen und zu verschwinden. Mrs. Marline würde sich von niemandem, der bei ihr beschäftigt war, gefallen lassen, daß man so mit ihr sprach, wie Miß Carson es getan hatte. Sie war schon einmal nahe

daran gewesen, entlassen zu werden. Ein zweites Mal würde sie nicht davonkommen. Ich war so untröstlich wie Adeline und versuchte mir vorzustellen, wie es ohne Miß Carson im Hause sein würde.

Als Annie Logan um halb sieben kam, um Mrs. Marline bettfertig zu machen, führte Nanny Gilroy sie in Miß Carsons Zimmer hinauf. Ich öffnete meine Tür und spähte über das Treppengeländer. Ich sah die beiden im Flur.

»Es wäre gut, wenn Sie mal einen Blick auf sie werfen würden, Annie. Ist glattweg in Ohnmacht gefallen. Ich meine, das ist doch nicht normal, daß eine junge Frau einfach besinnungslos wird. Könnte ja sein, daß was nicht stimmt.«

Dann gingen sie hinein, und die Tür wurde geschlossen.

Ich lauerte in der Nähe und wartete, und nach einer Weile kamen sie wieder heraus und gingen in die Küche hinunter, um wie gewohnt eine Tasse Tee zu trinken. Ich beobachtete sie und wartete. Sie blieben eine Weile drinnen bei Mrs. Barton. Ich hätte gerne gehört, was sie sprachen.

Dann ging die Tür auf, und ich hörte Nanny sagen: »Das ist nur recht und billig. Madam muß unterrichtet werden. Ich bitte Sie! Ist denn das die Möglichkeit! Allerdings habe ich es schon eine ganze Weile vermutet – und Sie auch, das weiß ich.«

In Begleitung von Nanny und Mrs. Barton ging Annie Logan in Mrs. Marlines Zimmer. Ich konnte nicht hören, was gesprochen wurde. Mrs. Marline schimpfte ausnahmsweise nicht. Dann kamen die drei wieder heraus, Annie Logan fuhr auf ihrem Fahrrad davon, und Nanny und Mrs. Barton kehrten in die Küche zurück, um noch mehr zu bereden.

Als der Doktor nach Hause kam, meldete ihm Mrs. Barton, daß Mrs. Marline ihn unverzüglich zu sprechen wünsche.

Ich wußte, daß eine Unterredung über Miß Carsons Zukunft bevorstand, und da ich unterdessen im Lauschen sehr geschickt war, konnte ich einiges davon mitbekommen.

Es war ein heißer Tag, und die Fenstertür, die von Mrs. Marlines Zimmer in den Garten führte, stand offen. Ich ging so nahe heran, wie ich mich traute, und es gelang mir, mich einigermaßen hinter einem Busch zu verstecken. Konnte ich auch nicht alles verstehen, so hörte ich doch einiges, vor allem, wenn Mrs. Marline die Stimme hob, wie sie es immer tat, wenn sie erzürnt war; und sie war sehr wütend.

»Dieses unverschämte Frauenzimmer! Sagt mir, wie ich meine eigene Tochter zu behandeln habe!«

Darauf folgte ein unverständliches Brummen des Doktors.

»Du verteidigst die Schlampe auch noch! Das Maß ist voll. Sie muß gehen. Es wäre eine Schande, sie hierzubehalten. Du wirst sie entlassen ... oder soll ich das übernehmen? Ich wünsche, daß sie das Haus verläßt. Diese Nacht kann sie noch bleiben, aber dann: Hinaus mit ihr!«

Darauf muß der Doktor gegangen sein, denn es wurde still. Ich schlich ins Haus und ging spontan in Miß Carsons Zimmer. Ich klopfte an, und als sie meine Stimme hörte, sagte sie: »Herein!«

Ich ging hinein. Adeline lag bei ihr auf dem Bett, die Arme um die Gouvernante geschlungen. Sie weinte, und Miß Carson tröstete sie.

Mich überkam eine solche Gefühlsaufwallung, daß ich zu Miß Carson lief. Und wir lagen zu dritt auf dem Bett, die Arme verschlungen, als der Doktor hereinkam. Er sah blaß und unglücklich aus.

»O Papa«, schluchzte Adeline. »Laß Miß Carson nicht fortgehen!«

»Wir müssen alles tun, damit sie bleibt«, sagte er.

»Ja, ja, ja!« rief Adeline.

»Und nun, Kinder, habe ich Miß Carson etwas Wichtiges zu sagen. Carmel, geh mit Adeline hinaus, sei so gut, ja?« Wir standen vom Bett auf, und Adeline lief zu ihrem Vater. Sie nahm seine Hand. »Bitte, bitte, mach, daß sie hierbleibt!«

»Liebes Kind«, sagte er, und er bückte sich und gab ihr einen Kuß. Das hatte ich ihn noch nie tun sehen. »Ich werde alles tun, was in meiner Macht steht.«

Dann lächelte er mir freundlich zu, und ich nahm Adeline an der Hand und ging mit ihr aus dem Zimmer.

* * *

Es war eine sonderbare Nacht. Ich schlief wenig, und als ich in der Morgendämmerung aufwachte, wußte ich, dies würde ein bedeutender Tag werden.

Zunächst war es der Tag, an dem Henry ins Internat zurückkehrte. Er brach wie stets um zehn Uhr vormittags auf. Jedesmal war wegen Henrys Abreise alles andere in den Hintergrund gerückt, und heute schien es nicht anders zu sein.

Henry hatte den Abend bei Lucian in The Grange verbracht und schien von dem, was sich hier abgespielt hatte, nichts zu wissen. Zudem war er kaum interessiert an Dingen, die ihn nicht betrafen, und da Miß Carson in seinem Dasein nur eine winzige Rolle spielte, würde ihm nicht bewußt werden – oder aber es war ihm einerlei –, was für eine Tragödie ihr Fortgehen bedeutete.

Der Doktor fuhr ihn wie immer zum Bahnhof, und dort traf er sich mit Lucian, denn die zwei reisten zusammen. Sobald der Doktor sich verabschiedet hatte, begab er sich in seine Praxis, von wo er gewöhnlich erst am späten Nachmittag zurückkehrte. Es war seltsam, daß nach den dramatischen Ereignissen des vorangegangenen Abends alles wieder seinen normalen Gang nehmen sollte. Aber die Dinge waren natürlich alles andere als normal, und dies war lediglich die Ruhe vor dem Sturm, wie es im Volksmund heißt. Mrs. Marline würde bestimmt auf Miß Carsons Abreise bestehen. Ob der Doktor dies verhindern konnte?

Miß Carson fühlte sich nicht wohl genug, um zu unterrichten. Estella war froh darüber. Sie wußte, daß es Ärger zwischen ihrer Mutter und Miß Carson gegeben hatte, und sie machte auf mich den Eindruck, als wisse sie etwas, das sie mir nicht erzählen wolle. Sie ging zu Camilla hinüber, die erst ein paar Tage später ins Pensionat abreisen sollte.

Ich kam nicht mit. Ich wollte im Haus bleiben, denn ich wußte nicht, wann das nächste folgenschwere Ereignis eintreten mochte.

Mrs. Marline blieb ganz still in ihrem Zimmer.

Ich hörte Nanny zu Mrs. Barton sagen: »Madam ist empört. Wer wäre das nicht? Warten wir's ab, bis der Herr zurückkommt. Dann gibt's aber ein Donnerwetter.«

Das Schweigen, das an diesem Nachmittag das Haus durchdrang, hatte etwas Drohendes. Es würde erst gebrochen werden, wenn der Doktor zurückkehrte, denn dann war es Zeit für das »Donnerwetter«.

Doch es geschah vor der Rückkehr des Doktors, als nämlich Tom Yardley in Mrs. Marlines Zimmer ging, um zu fragen, ob sie mit dem Rollstuhl in den Garten geschoben werden wollte. Tom Yardley schien dazu ausersehen, folgenschwere Entdeckungen zu machen.

Die Fenstertür stand offen, und Tom klopfte kurz an und rief. Er erhielt keine Antwort, worauf er einen Blick ins Zimmer warf. Mrs. Marline lag im Bett. Er dachte, sie schlafe fest, und wollte sich schon entfernen, als er ein eigenartiges Röcheln hörte, das ihm irgendwie seltsam vorkam. Er dachte, er solle lieber Bescheid sagen, und ging in die Küche zu Mrs. Barton.

Gemeinsam gingen sie in Mrs. Marlines Zimmer. Mrs. Marline war still, und es war kein Röcheln mehr zu hören. Aber beide fanden, daß die Herrin irgendwie anders aussehe, und Mrs. Barton meinte, es könnte nicht schaden, Dr. Everest zu rufen.

Tom machte sich auf, ihn zu holen, aber Dr. Everest war bei einem Patienten, und es dauerte eine gute Stunde, bis er ins Haus Commonwood kam. Als er eintraf, mußte er feststellen, daß Mrs. Marline tot war.

Eine Reise übers Meer

Es fällt mir schwer, mich genau zu besinnen, was an jenem Tag geschah, denn es herrschte ein ständiges Kommen und Gehen, es gab so viel Geflüster und lastendes Schweigen.

Die Nachricht von Mrs. Marlines Tod war für alle ein großer Schock. Dr. Everest mußte nach Dr. Marline geschickt haben, denn dieser kam vorzeitig nach Hause, ungläubig und entsetzt.

Die beiden Ärzte blieben lange Zeit beisammen, dann verließ Dr. Everest das Haus. Nanny Gilroy und Mrs. Barton tuschelten miteinander, und als Annie Logan kam, blieb sie bei ihnen. Die drei schlossen die Tür, damit ja niemand hörte, was sie zu besprechen hatten.

Der Doktor und Miß Carson waren im Salon. Sie schienen beide vor Schreck gelähmt.

Estella und ich sprachen über das, was geschehen war. Keine konnte Trauer über Mrs. Marlines Hinscheiden heucheln. Ich hatte oftmals im Zusammenhang mit dem Tod von einer »Erlösung« reden hören, und ich fand, daß dies in diesem Fall in besonderem Maße zutraf. Es war tatsächlich eine Erlösung für uns und auch für Mrs. Marline, da sie solche Schmerzen durchlitten hatte.

Ich hörte Nanny finster sagen: »Es wird eine gerichtliche Untersuchung geben, und dann sehen wir weiter.«

Die Stimmung im Haus hatte sich verändert. Überall schienen drohende Schatten zu sein. Ich hatte das Gefühl, daß etwas Ungeheuerliches über uns hereinbrechen werde, sagte mir aber, es würde sehr angenehm sein, wenn alles vorbei sei, da wir ohne Mrs. Marline glücklicher sein würden.

Aber so einfach spielt das Leben nicht. Die gerichtliche Untersuchung stand bevor, und der unheilvolle Begriff schlich sich in jedes Gespräch, das man hörte.

Im ganzen Haus waren die Jalousien herabgelassen. Die Türen der Zimmer, die Mrs. Marline bewohnt hatte, waren abgeschlossen, und niemand durfte hineingehen.

Estella sagte, wenn Menschen plötzlich sterben, werden sie aufgeschnitten, damit man feststellen kann, was ihren Tod verursacht hatte. Und dank meiner guten Ohren erfuhr ich von Nanny und Mrs. Barton, daß hierbei etwas Wichtiges ans Tageslicht kommen würde.

Drei Tage nach Mrs. Marlines Tod kam eine Besucherin ins Haus Commonwood. Sie war eine große, dünne, bedeutend aussehende Dame, und ich staunte über ihre Ähnlichkeit mit Mrs. Marline. Der Doktor begrüßte sie einigermaßen überrascht.

Von meinem Lauschposten aus hörte ich sie sagen: »Ich dachte, es ist Zeit, daß ich herkomme. Man muß etwas wegen der Kinder unternehmen.«

Sie ging mit dem Doktor in den Salon, und es entstand eine lange Pause, während der ich nichts hören konnte. Nach einer Weile wurde dann Estella in den Salon gerufen. Sie blieb dort lange Zeit, dann kam sie mit verwirrter Miene heraus. Sie lief in ihr Zimmer hinauf, und ich folgte ihr.

»Wer ist das? Und was will sie?« fragte ich. »Ich habe sie noch nie gesehen.«

»Das ist meine Tante Florence. Adeline und ich sollen mit ihr gehen.«

Ich sah sie verständnislos an. »Wann?«

»Sofort«, sagte sie. »Ich soll Nanny holen, damit sie mir packen hilft.«

»Wohin geht ihr?«

»Hab' ich dir doch gesagt. Zu ihr. Sie ist gekommen, um uns abzuholen.«

»Soll das ein Urlaub sein?«

Estella zuckte mit den Schultern. »Sie sagt, es ist das beste für uns, wenn wir nicht hier bleiben.«

»Du meinst, ihr geht *jetzt?*«

»Hab' ich doch gesagt, oder?«

Estella war immer gereizt, wenn ihr bange war, und ich sah ihr an, daß sie nicht darauf erpicht war, mit dieser Tante Florence zu gehen, die meines Wissens noch nie nach Commonwood gekommen war.

»Für wie lange?« fragte ich.

»Ich denke, bis die Untersuchung vorbei ist. Sie meint, das ist das beste. Sie sagt, wir dürften nicht mit hineingezogen werden.«

»Und ich?«

Estella zuckte mit den Achseln. »Von dir hat sie nichts gesagt ... nur von Adeline und mir. Und Henry ist ja im Internat.«

Ich fühlte mich so verlassen wie einst in jenen Tagen, ehe Onkel Toby in mein Leben getreten war.

* * *

Tante Florence reiste mit Estella und Adeline ab. Nie werde ich Adelines Gesicht vergessen, als sie mit Estella, der Tante und dem Gepäck in die Bahnhofsdroschke stieg. Sie sah aus, als sei sie zu durcheinander und elend, um noch weinen zu können.

Dann war ich allein.

Es war seltsam ohne Estella und Adeline, aber wenigstens war Miß Carson nicht mit ihnen gefahren. Sie wirkte sehr nervös. Sie erzählte mir, daß Tante Florence Mrs. Marlines Schwester war. Sie hatten sich jahrelang nicht mehr gesehen, weil sie sich nicht vertrugen. Das überraschte mich nicht, da ich mir niemanden vorstellen konnte, der sich mit Mrs. Marline vertrug, und diese Schwester schien ihr sehr ähnlich zu sein.

Miß Carson sagte: »Es hat einen ziemlichen Aufruhr in der Familie gegeben, als Mrs. Marline den Doktor ehelichte. Alle dachten, die Heirat mit einem Landarzt sei unter ihrem Stand, wo sie doch in den Adel hätte einheiraten können.« Miß Carson fügte mit einem bitteren Ton, der irgendwie nicht zu ihr paßte, hinzu: »Schade, daß sie es nicht getan hat.«

Ich fragte mich, was aus mir werden würde, wenn die gerichtliche Untersuchung einmal vorüber war. Ich spürte etwas Verhängnisvolles im Haus. Einmal hörte ich Nanny Gilroy zu Mrs. Barton sagen: »Man wird uns befragen, ohne Zweifel. Ich werde alles aussagen, was ich weiß. Man darf solche Dinge in einer Zeit wie dieser nicht verschweigen. Sie werden es sowieso herausfinden. Denen entgeht kaum etwas.«

»*Ihm* wird das nicht gefallen«, erwiderte Mrs. Barton, »daß die Leute in seinen Angelegenheiten herumstochern.«

»Die Menschen sollten sich das überlegen, bevor sie ertappt werden.«

Ich war schon sehr gespannt, was diese gefürchtete Untersuchung ergeben würde.

Dann kam Onkel Toby, und ich vergaß alles andere. Ich warf mich in seine Arme. Ich lachte und weinte zugleich.

Ich sagte: »Sie sind fort: Estella und Adeline.«

»Ich weiß. Bei meiner Schwester Florence. Die armen Kinder! Und dich haben sie alleingelassen?«

Ich nickte.

»Auch gut, ich bin nämlich gekommen, um dich für eine Weile mitzunehmen.«

Ich konnte nicht glauben, daß ich richtig gehört hatte.

»Ich soll mit dir gehen?«

»Nur für eine kleine Weile. Bis hier alles geregelt ist. Habe ich nicht gesagt, daß wir eines Tages zusammen auf dem Schiff reisen werden?«

»Auf dem Schiff?« rief ich.

Er sah mich an und lächelte. »Ich finde, das ist eine gute Idee.«

Ich konnte nicht glauben, daß dies Wirklichkeit war. Das Leben hatte seit Mrs. Marlines Tod eine eigenartige Wendung genommen, aber das hier war phantastischer als alles, was sich bislang ereignet hatte. Fortzugehen aus diesem düsteren Haus mit seinen Geheimnissen, die ich nicht verstehen konnte, bei Onkel Toby zu sein! Auf dem Schiff, hatte er gesagt. Es war zu viel, um alles auf einmal zu erfassen. Es war wie ein Traum, und ich fürchtete, jeden Moment aufzuwachen.

Ich starrte Onkel Toby nur verdutzt an, als mir klar wurde, daß er es ernst meinte, und dann fühlte ich mich froh und erleichtert.

*　*　*

Ich muß gestehen, daß ich zu aufgeregt war, um viel an die arme Adeline zu denken, die nun von ihrer geliebten Miß Carson getrennt war. Estella würde es nicht soviel ausmachen, sie mochte die Abwechslung sogar aufregend finden. In Haus Commonwood war es in letzter Zeit nicht sehr erfreulich zugegangen. Und jetzt wurde mir dieses ungeheuer aufregende Abenteuer in Aussicht gestellt, das alles übertraf, was ich mir jemals ausgemalt hatte.

Onkel Toby erläuterte mir seine Pläne. Hatte er nicht immer gesagt, er würde mich auf eine Reise übers Meer mitnehmen? Und jetzt war die Zeit gekommen. Wir würden nicht lange warten müssen, denn er wollte in einer guten Woche in See stechen, und vorher gab es noch eine Menge zu erledigen. Ich brauchte bestimmte Sachen. Polly werde mir dabei helfen.

»Wer ist Polly?« fragte ich.

»Sie ist meine Hauswirtin. Die gute Polly! Was würden wir ohne sie anfangen? Ich habe einige Zimmer in ihrem Haus gemietet. Wir gehen gewöhnlich in Southampton vor Anker, und das ist mein *pied à terre*. Du weißt sicher, was das ist, denn ich habe gehört, daß du Französisch gelernt hast. Es ist ein kleines Zuhause, wo man hingeht, wenn man das Bedürfnis danach verspürt. Eines Tages, wenn ich nicht mehr zur See fahre, werde ich mich irgendwo niederlassen. Doch bis dahin habe ich mein *pied à terre* bei Mrs. Q.«

»Mrs. Q.?«

»Polly. Polly Quinton. Sie ist ein feiner Kerl. Sie wird dir gefallen. Sie kümmert sich um ihre Matrosen, ihre Jungs, wie sie sagt. Oh, ich bin nicht der einzige. Nur einer von vielen. Sie kommen und gehen. Es ist mir recht, und Mrs. Q. ist es auch recht. Ich habe vier Zimmer ganz oben im Haus mit Blick auf den Hafen. Nicht weit von dem alten Kahn, weißt du. Das Schiff wird nämlich ein Teil von dir. Schiffe sind etwas Wunderbares. Sie sind launisch ... Sie führen ein Eigenleben. Sie spielen einem komische kleine Streiche – und jedes ist anders. Kapriziös sind sie. Wie Frauen, heißt es. Hast du gewußt, daß man von einem Schiff immer als ›sie‹ spricht, nie als ›er‹? Nein, ein Schiff hat nichts von einem Mann an sich. Und deswegen gewinnt man sie lieb, weißt du.«

Ich genoß diese Unterhaltungen. Onkel Toby war immer gesprächig gewesen und hatte eine lockere Ausdrucksweise, und alles, was in den letzten Monaten in Haus Commonwood geschehen war, verblaßte bereits zur Erinnerung, denn ich trat in eine neue, fesselnde Welt. Mit dieser aufregenden Aussicht und Onkel Tobys Gegenwart war ich ganz ausgefüllt.

»Wir haben nur noch eine gute Woche, bevor wir an Bord der Lady of the Seas gehen«, sagte er zu mir. »Es gibt viel zu tun. Du brauchst nicht nur bestimmte Kleidungsstücke, es gilt auch Formalitäten zu erledigen. Um die werde ich mich kümmern. Du und Mrs. Q. besorgt das übrige.«

Das Haus befand sich in der Nähe der Kais, wie Onkel Toby gesagt hatte, und Polly Quinton begrüßte mich, als würde sie mich schon immer kennen. Sie war sehr mollig, hatte ein rosiges Gesicht, und ihre Augen verschwanden fast, wenn sie lachte, was sie häufig tat. Sie schien alles lustig zu finden. Sie hatte die Gewohnheit, die Hände vor dem gewaltigen Busen zu verschränken und sich vor Vergnügen zu schütteln.

Ihr Haus hatte fünf Stockwerke, und alle Räume außer denen im Erdgeschoß waren an Seeleute vermietet.

Mrs. Quinton hatte eine besondere Vorliebe für Seemänner, wie ich bald entdeckte, denn man mußte Mrs. Quinton nie überreden, von sich zu erzählen. Das tat sie, solange man zuhören wollte.

»Mein Charley war Matrose«, erzählte sie mir, und ihre Augen waren ausnahmsweise weit offen und verschwommen. »Ein richtiges Mannsbild, jawohl. Das war eine Zeit!« Sie schüttelte sich bei der Erinnerung. »Wenn er nach Hause kam, hat er seinen Urlaub auf Teufel komm raus genossen. So war er eben. Die haben viel vom Leben, Kind, die Seeleute. Das waren Zeiten! Und dann war's aus und vorbei. Vor Südamerika ist er mit seinem Schiff untergegangen.« Sie schwieg einen Moment, ihre Miene war betrübt. Dann wurde sie wieder fröhlich.

»Ja, wir hatten viel Spaß zusammen, und er hat mich wohlversorgt zurückgelassen. Er hat immer gesagt: ›Es soll dir gutgehen, Poll, wenn ich nicht mehr bin. Du hast das Haus.

Davon kannst du deinen Unterhalt bestreiten.‹ Und so ist es gekommen. Ich hab' ihn immer gebremst, wenn er so redete. Es hat mich traurig gemacht. Aber er hatte ja recht. Ich vermiete das Haus an meine Seeleute. Sie erinnern mich an Charley. Dein Onkel Toby wohnt seit vielen Jahren bei mir. Er ist ein richtiger Gentleman. Dir kann ich es ja sagen, Kind, ich habe eine Schwäche für ihn. Du hast Glück, Mädchen. Er nimmt dich mit auf See. Na, das ist doch was! Ich wünschte, ich wär' bei meinem Charley gewesen, als ... Nein, das soll man sich nicht wünschen, nicht? Ich hatte immer das Gefühl, daß ich genau wußte, was gut für ihn war. Aber so bin ich eben. Charley sagte immer: ›Du denkst, du machst alles besser als andere.‹ Das stimmt. Drum habe ich es auch geschafft, ihn manchmal vom Meer wegzuhalten. So, Liebes, morgen gehen wir einkaufen. Ehrlich gesagt, ich tu nichts lieber als ein biß-chen Geld ausgeben.«

Sie lachte, ihre vorübergehende Traurigkeit hatte sich ver-flüchtigt.

Wir gingen zusammen einkaufen. Wir besorgten die Klei-dungsstücke, die ich für das Leben an Bord brauchte, wie Onkel Toby gesagt hatte: feste Schuhe mit Sohlen, mit denen man auf dem nassen Deck nicht rutschte, und ein paar Sommerkleider für das heiße Klima. Mrs. Quinton genoß diese Einkäufe sehr, und ich ebenso.

Onkel Toby war tagsüber viel außer Haus, denn er hatte Geschäfte zu erledigen. Das Schiff lag im Hafen, weil be-stimmte Instandsetzungsarbeiten auszuführen waren. Er nahm mich mit hin. Das war eine Aufregung! Ich sollte eine Kabine auf dem Deck bekommen, gleich unterhalb der Brücke, auf der Onkel Tobys Kajüte war.

»Du wirst ein Passagier sein«, erklärte er mir, »eine ganz besondere Person an Bord. Ich muß mich um alle Passa-giere kümmern, und da es mit der Fracht meistenteils nicht viel zu tun gibt, werde ich dich im Auge behalten können.«

Er zeigte mir den Speisesaal mit den langen Tischen. Es gab auch einen Rauchsalon, einen Musiksalon sowie Aufenthaltsräume, wo die Leute allem möglichen Zeitvertreib nachgehen konnten, dazu Flächen auf Deck, wo man sitzen und das Meer betrachten konnte. Mir war, als sei ich in einer phantastischen neuen Welt gelandet.

Und dann waren wir auf hoher See, und es war wie die Verwirklichung eines lange gehegten Traumes. Ich war ungeheuer stolz auf Onkel Toby. Er sah blendend aus in seiner Kapitänsuniform, und alles gehorchte ihm. Er war der Herr über die LADY OF THE SEAS und alle, die auf ihr fuhren.

Er hatte sich ein wenig verändert, denn er war nun auf die Sicherheit aller bedacht, die von ihm abhingen. Meistens war er sehr beschäftigt, aber wir hatten immer wieder ein paar Augenblicke miteinander, und dann war ich dankbar und fühlte mich geehrt, denn ich glaube, daß er sie ebenso genoß wie ich.

Er pflegte zu sagen: »Ich bin eine Zeitlang auf der Brücke, da kann ich nicht bei dir sein – aber sobald es möglich ist...«

Dann nickte ich, glücklich, daß er es mir erklärte, was Erwachsene selten taten. Ich dachte oft, was für ein Segen es für mich war, ihn zu haben, denn er war ja nicht mein richtiger Onkel, auch wenn er immer so sprach und handelte. Nie würde ich vergessen, daß ich es war, die er mit aufs Meer genommen hatte – nicht Henry, Estella oder Adeline. Man hätte erwartet, er würde eher Henry mitgenommen haben, weil für solche Abenteuer meistens Jungen ausgewählt werden. Insgeheim dachte ich, daß Onkel Toby Henry oder auch Estella oder Adeline nicht so gern hatte wie mich. Und genau das war das Wunder.

Ab und zu kam mir das frühere Leben in den Sinn, obwohl ich nicht daran denken wollte; es drängte sich mir einfach auf. Wie mochte es den Geschwistern bei Tante Florence ergehen? Vielleicht waren sie inzwischen wieder zu Hause. Die gerichtliche Untersuchung war gewiß vorüber, und im Haus war der Alltag eingekehrt. Es gab wieder Unterricht und Spaziergänge mit Miß Carson, und Mrs. Marline war begraben und konnte nie mehr etwas verderben. Adeline würde erleichtert sein. Vielleicht vermißte sie mich ein wenig, aber Miß Carson würde sie dafür entschädigen.

War es also für die anderen so glücklich ausgegangen wie für mich? Hin und wieder kam mir der Gedanke, was geschehen würde, wenn diese Reise zu Ende war. Ich würde wohl nach Commonwood zurückkehren, und dann würde man weitersehen. Aber ich wollte nicht daran denken. Zuerst wollte ich jeden Augenblick dieses herrlichen Abenteuers genießen.

Das Leben an Bord nahm mich gefangen. Bei den Mahlzeiten saßen wir an einer langen Tafel, und das war lustig. Alle waren freundlich zu mir, weil ich der Schützling des Kapitäns war, und sie sagten, welch ein Glück es für mich sei, einen Onkel zu haben, der mich auf einer so langen Seereise mit aufs Schiff nehme. Manchmal leistete Onkel Toby uns Gesellschaft. Alle wollten sie mit ihm reden. Sie stellten Fragen über das Schiff, und er plauderte mit ihnen auf seine fröhliche, lockere Art, die jedermann zu gefallen schien.

Nachts lag ich in meiner Koje in der Kabine unmittelbar unterhalb der Brücke und stellte mir Onkel Toby dort oben vor, wie er seine Seekarten und die Sterne studierte, während er sein Schiff steuerte.

Ich teilte die Kabine mit einem Mädchen, das ungefähr in meinem Alter war. Gertie Forman wanderte mit ihrer Familie – Vater, Mutter und Bruder Jimmy – nach Australien aus. Die Kabine enthielt zwei Kojen übereinander, und ich erklomm meine, die obere, mit Hilfe einer Leiter, die sich bei Bedarf herunterklappen ließ. Es war sehr vergnüglich, dort oben zu liegen, besonders wenn das Schiff schaukelte. Gertie und ich schlossen bald Freundschaft. Zusammen erkundeten wir das Schiff. Auch für sie war es das erste Mal auf einem Schiff, somit hatten wir vieles gemein. Wir entdeckten die Aufenthaltsräume und die besten Plätze, um auf Deck zu sitzen. Allerdings saßen wir nicht viel; wir sausten ständig umher. Manchmal unterhielten wir uns mit den Matrosen; viele von ihnen waren dunkelhäutige Männer, die nicht viel Englisch sprachen. Einige aber waren Engländer, und sie nannten mich oft »die Kleine vom Kapitän«.

Es war herrlich, eine Gefährtin zu haben, wenn ich nicht mit Onkel Toby beisammen sein konnte, und Gertie und ich verbrachten viel Zeit miteinander. Abends lagen wir dann in unseren Kojen und plauderten.

Ich erfuhr, daß die Formans auf einem Bauernhof in Wiltshire gelebt hatten. Gertie erzählte mir, daß sie und ihr Bruder tägliche Pflichten erfüllen mußten, etwa die Kühe zum Melken hereinholen, Eier von den Hühnern einsammeln oder das Futter für die Schweine anrühren. Auf einem Bauernhof gebe es immer zu tun. Sie wollten einen Besitz in Australien kaufen, wo Land billiger zu haben war als zu Hause.

Die Familie war fortgegangen, weil »man« – Gertie wußte nicht recht, wer – plante, eine Straße mitten durch den Bauernhof zu bauen, was dem bis dahin rentablen Unternehmen den Garaus gemacht hätte. Die Formans hatten lange Zeit gebangt und gehofft, es würde nicht soweit kommen; als sie dann aber merkten, daß der Straßenbau unvermeidlich war, beschlossen sie, einen Besitz in Australien zu erwerben.

Ich erzählte Gertie ein wenig von mir, aber ich war auf der Hut. Ich wollte sie nicht wissen lassen, daß man mich unter einem Azaleenstrauch gefunden hatte. Sie hätte sich sonst bestimmt gefragt, wie der blendende Captain Sinclair der Onkel eines ausgesetzten Kindes sein konnte. Ich fragte mich, was ich sagen sollte, wenn ihre Erkundigungen lästig würden. Aber Gertie interessierte sich wie die meisten Leute mehr für ihre eigenen Angelegenheiten, und es war nicht schwierig, sie von peinlichen Fragen abzulenken.

Trotz seiner großen Verantwortung fand Onkel Toby oft Zeit für mich. Er nahm mich dann mit auf die Brücke und zeigte mir die Karten und Instrumente, und dann setzten wir uns in seine Kajüte und unterhielten uns. Ich genoß jeden Augenblick an Bord, aber das Zusammensein mit Onkel Toby war jedesmal das Glanzlicht des Tages. Er sprach mit mir wie mit einer Erwachsenen, was zu den liebenswertesten Aspekten unserer Beziehung zählte, und wenn ich an die Kränkungen dachte, die ich seitens Estellas, Henrys und Nanny Gilroys erlitten hatte, schien es ein Wunder, daß der mächtige Kapitän mich behandelte, als wäre ich bedeutend und interessant. Er fragte mich, wie mir das Leben an Bord gefiel, wartete jedoch meine Antwort gar nicht ab. »Herrlich, nicht?« meinte er. »Den frischen Seewind zu fühlen, das Auf und Ab der Wellen ... und die See ... die ewig wechselnde See, die so sanft und glatt sein kann und dann plötzlich tobt. Du hast sie nie wild gesehen, und ich hoffe, daß es nie dazu kommt.«

Er sprach von den Orten, die wir besichtigen würden. Wir wollten bald damit beginnen, doch zuerst mußten wir noch durch den Golf von Biskaya. Der stehe in dem Ruf, sagte er, tückisch zu sein, und wir müßten uns vor Sturmböen vorsehen. Es gelte Strömungen und Winde zu beobachten. Manchmal seien die Elemente gnädig und dann wieder das

Gegenteil. Anschließend würden wir das Mittelmeer durchfahren und in Neapel und Suez anlegen.

»Wir werden durch den Kanal fahren. Das wird sehr interessant sein für dich, Carmel. Noch vor kurzer Zeit hätte man das Kap umschiffen müssen, aber jetzt haben wir diesen praktischen Kanal. Neapel wird dir gefallen. Italien ist meiner Meinung nach eines der schönsten Länder der Welt, Ägypten eines der geheimnisvollsten. Du wirst viel von der Welt zu sehen bekommen, Carmel. Verpaßt du viel im Unterricht? Das ist vielleicht nicht so gut. Aber auf einer Reise wie dieser wirst du vielleicht mehr lernen, als du in deinen Schulbüchern findest. Auf alle Fälle wollen wir uns das einreden, das bewahrt uns ein gutes Gewissen, und das ist ein sanftes Ruhekissen, wie es so schön heißt.«

Er erzählte von den Entdeckern aus früheren Zeiten, von Christoph Kolumbus und Sir Francis Drake. Wie tapfer sie gewesen waren, als sie mit ihren Schiffen in See stachen – nicht im mindesten solchen wie die LADY OF THE SEAS. Es gab noch keine Seekarten, und sie wußten nicht, welche Gefahren sie zu bestehen hatten.

»Stell dir die Stürme vor ... die unzulängliche Ausrüstung! Das waren Kerle! Macht es einen nicht stolz? Entdeckungsfahrten! Das waren noch Zeiten! Was für Abenteurer!«

Ich liebte es, ihn so reden zu hören. Ich ließ mich von seiner Begeisterung anstecken. In meinen Augen war er so groß wie Christoph Kolumbus und Sir Francis Drake.

Er sprach von fernen Ländern, und ich fühlte mich in die Schulstube in Haus Commonwood zurückversetzt, und vor meinem geistigen Auge sah ich Miß Carson auf dem rotierenden Globus auf Orte deuten.

Da überkamen mich Bedrücktheit und Schuldgefühle. Ich hatte die Daheimgebliebenen so schnell vergessen, und plötzlich befiel mich eine Ahnung, daß nicht alles in Ordnung sei. Ich erinnerte mich an die verschlagenen Blicke und an jenes Feixen, das ich so oft auf Nannys Gesicht gesehen hatte, und ich erinnerte mich an Miß Carsons bekümmerte, traurige Miene.

Sie waren ein Teil meines Lebens gewesen, und jetzt schienen sie wie Schatten – Figuren, die einer anderen Welt angehörten, einer Welt der Alpträume und Geheimnisse, aus der mich Onkel Toby wunderbarerweise errettet hatte. Zuweilen wachte ich auf und glaubte, ich sei in meinem Schlafzimmer in Haus Commonwood, und etwas Schreckliches geschehe, das ich nicht begriff. Schlimme Ahnungen erfüllten mich, dann aber spürte ich die Bewegungen des Schiffes, und im Lichte des frühen Morgens sah ich über mir das Schott und wußte, ich hatte geträumt und war in meiner Koje bei Gertie, die unter mir schlief.

Dann rief Gertie: »Bist du wach?«

Und ich antwortete munter: »Ja.«

»Was wollen wir heute unternehmen?«

Ein idealer Tagesbeginn für ein Mädchen, das noch nicht ganz elf Jahre alt war – allerdings war es bis zum März nicht mehr lange hin.

Die Formans hatten mich mehr oder weniger adoptiert, weil Gertie und ich so dicke Freundinnen waren. Ich leistete ihnen beim Tee Gesellschaft oder setzte mich auf Deck zu ihnen, und es sah aus, als gehörte ich zur Familie. Jimmy Forman sah ich nicht oft. Gertie und ich waren jünger als er, und er fand uns zu unreif für seine Gesellschaft, zumal wir Mädchen waren. Er hatte nicht viel für uns übrig und war viel mit den Matrosen zusammen, die er über das Schiff ausfragte.

Mr. und Mrs. Forman waren froh, daß Gertie eine Gefährtin gefunden hatte, und es war wirklich erstaunlich, wie rasch die Menschen auf dem Schiff gute Freunde wurden. Ich nehme an, das kam daher, weil wir uns ständig sahen. Wir hatten den Golf und Gibraltar ohne große Unannehmlichkeiten passiert und fuhren nun auf dem Mittelmeer. Onkel Toby sagte mir, daß eine Gruppe von Passagieren Pompeji und Herkulaneum besuchen würde und es gut für mich sei, mich anzuschließen.

»Leider«, sagte er, »bin ich vollauf beschäftigt, aber ich wüßte nicht, weshalb du nicht mit Formans gehen solltest.«

Gertie und ich hatten es bereits besprochen. »Dort müssen wir unbedingt hin«, sagte sie, und ihre Familie würde sich freuen, wenn ich mitkäme.

Die Formans nahmen mich gerne mit. Jimmy wollte aber nicht mit der Familie mitkommen, sondern mit Timothy Lees gehen, mit dem er die Kabine teilte.

Es war ein herrlicher Tag. In meiner Phantasie wurde ich in jene weit zurückliegende Zeit versetzt, als das Unglück geschah. Über mir drohte der Vulkan, und es war nicht schwer, sich die Panik auszumalen, als die heiße Lava sich aus dem Krater ergoß und die Stadt mitsamt ihren Einwohnern bedeckte und zerstörte.

Wir hatten einen ausgezeichneten Führer, und als wir uns einen Weg durch die verwüsteten Seitenstraßen der Stadt bahnten, sah ich alles vor mir, wie es sich abgespielt haben mußte.

Als wir aufs Schiff zurückkehrten, war ich noch ganz aufgeregt, und sobald ich Onkel Toby sah, berichtete ich ihm von dem wunderbaren Tag.

Er hörte aufmerksam zu, und plötzlich legte er seinen Arm um mich, drückte mich an sich und sagte: »Ja. Wir müssen uns keine Sorgen machen wegen ein paar verpaßter Unterrichtsstunden. Zumindest für eine Weile ist das ganz in Ordnung.«

Ich war plötzlich ernüchtert. Ich mochte nicht an die Zukunft denken. Ich lebte in einer verzauberten Gegenwart und wünschte, daß es ewig so weiterging.

Ich sagte: »Ich nehme an, Estella und Adeline sind jetzt zurück von ihrer Tante Florence und haben wieder Unterricht. Ich muß ihn wohl nachholen, wenn ich nach Hause komme.« Nach Hause? dachte ich sogleich. Haus Commonwood? Ich hatte mich dort nie richtig heimisch gefühlt, und jetzt war mir der Gedanke an eine Rückkehr unerträglich.

Onkel Toby meinte leichthin: »Ach, du wirst schon alles nachholen. Ich behaupte immer, die Welt sehen ist eine Bildung für sich.«

Dann wechselte er unvermittelt das Thema. »Gertie ist ein nettes Mädchen, nicht wahr? Du hast Glück, daß du mit ihr zusammengetroffen bist. Das klappt nicht immer so gut.«

Darauf erzählte er mir lustige Geschichten von Leuten, die schlecht zusammengepaßt hatten und sich doch eine Kabine teilen mußten.

»Hafenstädte sind unterhaltsam, nicht?« fuhr er fort. »Die nächste ist Suez. Dort halten wir uns nur kurze Zeit auf, und ein Ausflug ist nicht vorgesehen. Wir legen nicht vor acht Uhr morgens an, und um halb fünf müssen wir auslaufen. Da ist die Zeit zu knapp für eine Besichtigungstour zu den Pyramiden, und man bekommt keinen rechten Eindruck vom Zauber Ägyptens. Formans nehmen dich bestimmt gerne mit an Land. Wir müssen in Beibooten übersetzen, das dauert ein Weilchen; das Wasser ist zu flach, um direkt anzulegen. Dir wird das gefallen. Wir nehmen dafür die Rettungsboote, die müssen wir zu Wasser lassen, genauso, als würden wir das Schiff verlassen müssen. Das ist eine gute Übung. Du wirst es ja erleben. Kleinere Schiffe können mühelos anlegen, aber wir müssen weiter draußen in der Bucht vor Anker gehen.«

Ich hatte meine Freude an solch detaillierten Erklärungen. Ich war stolz und glücklich, daß er mich für fähig hielt, das alles zu verstehen, und vergaß die früheren Hinweise auf den versäumten Unterricht, die mir klargemacht hatten, was für ein flüchtiges Leben ich jetzt führte. Ich beschloß, jeden Augenblick zu genießen und für immer im Gedächtnis zu behalten.

Die Formans sagten, es würde sie freuen, wenn ich ihnen an dem Tag, den wir in Suez verbrachten, Gesellschaft leistete. Von Gertie wußte ich, daß Jimmy und Tim Lees sich selbständig machen wollten. Sie hielten sich für zu alt, um sich der Familie anzuschließen.

Die Tage waren mild, und auf See hatte Onkel Toby nun mehr freie Zeit. Oft saß ich mit ihm auf Deck, und als wir uns dort eines Tages unterhielten, kam der Schiffsarzt vorbei. Dr. Emmerson war ein sympathischer junger Mann, den ich auf Mitte zwanzig schätzte.

Onkel Toby sagte: »Wir genießen gerade ein ruhiges Tête-à-tête. Das ist uns nicht so oft vergönnt, wie mir lieb wäre, aber Carmel ist eine sehr einfallsreiche junge Dame und kommt sehr gut ohne mich zurecht.«

»Davon bin ich überzeugt«, sagte Dr. Emmerson. »Darf ich mich einen Moment zu Ihnen setzen?«

»Ich bitte darum. Sind Sie schon reisefertig?«

»Es sind noch ein paar Kleinigkeiten zu erledigen«, sagte der Arzt.

Onkel Toby erklärte mir: »Dr. Emmerson verläßt uns in Suez, und ein anderer Schiffsarzt kommt zu uns. Ohne einen Mediziner geht es nicht an Bord, deswegen wird Dr. Kelso Dr. Emmerson ablösen. Wir werden Sie vermissen, Lawrence.«

»Sie werden mit Dr. Kelso gut auskommen.«

»Dr. Emmerson geht für einige Zeit an ein Krankenhaus in Suez«, sagte Onkel Toby. »Er interessiert sich sehr für Hautkrankheiten und wird sich dort weiterbilden.«

»Werden Sie an Land gehen, Captain?« fragte Dr. Emmerson.

103

»Leider kann ich nicht, aber die Formans – jene Familie, die nach Australien auswandert – nehmen Carmel mit.«
»Das ist schön«, sagte Dr. Emmerson.
Wir plauderten eine Weile über Suez, das Dr. Emmerson offenbar gut kannte, und dann erklärte der Arzt, er habe noch einige Vorbereitungen für seinen Abschied zu treffen, und verließ uns.
Onkel Toby sagte: »Netter Kerl, dieser Emmerson. Und ehrgeizig. Er wird seinen Weg machen. Ich glaube, seine Familie hätte ihn lieber in einem Kirchenamt gesehen, aber er wußte, was er wollte. Jetzt nimmt er an diesem Lehrgang in Suez teil, aber ich denke, seinen fachlichen Abschluß wird er in London machen. Ich wünsche ihm viel Glück. Letzten Endes wird seine Familie stolz auf ihn sein. Weißt du, meine Eltern wollten damals nicht, daß ich zur See fuhr. Aber wie Dr. Emmerson war ich fest entschlossen. Mit siebzehn bin ich durchgebrannt und zur Handelsmarine gegangen. Wir fuhren nach Indien, brachten Soldaten und Staatsbeamte hin und wieder nach Hause. Es war ein herrliches Leben, ich habe es nie bereut. Das ist eines der großen Geheimnisse des Lebens: nie bereuen. Ist es gut, ist es großartig. Ist es schlecht, ist es Erfahrung. Und die ist immer gut. Sie ermahnt einen, etwas nicht noch einmal zu tun.«
Ich wollte ihn nach seiner Familie fragen, doch dann fiel mir ein, daß Mrs. Marline seine Schwester war, und ich fürchtete, auf etwas Unerfreuliches zu stoßen.
Er aber fuhr fort: »Mit der Zeit wurde mir verziehen, und sie nahmen mich wieder in den Schoß der Familie auf. Aber ich blieb immer ein Außenseiter. Ich habe mich nicht angepaßt. Das liegt mir nicht.«
Wir lachten, und er erwähnte die Familie nicht weiter, sondern erzählte mir von seinen Erlebnissen auf See. Ich nahm mir fest vor, genauso zu werden wie er. Ich wollte die

guten Dinge genießen, wie sie kamen, und mich nicht von anderen beeinflussen lassen.

In zwei Tagen sollten wir Suez erreichen. Gertie und ich sprachen ständig davon, was wir tun wollten. Ich liebte es, mich in meine Koje zu kuscheln und mit Gertie zu unterhalten, bis eine von uns einschlief.

Am Morgen, bevor wir in Suez einlaufen sollten, erzählte mir Gertie, ihrem Vater sei es in der Nacht nicht gut gegangen.

»Das ist wieder so ein Schwindelanfall, meint Mama«, sagte sie. »Diese Anfälle sind ziemlich schlimm. Er hat es auf der Lunge.«

Im Laufe des Tages verschlechterte sich Mr. Formans Zustand, und Dr. Emmerson sagte, er dürfe in Suez nicht an Land gehen. Mrs. Forman wollte bei ihm bleiben, denn diese Anfälle konnten sehr heftig werden.

Gertie war bekümmert. »Du weißt, was das bedeutet«, sagte sie. »Wir müssen an Bord bleiben.«

Mrs. Forman war sehr unglücklich. Sie wußte, wie sehr wir uns darauf gefreut hatten, an Land zu gehen, aber sie konnte Mr. Forman unmöglich allein lassen.

Gertie war so betrübt, daß Mrs. Forman schließlich meinte, wenn die Jungen bei uns wären, könnten wir vielleicht doch an Land gehen.

Gertie berichtete mir bedrückt, wie ihr Bruder auf den Vorschlag reagiert hatte. Jimmy sagte, sie wollten keinen Haufen Kinder mit sich herumschleppen.

»Ich habe ihm gesagt, wir sind kein Haufen, bloß zwei, und Kinder sind wir erst recht nicht. Dann ist meine Mutter böse geworden und hat zu Jimmy gesagt, er soll nicht so egoistisch sein; unser Vater würde sich furchtbar aufregen, wenn er wüßte, daß Jimmy sich weigere, auf seine Schwester und ihre Freundin aufzupassen. Darauf meinte Jimmy, sie würden uns zwar mitnehmen, aber gern tun würden sie's nicht.«

»Vielleicht sollten wir dann lieber hierbleiben«, sagte ich.
»Hierbleiben? An Bord? Das hat gerade noch gefehlt! Wir müssen mit ihnen gehen, sonst dürfen wir überhaupt nicht an Land.«
Obschon die Aussichten nicht so glänzend waren, wie sie hätten sein können, und so wenig uns das widerwillige Sichfügen der Jungen behagte, befanden wir doch, daß es besser war, ihnen unsere unerwünschte Gesellschaft aufzuzwingen, als überhaupt nicht von Bord zu kommen.

* * *

Es war lustig, in das Boot zu klettern, das uns an Land bringen sollte. Zuerst mußten wir das Fallreep zum Landungsfloß hinunter, das in der Dünung schaukelte, von dort stiegen wir dann in das Boot, das längs der Schiffsseite festgemacht war. Weil das gar nicht so einfach war, standen auf der schwankenden Plattform zwei stramme Matrosen bereit, um den Leuten in das Boot zu helfen.
Sie hoben Gertie und mich hoch und setzten uns in das heftig schaukelnde Boot. Wir klammerten uns haltsuchend aneinander und mußten dabei unbändig lachen, was uns verächtliche Blicke von Jimmy und Tim, unseren Aufpassern wider Willen, eintrug.
Der Vormittag war schon fortgeschritten, als wir in das Boot kletterten. Da viele Leute an Land gingen und die Boote nur eine begrenzte Anzahl von Passagieren aufnehmen konnten, mußten wir warten, bis wir an die Reihe kamen. Man hatte uns eingeschärft, spätestens um vier Uhr wieder an Bord zu sein, da das Schiff um halb fünf ablegen würde. Das letzte Boot sollte Suez um halb vier verlassen.
Dann waren wir auf festem Boden. Ich blickte übers Wasser zur LADY OF THE SEAS, und ich fand, daß sie sehr majestätisch aussah, aber Jimmy und Timothy waren ungeduldig

und wollten losgehen, und so folgten wir ihnen. Nach einer Weile gelangten wir auf einen Markt. Die kopfsteingepflasterten Straßen waren eng und mit Geschäften gesäumt, die aussahen wie Höhlen mit Jahrmarktsbuden davor. Es ging sehr laut zu, denn jedermann schrie aufgeregt. Viele Männer trugen lange Gewänder und Turbane, was sehr exotisch aussah. Dergleichen hatte ich noch nie gesehen. Wir lauschten den Menschen, die an den Verkaufsständen schwatzten. Sie schienen zu feilschen, aber wir konnten natürlich nicht verstehen, was gesprochen wurde; sie wirkten sehr grimmig, und zeitweilig sah es so aus, als wollten sie sich schlagen. Dann wurde der Handel abgeschlossen, offensichtlich befriedigend, denn sie lächelten sich freundlich zu, und einmal wurde das Geschäft gar mit einem Kuß besiegelt.

Unsere Begleiter blieben vor einem Stand mit Halsketten, Ringen und Armbändern stehen, weil die zwei dunkelhäutigen Mädchen dort sie angesprochen hatten. Beide hatten lange schwarze Haare und lachende schwarze Augen; sie hatten große Ringe in den Ohren und Ketten um den Hals – ganz ähnlich denen, die am Stand feilgeboten wurden. Dann legte die eine Jimmy blitzschnell eine Kette um den Hals. Er wurde verlegen, was die Mädchen ungeheuer spaßig zu finden schienen.

»Schön, schön!« sagte die eine. »Kaufen?«

Die Jungen lachten, und die Mädchen kicherten.

Das andere Mädchen legte Tim eine Kette um den Hals.

Die Jungen wußten sichtlich nicht, was sie tun sollten, und Gertie und ich amüsierten uns nicht wenig. Das Mädchen, das Jimmy die Kette umgelegt hatte, zog die Kette und damit Jimmy langsam zu sich heran.

»Mitkommen«, sagte sie.

Dann zog das andere Mädchen auf dieselbe Weise Timothy zu sich heran.

»Das ist mir zu albern«, sagte Gertie zu mir. »Komm, wir schauen uns die Ledersachen vor dem Geschäft da drüben an!«

Wir gingen zu dem Stand, auf den Gertie gewiesen hatte. Dort gab es unter anderem Geldscheintaschen aus weichem Leder in verschiedenen Farben mit eingestanzten Goldornamenten.

»Mein Vater hat nächste Woche Geburtstag«, sagte Gertie. »Ich könnte ihm so eine Börse kaufen.« Sie nahm eine in die Hand, und der Verkäufer war sogleich an ihrer Seite. »Gefällt, ja? Sehr schön.«

»Wie teuer?« fragte Gertie mit jener Erwachsenenstimme, die sie oft annahm.

»Sie sagen ... was zahlen Sie?«

»Ich habe keine Ahnung«, sagte Gertie. »Sagen Sie mir, was Sie verlangen!«

Der Mann griff zu einem Schreibblock und kritzelte eine Zahl.

»Ich habe nicht genug bei mir«, sagte Gertie und wandte sich an mich. »Laß uns gehen!«

Sie legte die Geldbörse zurück und wollte fortgehen, aber der Händler hielt sie am Arm fest. »Wieviel? Wieviel?«

Er hatte die Hände an dem kleinen Beutel, den sie bei sich trug. »Wieviel? Wieviel?« fragte er immerzu.

Wir wünschten beide von Herzen, wir hätten uns nicht auf dergleichen eingelassen, und ich war überzeugt, daß die Geldbörse in Gerties Augen immer mehr an Reiz verlor.

Aber der Verkäufer hatte ihren Arm fest im Griff und wollte ihn nicht loslassen. Er sah liebevoll auf die Börse, dann richtete er einen tragischen Blick auf uns, als wolle er sagen, daß der Handel für ihn von größter Wichtigkeit sei.

Er mußte gemerkt haben, daß er unser Interesse und Mitgefühl erweckte, denn er fuhr fort. »Armer Mann. Ich sehr armer Mann.«

Er ließ Gerties Arm vorübergehend los und tat, als würde er ein Baby in seinen Armen wiegen. Dann hielt er acht Finger in die Höhe.

»Babys«, sagte er, »haben Hunger.«

Gertie und ich sahen uns an. Sie zuckte mit den Achseln und gab dem Mann alles Geld aus ihrem Portemonnaie. Er lächelte zufrieden und packte die Börse ein.

Wir hatten uns freigekauft. Ich war nicht ganz sicher, ob aus Mitleid oder dem Bedürfnis, diesen unglücklichen Handel rasch hinter uns zu bringen.

Jetzt erst merkten wir, daß die Jungen verschwunden waren. Und die Mädchen mit den Halsketten auch.

»Macht nichts«, sagte Gertie. »Allein ist es ohnedies schöner. Sie wollen uns nicht, und wir wollen sie nicht.«

Wir gingen durch die schmalen Straßen und warfen nur verstohlene Blicke auf die Stände, fest entschlossen, uns auf keinen weiteren Handel mehr einzulassen.

Es war ein Gewirr von Straßen, eine sah aus wie die andere, und wir waren wohl eine halbe Stunde herumgeschlendert, bis wir aus dem Labyrinth auftauchten.

Wir hofften, an der Stelle herauszukommen, wo wir den Markt betreten hatten, und von dort aus hätten wir den Rückweg zum Boot gewußt; aber es war eine ganz andere Gegend.

Gertie sah auf die Uhr, die sie ans Mieder ihres Kleides gesteckt trug. Es war halb drei.

»Komm, wir lassen uns von einem Eselskarren zum Boot bringen«, sagte sie.

»Meinst du nicht, daß die Jungen uns suchen?«

»Nein. Die sind froh, daß sie uns los sind. Und jetzt zeigen wir ihnen, daß wir sie nicht brauchen. Schau, da ist ein Karren!«

Wir winkten ihn heran. Der Kutscher – ein Junge, der nicht älter als vierzehn gewesen sein konnte – kam herbei.

»Wir möchten zu dem Boot, das uns zu unserem Schiff bringt, der LADY OF THE SEAS. Weißt du, wo das ist?«

Der Junge nickte eifrig. »Weiß ich. Weiß ich. Einsteigen!«

Wir kletterten auf den Karren. Uns taten die zwei Eselchen leid, die uns ziehen mußten. Sie sahen jämmerlich schwach aus, aber bald schon hielten wir uns lachend aneinander fest und hatten unseren Spaß, denn es war eine sehr holperige Fahrt. Sie kam uns lang vor, und nach einer Weile warteten wir ungeduldig, daß das Meer in Sicht kam. Gertie rief dem Kutscher zu: »Wir müßten längst dasein. Warum sehen wir das Meer nicht?«

»Meer hier«, rief der Junge und schwenkte seine Peitsche in eine unbestimmte Richtung, aber wir konnten nichts sehen.

Was dann folgte, war wie ein Alptraum. Ich träumte danach noch lange Zeit davon. Das Gefährt kam zum Stehen, und wir stiegen herunter.

»Wo sind wir?« rief Gertie.

»Meer hier«, lautete die Antwort. »Schiff hier.«

»Wir sehen nichts«, sagten wir.

»Hier. Bezahlen!«

»Aber du hast uns nicht hingefahren«, schimpfte Gertie aufgebracht.

»Nein«, pflichtete ich ihr bei. »Dies ist nicht die richtige Stelle.«

Ich wurde langsam unruhig. Wir waren schon zuvor hereingefallen mit der Geldbörse. Es war kurz vor drei, und das letzte Boot fuhr um halb vier.

Gertie dachte offensichtlich dasselbe. »Du mußt uns sofort hinbringen«, sagte sie.

Der Junge nickte. »Bezahlen!« sagte er.

»Aber du hast uns nicht hingebracht. Wir bezahlen, wenn wir dort sind.«

»Bezahlen! Bezahlen!«

»Wofür?« rief Gertie entrüstet.

»Wir haben nicht gebeten, hierhergefahren zu werden«, fügte ich hinzu. »Du mußt uns zum Boot bringen.«

Wir hatten sehr wenig Geld. Gertie hatte alles, was sie besaß, dem Lederwarenverkäufer gegeben, und ich hatte nicht sehr viel bei mir. Aber wir mußten zurück zu dem Boot, das uns zum Schiff bringen sollte.

Ich versuchte, dem Kutscher alles zu erklären. Ich öffnete mein Portemonnaie. »Das gehört alles dir, wenn du uns zum Boot bringst«, sagte ich.

Er blickte verächtlich auf das Geld. Dann nickte er. »Sie bezahlen. Ich bringe.«

Er nahm das ganze Geld, und immer noch nickend, wendete er, sprang auf den Kutschbock und fuhr davon.

Wir sahen uns fassungslos an. Wir waren weitab vom Schiff, ohne Geld, verwirrt und von Minute zu Minute verschreckter. Uns traf eine furchtbare Erkenntnis: Wir waren allein in einem fremden Land. Die Menschen waren uns nicht vertraut, die jüngsten Erfahrungen hatten uns gelehrt, daß wir auf der Hut sein mußten. Es war schwierig, sich mit den Einheimischen zu verständigen, denn wir kannten ihre Sprache nicht. Wir waren hilflos, wie gelähmt vor Angst, so daß wir nicht klar denken konnten; wir waren alt genug, um uns eine Vorstellung von den Schrecknissen zu machen, die uns ereilen konnten, aber nicht alt genug, um mit der Situation fertig zu werden.

Mir fuhr der Gedanke durch den Kopf, daß nur ein Wunder uns retten könne. »Nur Gott kann uns helfen.« Ich hatte den Gedanken laut ausgesprochen.

Gertie starrte mich an. »Was können wir tun?« fragte sie im Flüsterton.

»Wir können zu Gott beten«, sagte ich.

Ich nehme an, der Glaube wird stark, wenn wir uns in einer verzweifelten Situation befinden, aus der es keinen Ausweg zu geben scheint außer durch göttlichen Beistand. Ich wußte, bei mir war es der Glaube der Verzweiflung. Ich glaubte, weil ich mußte – die Alternative war zu furchtbar, um sie sich vorzustellen. Und ich denke, Gertie empfand dasselbe.

Wir standen ganz still, schlossen die Augen und falteten die Hände. »Bitte, lieber Gott«, flüsterten wir, »hilf uns auf das Schiff zurück!«

Wir machten die Augen auf. Was hatten wir erwartet? Daß der Kai und die Stelle, wo die Boote ablegten, vor unseren Augen auftauchten?

Alles war genau wie vorher. Nichts hatte sich verändert – nur wir. Wir hatten Glauben und Vertrauen. Die Panik war von uns gewichen. Wir würden irgendwie zurückfinden. Gott würde uns den Weg weisen.

Gertie hatte meine Hand genommen. »Laß uns hier entlang gehen. Ich bin sicher, daß wir von dort hergekommen sind.«

Ich bemerkte ein großes weißes Gebäude, das etwas abseits von den andern stand. »Wir fragen in diesem Haus. Irgend jemand spricht sicher Englisch. Sie werden uns helfen.«

Gertie nickte, und wir liefen zu dem Gebäude.

Und da geschah das Wunder. Ein Mann trat aus dem Haus, und er kam mir bekannt vor. Es war Dr. Emmerson. Ich war außer mir vor Glück. Gott hatte unser Gebet erhört.

»Dr. Emmerson!« rief ich erleichtert.

Er blieb stehen. Er starrte uns an, dann lief er zu uns.

»Carmel! Was machst du hier? Das Schiff läuft um halb fünf aus.«

»Dr. Emmerson!« keuchte ich. »Wir haben uns verirrt. Ein Kutscher hat uns hierhergebracht und alleingelassen. Er hat gesagt, hier ist der Kai.«

Dr. Emmerson machte ein verwundertes Gesicht, dann

aber handelte er sofort. Er schob uns um die Ecke, wo ein Eselsgefährt auftauchte. Er hielt es an und sagte etwas zu dem Kutscher in dessen Sprache, und es folgte eine kurze, lebhafte Unterhaltung. Dann stiegen wir zu dritt ein und fuhren im Eiltempo davon.

Etwas unzusammenhängend schilderten wir Dr. Emmerson, was geschehen war.

»Ich kann mir nicht vorstellen, daß man euch beiden erlaubt hat, allein loszugehen.«

»Hat man ja auch nicht«, sagte Gertie.

»Wir haben Jimmy und Tim verloren«, erklärte ich.

Dr. Emmerson machte ein erschrockenes Gesicht. »Ich will nur hoffen, daß wir es schaffen«, sagte er. »Die Zeit wird knapp.«

»Das letzte Boot geht um ...«

»Ja, ich weiß.« Er sah auf seine Uhr und war sichtlich beunruhigt.

Während der ganzen Zeit, als Dr. Emmerson den Kutscher antrieb, schneller zu fahren, schickte ich stumme Stoßgebete zum Himmel. Ich konnte an den Gesten des Kutschers erkennen, daß er die größtmögliche Schnelligkeit aus den armen Eseln herausholte.

Als wir den Kai sahen, war die Freude groß, doch Entsetzen folgte ihr auf den Fersen. Das letzte Boot hatte wenige Minuten vor unserer Ankunft abgelegt und befand sich auf dem Weg zur Lady of the Seas.

Wir stiegen aus. Dr. Emmerson bezahlte den Kutscher, und wir standen ein paar Sekunden da und starrten dem Boot nach, das seine Entfernung zum Schiff rapide verringerte.

Dr. Emmerson schien sehr bestürzt zu sein.

Auf dem Wasser waren mehrere Ruderkähne. Er rief einem Schiffer etwas zu und deutete auf die Lady of the Seas und auf uns beide. Ich erriet, was er sagte. Die Männer wurden sich schnell einig, und gleich darauf kletterten wir alle in einen solchen Kahn.

Er kam nur langsam voran. Wir sahen, daß das Beiboot inzwischen beim Schiff angelangt war und die Passagiere schon an Bord waren. Das Boot wurde an Deck gehievt. Die LADY OF THE SEAS machte klar zum Auslaufen.

Ein paar Männer standen auf dem Anlegefloß, das soeben abmontiert wurde. Dr. Emmerson rief ihnen etwas zu. Es war nicht leicht, sie auf uns aufmerksam zu machen, aber schließlich gelang es ihm.

Er rief: »Zwei kleine Mädchen. Passagiere. Die Nichte des Kapitäns!«

Sie bemerkten unseren Kahn. Wir waren unendlich erleichtert. Alles würde gut werden – aber das hatten wir ja schon gewußt, als unsere Gebete erhört wurden.

Wir mußten noch eine Weile warten. Mehrere Leute waren an Deck gekommen. Sie beugten sich über die Reling und sahen zu uns herüber.

Dr. Emmerson wirkte ungeheuer erleichtert. Jetzt konnte er gewiß sein, daß wir an Bord gelangen würden. Er hatte sich sicher schon gefragt, was er mit zwei Mädchen in seiner Obhut anfangen sollte.

Er sagte: »Sie können das Anlegefloß nicht wieder aufbauen. Ich denke, sie werden eine Strickleiter herunterlassen.«

»Eine Strickleiter!« rief ich und sah Gertie an.

»Das wird lustig«, sagte sie, eher bange als überzeugt.

Sie war mit Recht besorgt. Es war keine leichte Angelegenheit. Wir schaukelten in dem kleinen Kahn auf und ab, der neben der LADY OF THE SEAS winzig und zerbrechlich wirkte. Die Leute an Deck sahen zu, wie die Leiter herabgelassen wurde.

»Ihr müßt vorsichtig sein«, sagte Dr. Emmerson. »Das kann heikel werden. Sie warten oben, um euch in Empfang zu nehmen, und ich helfe euch hier unten. Aber eine kurze Strecke seid ihr allein, versteht ihr?«

»Ja«, sagte ich.

Er fing das Ende der Leiter auf, als sie herunterkam. »Du zuerst, Carmel!« sagte er. »Fertig? Sei vorsichtig! Laß auf keinen Fall das Seil los! Halt dich um jeden Preis daran fest! Und schau nicht aufs Wasser hinunter! Sieh starr geradeaus! Fertig?«

Ich kletterte los. Er stützte mich, bis ich außerhalb seiner Reichweite anlangte. Dann war ich kurze Zeit allein. Ich hielt mich an der Leiter fest, wie Dr. Emmerson mir geraten hatte. Vorsichtig machte ich einen Schritt nach dem anderen. Dann fühlte ich Hände von oben. Zwei kräftige Matrosen holten mich an Deck.

Dann war Gertie an der Reihe.

Schließlich standen wir nebeneinander. Wir hatten es geschafft. Ein Wunder war geschehen, und wir waren außer uns vor Glück.

Wir sahen zu Dr. Emmerson hinunter, der sehr erleichtert lächelte. Seine besorgte Miene war gänzlich verschwunden.

»Danke. Danke, Dr. Emmerson!« riefen wir.

»Macht's gut!« antwortete er. »Und tut so etwas nicht wieder!«

Wir waren dicht von Menschen umgeben, unter ihnen Jimmy und Timothy.

»Ihr Gänse!« sagte Jimmy. »Was habt ihr euch bloß dabei gedacht?«

Mrs. Forman umarmte uns unter Lachen und Weinen. »Wir haben uns solche Sorgen gemacht«, sagte sie. »Aber Gott sei Dank seid ihr in Sicherheit.«

»Ja«, sagte ich, »laßt uns Gott danken!«

*   *   *

Man machte viel Aufhebens von unserem Abenteuer. Onkel Toby hatte nichts davon mitbekommen, bis wir sicher an Bord waren. Es war Schiffsgesetz, daß man ihn vor dem Auslaufmanöver nicht stören durfte, außer in Notfällen. Der Umstand aber, daß wir nicht rechtzeitig an Bord zurückgekehrt waren, galt in seemännischen Begriffen nicht als Katastrophe.

Onkel Toby war sehr beunruhigt, als er hörte, was geschehen war, und erst da wurde mir richtig klar, welchen Gefahren wir ausgesetzt gewesen waren.

Etwa eine Stunde nach dem Auslaufen rief er mich in seine Kajüte. »So etwas darf nie, nie wieder vorkommen!« sagte er streng.

»Aber wir konnten doch nichts dafür«, entgegnete ich.

»Ihr konntet sehr wohl etwas dafür. Ihr hättet bei den Jungen bleiben müssen.«

»Wir wollten uns nicht von ihnen trennen. Sie waren einfach verschwunden.«

»Ihr werdet nie wieder ohne zuverlässige Begleitperson an Land gehen.«

Er hatte mich noch nie gescholten, und ich konnte meine Tränen nicht zurückhalten. Ich war so froh gewesen, in Sicherheit zu sein; daß ich mir jedoch nun seinen Zorn zugezogen hatte, machte mich unglücklicher als alles andere.

Er ließ sich sogleich erweichen und nahm mich in seine Arme. Er sagte: »Es ist nur, weil du mir so viel bedeutest. Wenn ich daran denke, was geschehen hätte können ...«

Wir schwiegen eine Weile, während wir uns umarmt hielten.

»Nie ... nie wieder ...« begann er.

»Nein, bestimmt nicht. Ich verspreche es.«

Nach wenigen Minuten war er wieder ganz der alte.

»Ende gut, alles gut. Ich kann Emmerson gar nicht dankbar genug sein. Es war ein Wunder, daß er zufällig zur Stelle war.«

»Ja«, sagte ich überzeugt. »Es war ein Wunder.«

»Er ist ein feiner Kerl. Ich werde ihm schreiben, und du und Gertie könnt ein Briefchen beifügen.«

»O ja, das machen wir. Ich bin so froh, wieder bei dir zu sein, und du bist doch nicht richtig böse?«

»Solange du so etwas Dummes nicht wieder tust.«

»O nein, bestimmt nicht. Ich passe auf. Ich verspreche es dir.«

Damit war alles gut. Ich war wieder auf dem Schiff, und Onkel Toby war nur böse mit mir gewesen, weil er mich so lieb hatte.

Er ließ Jimmy und Timothy kommen. Er muß sehr streng mit ihnen geredet haben, denn sie kamen mit roten, ernsten Gesichtern aus seiner Kajüte. Sie waren noch Tage danach zerknirscht.

Mrs. Forman machte sich Vorwürfe. Sie hätte uns nicht erlauben dürfen, das Schiff zu verlassen, sagte sie. Aber man versicherte ihr, sie dürfe sich keine Vorwürfe machen, zumal sie zu der Zeit so um Mr. Forman besorgt gewesen sei. Es ging ihm schon bedeutend besser, und in ein paar Tagen würde er wieder auf den Beinen sein.

Der Vorfall blieb nicht ohne Wirkung auf Onkel Toby. Er war zuweilen etwas still und manchmal geistesabwesend, als sei er ganz in Gedanken vertieft.

Wir waren so oft zusammen wie vorher, und ich glaube, er wollte so häufig wie möglich bei mir sein, und seine größte Freude war es, wenn wir an einem ruhigen Fleck auf Deck saßen und uns unterhielten.

Gelegentlich verfiel er in Schweigen, was vorher bei ihm selten gewesen war. Er setzte zum Sprechen an und schien es sich dann anders zu überlegen. Diese Veränderung war nach unserem dramatischen Abenteuer eingetreten, daher glaubte ich, daß sie etwas mit demselben zu tun habe.

Dann erfuhr ich, womit es zusammenhing.

Es war nach dem Abendessen, und eine der Gelegenheiten, da Onkel Toby ein Stündchen erübrigen konnte. Die Nacht war herrlich, die See ruhig, und der Vollmond warf eine Lichtbahn über das Wasser. Das einzige Geräusch war das sachte Plätschern des Wassers entlang des Schiffsrumpfs.

Plötzlich sagte Onkel Toby: »Du bist kein Kind mehr, Carmel. Ich habe mir überlegt, daß es wohl an der Zeit ist, dich aufzuklären.«

»Ja?« sagte ich eifrig.

»Über mich«, sagte er. »Und über dich.«

Ich wartete gespannt. »Bitte, sag es mir, Onkel Toby! Ich will es unbedingt wissen.«

»Erstens, ich bin nicht dein Onkel.«

»Ich weiß. Du bist natürlich Estellas, Henrys und Adelines Onkel.«

»Ja. Das bin ich allerdings. Aber ich sollte vielleicht lieber von vorne beginnen.«

»O ja, bitte!«

»Ich habe dir doch erzählt, daß meine Eltern mich nicht zur See fahren lassen wollten? Ich war nicht wie die anderen in meiner Familie. Du kanntest ja meine Schwester, die Frau des Doktors. Du würdest doch nicht sagen, daß ich ihr ähnlich bin, oder?«

Ich schüttelte heftig den Kopf.

»Ich hatte auch mit meiner Schwester Florence wenig gemeinsam.«

»Die Estella und Adeline mitgenommen hat? O nein!«

»Ja, die. Du siehst, ich bin ganz anders als die beiden. Sie haben sich angepaßt, Grace vielleicht weniger, sie hat ja einen Landarzt geheiratet, den die Familie für unwürdig befand. Aber vermutlich war er der einzige, der den Wunsch hegte, sie zur Frau zu haben, deshalb mußte es der Doktor sein, weil es sonst keinen gab. Aber das ist nicht nett von mir. Tatsache ist, ich habe keinem in meiner Familie nahegestanden. Du wirst verstehen, weshalb ich zur See fuhr.«

Ich nickte. Ich konnte gewiß verstehen, daß jemand allein schon von Mrs. Marline fort wollte, von den anderen gar nicht zu reden.

»Ihr wart so verschieden«, sagte ich.

»Wie Tag und Nacht, wie es so schön heißt.«

»Aber später habt ihr euch versöhnt.«

»Ich will dir erzählen, wie es gewesen ist. Als ich ein junger Offizier war, war mein Schiff in Australien stationiert. In Sydney. Das ist eine herrliche Stadt mit einem großartigen Hafen, einem der schönsten der Welt. Hat Cook das nicht gesagt, als er ihn entdeckte? Und er hatte recht. Also, wir waren dort stationiert, und dort nahmen wir Passagiere und Fracht auf und fuhren rund um die Welt, genau wie die LADY OF THE SEAS. Unsere hauptsächlichen Ziele aber waren die benachbarten Länder. Hongkong, Singapur, Neuguinea, Neuseeland. Mit zwanzig lernte ich Elsie kennen. Ich war ein junger Hitzkopf, romantisch, könnte man sagen. Und wir haben geheiratet.«

»Du hast eine Frau?«

»So etwas Ähnliches.«

»Wie kannst du ›so etwas Ähnliches‹ wie eine Frau haben?«

»Du warst schon immer eine sehr logisch denkende junge Dame, und du hast recht. Entweder hat man eine Frau, oder man hat keine. Ich will damit sagen, daß unsere Ehe nicht so ist wie die der meisten. Wir sehen uns ab und zu. Ich besuche sie, wenn ich nach Sydney komme. Wir sind gute Freunde, aber wir leben nicht mehr zusammen. Wir haben beide festgestellt, daß es so das Beste ist.«

»Aber sie ist deine Frau.«

»Ehegelübde sind bindend. Insofern sind wir Mann und Frau.«

119

»Werde ich sie kennenlernen?«

»Ja. Du wirst Elsie kennenlernen. Wir sind die besten Freunde. Wir sehen uns nicht oft. Vielleicht verstehen wir uns deswegen so gut.«

»Du hast sie nicht richtig gern.«

»O doch, sehr gern sogar. Für eine Weile kommen wir vorzüglich miteinander aus. Sie ist ein guter Kumpel.«

»Aber warum ...?«

»Diese Dinge wirst du später verstehen lernen. Die Menschen sind komplizierte Geschöpfe, sie tun selten, was man von ihnen erwartet. Elsie wollte ihr Zuhause nicht verlassen, und ich bin ein Zugvogel. Sie hat ein behagliches kleines Haus in der Nähe des Hafens. Sie ist dort geboren. Heimat und so weiter. Aber ich wollte von uns reden, von dir und mir.«

»Ja«, sagte ich aufgeregt.

»Wir haben uns von Anfang an gemocht, nicht? Da war etwas Besonderes, stimmt's?«

»Ja.«

»Wir haben uns gegenseitig angezogen. Carmel, ich bin dein Vater.«

Es entstand eine tiefe Stille; ich war von Freude überwältigt.

»Freust du dich?« fragte er schließlich.

»Für mich ist es das Schönste, was ich je erlebt habe.«

Er nahm meine Hand und küßte sie zärtlich. »Es ist auch für mich das Schönste, was ich je erlebt habe«, sagte er.

Ich saß verwundert da. Wenn man mir die Erfüllung meines größten Wunsches freigestellt hätte, es wäre genau dies gewesen.

Er sagte: »Du fragst dich sicher, wie das gekommen ist.«

Ich nickte selig.

»Als ich hörte, daß du in Suez zurückgeblieben warst, bekam ich einen fürchterlichen Schrecken. Ich konnte nur froh sein, daß ich es erst erfuhr, als du bereits in Sicherheit warst. Ich wäre außer mir gewesen. Ich hätte das Schiff verlassen und mich auf die Suche nach dir gemacht. Und dann wäre es mit meiner Laufbahn zur See zu Ende gewesen.«

»Oh, es tut mir so leid.«

»Ich weiß. Es war nicht deine Schuld. Die dummen Jungen hätten besser auf euch achtgeben sollen. Und da kam mir der Gedanke, daß du langsam erwachsen wirst und es Zeit für dich ist, die Wahrheit zu erfahren. Und ich beschloß, dir alles zu sagen, Carmel. Zunächst also wußte ich selbst nichts davon. Ich hatte keine Ahnung, bis der Doktor mir schrieb. Ich war in Neuseeland, als ich den Brief erhielt. Die Post erreicht einen oft mit großer Verspätung, wie du dir denken kannst. Der gute alte Edward Marline! Er hat das Herz am rechten Fleck. Er wußte es, Gott sei Dank.«

»Sie wollten mich ins Waisenhaus stecken. Dann hätte ich dich nie kennengelernt ... und nie erfahren, wer ich bin.«

Diese Aussicht erschien mir nun doppelt trübe, nachdem ich erfahren hatte, was mir entgangen wäre.

»Sogar Grace mußte nachgeben und sich um dich kümmern, als sie erfuhr, daß du zur Familie gehörst. Aber laß mich erzählen: Deine Mutter war ein Zigeunermädchen ...«

»Zingara!« rief ich.

Er sah mich verblüfft an. »So hat sie sich genannt. Sie hieß Rosaleen Perrin. Du kennst sie?«

»Ich habe sie einmal gesehen.« Ich erzählte ihm, wie ich mit Rosie Perrin Bekanntschaft gemacht hatte, als sie meinen Knöchel verband, und wie ich später Zingara begegnet war.

»Sie muß gekommen sein, um dich zu sehen. Was hältst du von ihr?«

»Sie ist die schönste Frau, die ich je gesehen habe.«

»Sie war in jeder Beziehung anders als alle anderen.« Er

lächelte bei der Erinnerung. »Ich war ganze drei Monate in Haus Commonwood. Mir stand ein langer Urlaub zu, und das Schiff kam für eine gründliche Überholung und Instandsetzung ins Dock. In dieser Zeit lernte ich Rosaleen kennen. Sie wirkte äußerst anziehend auf mich.«

»Und du auf sie.«

»Die Faszination war heftig und tief, solange sie anhielt.«

»Sie hat nicht angehalten?«

»Die Chancen standen schlecht. Da war einer ins Lager gekommen, der Material für ein Buch über die Lebensweise der Zigeuner sammelte. Er hat sich für Rosaleen interessiert, was nicht weiter verwunderlich war. Sie und ich trafen uns abends im Wald. Ich war viel gereist und hatte viele Menschen kennengelernt, aber niemanden wie Rosaleen. Der andere wollte sie für eine Bühnenlaufbahn ausbilden lassen, und sie war Feuer und Flamme. Ich aber, das war klar, würde nicht immer dasein. Wir wußten beide, daß unsere Beziehung nicht von Dauer sein konnte, und wir nahmen das hin. Ich wußte nichts von deiner Existenz, bis Edward es mir schrieb. Ich werde dir alles erklären. Sie ließ dich in Commonwood zurück, weil sie dachte, es sei das Beste für dich. Auf ihre Weise war sie sehr klug, und sie kannte sich gut aus mit Karten und dergleichen. Sie war überzeugt, einen besonderen Scharfblick zu besitzen, und sie wird sich ausgerechnet haben, daß es so das Segensreichste für dich war. Nie hätte sie zugelassen, daß sie dich ins Waisenhaus stecken. Du warst ihr und mein Kind, und am besten aufgehoben warst du nicht bei ihr oder den Zigeunern, sondern in Haus Commonwood.«

»Und du wußtest, daß ich dort war.«

»Das will ich dir jetzt erzählen. Edward Marline wußte von meiner Leidenschaft für Rosaleen. Er mißbilligte sie natürlich, aber er wußte es. Der Ärmste. Er lag bei Grace an der Kette, und sie ließ ihn ganz schön springen. Er hieß meine

Lebensweise nicht gut. Eine Ehefrau in Sydney, und doch zog ich frei und ungebunden in der Weltgeschichte herum. Ja, er wußte von Rosaleen. Er machte mir Vorhaltungen. ›Grace darf es nie erfahren‹, sagte er. Als hätte ich vorgehabt, mich Grace anzuvertrauen.«

Er schüttelte den Kopf.

»Damals gab es in der High Street ein kleines Geschäft, das sich Kuriositätenladen nannte. Es existiert nicht mehr. Ich nehme an, es hat sich nicht ausgezahlt, aber es war ein nettes Lädchen. Es wurde von einer Miß Dowling geführt, die sehr zuvorkommend war, aber wenig Sinn fürs Geschäft besaß. Sie hatte alle möglichen Kuriositäten im Schaufenster, und eines Tages entdeckte ich den Anhänger. Er war mit einer ungewöhnlichen Inschrift versehen, und ich trat ein, um ihn mir anzuschauen. Miß Dowling freute sich stets, wenn jemand sich für ihre Sachen interessierte, und sie nahm den Anhänger aus dem Fenster, um ihn mir zu zeigen. ›Ich glaube, er stammt von Zigeunern‹, sagte sie. ›So hat man es mir erzählt. Die Inschrift ist Romani. Die Zeichen bedeuten viel Glück oder so etwas.‹ Ich beschloß, den Anhänger Rosaleen zu schenken, und kaufte ihn. Sie liebte solche Kinkerlitzchen, und die Verbindung zu den Zigeunern würde sie bestimmt freuen. Als ich aus dem Laden trat, sah ich Edward. Er wollte gerade hineingehen, weil er auf der Suche nach einem alten Buch war. Wir fanden die Schwarte und plauderten mit Miß Dowling, die den Anhänger erwähnte. Auf dem Rückweg zum Haus Commonwood fragte mich der Doktor nach dem Anhänger, und ich zeigte ihn ihm und erzählte ihm von den Schriftzeichen in Romani. Ich meinte, die Zigeuner könnten sie verstehen. Er war von derlei Dingen stets angetan, und der Anhänger interessierte ihn. Ich hatte das Gefühl, daß er ihn mir nur ungern zurückgab. Dann hielt er mir eine Standpauke über meine Verbindung zu den Zigeunern. Sie seien ein wildes, leichtsinniges Volk, warnte er mich. Ich entgegnete ihm auf meine lockere Art, daß das Leben voller Fallgruben sei, und wenn man sich ständig vor allen hüte, würde man die vielen Segnungen versäumen, die das Leben zweifellos auch bot. Ich mag den Doktor gern, und ich glaube, er mich auch. Ohnedies hätte ich großes Mitgefühl mit jedem gehabt, der mit Grace verheiratet war. Ich denke, er spürte meine Teilnahme und war dankbar für sie, und obgleich er meine Einstellung zum Leben mißbilligte, glaube ich, daß er mich ein wenig darum beneidete. Ich erzählte ihm von Rosaleen. Sie interessierte sich sehr für alles und jeden in Commonwood. Sie wußte, daß Adeline geistig zurückgeblieben war, und sagte, das sei die Strafe für Mrs. Marlines Hochmut und Stolz. Ich hielt ihr entgegen, es sei bedauerlich, wenn Adeline für die Sünden ihrer Mutter büßen müsse. Kurz und gut, als man dich fand, hattest du diesen Anhänger um den Hals, und Edward wußte sofort, wessen Kind du warst. Und das sagte er auch Grace. Das Töchterchen ihres Bruders war eine Sinclair, das durfte man nicht vergessen. Daher willigte sie widerstrebend ein, daß du bei den Marlines aufgezogen wurdest. Und Rosaleen, zufrieden, daß ihr Kind im besten Haus untergebracht war, ging fort und machte ihr Glück auf der Bühne. Der Doktor aber schrieb mir, daß meine Tochter in Haus Commonwood sei und mit seinen Kindern aufwachsen werde. Du kannst dir vorstellen, wie aufgeregt ich war. Ich hatte eine Tochter! Für Elsie und mich war an Kinder nicht zu denken. Elsie konnte keine bekommen. Ich glaube, das war wohl einer der Gründe, weswegen es mit uns schiefging. Elsie ist eine mütterliche Natur. Du wirst es sehen, wenn du sie kennenlernst. Ich wollte meine Tochter natürlich unbedingt sehen. Leider war ich so weit weg. Du warst drei oder vier Monate alt, als Edwards Brief mich erreichte. Ich sehnte mich so sehr nach Hause. Aber ich war am anderen Ende der Welt, und es sollten vier Jahre vergehen, ehe wir uns begegneten. Und es war wunderbar, als ich dich endlich kennenlernte.« Ich klatschte bei der Erinnerung in die Hände. »Alles ist anders geworden, als du kamst«, sagte ich.

Er gab mir einen Kuß. »So sollte es auch sein, mein Kind.« Ich war in Hochstimmung. Das Leben war wunderbar! Endlich wußte ich, zu wem ich gehörte, und zu niemandem hätte ich lieber gehört als zu diesem wunderbaren Mann, der mein Vater war.

War es da noch erstaunlich, daß ich an Wunder glaubte?

*   *   *

Jeder Tag war voller Vergnügungen. Ich wachte mit einem Gefühl tiefer Freude auf. Ich hatte Angst, beim Schlafen zu träumen, diese herrliche Begebenheit sei nur Teil einer Illusion. Nur in hellwachem Zustand konnte ich mich versichern, daß alles wirklich wahr war. Und dann fühlte ich mich vollkommen zufrieden.

Am liebsten hätte ich jedermann zugerufen: Ich bin die Tochter des Kapitäns! Aber das konnte ich nicht. Es wäre zu kompliziert gewesen, dies zu erklären. Nicht einmal Gertie konnte ich es erzählen. Nein, ich mußte Carmel March bleiben und mein Vater Onkel Toby, bis wir Sydney erreichten und ich Elsie kennenlernte.

Onkel Toby – ich nannte ihn nach wie vor so – und ich saßen auf Deck, wann immer er die Zeit erübrigen konnte, und sprachen von der Zukunft.

Wir einigten uns, daß er Onkel Toby blieb, bis wir nach Sydney kamen. Dann würden wir den Mitreisenden Lebewohl sagen, und dann? Sollte ich ihn Vater nennen? Oder Papa? Nichts davon schien zu passen. Ich hatte ihn so lange Onkel Toby genannt, weshalb er vorschlug, ich solle einfach Toby zu ihm sagen. Warum nicht? Den Onkel mußten wir fallenlassen. So wurde es beschlossen.

Ich sollte natürlich nach Haus Commonwood zurückkehren und meine Ausbildung fortsetzen. Er meinte, es wäre gut, wenn ich ein Pensionat besuchte, Estella würde bestimmt eines besuchen. Es würde jetzt anders sein, wenn bekannt wurde, daß ich ihre Cousine war und kein Zigeunerfindelkind.

Bei dem Gedanken an eine Schule zog ich eine Grimasse.

»Es muß sein«, sagte Toby betrübt. »Ohne Bildung geht es nicht, und es wird nichts Rechtes aus dir, wenn du nur mit deinem frisch gefundenen Vater über die sieben Meere gondelst. Die Zeit vergeht. Wir werden uns treffen, wann immer wir können, und wenn es sich ergibt, nehme ich dich mit auf See. Vorerst wollen wir den Rest dieser Reise genießen. Ich bin so froh, daß du die Wahrheit weißt. Ich wollte dir schon lange alles sagen. Ich dachte, du wärst zu jung, bis dann der richtige Augenblick gekommen schien.«

»Ich bin so froh, daß ich es weiß.«

»Schön, und von hier aus sehen wir weiter.«

»In Haus Commonwood wird jetzt alles anders sein.«

»Ohne Grace«, sagte er.

»Ich hoffe, daß Miß Carson noch da ist.«

»Es wird gar nicht so übel, glaub mir! Und wir werden uns immer wieder sehen.«

»Wenn du nur nicht so oft fort wärst.«

»Das Leben ist nie vollkommen. Es ist besser, sich damit abzufinden und sich nicht nach dem Unmöglichen zu sehnen. Im Moment ist es doch nicht schlecht, oder?«

Ich sagte inbrünstig: »Es ist wundervoll!«

* * *

Die Tage vergingen viel zu schnell. Am liebsten hätte ich die Zeit aufgehalten. Bald würden wir in Sydney sein. Ich freute mich auf die herrliche Stadt, von der ich so viel gehört hatte, aber nun begann ich, sie als letzte Station meines großen Abenteuers zu sehen; denn wenn wir Sydney verließen, würde ich auf dem Rückweg nach England sein. Es war noch etwas Zeit bis dahin, doch alles mußte ein Ende haben, und ich kehrte in das alte Leben zurück. Ich würde zur Schule gehen müssen. Die Tage des Müßiggangs auf dem Meer konnten nicht ewig dauern. Und deswegen konnte ich es nicht ertragen, daß sie so rasch vergingen.

Der Indische Ozean würde in meinen Träumen stets einen besonderen Platz einnehmen. Die stillen Tage, wenn ich mit meinem Vater auf dem Deck spazierte, oder wenn wir dort saßen und auf die milde, schöne See hinaussahen. Und die kühlen Abende, wenn wir von der Zukunft und der wundervollen Gegenwart sprachen. Er zeigte mir die Sterne und erzählte vom Geheimnis des Universums und dem Wunder des Lebens auf dieser schwebenden Kugel, die unser Planet war.

»Wir wissen so wenig«, sagte er. »Jeden Moment kann alles mögliche geschehen ... und daraus lernen wir, wenn wir klug sind, daß wir jeden einzelnen Augenblick genießen sollen.«

Heute weiß ich jene Tage zu schätzen, und ich kann über das unschuldige Kind nur lächeln, das glaubte, die vollkommene Lebensweise gefunden zu haben. Auf alle Fälle ist es gut, ein solches Glück erfahren zu haben, und vielleicht ist es ein Segen zu wissen, daß es nicht ewig dauern kann.

Wir hatten die Nordküste Australiens hinter uns gelassen und waren nach Queensland im Osten gelangt. Wir verbrachten einen Tag in Brisbane, und da Toby im Hafen zu tun hatte, ging ich mit den Formans an Land.

Sie hatten sich verändert. Sie hatten so darauf gewartet, nach Sydney zu kommen und ihr neues Leben zu beginnen, aber nun, da sie fast am Ziel waren, spürte ich eine gewisse Anspannung. Sie waren voller Hoffnung gewesen; Land sei in Australien billig zu haben, hatten sie gesagt, und wenn man hart arbeite, könne der Erfolg nicht ausbleiben. Alles schien so einfach, wenn sie davon sprachen, doch nun, da alles kurz vor der Verwirklichung stand, kamen Zweifel auf. Es mußte einem in der Seele weh tun, seine Heimat zu verlassen, auch dann, wenn irgendeine Autorität plante, eine Straße durch den Besitz zu bauen und ihn unrentabel zu machen.

Gertie war etwas in sich gekehrt, und es war nicht mehr so wie bei unserem ersten Landausflug. Ich erinnerte mich wehmütig an Neapel, auch wenn ich damals noch nicht wußte, wer mein Vater war. Ich war natürlich guter Laune, und doch empfand ich Mitgefühl für die Formans.

Wir erkundeten Brisbane, das sich zu beiden Seiten des gleichnamigen Flusses ausbreitete. Wir besichtigten die Moreton-Bucht und die Hänge des Taylor-Gebirges, auf denen die Häuser der Stadt errichtet waren. Wir lauschten den Vorträgen unseres Führers, daß hier zu Beginn des Jahrhunderts eine Strafkolonie gewesen war. Aber wir waren alle nicht ganz bei der Sache.

Am Abend unterhielten Gertie und ich uns in unseren Kojen. Wir waren nicht müde, mochten zumindest nicht an Schlaf denken.

»Dort wird alles ganz anders sein«, sagte Gertie. »Ich werde wohl zur Schule gehen müssen. Es ist gar nicht so lustig, jung zu sein.«

Ich pflichtete ihr bei.

»Komisch«, fuhr Gertie fort, »jetzt haben wir uns über Wochen jeden Tag gesehen, und wenn wir in Sydney sind, sagen wir uns Lebewohl und sehen uns vielleicht nie wieder.«

»Vielleicht doch. Ich komme wahrscheinlich wieder nach Sydney.«

Gertie schwieg eine Weile. »Du mußt mir deine Adresse geben, bevor wir uns verabschieden«, sagte sie dann. »Meine kann ich dir nicht geben, weil ich keine habe. Ich kann dir nur das Haus nennen, in dem wir vorläufig wohnen. Es ist eine Pension, die eine Freundin von Bekannten aus der Heimat leitet. Bei ihr sind wir untergebracht, bis wir ein eigenes Anwesen finden.«

»Ich bin froh, daß du daran gedacht hast«, erwiderte ich.

»Wir schreiben uns. Das wird schön.«

Wir verstummten. Aber der Gedanke tröstete uns, daß diese Verbindung über den Abschnitt unseres Lebens hinaus, an den wir immer gerne zurückdenken würden, nicht abriß.

* * *

In zwei Tagen sollten wir in Sydney einlaufen. Toby hatte gesagt, daß das Schiff eine ganze Woche im Hafen liegen würde und wir währenddessen bei Elsie wohnen könnten. Das tue er unter solchen Umständen häufig. Alle Passagiere sollten das Schiff verlassen, und bevor wir wieder ausliefen, würden wir neue an Bord nehmen, um sodann die Rückreise nach England anzutreten. Der Aufenthalt sei notwendig, da das Schiff überholt werde und ein paar Reparaturen vorgenommen werden müßten.

»Du wirst dich bei Elsie wohl fühlen«, sagte er. »Sie ist ein guter Kamerad.«

Ich war schon sehr gespannt auf Sydney. Toby hatte mir auf seine anschauliche Art viel über die Stadt erzählt. Er liebte es, von den alten Zeiten zu sprechen. Abends saßen wir nach dem Essen auf Deck, und er schilderte, wie die sogenannte First Fleet 1788 mit ihrer Ladung Sträflinge hierhergekommen war.

»Stell dir die Männer und Frauen vor, im Laderaum zusammengepfercht ... das war etwas anderes, als sich mit Gertie Forman eine gemütliche Kabine auf der LADY OF THE SEAS zu teilen, das kann ich dir sagen! Die Heimat hinter sich zu lassen, die die meisten nie wiedersehen würden, und in ein fremdes Land zu kommen, ohne zu wissen, was einen erwartete.«

Ich schauderte. Ich sah sie vor mir, die Männer und Frauen, der Heimat entrissen, einige von ihnen fast noch Kinder, vielleicht in meinem Alter, die sich fragten, was aus ihnen werden sollte.

»Arthur Phillips hieß der Kapitän, der sie herbrachte, und sein Name wird dir in der Stadt hier und da begegnen. Sydney selbst war der Name eines englischen Politikers. Und auch auf den Namen eines anderen, Macquarie, wirst du stoßen. Er war Gouverneur von Neusüdwales. Ein kluger Mann. Er hat für die Kolonie viel Gutes getan. Er wollte den Leuten das Gefühl geben, daß sie nicht so sehr Sträflinge waren, die man aus ihrer Heimat verbannt hatte, sondern vielmehr Kolonisten, die gute Lebensbedingungen für eine neue Heimstatt schufen. Er ermutigte sie, das Land zu erkunden. Unter seiner Ägide fand man einen Weg über die Blue Mountains. Davor waren die Aborigines, die Ureinwohner, überzeugt, daß diese Berge nicht überquert werden konnten, weil in ihnen böse Geister hausten, die jeden vernichteten, der versuchte, auf die andere Seite zu gelangen. Aber sie kamen hinüber ... und was war auf der anderen Seite? Weideland, das zum besten auf der Welt gehört.«

»Erzähl mir mehr über die Blue Mountains!« bat ich.

»Sie sind großartig. Eines Tages gehen wir dorthin. Wir fürchten uns nicht vor Geistern, oder?«

So redeten wir, und ich war ganz begierig, dieses Land kennenzulernen. Gleichzeitig aber hatte meine Freude freilich einen Beigeschmack von Traurigkeit, weil es mir verhaßt war, Gertie Lebewohl sagen zu müssen.

Wir waren angekommen. Schon wurde mir das Schiff seltsam fremd. Ich verabschiedete mich von Gertie und ihrer Familie. Mrs. Forman umarmte mich herzlich und sagte: »Wir verlieren uns nicht aus den Augen, Liebes. Wir bleiben in Verbindung.«

Mr. Forman schüttelte mir die Hand, und Jimmy sagte mir ziemlich verlegen auf Wiedersehen. Er war seit unserem Abenteuer in Suez, als Toby ihn so streng getadelt hatte, ziemlich zurückhaltend gewesen. Gertie hatte sich recht brüsk von mir verabschiedet, aber ich wußte, dies war ein Zeichen, daß unsere Trennung sie tief bewegte.

Und jetzt waren alle Passagiere von Bord gegangen.

Ich wartete, daß Toby mich in seine Kajüte rief, und dann würden auch er und ich das Schiff verlassen – freilich nur vorübergehend.

Ich würde also bei Elsie wohnen. Bis jetzt hatte ich nicht viel an sie gedacht. Seine Frau! Als Eheleute vertrugen sie sich nicht, ansonsten aber hatten sie sich gern. Es war doch gewiß sehr ungewöhnlich, daß ein Ehemann, der seine Frau verlassen hatte, ihr danach ab und zu in aller Freundschaft einen Besuch abstattete? Aber an Toby war ja fast alles ungewöhnlich.

Ich durchstöberte das Schiff, ging durch die verlassenen Aufenthaltsräume. Wie Menschen doch Räume verändern! Ich begab mich auf Deck, lehnte mich über die Reling und genoß die herrliche Aussicht. Ich stellte mir vor, ich sei als arme Gefangene, die aus der Heimat verbannt wurde, mit der First Fleet gekommen.

Und ich überlegte, was für ein Glück ich hatte. Um ein Haar hätte man mich ins Waisenhaus gesteckt. Aber mein geliebter Vater hätte nie zugelassen, daß mir ein Leid geschieht. Und so würde es immer bleiben.

Elsies Haus stand auf einem etwa drei Morgen großen Grundstück. Es war im Kolonialstil gebaut, mit einem rückwärtigen Balkon und einer Veranda vor der Eingangstür, zu der sechs Stufen hinaufführten.

Gerade, als wir diese emporsteigen wollten, kam ein kleiner, dunkelhäutiger Mann von einem der Nebengebäude herbeigelaufen, das offensichtlich ein Stall war.

»Captain! Captain!« rief er.

»Na, wenn das nicht Anglo ist!« sagte Toby. »Wie geht's, wie steht's, Anglo? Schön, dich zu sehen.«

Der kleine Mann stand lachend vor Toby. Sie gaben sich die Hand.

»Die Missus wartet schon, und Miß Mabel hat schwer geschuftet. Alles sauber. Alles bereit für Captain.«

»Das freut mich«, sagte Toby. »Extra für mich gewienert, wie?« Er zwinkerte Anglo zu, während er fortfuhr: »Es hätte mir das Herz gebrochen, wenn sie zu meiner Begrüßung nicht ein bißchen Glanz in die Hütte gebracht hätten.«

Er wandte sich an mich, und in diesem Augenblick ging eine Tür auf, und eine Frau kam auf die Veranda.

»Captain!« rief sie und warf sich ihm an den Hals.

»Mabel, Mabel ... wie schön, dich zu sehen! Das ist Carmel.«

Er lächelte mich an, und ehe Mabel etwas sagen konnte, kam eine zweite Frau aus dem Haus.

»Da bist du ja endlich, Toby«, sagte sie. »Was hat dich aufgehalten? Ich hab' das Schiff heute früh einlaufen sehen.«

»Die Pflicht, Elsie. Was könnte mich sonst aufhalten?«

Sie küßte ihn auf beide Wangen, und er sagte: »Das ist Carmel.«

Sie wandte sich mir zu. Sie war groß, mit einer Fülle rotbrauner Haare, die sich um ihren Kopf ringelten. Ihre auffallend grünen Augen funkelten, und ihre Zähne leuchteten im sonnengebräunten Gesicht. Sie hatte etwas Offenes, Aufrichtiges. Ich wußte auf Anhieb, daß sie eine Person war, die genau sagte, was sie meinte, und die keine Ausflüchte machte. Sie gefiel mir auf den ersten Blick. Sie war ein Mensch, dem man vertrauen konnte.

»Carmel«, sagte sie, »wie schön! Ich habe viel von dir gehört, und jetzt bist du nach Sydney gekommen. Hattest du eine gute Reise?«

Sie nahm meine Hände und sah mir aufmerksam ins Gesicht. Ich fragte mich flüchtig, was eine Ehefrau wohl von einer Tochter ihres Mannes denken mochte, die nicht von ihr war. Ich verwarf diesen Gedanken aber sofort wieder. Elsie hätte gesagt, was sie davon hielt, und im Augenblick schien sie es keineswegs sonderbar zu finden.

»Schade, daß du nur eine Woche bleibst«, sagte sie zu mir. »Da kannst du nicht viel von der Stadt sehen. Und zu sehen gibt es viel, das kann ich dir sagen. Schön, wir werden das Beste daraus machen. Wieso stehen wir eigentlich hier herum? Kommt herein, ihr zwei! Ihr seid sicher hungrig. Ihr habt auf dem alten Kahn bestimmt nichts Anständiges zu essen bekommen, oder?« Sie warf Toby einen Blick zu, der besagte, daß sie scherzte, und er entgegnete sogleich: »Unser Essen war vorzüglich, nicht wahr, Carmel?«

»O ja«, sagte ich. »Es war sehr gut.«

»Warte erst mal ab, was wir zu bieten haben, Liebes! Wenn die Woche um ist, willst du bestimmt nicht mehr fort von hier, da gehe ich jede Wette ein.«

Sie nahm meinen Arm, als wir hineingingen, und ich sah Tobys Miene an, daß er mit diesem Empfang sehr zufrieden war.

»Du weißt ja, wo es langgeht, Tob«, sagte Elsie. Es klang eigenartig, seinen Namen in dieser Form zu hören, aber ich sollte bald merken, daß Elsie die Gewohnheit hatte, Namen abzukürzen. Sie wandte sich an mich.

»Er hat immer dasselbe Zimmer, wenn er hier wohnt, was er leider nicht so oft tut, wie mir lieb wäre. Aber wir müssen eben das Beste aus dem machen, was wir haben, nicht? Und du, Liebes, ich zeige dir, wo du wohnst. Du hast einen herrlichen Blick auf den Hafen. Wir sind stolz auf unseren Hafen. Wir zeigen ihn vor, wann immer sich die Gelegenheit bietet. Ich habe dir die Post in dein Zimmer gelegt, Tob. Briefe von zu Hause. Aber warte mit dem Lesen, denn das Essen ist fertig.«

Toby streckte sich und sah zum Himmel hinauf und auf das Haus. »Schön, wieder hier zu sein«, sagte er.

»Schön, dich hier zu haben«, sagte Elsie. »Meinst du nicht auch, Mabe?«

»Das kann man wohl sagen«, antwortete Mabel.

»Und Anglo stimmt uns zu«, sagte Elsie.

Anglo, offensichtlich ein Aborigine, lachte.

»Anglo ist ein feiner Kerl. Er würde nie in den Busch gehen, wenn der Captain kommt.«

Anglo schüttelte den Kopf.

Als ich mich später erkundigte, was das bedeutete, erklärte Toby mir, daß die Aborigines gute Arbeiter seien, aber man müsse bedenken, daß sie es nicht gewöhnt waren, in Häusern zu leben oder in irgendeiner Weise eingeschränkt zu sein, und hin und wieder überkomme sie der Drang, in den Busch zu gehen, das heißt, zu verschwinden. Manchmal kämen sie zurück, manchmal nicht; man könne eben nie sicher sein. Und selbst die Anhänglichsten könnten manchmal nicht anders, als in den Busch zu gehen.

»Jetzt kommt herein!« sagte Elsie.

Es war unzweifelhaft ein herzliches und zwangloses Willkommen. Ich mußte daran denken, wie Mrs. Marline Lady Crompton bei den seltenen Gelegenheiten empfangen hat-

te, wenn sie ins Haus Commonwood gekommen war. Diese
Begrüßung hatte ganz anders ausgesehen.

Mein Zimmer war groß, und es bot, wie Elsie gesagt hatte,
eine schöne Aussicht auf den Hafen. Es enthielt ein Bett,
einen Kleiderschrank und eine Waschschüssel, eine Spie-
gelkommode und ein paar Stühle. Der Fußboden bestand
aus Holzdielen, auf denen Matten lagen. Das Zimmer war
zweckmäßig eingerichtet, und wieder kam mir der Unterschied zu Commonwood in den Sinn.

Man hatte mich gebeten, ins Eßzimmer zu kommen, sobald ich fertig sei, und als ich die Tür meines Zimmers
öffnete, kam Toby gerade aus dem seinen.

»Alles in Ordnung?« fragte er mit einer Spur Besorgnis in
der Stimme.

»Ja. Mir gefällt's.«

»Ich wußte, daß du dich mit Elsie verstehen würdest. Die
meisten Menschen kommen gut mit ihr aus.«

»Außer dir«, sagte ich.

»Ach, das ist etwas anderes. Mit fast allen Dingen klappt es
bei uns, nur nicht mit der Ehe.« Er drückte meinen Arm.
»Bedauerlich«, fuhr er fort, »aber so ist es nun mal. Du
wirst dich hier wohl fühlen. Es gibt eine Menge zu sehen.
Elsie konnte es gar nicht erwarten, dich kennenzulernen.
Komm, sieh dir mein Zimmer an!«

Es war meinem sehr ähnlich: Holzboden, kleine Teppiche
und zweckmäßige Möbel.

»Nicht wie in Commonwood«, sagte Toby.

»Nein. Das habe ich vorhin auch gedacht.«

»Eine andere Atmosphäre. Keine Förmlichkeiten. Hier ist
alles offen und ehrlich.«

»Ja«, stimmte ich zu. »Das spüre ich.«

Er zauste meine Haare und gab mir einen Kuß.

»Ich hab' mich doch gerade gekämmt!« sagte ich.

»Macht nichts. Elsie schimpft bestimmt nicht.«

135

Ich sah mich in seinem Zimmer um. »Da wartet ja eine Menge Post auf dich«, sagte ich.

»Ja. Ich wollte mich noch nicht in sie vertiefen. Das hat Zeit. Nichts Wichtiges, vermute ich. Komm, laß uns hinunter gehen! Sonst gibt es Ärger.«

Das Essen war gut. Mabel, die wohl eine Art Haushälterin und Freundin war, leistete uns Gesellschaft. Ein junges Mädchen von vielleicht fünfzehn Jahren bediente bei Tisch. Sie hieß Jane, und wieder staunte ich, wie formlos es hier zuging. Ich fragte mich unwillkürlich, wie es jetzt in Commonwood aussehen mochte. Alles würde anders sein, seit Mrs. Marline tot war. Miß Carson würde dasein, und Adeline hätte nichts zu befürchten.

Elsie sprach viel und witzig-vertraut mit Toby, doch hauptsächlich waren ihre Worte an mich gerichtet. Sie sagte mir, was wir tun müßten, solange ich in Sydney sei. Sie wolle mir so vieles zeigen. Wir könnten eine Hafenrundfahrt machen – falls ich nicht genug von Schiffen hätte. Aber diesmal wäre es vielleicht ein kleines Ruderboot. Es gebe aber auch eine Fähre. Ob ich reiten würde?

»Oh, fein. Hier unten bist du ohne Pferd verloren. Wir werden ein paarmal im Freien picknicken. Das Wetter ist schön, wie du siehst. Man kann sich hier besser darauf verlassen als zu Hause.«

Ich entdeckte, daß sie mit einer Mischung aus Zuneigung und Verachtung von England sprach. »Hier unten«, in Australien, machten sie immer alles besser. Später erfuhr ich, daß sie in Australien geboren und nie in England gewesen war, trotzdem nannte sie es »zu Hause«.

Toby sagte, daß es hier viele Leute so hielten. Ihre Wurzeln seien in England, meinte er, weil ihre Eltern oder Großeltern herübergekommen waren und sich auf der Suche nach einem besseren Leben hier angesiedelt hatten. Manche mochten es auch gefunden haben, aber dennoch blieb die alte Heimat das »Zuhause«, auch für jene, die sie nie gesehen hatten.

Ich fand alles sehr interessant – ein weiterer Abschnitt des neuen Lebens, in das Toby mich eingeführt hatte.

Ich schlief tief in dieser Nacht, und als ich aufwachte, stieg ich aus dem Bett, öffnete die gläserne Flügeltür und trat auf den Balkon mit dem Eisengeländer. Es war ein sehr hübscher Ausblick. Ich konnte auf den Hafen hinaussehen, dessen Buchten von grünen Sträuchern gesäumt waren, die bis ans Wasser wuchsen. Hohe Bäume standen dahinter – später erfuhr ich, daß sie zur Familie der Eukalyptusgewächse gehörten – und gelbblühende, die – wie ich erfuhr – Akazien hießen.

Ich hatte Elsie schon jetzt sehr gern. Sie war herzlich und freundlich, auch wenn ihre Ehe mit Toby nicht klappte. Aber ansonsten mußten sie sich ausgezeichnet verstehen, sonst würde er nicht jedesmal zu ihr gehen, wenn er nach Sydney kam. Und wie ich da stand und auf den majestätischen Hafen hinaussah und abermals an die glückliche Fügung meines Schicksals dachte, wurde ich plötzlich von spöttischem Gelächter aufgeschreckt. Es war, als verhöhne mich eine teuflische Kreatur wegen meiner Zufriedenheit mit dem neuen Leben, das mir wunderbarerweise beschieden war. Ich sah mich um. Es war niemand in der Nähe.

Als ich Toby und Elsie sah, war ich unendlich erleichtert. Sie mußten das Lachen auch gehört haben. Sie wirkten nicht im mindesten erstaunt und waren in ein sichtlich ernstes Gespräch vertieft. Das war ausgesprochen eigenartig; denn sie hatten keinerlei Ähnlichkeit mit den unbeschwerten Menschen vom Abend zuvor. Wäre ich nicht hellwach gewesen, hätte ich wohl angenommen, daß ich träume.

Plötzlich sahen sie zu mir hoch. Ihr Gesichtsausdruck wechselte, als sie mich entdeckten. Jetzt lächelten sie.

»Guten Morgen!« rief Toby.

»Hast du gut geschlafen?« fragte Elsie.

»Guten Morgen! Ja, danke.«

»Fein«, sagte Elsie.

Dann erschallte wieder dieses spöttische Gelächter.

Elsie schnalzte mit der Zunge. »Die Kookaburra sind wieder zugange.« Und während sie das sagte, flog ein wohl einen halben Meter großer Vogel mit graubraunem Gefieder vorbei und ließ sich auf einem Ast nieder. Dann kam ein zweiter hinzu und setzte sich neben ihn.

Das Gelächter erschallte wieder, und da merkte ich, daß es von den Vögeln kam.

»Sie wollen ihr Frühstück«, sagte Elsie. »Ich füttere sie zusammen mit den anderen. Deswegen kommen sie her. An ihr komisches Geschrei gewöhnt man sich mit der Zeit. Lachender Hans werden sie genannt. Jetzt weißt du, warum. Hört sich an, als würden sie einen verspotten. Vielleicht denken sie, ich bin eine alte Idiotin, weil ich mich mit ihnen abgebe. Für unser Frühstück wird es übrigens auch Zeit, finde ich.«

Ich ging zu ihnen hinunter, und wir setzten uns zu Kaffee, Eiern mit Speck und frischgebackenem Brot an den Tisch.

»Genau wie zu Hause«, sagte Elsie. »Wir halten an alten Gewohnheiten fest, nicht wahr, Tob?«

Er bejahte, und dann überlegten wir, was wir heute unternehmen sollten. Er wollte zu seinem Schiff gehen und wußte nicht, wie lange er fortbleiben würde. Elsie wollte mich durch Haus und Garten führen und mir zeigen, wie man »hier unten« lebte.

Wir waren alle wieder fröhlich. Toby verließ uns, wie besprochen, und ich sah Elsie beim Füttern der Vögel zu. Es war ein herrlicher Anblick, wie sie um sie herum flatterten, hübsche Geschöpfe in vielen Farben. Sie sahen aus wie die Papageien und Wellensittiche, die man bei uns zu Hause in

138

Käfigen hielt. Ich sah die Kookaburra unter ihnen, die sich ihren Anteil nahmen. Dann hörte ich ihr spöttisches Gelächter. Nun beunruhigte es mich nicht mehr.

* * *

Elsie meinte, ich würde doch sicher gern ein paar Leute kennenlernen. »In Australien sind die Menschen anders«, sagte sie. »Anders als da, wo du herkommst, meine ich. Nichts von diesem hochmütigen ›Ich-bin-was-Besseres-als-du‹. Hier sind wir alle gleich – auch wenn einige gleicher sind als andere, wie man so sagt.« Nickend fügte sie hinzu: »Solange sie nicht vergessen, daß ich ihre Vorgesetzte bin, und sie tun, was ich sage, ist alles in Ordnung.«
»Genauso ist es in ...« begann ich, aber sie lächelte.
»Du wirst sehen, was ich meine, Liebes«, sagte sie. »Wir haben zwei Hausmädchen, Adelaide und Jane. Jane kennst du schon. Und Mabel natürlich. Die sind für den Haushalt zuständig. Mabe ist ein Schatz: Sie kocht und hält alles in Schwung. Jem wohnt mit seiner Frau und dem Sohn Hal über dem Stall, aber sie gehen die ganze Zeit im Haus ein und aus, und Anglo ist auch noch da. Manchmal verschwindet er, und wir wissen nie, ob er zurückkommt. Ich glaube nicht, daß er für immer fortgehen wird, auf keinen Fall, wenn Tob hier ist. An Tob hat er einen Narren gefressen. Wie die meisten Menschen. Tob hat was Besonderes. Komm, laß uns unseren Rundgang durchs Haus machen!«
Gesagt, getan. Das Haus war geräumig, und überall fiel Holz als Baumaterial auf. Die Möblierung war einfach, mehr im Hinblick aufs Notwendige als auf Zierat. Es gab eine Waschküche, große Vorratsräume, eine Speisekammer und eine geräumige Küche mit einem großen Herd, mehreren Backrohren und einem langen Holztisch.

Ich lernte alle kennen, die hier wohnten, und verstand, was Elsie damit gemeint hatte, daß es hier keine Förmlichkeiten gab wie zu Hause. Alle Leute waren offen und ungezwungen, und, wie Elsie sagte, solange sie ihre Arbeit taten, war das ganz in Ordnung.

»Wer will schon Häubchen und Schürzen um sich haben und Madam genannt werden? Mrs. Sinclair ist für mich gut genug.«

Sie sagte das ein bißchen wehmütig, und ich fragte mich, ob sie gerne in jeder Hinsicht Tobys Ehefrau wäre, statt ihn nur besuchsweise zu sehen, wenn sein Schiff in Sydney lag.

An diesem ersten Morgen erzählte sie mir, daß ihr Großvater in den Anfangszeiten der Besiedelung nach Sydney geschickt worden war. Er sei kein Verbrecher gewesen. Er habe nur mit seiner Meinung nicht hinterm Berg gehalten. Er habe in einer Fabrik gearbeitet und sich für die Rechte seiner Kollegen eingesetzt.

»Genau wie diese Tolpuddle-Märtyrer, du weißt schon, die Bauern, die 1833 eine Gewerkschaft gründeten und als Sträflinge nach Australien geschickt wurden. Später kamen sie aufgrund öffentlicher Proteste frei. Meinem Großvater lag es nicht, wegen etwas zu jammern, das nicht zu ändern war. Er saß seine sieben Jahre ab, dann erwarb er ein Stück Land. Er arbeitete hart und gelangte zu Wohlstand. Später ging er nach Melbourne, in die Goldminen der Umgebung. Mein Vater trat in seine Fußstapfen, und sie brachten ein hübsches Vermögen zusammen. So waren wir in einem Land, das es gut mit uns meinte, und es war nie die Rede davon, zurückzugehen.«

Ich fand das alles sehr spannend und wollte mehr darüber erfahren.

»Das sollst du, Liebes«, sagte Elsie. »Ich bin noch nie eine von der maulfaulen Sorte gewesen.«

»Erzähl's mir, bitte! Ich bleibe ja nicht lange hier.«

»Wir werden genug Zeit haben, uns zu unterhalten, du wirst sehen.«

So verging der Vormittag, und am Nachmittag kam Toby zurück. Ich war gerade in meinem Zimmer und ordnete ein paar Sachen im Kleiderschrank, als ich das Hufgeklapper seines Pferdes hörte.

Ich trat ans Fenster. Elsie hatte es offensichtlich auch gehört. Sie kam aus dem Haus und lief Toby entgegen. Gemeinsam gingen sie zum Haus. Sie waren wieder so ungewohnt ernsthaft, wie ich sie schon am frühen Morgen gesehen hatte, als das Lachen der Kookaburra mich noch beunruhigte.

Sie zögerten eine Weile und blieben, ins Gespräch vertieft, stehen. Ich rief ihnen etwas zu. Sie blickten auf, und ihr Gesichtsausdruck wechselte. Sie lächelten. Ich bildete mir ein, daß ihr Lächeln etwas Gezwungenes hatte, und mich beschlich das unbehagliche Gefühl, daß nicht alles so in Ordnung war, wie sie mich glauben machen wollten. Fast erwartete ich, das spöttische Lachen der Vögel zu hören, doch die waren nach der Fütterung verschwunden.

Ich stieg die Treppe hinunter und ging zu Toby und Elsie.

»Wie ich höre, hattest du einen schönen Vormittag und hast dir alles angesehen«, sagte Toby.

»O ja, es war sehr interessant.«

Elsie sagte:»Tob möchte mit dir sprechen, Liebes.« Sie sah Toby beinahe flehend an und fuhr fort:»Warum nicht gleich? Geht ins Wohnzimmer – ihr zwei allein!«

Ich war nicht sicher, bildete mir aber ein, daß Toby ein abwehrendes Gesicht machte, sie ihn aber drängte. Dann sagte er:»Also gut. Komm, Carmel!«

Wir gingen ins Wohnzimmer, und Elsie ließ uns allein.

Ich sah Toby bestürzt an. Jetzt war ich sicher, daß nicht alles in Ordnung war.

»Ich muß dir etwas sagen, Carmel«, begann er, dann zögerte er.

Ich schaute ihn fragend an. Es war ungewohnt, ihn um Worte verlegen zu sehen.

»Ich dachte mir schon, daß irgendwas los ist«, sagte ich. »Du warst vorhin so anders.«

»Es ist ein schwerer Entschluß.«

»Was?«

»Das sollst du gleich erfahren, Carmel. Zu Hause ist etwas passiert.«

»Zu Hause?«

»In Haus Commonwood. Der Doktor ...«

»Was ist mit ihm?«

»Man nimmt an, daß er nicht mehr lange lebt.«

»Du meinst, er stirbt?« fragte ich blöde.

»Es gab eine Menge Probleme ... und es steht schlecht um ihn. Estella und Adeline werden bei Florence leben, und Henry natürlich auch. Du siehst ...«

»Du meinst, sie kommen nicht mehr nach Haus Commonwood?«

»Ja, so sieht es aus.«

»Und der Doktor ist schwer krank? Wie können sie so sicher sein, daß er stirbt? Kann er nicht gesund werden?«

Toby sah über meinen Kopf hinweg. So hatte ich ihn noch nie gesehen.

»Verstehst du?« sagte er. »Wir müssen uns überlegen, was nun mit dir geschieht.«

»Geht Miß Carson mit Estella und Adeline?«

»Von Miß Carson weiß ich nichts. Ich glaube aber nicht. Ich weiß nur, daß Adeline und ihre Schwester zu Florence ziehen. Sie wird sich um sie kümmern.«

»Du meinst, dort ist kein Platz für mich?«

Er wirkte erleichtert. »Das Problem ist«, fuhr er fort, »daß ich drüben kein Zuhause habe. Bloß eine Unterkunft, und

142

außerdem bin ich die meiste Zeit unterwegs. Siehst du, worauf alles hinausläuft?«

Mir war sehr bange zumute, denn Toby war sichtlich äußerst besorgt.

Er mußte meine Angst gespürt haben, denn er legte seinen Arm um mich. »Du brauchst dir keine Sorgen zu machen, solange ich bei dir bin«, sagte er.

Ich klammerte mich an ihn. »Ich weiß.«

»Du bist mein kleines Mädchen, und ich bin da, um für dich zu sorgen, also brauchst du wirklich keine Angst zu haben. Du mußt nicht zu Florence ziehen.«

»Oh, das weiß ich. Sie wird mich auch gar nicht wollen.«

»Aber wir müssen uns jetzt ernsthaft etwas einfallen lassen.«

»Ja. Elsie weiß es schon, nicht wahr?«

Er nickte. »Sie hilft, eine Lösung zu finden. Und sie meinte, du dürftest nicht im unklaren gelassen werden, sondern müßtest es so bald wie möglich erfahren.«

»*Was* muß ich erfahren?«

»Ich kann dich nicht mit nach England nehmen, weil du dort nirgendwo hin könntest. Du bist erst elf Jahre alt. Zu jung, um allein zu bleiben, wenn ich auf See bin. Außerdem werde ich nach dieser Reise ein ganzes Jahr nicht nach England kommen. Die LADY OF THE SEAS ist öfter auf dieser Seite der Welt. Sie liegt öfter in Sydney als in jedem anderen Hafen. Ich werde ziemlich oft hier sein. Elsie hatte die Idee, und ich muß sagen, ich finde sie gut, das Beste, was wir auf die Schnelle machen können. Wenn ich nächste Woche die Heimreise antrete, bleibst du hier bei Elsie. In etwa vier Monaten bin ich wieder in Sydney.«

Ich sah ihn mit äußerster Bestürzung an, und er fuhr rasch fort: »Ich weiß, du hast erst die halbe Reise hinter dir. Mit so etwas habe ich nicht gerechnet. Ich dachte, bis wir zurückkommen, geht in Commonwood wieder alles mehr oder weniger seinen geregelten Gang, und wenn Estella ins Pensionat kommt, könntest du mitgehen. Das Wichtigste für uns ist, daß wir so viel zusammen sind, wie wir können. Das wollen wir doch, nicht?«

Ich nickte heftig.

»Ich weiß, es ist ein schwerer Schlag für dich. Wir haben uns überlegt, wie wir es dir sagen sollen. Elsie meinte, es hätte keinen Sinn, dir Sand in die Augen zu streuen. Du solltest zumindest Bescheid wissen. Sie sagte, du bist zu klug, als daß man dich hinters Licht führen könnte. Dies ist nun unser Plan – Elsies und meiner, und jetzt auch deiner. Du kannst Elsie vertrauen. Sie ist ein guter Mensch. Sie sagt, du sollst hierbleiben. Du kannst bei ihr wohnen. Nicht allzuweit entfernt gibt es eine gute Schule, ein Pensionat, wo du eine anständige Ausbildung erhalten wirst. Und in den Ferien kannst du bei Elsie sein, und sooft mein Schiff einläuft, sind wir beide zusammen, du und ich.«

Er rückte ein wenig von mir ab und sah mich forschend an. Dann legte er plötzlich seinen Arm um mich und drückte mich an sich.

»Das ist das Beste, Carmel, mein liebes Kind. Ich versichere dir, unter den gegebenen Umständen ist es das einzig Wahre.«

Ich war zu durcheinander, um alles ganz zu erfassen. Ich konnte mich nur an ihn klammern und mich vergewissern, daß er noch da war, daß er mein Vater war und mich immer lieben würde. Aber aus der wunderbaren Rückreise wurde nun nichts. Sein Schiff würde in Kürze auslaufen, und es würde eine lange Zeit vergehen, bis ich ihn wiedersah. Dieses neue Land sollte meine Heimat werden.

Es kam zu plötzlich und war zu verwirrend. Ich glich gewissermaßen jenen Menschen, die man aus England fortgeschickt hatte in dieses neue Land – ungewiß, ungläubig, daß mir das wirklich zustieß. Aber ich war nicht wie jene Menschen. Sie hatten niemanden, und ich hatte Toby, der mich liebte, auch wenn er mich verlassen mußte. Und Elsie war ja da, die ich schon sehr liebgewonnen hatte. Meine Gedanken kehrten zu jenem frühen Morgen zurück, als ich plötzlich das spöttische Gelächter der Kookaburra gehört hatte. Ich hatte gemeint, das Lachen klang wie eine Warnung. Vielleicht war es tatsächlich so gewesen. Das Leben war mir zu schön erschienen, und so ist das Leben vielleicht nicht. Dann dachte ich: Aber Toby ist mein Vater. Nichts kann daran etwas ändern. Ich mag ihn lange Zeit nicht sehen, aber er kommt zurück. Er ist wirklich mein Vater, und er wird immer dasein.

Der Landstreicher

Gertie und ich hatten uns von all unseren Schulfreundinnen, dem Pensionat und auch dem Lebensabschnitt verabschiedet, der nach mehr als sechs Jahren zu Ende gegangen war. Die großen Ferien am Ende des Schuljahres lagen vor uns – nur war es für uns mehr als ein Abschied zum Ende eines Schuljahres. Ich sollte eine Zeitlang auf dem Besitz der Formans in Yomaloo bleiben, und dann würde Gertie für eine Weile zu mir in Elsies Haus kommen. So hatten wir es die ganzen letzten Jahre gehalten.

Im nächsten März würde ich achtzehn Jahre alt werden, und Tobys Eröffnung, daß ich nicht nach England zurückkehren sollte, lag lange zurück.

Damals war alles so schnell gegangen. Langfristige Planungen waren beiseite geschoben worden, und binnen weniger Tage hatte ich mich in einem neuen Leben eingerichtet. Ich war anfangs so durcheinander gewesen, daß ich mich von einem Wirbelwind erfaßt und plötzlich in einem neuen Heim in einem neuen Land abgesetzt wähnte. Aber nie vergaß ich, welch ein Glück es für mich war, von zwei Menschen wie Toby und Elsie umsorgt zu sein.

Als Toby mich damals von England aus auf die phantastische Reise mitgenommen hatte, war ich in ein Wunderland entschlüpft und glaubte, ein für allemal das Glück gefunden zu haben. Jetzt konnte ich, klüger und gereifter, lächelnd zurückblicken auf das Kind, das ich damals gewesen war. So ist das Glück nicht. Es kann nicht immer dasein. Man muß warten auf das Glück, und deswegen ist es so kostbar, wenn es eintrifft.

Ich war Elsie sehr dankbar! Sie war wohl so etwas wie meine Stiefmutter. Doch eigentlich war sie mehr wie eine ältere – und viel klügere – Schwester. In einem seltenen sentimentalen Augenblick erzählte sie mir, daß sie sich immer eine Tochter gewünscht habe. Ich sei die Erfüllung dieser Sehnsucht.

Im Februar jenes Jahres, kurz bevor ich elf Jahre alt wurde, war Toby mit der LADY OF THE SEAS ausgelaufen und hatte mich allein bei Elsie, die ich erst seit einer Woche kannte, zurückgelassen.

Ich werde mich stets daran erinnern, wie ich an Bord ging und Lebewohl sagte, und an das Gefühl der Verlorenheit und Leere, weil ich Toby lange Zeit nicht sehen sollte. Elsie verstand meinen Kummer und half mir, ihn zu ertragen. Toby hatte versucht, fröhlich zu sein, und bis zu einem gewissen Grade war es ihm auch gelungen. Er versicherte mir immer wieder, es werde nicht allzulange dauern, bis er zurück sei, und dann wollten wir aufregende Dinge unternehmen.

Dann standen wir am Kai und beobachteten das auslaufende Schiff. Toby konnten wir nicht sehen, weil er auf der Brücke sein mußte, und so sahen wir die LADY OF THE SEAS entschwinden, und es tröstete mich, daß auch Elsie weinte. Sie hatte ihren Arm um mich gelegt und sagte: »Wir kommen schon zurecht, Liebes! Und wenn wir das nächste Mal hier stehen, sehen wir das Schiff einlaufen, das ihn bringt.«

Dann kehrten wir ins Haus zurück, tranken Kakao und sprachen von ihm.

Elsie war in den folgenden Wochen wundervoll gewesen. Heute weiß ich, daß sie sich damals ausschließlich mir widmete. Sie verstand ganz genau, wie mir zumute war, und setzte alles daran, mich zu versichern, daß ich bei ihr gut aufgehoben war. Toby mochte vorübergehend abwesend sein, dafür hatte sie seinen Platz eingenommen.

Wir waren ständig zusammen. Elsie hatte etliche Bekannte in Sydney, die wir besuchten und die sehr oft zu uns kamen. Mit Mabel, die das Kochen besorgte und den Haushalt führte, schloß ich bald Freundschaft, ebenso mit allen anderen im Haus und in der engeren Umgebung. Ich ging in die Küche und sah Mabel beim Teigkneten und Puddingrühren zu, während sie mir von ihrer Kindheit in einer kleinen Gemeinde westlich von Sydney an der Straße nach Melbourne erzählte. Sieben Kinder waren sie gewesen, und sie war das älteste. Sie wollte sich ein bißchen umsehen, sagte sie, und so kam sie in die Stadt. Sie arbeitete hier und da. Sie war eine richtige Kochkünstlerin, und schließlich landete sie bei Elsie.

»Eine der besten«, und das war gut genug für sie. Und so war sie geblieben.

Adelaide, die einige Jahre älter war als Mabel, und Jane teilten sich die Hausarbeit. Hier gab es keine Hierarchie, keine war wichtiger als die andere, und alle wirkten zufrieden.

Dann waren da noch Jem und Mary, die mit ihrem Sohn Hal über dem Stall wohnten. Sie verrichteten, wenn nötig, alle übrigen Arbeiten, die in Haus und Garten anfielen. Und Anglo lebte auch hier. Er hatte stets ein Lächeln für mich, wenn er mich sah. Er war ein fröhlicher Hausgenosse.

Ich wurde durch den gewaltigen Unterschied ständig an Commonwood erinnert. Wie seltsam es dort jetzt sein würde! Der Doktor schwer krank und die Kinder bei Tante Florence. Und Miß Carson? Ich nahm an, daß sie mit zu Tante Florence gezogen war, um bei den Kindern zu bleiben. Aber vielleicht war der Doktor ja genesen, und alle waren nach Haus Commonwood zurückgekehrt.

Ich versuchte, mit Elsie darüber zu sprechen, aber sie schien nicht interessiert. Das verwunderte mich, denn gewöhnlich wollte sie über jedermann Bescheid wissen.

Mir fiel auf, daß sie, wenn ich über irgend etwas sprach, das mit Haus Commonwood zu tun hatte, bei der ersten Gelegenheit das Thema wechselte.

Bei Elsie waren ständig Leute zu Besuch. Manche kündeten ihr Kommen nicht an, und sie leisteten uns beim Essen Gesellschaft, wenn es gerade aufgetragen wurde. Manche kamen von weit her und blieben ein, zwei Tage.

Unter den Gästen war ein besonders guter Freund. Er hieß Joe Lester und war ein großer Mann, ziemlich still und ernst. Er war sehr freundlich zu mir und erzählte mir von den Zeiten, als Australien noch eine Strafkolonie war, ganz so, wie Toby es getan hatte.

Joe hatte einen Besitz mehrere Meilen außerhalb der Stadt. Ein Neffe lebte bei ihm, der ihm bei der Bewirtschaftung zur Hand ging. Elsie und ich besuchten die beiden hin und wieder.

Etwa zwei Wochen, nachdem Toby abgereist war, kam Elsie auf das Thema Schule zu sprechen.

»Alle müssen eine Schule besuchen«, sagte sie. »Du bist da keine Ausnahme, Liebes. Wir haben hier keine Schulen wie ihr in England. Aber ich habe von einer gehört, die ganz gut sein soll. Sie liegt ein paar Meilen entfernt, zwischen Sydney und Melbourne, und ich habe mir überlegt...«

»Ich glaube, ich hätte mit Estella ins Pensionat gehen sollen, aber dann ist sie ja zu Tante Florence gezogen.«

Elsie sagte rasch: »Na ja, aber du wirst hier Freundinnen finden. Die Leute sind sehr entgegenkommend. Ich sage dir, was wir machen. Wir sehen uns die Schule mal an, und wenn sie uns gefällt, gehst du vielleicht hin. Toby meint, du sollst hier ganz genau so leben, als wenn du zu Hause wärst. Wir machen alles ganz so wie zu Hause. Du wirst bei hochsommerlicher Hitze ein warmes Weihnachtsmenü essen. Du wirst nicht vor September zur Schule gehen, weil

149

dann zu Hause das Schuljahr beginnt und es deswegen auch hier zur selben Zeit beginnen muß. Es besteht überhaupt kein Grund zur Eile.«

Als dann Gerties Brief kam, war ich sehr aufgeregt. Die Formans hatten einen Besitz in Yomaloo gefunden, zehn oder zwölf Meilen nördlich von Sydney.

Ich schrieb sofort zurück. Sie vernahmen mit Erstaunen, daß ich noch in Sydney war. Sie hatten nicht damit gerechnet, denn sie nahmen an, der Brief müsse nach England weitergeschickt werden. Die Folge war, daß Gertie und ihre Mutter uns besuchten, als sie nach Sydney kamen.

Ich erklärte, daß die Umstände sich geändert hätten und ich in Sydney bliebe. Gertie war begeistert, und ihre Mutter sagte, wir müßten zu ihnen kommen, sobald sie sich eingerichtet hätten. Wir lachten viel, als wir von unserer Reise hierher sprachen. Ich sah auch Jimmy wieder – er nannte sich jetzt James –, der immer noch ein wenig verlegen war wegen der Rolle, die er bei dem Abenteuer in Suez gespielt hatte.

Es war ein sehr fröhliches Wiedersehen.

Die Rede kam darauf, daß ich eine Schule besuchen sollte, und da die Formans Gertie in ein Pensionat schicken wollten, wurde beschlossen, daß wir zusammen dorthin gingen.

Dann kam der Tag, an dem Toby nach Sydney zurückkehrte. Nie werde ich vergessen, wie ich am Kai auf das Einlaufen des Schiffes wartete – und dann der Augenblick, als er das Fallreep herunter kam und mich umarmte und festhielt, als wolle er mich nie mehr loslassen.

Später erzählte er mir, daß Dr. Marline gestorben war und er darüber sehr traurig sei. Ich vermutete, daß es ihn schmerzte, darüber zu sprechen, und verkniff mir die Fragen, die ich gerne gestellt hätte.

Er erzählte mir aber, daß Adeline und Estella noch bei

Tante Florence seien und bei ihr bleiben würden. Was aus Miß Carson geworden war, wußte er nicht.

Für mich sei es das Beste, in Australien zu bleiben, sagte er, denn hier könne er mich mit Gewißheit öfter sehen als anderswo, zumal Elsie und ich so gute Freundinnen geworden seien.

Alles hörte sich besser an, wenn Toby es sagte. Welch ein Glück, daß die Formans nicht allzu weit entfernt wohnten! Gertie und ich waren ja schon auf der Reise gute Freundinnen geworden. Alles wendete sich zum Guten.

Ich begleitete ihn auf eine kurze Fahrt von Sydney nach Neuguinea und zurück. Sie dauerte nur drei Wochen, aber es stand eine weitere in Aussicht; im Laufe der Jahre fuhr ich dann nur noch ein einziges Mal mit ihm, weil ich mich ja nach den Schulferien richten mußte.

Die Schule nahm mich ganz gefangen, und so vergingen die Jahre.

Und jetzt waren Gertie und ich erwachsen geworden. Wir kamen uns sehr reif vor und waren deswegen sehr aufgeregt. Die Schulzeit war vorüber, Gertie und ich fühlten uns als junge Damen.

*　*　*

Diese Abreise vom Pensionat unterschied sich von allen vorigen. Sie hatte ein gewisses feierliches Gepräge. Wir fuhren in der Kutsche mit mehreren anderen Mädchen, die in der Umgebung von Sydney zu Hause waren, und setzten Gertie in Yomaloo ab. Wie üblich versicherten wir uns, daß wir uns bald treffen würden. Ich sollte ja bald einige Zeit auf dem Besitz der Formans verbringen, und Gertie würde später nach Sydney kommen.

Elsie wartete auf mein Eintreffen. »Meiner Seel!« rief sie mit gerührter Miene. »Du bist jetzt eine richtige junge Frau.«

Und auf der Veranda waren Mabel, Adelaide und Jane, und neben ihnen stand Anglo.

Ich wurde ins Haus geführt, und Mabel verkündete, es gebe Schnapper zum Mittagessen, meinen Lieblingsfisch, und sie wolle nicht, daß er vor lauter Geschwätz kalt würde. Zum Reden sei anschließend noch Zeit genug.

Während der Mahlzeit berichtete ich ihnen, wie ich es immer gehalten hatte, vom letzten Halbjahr in der Schule, und sie erzählten, wie das Leben hier gelaufen war.

Als ich später mit Elsie allein war, sagte sie: »Ich denke, ich gebe ein Fest, sagen wir, um Weihnachten herum, für dich und vielleicht auch Gertie. Wir könnten das Wohnzimmer in eine Art Tanzsaal verwandeln. Wenn alle Sessel und der ganze Krimskrams draußen sind, ist es groß genug. Ich lasse ein paar Musikanten kommen. Es wäre dann so etwas wie eine Feier anläßlich deiner und Gerties Einführung in die Gesellschaft – ähnlich wie der Unsinn, den sie zu Hause veranstalten, aber ohne die Albernheiten wie Federschmuck und Hofknicks vor der Königin. Wir müssen ein paar junge Männer einladen. Joe ist zu alt, aber sein Neffe und die McGill-Söhne sind gerade richtig. Dann die Barnums und die Culvers … und natürlich James Forman. Schätze, ich kriege eine erkleckliche Anzahl zusammen.«

Ich sagte erst einmal nichts, und sie fuhr fort: »Ja, so ist das. Wird Zeit, daß du das Leben kennenlernst. Du mußt als Debütantin in die Gesellschaft eingeführt werden, wie es so schön heißt. So würde es auch gemacht, wenn du zu Hause wärst.«

Meine Gedanken gingen flüchtig zu Estella und Adeline. Estella war jetzt neunzehn, Adeline viel älter und Henry einundzwanzig. Was sie jetzt wohl machten? Ich dachte nur noch gelegentlich an sie. Seltsam, daß Menschen, die einst fester Bestandteil des Lebens waren, wie Schattengestalten in einem Traum werden konnten.

Elsie meinte: »Du brauchst natürlich ein Ballkleid. In Rot oder Blau oder in diesem Malventon, den du so magst. Etwas Anspruchsvolles. Wir nehmen uns viel Zeit, suchen den Stoff aus und lassen es von der alten Sally Cadell schneidern. Sie ist immer auf der Suche nach Arbeit. Ich nehme an, in einer Woche oder so möchtest du die Formans besuchen. Wenn du zurückkommst, fangen wir mit den Vorbereitungen für das Fest an. Es muß alles gut geplant werden.«

Sie hielt inne und senkte den Blick. Nach ein paar Sekunden hob sie ihn wieder und sah mich an. »Ich habe die beste Neuigkeit bis jetzt aufgehoben, weil ich dachte, wenn du sie hörst, würdest du an nichts anderes mehr denken. Tob kommt im Dezember. Wir erwarten ihn Heiligabend.«

Ich starrte sie an, dann lagen wir uns in den Armen.

»Ist das eine gute Nachricht, hm? Dies wird ein ganz besonderes Weihnachten für uns, das kann ich dir sagen.«

»Das ist wunderbar!« rief ich. »Ganz wunderbar.«

Danach verstummten wir, und mit glänzenden Augen überlegten wir, was vor uns lag. Elsie war so gut zu mir! Wieder hatte ich eine flüchtige Erinnerung an Commonwood. Wie anders war es hier, wo Elsie und Toby alles taten, um mir das Leben angenehm zu machen. Ich war von Rührung übermannt.

Ich war jetzt frei. Wenn die Möglichkeit bestand, mit meinem Vater auf Reisen zu gehen, hinderte mich keine Schule mehr daran. Es war die vollkommene Seligkeit.

Wir konnten danach kaum von etwas anderem sprechen als von dem Glücksfall, daß Toby ausgerechnet um diese Zeit nach Sydney kommen wollte. Aber es wäre natürlich zu jeder Zeit herrlich gewesen. Wir plapperten aufgeregt.

Tags darauf ging ich in den Stall und überzeugte mich, daß Starlight, mein Lieblingspferd, wohlauf war. Der Hengst zeigte mir deutlich seine Freude über meine Rückkehr. Hal sagte, das Tier habe mich vermißt, aber gewußt, daß ich zur Schule mußte, und daher nehme es der Hengst mir nicht übel, daß ich ihn die ganze Zeit vernachlässigt hatte. Starlight bestätigte dies, indem er sein Maul an mir rieb.

»Er sagt Ihnen, wie froh er ist, daß Sie wieder da sind«, fuhr Hal fort. »Ich wette, er weiß, daß die Schulzeit vorbei ist und Sie jetzt für immer zurück sind.«

Elsie und ich saßen an unserem Lieblingsplatz im Garten und sprachen über Kleinigkeiten, aber unsere Gedanken waren ständig bei Tobys Rückkehr. Ich berichtete ihr, daß Sarah Minster mich beim Springturnier um eine Winzigkeit geschlagen hatte, daß ich in Englisch die Beste war und es in Mathematik mit Ach und Krach gerade noch geschafft hatte. Sie erzählte mir, wie einmal ein Pferd lahmte, als sie acht Meilen von daheim entfernt war, und wie sie deshalb bei den Jennings übernachtet hatte.

Dann sagte sie plötzlich: »Ich schätze, daß du dich für immer hier niederläßt, Carmel. Du wirst eine von uns. Hast du je daran gedacht, nach Hause zurückzukehren?«

Wieder blitzten Erinnerungen auf. Dr. Marline in der Schulstube, die weinende Adeline im Schlafzimmer ihrer Mutter, Miß Carson, die aus dem Zimmer kam und ohnmächtig wurde.

Ich sagte: »Gertie spricht oft von einer Rückkehr. Ihre Tante Beatrice wohnt in London. Sie sagt, eines Tages geht sie nach Hause.«

»Für einige bleibt England immer die Heimat«, sagte Elsie. »Sie können sie nicht vergessen. Andere wollen sie nie wiedersehen.«

»Ich denke, es kommt darauf an, was man dort erlebt hat.«

Sie blickte leicht verblüfft drein. »Du bist doch hier glücklich, oder?«

»Überglücklich. Du bist hier ... und Toby manchmal.«

Sie nickte. »Vielleicht wirst du hier heiraten und dich niederlassen.«

»Heiraten? Wen?«

»Das liegt im Schoß der Götter, wie man so sagt. Es gibt mehrere junge Männer in der Gegend. Einige sind sehr nett. Joes Neffe William zum Beispiel. Er ist etwas schüchtern, aber seit er draußen bei Joe ist, geht er ein bißchen aus sich heraus. Joe sagt, er ist eine große Hilfe auf dem Besitz, und er wird das Geld haben, sich etwas Eigenes anzuschaffen, wenn er einmal mehr gelernt hat. Er ist jedenfalls in Reichweite. Wir sehen ihn oft. Er kommt mit Joe herüber.«

»Aber man heiratet Leute nicht bloß, weil sie in Reichweite sind!«

»Schätze, das ergibt sich eben. Wie soll man sonst jemanden kennenlernen? Und ich glaube, James Forman hat dich gern.«

»James Forman! Du vergißt den Ärger in Suez, als er uns im Stich gelassen hat. Ich glaube, er ist nie darüber weggekommen.«

»Damals war er noch ein Junge. Das kannst du ihm nicht mehr vorhalten.«

»Nein. Aber ich glaube, er hält es sich selbst noch vor. Er ist immer etwas verlegen mir gegenüber.«

Sie lächelte. »Armer Kerl! Er möchte so gern, daß du ihn als eine Art Held siehst, der plötzlich auftaucht und dich zum Schiff schafft und dir die Strickleiter hinaufhilft.«

»Aber das war doch Dr. Emmerson.«

»James ist ein netter Junge. Ich mag ihn, und mehr noch, ich glaube, er mag dich.«

Von da an mußte ich öfter an James Forman denken.

* * *

Wir lagen ausgestreckt im Gras am Ufer des Flusses Wanda's Creek, der an der Grenze des Forman-Besitzes in Yomaloo verlief; unsere Pferde waren in der Nähe angebunden. Wir waren zu Jensens hinübergeritten, den nächsten Nachbarn der Formans.

Es war ein ungeschriebenes Gesetz, daß Nachbarn sich gegenseitig zu Hilfe kamen, wenn es nötig war. Jack Jensen hatte sich am Bein verletzt, als er einen Zaun reparieren wollte, und kaum hatte man in Yomaloo davon erfahren, war James schon aufgebrochen, um zu sehen, ob Hilfe gebraucht wurde.

Gertie und ich begleiteten ihn, um notfalls im Haus zu helfen, denn die Jensens hatten nur eine Tochter, Mildred, aber kein Personal.

James hatte den Zaun repariert, und wir waren auf dem Heimritt, nachdem wir bei Jensens eine Kleinigkeit gegessen hatten. Vor uns lagen noch etliche Meilen, und wir beschlossen, zu rasten und eine kleine Erfrischung zu uns zu nehmen. Und da lagen wir nun. James hatte seiner Satteltasche eine Flasche von Mrs. Formans selbstgemachtem Wein entnommen, den er in Blechbecher schenkte und herumreichte. Er hatte stets Wein bei sich, denn unterwegs hatte er oft das Bedürfnis, sich zu stärken, und Ortschaften, wo man etwas zu trinken bekommen konnte, waren rar und lagen weit auseinander. Bei solchen Gelegenheiten wurde einem das riesige Ausmaß dieses dünn besiedelten Landes erst richtig bewußt.

Es war angenehm, in der warmen Oktobersonne zu rasten. In wenigen Wochen würde es sehr heiß sein. Wir lagen da und redeten über Belanglosigkeiten.

Gertie sagte, sie überlege, was sie nun anfangen solle, nachdem die Schulzeit beendet war.

»Zu Hause gibt es eine Menge für dich zu tun«, erklärte James. »Mutter braucht dich.«

»Wenn ich ein bißchen Geld zusammenhabe, würde ich gerne Tante Beatrice besuchen.«

»Nach Hause fahren?« rief James.

»Genau«, erwiderte Gertie.

»Nur auf einen Besuch«, meinte ich.

Gertie zögerte.

»Sie hat Heimweh«, sagte James. »Ich hab's immer gewußt. Man merkt es daran, wie sie von zu Hause spricht. Und du, Carmel? Was hast du vor?«

»Kommt drauf an, wer wo ist.«

Sie wußten natürlich, daß ich auf Toby anspielte. Sie hatten erfahren, daß er mein Vater war und nicht mein Onkel, wie man es sie auf der LADY OF THE SEAS glauben machte. Weder James noch Gertie interessierten sich sehr für solche Angelegenheiten. Sie waren ganz anders als ich. Ich wollte immer alles in allen Einzelheiten wissen.

»James ist von Australien sehr angetan. Nicht wahr, James?« fragte Gertie.

»Es ist jetzt unsere Heimat. So sehe ich das. Wir sind hierhergekommen und haben von vorne angefangen.«

»Und du willst dein ganzes Leben hier verbringen und einen Besitz bewirtschaften«, sagte ich.

»Nein«, sagte James entschieden, »auf keinen Fall! Ich weiß, was ich will. Ich werde ... Opale suchen. Das hier ist die richtige Gegend. Man hat einige an einem Ort namens Lightning Ridge entdeckt. Opale wollen gefunden werden.«

Und wieder hatte ich einen Erinnerungsblitz: Ich war in dem Salon, wo wir Tee tranken, und Lucian Crompton erzählte von Opalen.

»Warum kriegen die vielen Leute, die hinter ihnen her sind, sie denn nicht?« fragte Gertie.

»Sei nicht blöde, Gertie! Man muß sie *finden*. Und das gedenke ich zu tun. Ich bin fest entschlossen.«

»Wenn sie so leicht zu finden wären, wie es sich bei dir anhört, dann gäbe es in ganz Australien nur noch Millionäre.«

»*Ich* werde sie finden«, sagte James.

»Und du, Carmel, was hast du vor?« fragte Gertie.

»Ich will mit meinem Vater zur See fahren.«

»Aber es gibt keine weiblichen Matrosen.«

»Aber Stewardessen«, sagte ich.

»Das willst du bestimmt nicht. Es wäre unter deiner Würde, mit deinem Vater als Kapitän. Du würdest einfach mit ihm auf Reisen gehen müssen. Nur so zum Vergnügen.«

»Ich werde mich jedenfalls gleich nach Weihnachten aufmachen«, sagte James. »Vater meint, ich muß es einfach ausprobieren. Einmal kam ein Mann zu uns, der erzählte davon. Das war, als ihr im Pensionat wart. Wir sind fast die ganze Nacht aufgeblieben und haben geredet. Er schilderte uns, wie sie in die alten Wasserläufe gehen und in den Mulden arbeiten, wie sie sich auf die Suche machen, wie vorsichtig man sein muß, wenn man im Schlamm herumschürft ... und daß einige der schönsten schwarzen Opale der Welt aus Australien stammen. Man wohnt in Barackensiedlungen in der Nähe der Stelle, an der man arbeitet. Und jeden Samstagabend ist es wie eine einzige große Feier. Sie tanzen und singen die alten Lieder der Heimat. Und manchmal braten sie ein Ferkel, und alle essen mit. Es ist ein herrliches Leben, und immer ist da die Aussicht auf ...«

Er sah mich an, während er sprach, und ich sagte: »Das klingt aufregend.«

»Es würde dir gefallen«, sagte James. »Das weiß ich, Carmel. Es muß das Aufregendste sein, was man sich vorstellen kann, mitten in dem ganzen Schutt einen dieser sagenhaften Steine zu finden. Es gibt einen berühmten ... schimmernd wie ein Sonnenuntergang. Denk nur, wie das ist, so einen zu finden!«

»Hör ihn dir an!« spottete Gertie. »Er wird richtig poetisch. So ist er immer, wenn er von den Opalen spricht. Der alte Landstreicher, der dir das alles erzählt hat«, fuhr Gertie fort, »war das derselbe, der mit Mamas goldener Uhr verschwunden ist?«

»Nein«, versetzte James grimmig, »das war ein anderer.«

»Erzähl Carmel von dem diebischen Landstreicher! Er hat einen mit seinen Geschichten eingewickelt und dann genommen, was er kriegen konnte, um zu verschwinden.«

»Das ist nur ein einziges Mal vorgekommen«, sagte James. Er wandte sich an mich. »Weißt du, es gibt hier eine Tradition. Landstreicher, die mit ihrem Bündel durch den Busch wandern, suchen sich, wenn es geht, ein Obdach, wo sie zu essen und ein Lager bekommen. Doch darf der Landstreicher nicht um Unterkunft bitten, bevor die Sonne am Horizont steht, kurz bevor sie untergeht. Dann wäre es unschicklich, ihn nicht aufzunehmen – genauso, wie es von ihm unschicklich wäre, früher nachzufragen.«

»Ich wußte nicht, daß es für so etwas Regeln gibt«, sagte ich.

»Und ob. Deswegen heißen die Landstreicher hierzulande *sundowners*«, erklärte Gertie. »Also, dieser eine kam zu uns. Dad war über Nacht auswärts. Ich frage mich, ob er ihn durchschaut hätte.«

»Das hätte keiner gekonnt«, sagte James empört. »Er wirkte ganz gewöhnlich.«

»Außer, daß er von so wundervollen Abenteuern in den Goldfeldern berichtete, daß er eigentlich hätte Millionär sein müssen. James hat ihn von vorne bis hinten verwöhnt. Er bekam seine Mahlzeit und ein Bett – und am nächsten Morgen, bevor das Haus wach war, verschwand er mit der Lammkeule, die es anläßlich Vaters Rückkehr zum Abendessen geben sollte, und mit Mutters goldener Uhr.«

»So etwas ist aber, soviel ich weiß, zuvor nie passiert«,

sagte James. »Die Landstreicher sind normalerweise ehrliche Leute.«

Gertie wandte sich mit einem Achselzucken an mich. »Ich möchte am liebsten nach Hause und Tante Beatrice besuchen.«

* * *

Zwei Tage später schlug Mr. Forman vor, James solle wieder zu den Jensens hinüberreiten, um sich zu vergewissern, daß Jack gute Fortschritte machte, und um zu hören, ob man etwas für ihn tun könne.

James fragte mich, ob ich ihn begleiten möchte, und ich sagte ja.

So machten wir uns auf den Weg. Jack Jensen ging es schon besser, und er sagte, er komme allein sehr gut zurecht. Wir bekamen ein Mittagessen, und am späten Nachmittag traten wir den Heimweg an.

Der Ritt zurück war sehr angenehm. James gefiel mir mit jedem Mal besser, und er war sehr aufmerksam zu mir. Er zeigte mir deutlich, wie sehr ihn meine Besuche bei seiner Familie freuten.

Ich ermutigte ihn, von seinen Plänen zu erzählen, da ich wußte, wie gern er von ihnen sprach, und als er wieder die Schönheit der Opale pries, waren meine Gedanken abermals in Haus Commonwood. Diesmal war es Lucian, den ich reden hörte; denn damals, an jenem denkwürdigen Tag, hatte er so begeistert von den Opalen gesprochen, wie James es jetzt tat.

Ich zwang meine Gedanken mühsam in die Gegenwart zurück. James sagte soeben, er habe mehrere Bücher über Opale. Ich versuchte, ihm zuzuhören, aber ich konnte mich nicht recht von der Vergangenheit losreißen.

Dann meinte James, es sei Zeit zum Aufbruch.

Unterwegs sang er die Lieder, die, wie er sagte, an den Samstagabenden gesungen wurden, wenn die Kumpel alle beisammen waren. Die meisten waren Weihnachts- oder Silvesterlieder. Ich erinnere mich an eines, das vom Jahreswechsel handelte. James hatte eine sehr angenehme Tenorstimme, und als er das Lied sang, vermeinte ich, einen wehmütigen Ton in seiner Stimme zu vernehmen.

Ich sah die alte Heimat, die ich so geliebt,
Ich sah Englands Täler und Berge.
Ich lauschte mit Wonne, wie als Bub ich es tat,
Auf der alten Dorfglocken Klang.
Der Mond schien hell in jener Nacht,
Die alle Sünden löschen kann.
Denn die Glocken läuteten das alte Jahr aus
Und das neue Jahr ein.

»Eines Tages«, fuhr James fort, »wenn ich den schönsten Opal Australiens gefunden und mein Glück gemacht habe, kehre ich nach Hause zurück. Ich suche mir ein schönes Haus, ein altes – ich denke an eine Villa auf dem Lande. Das würde mir gefallen. Dir nicht auch, Carmel?«
»Ich finde, es hört sich sehr aufregend an«, räumte ich ein. Ich konnte mich in so einem Haus sehen, nicht mit James, sondern mit Toby, der dem Meer adieu gesagt hatte. Er würde in der Dämmerung bei mir sitzen und mir von seinen Abenteuern an Bord erzählen.
James riß mich aus meinem Tagtraum. Ich hörte ihn sagen: »Ich vermute, es steckt in den meisten von uns ... dieses Heimweh. Gertie hat es ganz stark. Sie hat das Bedürfnis heimzukehren nie verloren. Ja, ich denke, es ist am Ende das Richtige ... wenn man alles vollbracht hat, wozu man aufgebrochen war.«
Er blickte mit großem Ernst vor sich hin.

Wir waren eine Weile gemächlich geritten, und das Anwesen kam im Licht der untergehenden Sonne in Sicht. Mrs. Forman würde froh sein. Sie hatte es nicht gern, wenn wir nach Sonnenuntergang noch draußen waren.

Wir galoppierten über die freie Fläche, auf der man zum Haus gelangte, doch als wir näher kamen, hielt James abrupt an.

Mr. Forman kam im Gespräch mit einem Mann in offenem Hemd und abgetragener Hose von der Veranda. Der Fremde trug eine Feldflasche bei sich, ohne die man kaum einen Wanderer sah.

James stieß einen heiseren Schrei aus und sagte: »Nein! Das kann nicht sein!«

Sein Vater und der Mann drehten sich zu uns um.

»Er ist es!« rief James, und sein Gesicht war plötzlich wutverzerrt. »Was wollen Sie hier?« fragte er.

Der Mann und Mr. Forman sahen ihn verblüfft an.

»Das ist er!« rief James. »Der Dieb. Haben Sie die Uhr zurückgebracht, die Sie gestohlen haben?«

»James!« begann Mr. Forman.

»Ich sage dir, das ist der Dieb. So eine Unverfrorenheit! Zurückzukommen, nachdem ...«

James war vom Pferd gestiegen und näherte sich drohend dem Mann. »Sie haben sich den Bart abrasiert, aber ich würde Sie trotzdem überall erkennen.«

Der Wanderer machte noch immer ein verdutztes Gesicht.

»Passen Sie bloß auf!« sagte James. »Verschwinden Sie, und zwar fix.«

»James«, sagte Mr. Forman. »Bist du sicher? Er ist doch ein Wanderer, und ...«

»Ich sage dir, ich kenne ihn. Er hat versucht, sich zu verkleiden, aber er hat etwas, woran ich ihn überall erkennen würde. Er ist wiedergekommen, um eine Mahlzeit und

162

ein Bett zu schnorren, und er wird vor Tagesanbruch verschwinden mit allem, was er mitgehen lassen kann.«
»Hören Sie mal, junger Mann!« zischte der Wanderer. »Ich hab' Sie nie im Leben gesehen. Ich hab' keine Ahnung, wovon Sie reden.«
James ging drohend auf ihn zu, und Mr. Forman versuchte, ihn zurückzuhalten.
Ein Aborigine, der auf dem Besitz lebte, kam herbei, und James fragte ihn: »Kennst du diesen Mann?«
»Haare sind weg«, lautete die Antwort.
»Derselbe Mann ohne Haare, ja?« sagte James.
Der Aborigine nickte. »Mann Dieb«, sagte er. »Hat Missus ihre Uhr genommen.«
»Sieh dich vor, du Dreckskerl!« schimpfte der Mann.
»Verschwinden Sie«, zischte James, »bevor ich grob werde! Aber vielleicht möchten Sie vorher die Uhr zurückgeben, die Sie gestohlen haben.«
Die Miene des Mannes wurde böse. »Mich rauswerfen wollen Sie? In Ordnung. Ich sag's weiter. Geht doch zurück, wo ihr hingehört! Und verflucht sei euer Land!«
Damit machte er sich aus dem Staub.
James wollte ihm nachsetzen, aber sein Vater hielt ihn zurück. »Es ist besser so«, sagte er. »Hat doch keinen Sinn, sich auf einen Streit einzulassen.«
»Aber er hat die Uhr.«
»Du würdest sie nicht zurückbekommen. Glaubst du nicht, daß du dich geirrt haben könntest?«
»Nein, bestimmt nicht. Er hatte so eine bestimmte Art. Außerdem hat der Aborigine ihn auch erkannt. Für solche Menschen gibt's nur eine Behandlung: Er darf nie mehr die Möglichkeit haben zu betrügen. Der wird sich hüten, unserem Besitz noch einmal einen Besuch abzustatten.«
»Es behagt mir einfach nicht, einen Wanderer abzuweisen«, sagte Mr. Forman. »Es ist hier ein ungeschriebenes

Gesetz, Wanderern zu essen und ein Quartier für die Nacht zu geben.«

»Dieben nicht«, sagte James. »Wie kann man einen Kerl wie den ins Haus lassen, wenn er bereits bewiesen hat, was für einer er ist?«

»Du hast recht, mein Sohn, aber mir wäre lieber, es wäre nicht passiert.«

»Vergiß ihn!« sagte James.

Mr. Forman wandte sich an mich. »Und was hast du dir gedacht, Carmel?«

»Ich dachte, James würde ihn niederschlagen.«

»Ich war nahe dran«, sagte James. »Komm, bringen wir die Pferde in den Stall. Ich sterbe vor Hunger, du nicht?«

* * *

An diesem Abend herrschte eine etwas bedrückte Stimmung im Haus. Die Begegnung mit dem unredlichen Mann hatte Unbehagen heraufbeschworen, und Mr. Forman konnte nicht vergessen, daß es Brauch im Lande war, solche Wanderer wie Gäste zu behandeln.

Wie immer nach einem mehrstündigen Aufenthalt an der frischen Luft war ich sehr müde, als ich zu Bett ging. Es muß gegen drei Uhr morgens gewesen sein, als ich von lauten Stimmen geweckt wurde. Im Zimmer war ein roter Schein.

Ich sprang aus dem Bett und trat ans Fenster. Ich sah einige Nebengebäude in Flammen. Sie standen zum Glück etwas vom Haus entfernt. Leute rannten übers Gras und riefen sich etwas zu. Ich konnte sie nicht genau erkennen, aber ich glaubte, James und seinen Vater unter ihnen auszumachen. Ich zog mir hastig etwas über und eilte zur Treppe. Das ganze Haus war auf den Beinen. Ich sah Gertie, bleich und erschrocken.

»Was ist passiert?« fragte ich sie.

»Ein paar Gebäude brennen«, rief sie.

Wir rasten ins Freie. Sekunden lang starrte ich entsetzt auf die lichterloh brennenden Nebengebäude. Zum Glück hatte das Feuer nicht auf den Stall übergegriffen.

»Komm!« sagte Gertie, und wir rannten zu den lodernden Flammen.

*   *   *

Es wurde Morgen, bis das Feuer unter Kontrolle war. Wir saßen in der Küche, und Mrs. Forman machte Tee. Die Männer sprachen über den entstandenen Schaden. Mr. und Mrs. Forman sahen sehr bedrückt aus, nie jedoch habe ich einen solch ohnmächtigen Zorn gesehen wie jetzt bei James. Ich wußte, daß die Arbeit von Jahren in einer einzigen kurzen Nacht vernichtet worden war.

Sie waren zu erschüttert, um viel zu sagen. Das würde später kommen. Mrs. Forman schien froh zu sein, daß sie sich mit dem Tee beschäftigen konnte, und Mr. Forman saß stumm da, die Stirn bestürzt gerunzelt.

Sobald es hell wurde, gingen Mr. Forman und James nach draußen, um den Schaden genauer in Augenschein zu nehmen, aber wir wußten im Grunde, wie verheerend er sein würde, und waren von dem Ergebnis nicht überrascht.

Als Mr. Forman mit James ins Haus zurückkam, sagte er: »Ich bin ruiniert. Ich weiß nicht, was ich tun soll.«

»Wir schaffen das schon, du wirst sehen«, sagte James. »Wir werden ein bißchen knapp sein, aber wir kommen über die Runden.«

Ich kam mir überflüssig vor, und da ich nicht zur Familie gehörte, glaubte ich im Weg zu sein. Vielleicht sollte ich abreisen, denn helfen konnte ich nicht.

»Du bist nicht im Weg«, sagte Gertie. »Aber es wird hier

nicht sehr lustig sein. Willst du nicht solange nach Sydney zurückkehren, bis wir ein bißchen aufgeräumt haben?«

Also verabschiedete ich mich, und James ritt mit mir. Unterwegs schien er eher bereit, über das Unglück zu sprechen, als er es in Gegenwart seiner Familienangehörigen gewesen war.

»Du weißt natürlich, wer es getan hat«, sagte er.

»Du meinst, der Landstreicher ...«

»Wenn ich den zu fassen kriege ...«

»Nicht, James!« sagte ich. »Es ist Sache der Gesetzesvertreter, ihn zu bestrafen. Und du kannst nicht hundertprozentig sicher sein, daß er es war.«

»Wer sonst? Er wußte, wo er das Feuer legen mußte, damit es schon tüchtig brannte, bevor wir es bemerken konnten. Wir wissen, daß es Brandstiftung war. Er grollte uns, und er war hier, oder? Ein Schuft ist er. Ich glaube, mein Vater hätte ihn lieber übernachten lassen. Er fragt sich, was der Verlust einer goldenen Uhr ist gegen diesen Schaden.«

»Es war schon besser, ihn nicht bleiben zu lassen.«

»Ich weiß nicht. Kannst du dir vorstellen, wie mir zumute ist? In gewisser Weise ist alles meine Schuld.«

»Nein, James«, sagte ich, »du weißt, daß das Unsinn ist. Du hast zu viele Bedenken. Ich glaube, du machst dir auch immer noch Vorwürfe wegen dem, was damals in Suez geschehen ist.«

»Das war ja auch wirklich schrecklich. Weiß der Himmel, was euch zwei Mädchen hätte zustoßen können.«

»Schön, wir haben's überlebt, und ihr werdet das hier überleben.«

»Wir werden zurechtkommen, ja. Aber jetzt ist alles anders. Wir müssen jeden Penny umdrehen. Wir haben viel verloren. Ich schätze, wir werden ein Jahr brauchen, vielleicht zwei, um wieder soweit zu sein, wie wir vor dem Brand waren.«

»Ja, das war sehr gemein.«

»Wenn ich den erwischt hätte …«
»Ich bin froh, daß du ihn nicht erwischt hast, James. Es war eben ein Unglück. Ihr werdet darüber hinwegkommen – du, deine Schwester, eure Eltern. Ihr laßt euch nicht unterkriegen, das liegt euch nicht.«
»Das will ich hoffen. Weißt du, ich war kurz davor, nach Lightning Ridge zu gehen. Das kann ich jetzt nicht. Das ist dir doch klar.«
Ich nickte.
»Ich wollte nach Neujahr aufbrechen.«
»Ach James, es tut mir so leid. Ich weiß, es hat dir viel bedeutet.«
»Ich will kein Landwirt sein, Carmel. Das war nie mein Wunsch. Ich sehe mich nicht in diesem Land alt werden. Anfangs dachte ich, ich könnte mich daran gewöhnen, fern von England … Es scheint so aufregend, wenn man jung ist. Und als ich dann hörte, welche Möglichkeiten es hier gibt … Gold, Opale. Zuerst dachte ich an Gold, und dann habe ich mich auf Opale versteift. Weißt du, sie wurden mein Traum. Ich wußte, daß er wahr werden konnte. Und jetzt … jetzt …«
»Es ist nur ein vorläufiger Aufschub, James. In einem Jahr oder so geht alles wieder seinen normalen Gang, und dann kannst du losziehen und dein Glück versuchen.«
»Du bist mir ein Trost, Carmel.«
»Das freut mich.«
Wir ritten eine Weile schweigend weiter, und als der Hafen in Sicht kam, fragte James: »Carmel, wirst du bald wiederkommen?«
»Ja. Sobald sich die Aufregung gelegt hat. Vergiß nicht, Weihnachten rückt näher! Ihr dürft Elsie nicht enttäuschen. Sie hat ihr Herz an dieses Fest gehängt, das sie für Gertie und mich veranstaltet.«

* * *

167

Elsie wollte alle Einzelheiten über die Tragödie bei Formans hören.

»James hat recht«, sagte sie. »Sie hatten recht, den Kerl nicht ins Haus zu lassen. Aber was für ein schreckliches Unglück! Ich hoffe, der Mann kriegt, was er verdient hat.« »Mr. Forman war sehr besorgt, denn er kennt das ungeschriebene Gesetz über die Wanderer und Landstreicher. Gertie meinte, es bringe Unglück, jemanden abzuweisen, und sei er noch so niederträchtig.« Elsie lachte spöttisch. »So ein Unsinn! Die ungeschriebenen Gesetze hier gelten nicht für Schurken, das kann ich dir sagen. Die Leute hier wären bereit, den Kerl für seine Tat zu lynchen. Formans brauchen sich wirklich keine Vorwürfe zu machen, weil sie ihn von ihrem Grund und Boden gewiesen haben. Aber was er ihnen angetan hat, ist eine Schweinerei. Die Formans tun mir leid. Haben so schwer gearbeitet, und dann widerfährt ihnen über Nacht so etwas! Wir müssen sehen, ob wir irgendwas unternehmen können. Wir laden Gertie hierher ein, sofern sie sie entbehren können. Sie wird ihnen nicht viel nützen beim Bau neuer Gebäude und so. Sie ist sicher froh, wenn sie für eine Weile herkommen kann.«

Elsie sah, wie erschüttert ich war, und sie fand, daß ich etwas brauchte, das mich davon abhielt, zu viel über die schreckliche Nacht zu grübeln. Sie dachte zweifellos, das Beste sei, das Fest in Angriff zu nehmen. Das würde jeden aufheitern. Es solle ein Fest werden, wie man es hierzulande noch nicht gesehen habe. Es gebe viel zu tun, sagte sie. Sie wollte alles perfekt haben: das Essen, die Tanzfläche, die Liste aller jungen Leute, die sie aufbieten konnte.

Und Toby würde dabei sein. Das Fest sollte nicht vor seinem Eintreffen stattfinden.

»Wir werden die Formans ein bißchen aufheitern. Der

arme James! Er tut mir leid.« Ich hatte ihr von seinen Plänen erzählt, nach Opalen zu schürfen.

»Er ist ein guter Junge«, sagte sie. »Ich kann James gut leiden.«

»Er macht sich so viele Gedanken«, sagte ich. »Weißt du, er denkt immer noch an Suez. Und jetzt plagen ihn wegen des Feuers Vorwürfe. Er sagt, der Kerl hätte besser bleiben sollen, selbst wenn er sie bestohlen hätte, statt diesen Schaden anzurichten.«

Elsie schnaubte. »Es war richtig, ihn fortzuschicken.«

»Aber nun kann er nicht nach Lightning Ridge gehen und sein Glück machen.«

»Die Chancen sind sowieso denkbar gering. Auf jeden, der einen Fund macht, kommen tausend, die enttäuscht werden. Auf lange Sicht ist es vielleicht besser, daß es so gekommen ist. Das Leben spielt den Menschen gern einen Streich, und Schlimmes kann sich oft als gut erweisen und sich im nachhinein als ein Segen herausstellen, während ein Glück zur Katastrophe werden kann.«

»Du wirst doch nicht erwarten, daß die Formans so etwas jetzt glauben!«

»Nein, das nicht. Solche Einsichten kommen immer erst später. Wenn wir den Formans irgendwie helfen können, müssen wir es auf alle Fälle tun. Nun laß uns aber an die schönen Dinge denken! Das Fest will gut überlegt sein, zumal Tob gleichzeitig kommt. Ich denke, wir verschieben es auf den Tag nach dem zweiten Weihnachtstag. Zuerst wollte ich ja vor Weihnachten feiern, aber wir müssen auf Tob warten. Wie paßt dir das?«

Ich dachte nicht so sehr an das Fest als vielmehr daran, daß Toby bei uns sein würde. Was auch um mich herum geschah, wenn ich an Tobys Kommen dachte, konnte ich nicht unglücklich sein.

Tückische See

Elsie und ich sahen das Schiff einlaufen, und nichts anderes hätte mich mit solchem Jubel erfüllen können. Er war nach Hause gekommen.

Wir gingen zum Kai. Wir mußten jedesmal eine Weile warten, ehe wir Toby sehen konnten, weil er beim Anlegen des Schiffes mit den vielen Ankunftsformalitäten beschäftigt war; aber er kam immer so bald wie möglich zu uns. Endlich war der Moment da. Toby stand vor uns, und er sah aus wie immer. Dann folgte die innige Umarmung, die beiderseitige Vergewisserung, daß der andere da war, dann das Lachen und die unterdrückte Rührung, zu kostbar, um gezeigt zu werden.

Arm in Arm entfernten wir uns vom Schiff. Elsie beobachtete uns mit einem amüsierten Glitzern in den Augen und wartete geduldig, bis ihr Tobys Aufmerksamkeit zuteil wurde. Sie zeigte niemals den geringsten Unwillen darüber, daß sie erst an zweiter Stelle kam.

Ich glaubte, daß sie ihn auf eine bestimmte Weise sehr lieb hatte. Ihre Beziehung behielt für mich stets etwas Mysteriöses: Trotz allen Geplänkels bestand kein Zweifel an ihrer gegenseitigen Zuneigung.

Wir gingen nach Hause, und Elsie sagte, das gemästete Kalb sei bereits gebraten, und Mabe werde fuchsteufelswild, wenn nicht alle rechtzeitig zur Stelle seien, um ihm gebührend zuzusprechen.

Es war ein wunderbares Weihnachten, weil Toby da war. Ich konnte mich nicht genug wundern über die Art, wie in Australien Weihnachten gefeiert wurde – so ganz anders als einst in Haus Commonwood. Hier konnte es um diese Jahreszeit unmäßig heiß sein, doch trotz der Hitze gab es Gänsebraten und flambierten Plumpudding, und alles wurde bei hellem Sonnenschein verzehrt.

Toby sagte zu Elsie:»Du machst immer alles wie zu Hause, obwohl du nie dort gewesen bist.«

»Weihnachten wäre nicht Weihnachten ohne das ganze Drum und Dran«, fand sie.

Die beiden Feiertage verliefen sehr still im Vergleich zu dem großen Ereignis, das für den folgenden Tag festgesetzt war.

Ich genoß Weihnachten sehr. Die einzigen Gäste waren Joe Lester und sein Neffe William, die für mich wie Familienangehörige waren. Toby unterhielt uns mit Geschichten vom Leben auf hoher See; er hatte sie in großer Zahl parat, und wenn er sie auf seine unnachahmliche Art zum besten gab, war er sehr amüsant.

Er hatte uns angekündigt, daß sein Aufenthalt nur von kurzer Dauer sein werde. Am Neujahrstag müsse er eine Ladung Kopra an Bord nehmen und von einer Insel zu einer anderen befördern, was ihn einen Monat beschäftigen werde. Danach sei er wieder für einen Tag in Sydney, bevor er zu einer Kreuzfahrt zu etlichen Inseln aufbreche.

Er lächelte mich an und sagte:»Da du nun eine junge Dame mit Muße bist, kam mir der Gedanke, daß du mir vielleicht die Freude machen möchtest, mich auf dieser Kreuzfahrt zu begleiten.«

Ich starrte ihn eine Sekunde an, dann sprang ich vor Aufregung auf. Er erhob sich ebenfalls, und wir umarmten uns.

»Ich dachte, es würde dich freuen, und ich wollte es beim Pudding verkünden, aber ich konnte es nicht abwarten.«

»Wie konntest du so grausam sein, es so lange für dich zu behalten?«

»Er kann gelegentlich ein quälerischer Teufel sein«, sagte

Elsie. »Komm, Joe, schenk die Gläser wieder voll! Wir wollen auf die Kreuzfahrt zu den Inseln trinken!«

Es war ein wundervolles Weihnachtsfest, das schönste, das ich je erlebt hatte, weil Toby da war und ich bald mit ihm auf hoher See kreuzen würde.

Am nächsten Tag ging es im Haus hoch her. Der Vormittag gehörte den Vorbereitungen. Das Wohnzimmer, aus dem die meisten Möbel entfernt waren, bot uns und den Gästen den nötigen Raum zum Tanzen. Elsie war sehr stolz auf ihr »Orchester«, das aus einem Pianisten und zwei Geigern bestand, die an einem Ende des Raumes zwischen den Kübelpflanzen plaziert waren. Die Glastüren zum Rasen, auf dem wegen der Hitze wohl die meisten Gäste tanzen würden, standen offen. Es konnte eigentlich nur ein erfolgreiches Fest werden, denn alle waren entschlossen, es zu genießen.

Wie ich vorausgesehen hatte, begannen wir zwar mit dem Tanzen im Wohnzimmer, waren aber bald draußen auf dem Rasen.

Ich hatte an diesem Abend ein langes Gespräch mit James. Er tat mir sehr leid. Er hatte auf dem Besitz der Familie hart gearbeitet, und ich wußte, daß er bitter enttäuscht war, weil sein Vorhaben, Opale zu schürfen, verschoben werden mußte. Mein eigenes Glück brachte es mit sich, daß ich ihn um so mehr bedauerte.

Ich kam auf das Thema zu sprechen, weil ich wußte, daß es ihm auf der Seele lag und er darüber reden wollte.

»Ich bin fest entschlossen, irgendwann zu gehen«, sagte er. »Ich weiß, die meisten Menschen denken, daß nichts dabei herauskommt. Ich weiß auch, daß die meisten enttäuscht werden. Ich aber nicht, das weiß ich genau, Carmel. Hältst du mich für einen Dummkopf?«

»Natürlich nicht. Ich denke, wenn du es so genau weißt, mußt du es auf jeden Fall versuchen.«

»Meine Theorie lautet: Wenn man entschlossen ist, im Leben Erfolg zu haben, dann hat man ihn.«

»Ich halte das für eine sehr gute Theorie.«

»Ich wußte, daß du mir zustimmen würdest. Gertie denkt freilich, ich bin ein Idiot. Der Rest der Familie denkt dasselbe, aber ich weiß ...«

»Dann mußt du es versuchen, James, und ihnen beweisen, daß sie sich irren.«

»Es tut gut, mit dir zu reden, Carmel. Was würdest du davon halten, auf die Opalfelder zu gehen?«

»Ich? Daran habe ich nie gedacht.«

»Es macht großen Spaß.«

»Oh, ich kann mir vorstellen, wie aufregend das ist.«

»Angenommen, wir würden gemeinsam gehen?«

»Was?«

»Tu nicht so überrascht! Warum nicht? Angenommen, wir würden heiraten?«

Ich war sprachlos.

Er fuhr rasch fort: »Wir sind keine Kinder mehr. Und wir sind hier beisammen. Wir verstehen uns sehr gut. Ich hatte immer eine Schwäche für dich. Oh, erinnere mich nicht an Suez!«

»Das hatte ich nicht vor.«

»Weißt du, ich habe mir das nie verziehen.«

»Bitte, fang nicht wieder damit an! Damals waren wir Kinder.«

»Es war schrecklich, was wir getan haben. Du hättest die Standpauke hören sollen, die der Captain mir gehalten hat. Die habe ich nie vergessen.«

Ich lachte. »Das heißt nicht, daß du mir zum Ausgleich einen Heiratsantrag machen mußt. Ich meine, du überstürzt die Dinge, James. Und das nur, weil ich verstehe, wie dir wegen der Opale zumute sein muß, und wir zufällig hier sind, wo es nicht viele Menschen zur Auswahl gibt. Wir verstehen uns gut, und die meisten Menschen heiraten irgendwann. Aber das alles ist vielleicht doch nicht Grund genug, daß wir beide gleich den Bund fürs Leben schließen.«

»Aber ich habe dich sehr gern, Carmel, und wir verstehen uns nun mal ungewöhnlich gut.«

»Und du denkst, das reicht. Du hast den ganzen Ärger mit dem Besitz gehabt und hast dir dies alles nicht richtig überlegt. Laß uns erst mal eine Weile davon Abstand nehmen!«

Seine Miene hellte sich etwas auf. »Du hast immer Verständnis, Carmel«, sagte er. »Vielleicht hast du recht. Der ganze Ärger hat mich schwer getroffen. Ich hatte alles geplant. In wenigen Wochen wäre ich unterwegs gewesen. Jetzt werde ich viele Monate warten müssen.«

»Es geht alles vorüber, James.«

»Dann bleiben wir gute Freunde?«

»Natürlich«, sagte ich.

Wir blieben noch im Dämmerlicht sitzen und lauschten auf die Klänge der Violinen und des Pianos, die aus dem Haus wehten.

* * *

Es wurde ein herrliches Fest, und als es vorbei war, strahlte Elsie triumphierend. Kurze Zeit danach verließ uns Toby, und ich konnte kaum an etwas anderes denken als an die bevorstehende Reise. Doch ab und zu kam mir das Gespräch mit James in den Sinn.

Es war unerwartet gekommen, und ich glaubte, daß er aus einer plötzlichen Eingebung gesprochen hatte. Ich sollte mit ihm auf die Opalfelder gehen! Ihn heiraten! Armer James! Er war so bitter enttäuscht gewesen, als seine Pläne aufgeschoben werden mußten, und ich war mitfühlend gewesen, mehr als seine Schwester. Kaum die richtige Grundlage, um eine Ehe aufzubauen! Wenn er sich erst von seiner Enttäuschung

174

erholt haben und in den Opalfeldern arbeiten würde, würde er mir dankbar sein, daß ich nicht so impulsiv war wie er. Jedenfalls sprachen wir beide nicht mehr über die Angelegenheit, und ich nahm an, er sah allmählich ein, daß er etwas voreilig gewesen war.

Mit welcher Freude ging ich dann an Bord der LADY OF THE SEAS! Toby meinte: »Sie müßte eigentlich OLD LADY OF THE SEAS heißen. Weißt du, daß sie fünfunddreißig Jahre alt ist? Mit diesem Alter werden die meisten Schiffe stillgelegt. Aber es ist noch Leben in der alten Dame. Sie ist das schönste Schiff, auf dem ich je gefahren bin. Ich liebe sie innig. Ich habe meine sentimentalen Momente, wie du weißt.«

Ich beschloß, jeden Augenblick der Reise zu genießen. Elsie kam, um uns zu verabschieden, und sie stand auf dem Kai, als wir ausliefen. Sie winkte mir allein, denn Toby war wie immer beim An- oder Ablegen auf der Brücke, für niemanden sichtbar als für seine Offiziere, die mit der Navigation zu tun hatten.

Und dann war ich in der vertrauten Kajüte, und Toby zeigte mir die Karte und erklärte mir, welchen Kurs wir nehmen würden. Ich war vollkommen glücklich.

Die Tage verstrichen rasch. Jeden Morgen erwachte ich mit dem freudigen Bewußtsein, wo ich war. Dann lag ich in meiner Koje und malte mir die Vergnügungen des bevorstehenden Tages aus.

Ich erinnere mich besonders gut an jenen einen Abend, und ich weiß, ich werde ihn mein Lebtag nicht vergessen. Es war ein vollkommener Abend. Die Tageshitze war vorüber, die Luft war weich und mild. Ich saß mit Toby auf dem Deck und blickte zum Kreuz des Südens empor, und ich war unendlich zufrieden.

Toby sagte plötzlich: »Die Zeit wird kommen, da ich dem Meer adieu sage.«

»Das wird wunderbar, weil du dann nicht mehr fortgehst.«

»Was machen wir dann? Werden wir zusammen ein kleines Haus haben? Sorgst du für mich, wenn ich alt bin?«

»Selbstverständlich werde ich für dich sorgen.«

»Ich nehme an, du wirst mich verwöhnen. Ich will unbedingt verwöhnt werden. Also tu es bitte, Carmel!«

»Da bin ich nicht so sicher. Aber alles, was ich tue, wird zu deinem Besten sein.«

»Ach du liebe Zeit, es macht mich immer bange, wenn die Menschen zum Besten anderer handeln. Es bedeutet gewöhnlich etwas Unangenehmes. Ich wünsche mir übrigens sechs Enkelkinder.«

»Das ist eine ganze Menge.«

»Ich kann sehr habgierig sein. Ich bin schließlich nicht mehr der Jüngste. Und du bist kein kleines Mädchen mehr. Man blickt in die Zukunft. Ich nehme an, du wirst eines Tages heiraten.«

Sogleich fiel mir James' Antrag ein. Ich sagte: »Komisch, ich habe erst kürzlich einen Heiratsantrag bekommen.«

Er war sogleich interessiert. »Von wem?«

»Von James Forman.«

Er lehnte sich zurück und lächelte. »Na, so was«, sagte er. »Das überrascht mich nicht im mindesten. Elsie meinte, daß sich da etwas zusammenbraue.«

»Tatsächlich? Ich war vollkommen überrascht.«

»Weil du dir deines verführerischen Charmes nicht bewußt bist.«

»Ich glaube, es war nur eine plötzliche Eingebung von ihm. Es schien in seine Pläne zu passen.«

»Nun ja, er ist entschlossen, Opale zu suchen. Er ist ganz besessen von der Idee.«

»Ich glaube, er wünscht sich jemanden, der mit ihm geht.«

»Das kann ich verstehen. Die Hälfte aller Männer in Australien träumt davon, mit Schürfen von irgendwas ein Vermögen zu machen. Es ist ein schneller Weg zum Reichtum, wenn es klappt ... und manchmal tut es das auch. Und was empfindest du für James?«

»Es fällt mir schwer, den Gedanken an eine Heirat ernstzunehmen.«

»Aha. Der arme James wird ein enttäuschter Liebhaber sein. Das Fest, das Elsie ausgerichtet hat, gab mir zu denken. Zu Hause würdest du wohl jetzt in die Gesellschaft eingeführt werden. Wir sollten irgend etwas in der Art machen.«

»Aber hier gibt es nichts, in das man ›eingeführt‹ werden kann«, sagte ich. »Es werden keine Bälle und dergleichen veranstaltet ... abgesehen von Elsies Einladungen.«

»Nun, wir werden sehen. Du mußt Leute kennenlernen. Ich will nur das Beste für dich, Carmel.«

»Ich weiß. Ihr habt immer so viel für mich getan, du und Elsie.«

»Ich würde mich gerne für einen nicht so schlechten Vater halten.«

»Und ich habe dir oft gesagt, du bist der beste, den man sich wünschen kann.«

»Zuallererst möchte ich, daß du glücklich bist.«

»Ich möchte immer so glücklich sein wie jetzt.«

Wir schwiegen eine Weile. Dann sagte er: »Wir werden etwas machen. Du und ich, wir müssen immer zusammenbleiben.«

»Das wünsche ich mir auch«, sagte ich.

Gleich begann er, auf die ihm eigene Weise, die ich so gut kannte, Pläne zu schmieden. Wann immer es möglich sei, müsse ich mit ihm zur See fahren. Da ich nun mit der Schule fertig sei, werde es genug Gelegenheiten dazu geben. Wenn er sich zur Ruhe setze, würden wir zusammenziehen. Sydney sei eine herrliche Stadt, nicht wahr? Elsie würde uns gern in ihrer Nähe haben wollen, so daß wir in Verbindung blieben. Wir könnten ein eigenes Heim haben.

Er runzelte die Stirn, und unvermittelt sagte er: »Zieht es

dich eigentlich nicht nach Hause? Du wurdest ziemlich plötzlich fortgerissen.«

Meine Gedanken wanderten zurück. Ich war wieder in Haus Commonwood. Ich sah Adeline, die aus dem Fenster der Bahnhofsdroschke nach Miß Carson Ausschau hielt, und Estella mit dieser aufgesetzten Ich-fürchte-mich-nicht-Miene, die deutlich ihre Angst verriet. Es war alles verschwommen, Teil einer unwirklichen Zeit. Inzwischen würde alles ganz anders sein.

Toby wartete meine Antwort nicht ab, sondern fuhr fort: »Nein, es ist vielleicht keine gute Idee, jetzt zurückzukehren. Wir könnten ein Haus in Sydney finden. Gleich am Hafen, wo wir die einlaufenden Schiffe sehen können. Das wäre das Beste.«

»Es klingt wunderbar.«

»Und die Heimat – das liegt weit zurück, nicht?«

»Es wäre seltsam, nach Commonwood zurückzukehren.«

»Oh, nicht nach Commonwood! Das dürfte sich sehr verändert haben.« Er runzelte die Stirn. »Nein, nein. Es muß ein Haus am Hafen sein. Oder, falls wir nach Hause zurückkehren – denn die Heimat läßt einen nie ganz los, weißt du –, stelle ich mir ein Häuschen in Devonshire vor, an der Küste ... in der Heimat des großen Drake. Oder vielleicht in Cornwall. Wir haben die Wahl von Land's End bis John Groats.«

»Es wird herrlich sein, Pläne zu schmieden.«

»Carmel, es tut mir leid. Es hätte anders sein können – am Anfang, meine ich. Ein hübsches Heim, Eltern ...«

»Ich habe doch meinen Vater.«

»Ich dachte an deine Mutter. Sie hätte dich gerne bei sich behalten. Aber es kam anders. Sie dachte, es wäre das Beste für dich.«

»Das hat Miß Carson auch gesagt.«

»Miß ...? Ach, du meinst ...«

»Sie sagte es, kurz nachdem sie ins Haus kam. Sie war eine reizende Person. Was wohl aus ihr geworden ist?«
»Wie kann man das wissen? Es liegt ja auch schon lange zurück.«
Er schwieg eine Weile und sah stirnrunzelnd vor sich hin. Dann sagte er: »Ich habe neulich deine Mutter getroffen. sie wollte alles über dich erfahren.«
»Du hast sie in England getroffen?«
»Ja. Es wäre schön, wenn ihr euch begegnen würdet. Eines Tages vielleicht. Warum nicht?«
»Ich erinnere mich so gut an sie in Rosie Perrins Wohnwagen.«
»Ja. Sie hat mir von eurer Begegnung erzählt. Sie war sehr angetan von dir.«
»Es muß seltsam sein, die eigene Tochter zum erstenmal zu sehen, wenn sie schon groß ist.«
»Es geschehen eben seltsame Dinge auf der Welt. Die ganze Welt steht uns jetzt offen, Carmel.«
Ich nickte verträumt.
Nein, ich werde jenen vollkommenen Abend nie vergessen. Ich hatte seither oft das Gefühl, daß es gefährlich sein kann, so glücklich zu sein, wie ich es damals war, und daß ein solch vollkommenes Glück vielleicht dazu verdammt ist, nicht von Dauer zu sein.

* * *

Es war zwei Tage später. Wir lagen vor der Insel Mahoo. Ich war früh aufgewacht und sah durchs Bullauge, und da lag sie, die ideale einsame Insel, üppig grün im klaren Meer. Palmen bogen sich im Wind, Eingeborenenhütten waren am Ufer verstreut, und kleine Boote, Kanus ähnlich, kamen zum Schiff. Toby hatte gesagt, unser Schiff sei zu groß, um dicht an die Insel heranzukommen, und wir müßten wohl eine halbe Meile vom Ufer entfernt ankern und in die Boote wechseln. Zuerst würde die Fracht, die für die Insel bestimmt war, ausgeladen und an Land gebracht, danach könnten wir folgen.

Als ich vom Deck aus das Ausladen der Fracht beobachtete, trat Toby einen Moment zu mir. »Wir beide gehen zusammen an Land. Es wird etwas feierlich zugehen. Ich werde mit dem Häuptling einen Nasenkuß tauschen, dann stelle ich dich ihm vor. Das wird dich amüsieren.«

»Wie interessant!« rief ich. »Ich denke oft, welch ein Glück es für mich ist, einen Kapitän zur See zum Vater zu haben. Wie viele Menschen können schon auf diese Weise die Welt bereisen?«

Er küßte mich auf die Nasenspitze. »Du hast ja noch gar nichts gesehen«, sagte er. »So, jetzt muß ich dich verlassen. Ich wollte nur mal kurz mit dir plaudern.«

Ja, ich war wirklich vollkommen glücklich.

* * *

Toby und ich wurden mit dem Ersten Offizier und zwei Matrosen an Land gebracht. Als das Boot auf dem Sand scharrte, stiegen wir aus und waren sogleich von nackten Kindern umringt, die mit schriller Stimme kreischten.

Sie hießen uns auf ihrer Insel willkommen.

Zwei gewaltige Männer traten vor und warfen uns Blumengirlanden um den Hals. Toby salutierte zum Dank, worauf sich die Kinder vor Vergnügen wiegten.

Dann nahmen uns die zwei Männer, die uns die Blumen geschenkt hatten, in ihre Mitte. Sie waren von der Taille aufwärts nackt, und was sie sonst an Kleidung trugen, war aus Tierfellen und Federn gefertigt. Die Federn waren rot und blau gefärbt. Die Männer hatten krauses Haar, das rund um ihre Köpfe abstand, und darin trugen sie Schmuck aus Knochen. Sie hielten Speere in der Hand, und wären die Blumen und die kichernden Kinder nicht gewesen, wäre ich mir wie eine Gefangene vorgekommen.

Toby blinzelte mir aufmunternd zu. »Die übliche Begrüßung«, sagte er. »Sie kennen mich als Freund. Der nächste
Schritt ist das Erscheinen vor dem großen Häuptling.«
Umringt von den lachenden, einander zurufenden Kindern, gingen wir die sanft ansteigende Küste hinauf, und
dort fand auf einer Lichtung die feierliche Begrüßung statt.
Ich sah den Häuptling sofort. Er saß auf einer Art Thron,
der sehr erhaben aussah. Er war mit Blumen und Tierfellen geschmückt. Darüber war eine sehr grimmig aussehende Maske befestigt. Der Mund war eine Fratze, die
Miene drohend. Sie war größer als das Gesicht des Häuptlings, und der war ein sehr großer Mann. Um die Schultern
trug er einen Umhang aus Federn in blauen, grünen und
roten Farben. Ihm zur Seite standen zwei sehr große Männer mit Speeren.
Toby trat vor den Häuptling und verbeugte sich. Der
Häuptling neigte den Kopf, erhob sich aber nicht.
Toby sagte etwas, und einer der Männer, die uns herge-
führt hatten, sprach ebenfalls. Der Häuptling hörte zu.
Dann stand er auf. Der Federumhang fiel ihm von den
Schultern und gab nackte Haut frei, die aussah wie glän-
zendes Ebenholz. Toby ging zu dem Häuptling, der ihn an
den Schultern faßte und sein Gesicht an seins heranzog.
Das war der Nasenkuß, von dem Toby gesprochen hatte.
Ein paar Worte wurden gewechselt. Dann drehte Toby sich
zu mir um und streckte seine Hand aus.
Der Häuptling mußte sich tief bücken, um auf einer Höhe
mit mir zu sein, und während er mir seine Hände auf die
Schultern drückte und ich in seine großen schwarzen Augen blickte, war mir einen Augenblick, als würde ich von
allem Vertrauten fortgezogen in eine andere Welt. Es war
ein unheimliches Gefühl. Dann spürte ich seine Nase sanft
die meine berühren und sich kurz bewegen. Gleich darauf
war ich entlassen.

Sie tauschten wirklich Nasenküsse, dachte ich bei mir. Und dann fühlte ich mich wieder normal.

Wir nahmen neben dem Häuptling Platz, und Toby gab den Matrosen ein Zeichen, worauf sie vortraten. Sie trugen Kisten, die sie mit an Land gebracht hatten. Diese wurden geöffnet, und man konnte die Geschenke für den Häuptling sehen. Die Kinder schlichen näher und hielten vor Freude und Aufregung den Atem an. Die Kisten enthielten Tand und Kinkerlitzchen aller Art, und die Zuschauer, der Häuptling eingeschlossen, betrachteten alles voll Staunen. Der Gegenstand, dem die meiste Aufregung und Anerkennung zuteil wurde, war eine Mundharmonika. Toby spielte eine Melodie darauf, worauf das Publikum schier außer sich war vor Entzücken.

Die Geschenke waren natürlich ein Unterpfand unserer Freundschaft, und diese mußte erwidert werden. Es folgte eine feierliche Zeremonie, während welcher der Häuptling Toby eine Kette aus Knochen um den Hals legte. Dann merkte ich, daß auch ich eine bekommen sollte, war ich doch die Tochter des Kapitäns, denn mich ehren hieß den Kapitän ehren.

Der Häuptling legte mir die Kette persönlich um den Hals, und wieder blickten die dunklen Augen tief in meine, als würde er meine Gedanken lesen. Ich hoffte, daß er es nicht konnte, und daß er meine Nase nicht wieder mit seiner berühren würde. Er tat es aber, drückte meine Schultern und sah mir tief in die Augen, bevor er mich losließ.

Dann nahmen wir wieder Platz, und mehrere Krieger wurden meinem Vater vorgestellt; andere führten einen traditionellen Tanz auf. Dieser bestand hauptsächlich aus Füßestampfen auf der Erde, was sehr kriegerisch anmutete, und dem Ausstoßen von Schlachtrufen. Ich war froh, daß wir Freunde und nicht Feinde waren.

So ging es eine sehr lange Zeit weiter. Es herrschte eine

große Hitze, und als wir aufs Schiff zurückkehrten, ging die Sonne schon unter.

Abends saßen wir auf dem Deck und bewunderten übers Meer die Insel.

»Das war sehr anstrengend«, sagte Toby.

»Ja, es war heiß, und alles war so fremd.«

»Diese Inselbewohner sind sich alle ähnlich. Die Zeremonien unterscheiden sich kaum. Wir müssen natürlich im Umgang mit den Einheimischen vorsichtig sein. Es kann leicht zu Mißverständnissen kommen. Wir sind für sie so fremd wie sie für uns. Die Mundharmonika war ein großer Erfolg, nicht?«

Ich lachte bei der Erinnerung. »Die Kinder haben mir am besten gefallen«, sagte ich. »Sie haben sich über uns amüsiert und versuchten nicht, es zu verbergen.«

Er lächelte. »Morgen um Mitternacht laufen wir aus. Dann wird Flut herrschen, und unsere Geschäfte dürften bis dahin erledigt sein.«

»Es war eine wunderbare Reise. Ich mag gar nicht daran denken, daß sie zu Ende geht.«

»Es werden weitere folgen. Übrigens, morgen steht uns eine noch bedeutendere Zeremonie bevor: Man wird uns mit dem Kerewee-Trunk ehren. Das ist der Trank der Eingeborenen. Er gilt als heilig, und daß wir bei der Zubereitung zugegen sein dürfen, ist ein Zeichen, daß wir als Freunde akzeptiert sind. Die Freundschaft wird mit einer Feier bekundet.«

»Ich vermute, wenn man jederzeit von Feinden bedrängt ist – was den Leuten in der Vergangenheit widerfahren sein muß –, dann möchte man sich seiner Freunde versichern.«

»Das ist richtig. Deswegen sind ihre Tänze eine Art Darstellung ihrer kriegerischen Heldentaten. Sie werden den Kerewee-Trunk mit großer Feierlichkeit vor den Augen des Häuptlings zubereiten. Dann wird das Gebräu in einer

großen Schale herumgereicht, und wir müssen daran teilhaben.«
»Du meinst, wir müssen wirklich davon trinken?«
»Allerdings. Mach nicht so ein erschrockenes Gesicht. Du mußt nur so tun, als würdest du einen Schluck nehmen, aber laß sie nicht merken, daß du gar nicht trinkst. Das wäre eine tödliche Beleidigung und würde alle möglichen Verwünschungen zur Folge haben ... die Rache ihrer Götter oder etwas Derartiges.«
»Welche Art Rache?«
»Das weiß ich nicht, denn meines Wissens hat noch nie jemand gewagt, sie herauszufordern. Du brauchst keine Angst zu haben. Laß sie nur nicht merken, daß du nicht erpicht bist auf den Trank.«
»Was für merkwürdige Dinge mußt du auf deinen vielen Reisen erlebt haben!«
»Ja, ich bin ganz schön herumgekommen.«
Ich lächelte und dachte, welch ein Glück es für mich war, an seinem Leben teilzuhaben.

* * *

Es war entsetzlich heiß. Ungefähr eine Stunde hatten wir gesessen, ich zu einer Seite des Häuptlings, Toby zur anderen. Wir hatten rituelle Tänze gesehen, dann kam der Teil der Zeremonie, bei dem ein Mann sich niederhockte und durch Aneinanderreiben von zwei Steinen Feuer machte. Der Topf wurde aufs Feuer gesetzt und mit vielen Zutaten gefüllt. Während des Umrührens stimmte die Gesellschaft traurige Sprechgesänge an.
Als die Mixtur fertig war, wurde sie in ein kleineres Gefäß gegossen, das später herumgereicht werden sollte. Die Schale wurde vor den Häuptling hingestellt; dann erschallte plötzlich ein Schrei aus der Versammlung. Alle Kinder

begannen zu wimmern. Sie liefen verschreckt zu ihren Müttern und verbargen ihre Gesichter. Ich sah Toby an, und er nickte fast unmerklich. Ich wußte, er versicherte mir, daß der Schrecken Teil der Zeremonie war und daß sie sich in Wirklichkeit nicht fürchteten.

Ein Neuankömmling, der so groß war wie der Häuptling und eine riesige, grauenhafte Maske trug, trat vor und stellte sich vor den Häuptling. Er gestikulierte wild und machte die merkwürdigsten Verrenkungen mit seinem Körper; dazu fletschte er die Zähne. Er wandte sich von dem Häuptling ab, um Toby anzufunkeln, der sich entsprechend beeindruckt zeigte und sich sogar vor dem Zorn des Mannes duckte.

Ich vermutete, daß er einer jener Medizinmänner war, von denen ich schon viel gehört hatte. Toby hatte mir einmal erzählt, daß sie Macht über Leben und Tod zu haben schienen, und wenn sie einem Menschen sagten, daß er sterben müsse, so würde dieser sterben.

»Ich verstehe das nicht«, hatte Toby gesagt. »Aber ich weiß, daß dergleichen vorgekommen ist. Manche Leute meinen, es sei Autosuggestion. ›Es gibt mehr Ding' im Himmel und auf Erden, als unsre Schulweisheit sich träumen läßt.‹ Daran könnte etwas Wahres sein.«

Ich mußte damals noch lange an dieses Gespräch denken. Und dieser Mann hier hatte auf alle Fälle etwas Überirdisches an sich.

Während er seltsame Sprünge vollführte, sagte er etwas zu dem Häuptling. Die Menge war in Schweigen verfallen, und ich hatte plötzlich das Gefühl, daß es den Leuten inzwischen mit ihrem Schreck ernst war. Der Mann hörte nicht auf, seinen Körper seltsam zu verrenken, dabei wies er unter heftigem Stöhnen gen Himmel. Und dann wandte er sich zu meinem Schrecken an Toby. Er trat dicht an ihn heran, immer noch stöhnend, schwankend und zum Himmel weisend. Dann drehte er sich um und stellte sich vor die Schale mit

Kerewee. Er nahm sie abrupt und trank. Nun hob er die Schale empor, schüttelte den Kopf, und ich sah die Flüssigkeit auf seinem Kinn glänzen. Danach stellte er die Schale ehrfürchtig dem Häuptling zu Füßen und setzte sich neben Toby nieder.

Das Trinkritual hatte begonnen. Zwei Männer nahmen die Schale und hielten sie dem Häuptling hin, der die Hände in einer offenbar segnenden Geste zum Himmel hob. Sodann beugte er sich vor und trank, danach wurde die Schale an Toby weitergereicht, der es sehr gut machte. Ein tiefer Seufzer ging durch die Menge, als die Schale dem Häuptling zurückgegeben wurde, der wieder einen Schluck trank, bevor er sie an mich weiterreichte.

Ich nahm die Schale und hätte sie beinahe fallen gelassen. Ein wenig von der Flüssigkeit tropfte auf mein Kleid. Es war totenstill. Hastig hob ich die Schale an meine Lippen. Ich hielt sie so, daß niemand sehen konnte, wieviel ich trank. Ich benetzte meine Lippen mit der Flüssigkeit und schluckte heftig, so daß es alle sehen konnten. Man nahm mir die Schale ab, und das Ritual ging weiter.

Erst als die geleerte Schale wieder zu Füßen des Häuptlings abgesetzt wurde und ein neuer Tanz begonnen hatte, entspannte ich mich.

Plötzlich erhob sich der Medizinmann – sofern es einer war – und begann, sich vor dem Häuptling im Kreis zu drehen. Er sah immerfort zum Himmel empor und tanzte um Toby herum. Er schüttelte den Kopf, dann fing er zu schreien an, und wieder vollführte er seltsame Verrenkungen mit seinem Körper. Toby war aufgestanden. Auch er schüttelte den Kopf und hob die Schultern. Ich konnte nicht verstehen, was er mir mitzuteilen versuchte.

Der Häuptling schien ihn zu tadeln, und die Leute begannen zu murmeln, wobei sie unentwegt die Köpfe schüttelten. Und ich verstand noch immer nicht, was vorging;

plötzlich hatte ich den Eindruck, daß sie unsere Rückkehr aufs Schiff verhindern wollten, und ich spürte, daß auch einigen Offizieren unbehaglich wurde.

Die Sonne ging langsam unter, und ich wußte, daß Toby unbedingt aufs Schiff wollte, um das für Mitternacht anberaumte Auslaufen vorzubereiten.

Er erhob sich, nahm meinen Arm, und gemeinsam mit den Offizieren machten wir uns auf den Weg zum Strand. Der Häuptling ging an unserer Seite, wobei er die ganze Zeit den Kopf schüttelte, als wolle er protestieren. Toby hielt meinen Arm ganz fest.

Endlich erreichten wir das Boot. Toby half mir hinein und sprang dann zu mir. Die anderen folgten. Es waren nicht viele, die uns zu dieser Zeremonie begleitet hatten – höchstens ein halbes Dutzend Offiziere. Die Einheimischen hätten uns mühelos aufhalten können, aber sie standen nur da, sahen uns abfahren und schüttelten traurig den Kopf.

»Was hatte das alles zu bedeuten?« fragte ich Toby, als wir ablegten.

»Sie haben versucht, unseren Aufbruch zu verhindern«, antwortete er.

»Das hätten sie ohne weiteres tun können. Sie wirkten aber nicht feindselig.«

»Keineswegs. Sie wollten uns wissen lassen, daß sie unsere Freunde sind. Es hatte etwas mit dem weisen Alten zu tun.«

»Meinst du den Medizinmann?«

»So etwas ist er wohl. Er meinte, wir sollten nicht fortgehen. Er hat etwas gesehen ... eine Botschaft am Himmel. Wir sollten bis morgen abend bleiben. Sie haben keinen Begriff von der Bedeutung der Zeit. Sie sehen überall Omen und dergleichen.«

»Es war lieb von ihnen, so fürsorglich zu sein.«

»Sie sind unsere Freunde. Habe ich ihnen nicht eine Mundharmonika geschenkt? Kann sein, daß sie nur besonders gastfreundlich waren und uns nur sagen wollten, wie sehr sie es bedauerten, daß wir nicht länger blieben. Oder vielleicht hatten sie sich nur etwas in den Kopf gesetzt. Es könnte damit zusammenhängen, daß du den Kerewee-Trunk beinahe hättest fallen lassen.«

»Ich bin darüber fürchterlich erschrocken.«

»Das wundert mich nicht. Ich glaube nicht, daß das zuvor schon mal irgendwem passiert ist. Mein liebes Kind, du hättest dir darüber im klaren sein müssen, daß du ein heiliges Symbol in Händen hieltest.«

»Das war mir durchaus bewußt. Deswegen war ich ja so nervös.«

»Nun, der kleine Ausflug ist zu Ende. Vorerst wird man uns keine heiligen Tränke mehr kredenzen.«

»Es war alles sehr interessant, aber einmal hatte ich richtig Angst, sie würden uns nicht fortgehen lassen.«

»Aber jetzt sind wir hier, in Sicherheit auf der LADY OF THE SEAS. Ist sie nicht eine richtige Schönheit?«

»Du liebst das alte Schiff, nicht?«

»Ja. Aber meine Tochter liebe ich noch mehr.«

Und um Mitternacht liefen wir aus.

* * *

In den frühen Morgenstunden kam starker Wind auf. Ich wurde ein paarmal durch das Schaukeln des Schiffes geweckt, dann lag ich eine Weile und lauschte auf das Knarzen der Spanten. Manchmal schien es, als ob die LADY lauthals protestierte.

Im Laufe des Vormittags ließ der Wind zunächst etwas nach, dann aber schwoll er stark an, und es wurde zu stürmisch, um auf Deck zu gehen. Mit Einbruch der Nacht wurde es noch schlimmer, und ich bekam Toby nicht zu sehen. Ich hatte genügend Erfahrung, um zu wissen, daß er bei schlechtem

Wetter persönlich die Verantwortung übernehmen mußte und sie nicht an Stellvertreter delegieren konnte.

Ich zog mich ziemlich früh zurück, schlief aber nicht gut und wachte häufig auf. Das Schaukeln des Schiffes wurde stärker. Ich fragte mich, ob Toby versuchen würde, das Schiff in einen Hafen zu bringen, sofern sich einer finden ließ.

Ich war fest eingeschlafen, als ich von Glockengeläut geweckt wurde. Ich wußte, was das bedeutete: Das Schiff war in Schwierigkeiten. Wir waren unterwiesen worden, was wir in solchen Fällen zu tun hatten. Man mußte sich warm anziehen, seinen Rettungsgürtel mitnehmen und sich auf das nächstgelegene Deck begeben.

Ich kleidete mich hastig an und dachte: Wenn ich nur zu Toby kann ... Ich muß zu Toby.

Aber Toby würde auf der Brücke sein, und da war kein Platz für mich. Ich wollte aber zu ihm. Ich mußte mir einen Weg zu ihm bahnen.

Zitternd knöpfte ich meinen Mantel zu und band mir einen Schal um den Kopf. Es war schwer, aufrecht zu stehen und das Gleichgewicht zu halten.

Ich öffnete meine Kabinentür und torkelte in den Laufgang. Der Lärm war ohrenbetäubend. Es hörte sich an, als breche überall etwas auseinander. Ich stolperte zur Kajüttreppe. Das Schiff kam mir verändert vor. Es war schwer, vertraute Plätze wiederzuerkennen. Zerbrochenes Mobiliar lag im Weg. Ich hörte Menschen schreien.

Ich mußte mir einen Weg zu Toby bahnen.

Ich stieg die Kajüttreppe hinauf. Ich fühlte einen Luftschwall, denn ich befand mich jetzt in einer heftigen Windströmung, knapp unter Deck. Dort war eine Tür gewesen, aber jetzt schien sie nicht mehr dazusein. Dann taumelte ich auf dem Deck entlang. Ich hatte nicht mit der Gewalt des Sturmes gerechnet. Er packte mich, zerrte mich vorwärts, warf mich dann zurück. Ich stürzte und kam nur unter großen Mühen wieder auf die Füße. Es war unmöglich, sich aufrecht zu halten. Ich klammerte mich an eine Reling. Alles schien verändert. Wo war ich? Nichts sah aus wie vorher. Ich war völlig durcheinander und fürchtete mich sehr. Ein Gedanke ließ mich nicht los: Ich muß Toby finden. Wir müssen zusammen sein.

Ich versuchte, ruhig zu bleiben. Dies mußte der richtige Weg sein, auch wenn alles verändert aussah. Ich mußte die Brücke finden. Toby war bestimmt dort. Er hatte die Verantwortung für das Schiff, und ich mußte bei ihm sein.

Mühsam schaffte ich es, mich an Deck fortzubewegen, überall waren jetzt Leute. Sie ließen die Rettungsboote herunter, dieselben, die uns vor kurzem zu der Insel gebracht hatten.

Plötzlich neigte sich das Schiff. Ich stürzte, rutschte ... hörte Rufe. Ich wollte aufstehen, aber ich konnte mich nicht bewegen. Überall war ohrenbetäubender Lärm. Ich hörte einen Schrei. Jemand hob mich empor. »Toby«, sagte ich. »Toby.«

* * *

Ich war in einem Boot. Es war unbequem. Ich hatte Schmerzen im Bein. Das war das einzige, was mir bewußt war. Ich saß zur einen Seite des Häuptlings, Toby zur anderen. Er zwinkerte mir zu und sagte: »Laß sie nicht merken, daß du nicht trinkst!«

Hin und her, hin und her schaukelte das Boot. Jemand hielt mir etwas an die Lippen. Ich trank. Ich glühte.

»In Commonwood wird es nicht mehr sein wie früher«, hörte ich Toby sagen.

Dann Schaukeln, Schaukeln, und mir schwanden die Sinne. Ich war auf einem Schiff, spürte die vertrauten Bewegungen. Dann war es still. Ich erinnerte mich. Es hatte einen Sturm gegeben, aber jetzt war alles gut. Ich lag in einem

Bett, jemand beugte sich über mich, aber ich war zu müde, um die Augen zu öffnen.

Es kam die Zeit, da ich sie aufmachte. Ich wußte genau, daß ich auf einem Schiff war, aber es war nicht die LADY OF THE SEAS. Mein Bein tat weh. Ich wollte es bewegen, aber das war nicht möglich. Es war verbunden, das fühlte ich. Eine Frau kam vorbei. Sie trug die Tracht einer Krankenschwester. Ich machte auf mich aufmerksam.

Sie sagte: »Na, sind Sie wieder aufgetaucht?«

»Wo bin ich?« fragte ich.

»Auf der ISLAND QUEEN.«

»Aber ...«

»Wir haben Sie aufgefischt. Ihnen fehlt nicht viel. Das Bein ist verletzt, aber es wird schon besser.«

»Was ist geschehen?«

»Ruhen Sie jetzt erst mal, und später unterhalten wir uns ausführlich darüber.«

»Aber ...«

Schon war sie gegangen.

Wie war ich hierhergekommen? Ich war zu müde, um zu denken. Ich war auf der LADY OF THE SEAS gewesen. Was hatte sie gesagt? ISLAND QUEEN? Nein ... es war zuviel ... und ich war zu müde.

Ich glitt ins Vergessen. Ich war im Garten von Haus Commonwood. Mrs. Marline schimpfte mit Adeline, und Miß Carson tröstete sie. Dann war ich im Wald. Zingara saß auf den Stufen des Wohnwagens. »Ich bin deine Mutter«, sagte sie.

Ich kämpfte mich in die verschwommene Realität zurück. Ich befand mich auf einem Schiff, das nicht die LADY OF THE SEAS war. Aber wo war Tobys Schiff? Und wo war Toby?

»Hallo«, sagte die Schwester. »Fühlen Sie sich besser?«

Ich nickte.

»So ist's recht. Das Bein ist nicht schlimm verletzt. Das heilt bald von selbst. Sie hatten einen bösen Schock.«

»Was ist passiert?«
»Der Sturm war sehr stark, wie es manchmal sein kann in diesen Gewässern. Wir haben Sie aufgefischt. Wir bringen Sie nach Sydney. Sie kennen dort Leute, nicht?«
Ich sagte: »Und das Schiff? Die LADY OF THE SEAS?«
»Die pfiff anscheinend auf dem letzten Loch. War ganz schön betagt. Es könnte eine Untersuchung geben.«
Ich begriff nicht, wovon sie sprach.
»Keine Bange«, fuhr sie fort. »Sie sind in Sicherheit. Sie gehören zu denen, die Glück gehabt haben.«
Die Glück gehabt haben? Ich tastete nach Worten, die nicht kommen wollten, vielleicht, weil ich mich fürchtete, sie auszusprechen.
»Was ... was ist mit ...?«
»Sie ist untergegangen, und eine ganze Anzahl armer Seelen mit ihr.«
»Der Kapitän?«
»Nun, meine Liebe, der Kapitän ist immer der letzte, der das Schiff verläßt, nicht wahr?«

* * *

Vom Schiffsarzt erfuhr ich dann alles. Er hatte herausgefunden, daß Toby mein Vater war, und er war sehr gütig.
Er nahm meine Hände und sagte: »Sehen Sie, es war ein heftiger Sturm. Solche gibt es hin und wieder in diesen Gewässern. Das Schiff war den Naturgewalten nicht gewachsen. Eine Menge Menschen sind mit ihm untergegangen. Ich gebe Ihnen etwas, damit Sie schlafen. Das brauchen Sie jetzt.«
Ich hatte meinen Vater verloren. All mein Glück, meine Zukunftsträume – dahin. Ein betagtes Schiff und das unbarmherzige Meer hatten mir alles genommen.
Ich hatte den Menschen verloren, den ich mehr liebte als alle anderen. Ich fühlte nichts mehr außer unendlicher Verzweiflung.

Echo der Vergangenheit

Elsie erwartete mich, als ich nach Sydney kam. Wir klammerten uns aneinander in unserer Not. Auf der Fahrt nach Hause sprachen wir kaum. Dann erkundigte Elsie sich nach meinem Bein. Es war nichts gebrochen, aber ich hatte tiefe Schnitte und Prellungen davongetragen. Hauptsächlich aber hatte ich unter Schock und Erschütterung gelitten.

Mabel, Adelaide und Jane warteten auf mich, aber von der einst behaglichen Atmosphäre war nichts zu spüren. Das Haus war in Trauer.

Elsie und ich konnten am ersten Abend nicht von Toby sprechen. Es war ein großer Trost, daß wir wenigstens unseren Gram miteinander teilten. Etwas war aus unserem Leben gegangen, das sich niemals ersetzen ließ.

Ich lag die ganze Nacht über schlaflos. Szenen aus der Vergangenheit kamen mir ständig in den Sinn. Toby hatte mein Leben erfüllt, und nun, da er von mir gegangen war, blieb mir nichts mehr.

Wenn wir in jener Nacht nur nicht an jener Stelle gewesen wären. Viele Menschen haben irgendwann im Leben »wenn ... nur« gesagt: wenn nur dies, wenn nur jenes ... Es ist der abgenutzte Ruf der Verzweifelten. Ich dachte an die Zeremonie auf der Insel, und wie die Einheimischen versucht hatten, uns zurückzuhalten. Der weise Medizinmann hatte gewußt, daß Toby sich in Gefahr begab. Vielleicht verfügte er tatsächlich über besondere Kräfte. Vielleicht konnte er in die Zukunft blicken. Er hatte sein ganzes Leben auf der Insel zugebracht und war gewiß ein guter

Wetterprophet. Er könnte die Anzeichen des nahenden Sturmes bemerkt haben. Er hatte uns gewarnt, hatte uns bedrängt, unsere Weiterreise zu verschieben. Oh, wenn wir nur auf ihn gehört hätten! Wenn nur ... wenn nur. So ging es die ganze Nacht.

Endlich wurde es hell – ein trüber Tag lag vor mir, weil Toby nicht da war und uns das furchtbare Wissen bedrückte, daß wir ihn nie wiedersehen sollten.

Ein paar Tage vergingen, und plötzlich konnten wir von ihm sprechen. Elsie erinnerte sich an Geschichten von ihm. Ich hörte zu, dann erzählte ich ihr die meinen.

Schließlich sagte sie eines Tages zu mir: »Carmel, so kann das nicht weitergehen. Er würde uns auslachen, wenn er hier wäre. Wir hatten das Glück, ihn zu kennen, und er hat unser Leben schöner gemacht. Aber wenn etwas vorbei ist und man weiß, daß alles Wünschen der Welt es nicht zurückbringen kann, muß man sich damit abfinden. Wir müssen uns aufraffen, etwas zu tun.«

Ich sagte: »Du hast recht. Aber was?«

»Das müssen wir uns überlegen. Wir haben gute Freunde.«

Das war richtig. Formans versuchten seit langem, uns aufzuheitern. Ich sah James und Gertie recht oft. Auch Joe Lester war ständig um uns herum, und unsere sämtlichen Bekannten taten alles, um uns zu helfen. Wir wurden ständig zum Essen eingeladen und bekamen viel Besuch.

Eines Tages sagte Gertie zu mir: »Tante Beatrice möchte unbedingt, daß ich sie besuche.«

»Die Tante in England?«

Sie nickte. »Wir haben uns immer gut verstanden, als ich klein war. Sie hatte keine Kinder, und ich glaube, sie gefiel sich in der Vorstellung, daß ich ihre Tochter sei. Wir schreiben uns regelmäßig. Nachdem hier langsam wieder alles in Lot kommt, glaube ich nicht, daß meine Familie

etwas dagegen hat, wenn ich zu Tante Beatrice fahre und eine Weile bleibe.«
»Das klingt aufregend.«
»Ja, nicht wahr? Komm doch mit!«
Ich sah sie erstaunt an.
»Warum nicht? Du kannst nicht den Rest deines Lebens Trübsal blasen.«
»Trübsal blasen?«
»Du bist nicht wie früher. Ich weiß, wie furchtbar alles ist und wie gern ihr euch hattet ... Aber du kannst nicht ewig trauern.«
»Nach Hause«, murmelte ich.
»Mein Vater sagt, wenn ich so versessen darauf bin, ist es das Beste, wenn ich fahre. Er will mir die Überfahrt bezahlen und mir ein Taschengeld für den Aufenthalt geben. Du brauchst dir ja wegen so etwas keine Gedanken zu machen. Du bist jetzt unabhängig.«
Sie hatte recht. Toby hatte mir den größten Teil seines nicht unbeträchtlichen Vermögens vermacht. Auch Elsie war versorgt. Plötzlich wurde mir klar, daß ich jederzeit verreisen konnte, wenn ich nur wollte. Gertie sah mich unverwandt an. »Nun?«
»Ich habe mir nie überlegt, wie es wäre, nach Hause zu reisen.«
»Dann überleg dir's jetzt! Meine Mutter meinte, du würdest mich vielleicht gerne begleiten. Es täte dir gut, sagt sie. Damit du mal auf andere Gedanken kommst. Es wird nichts besser, wenn du herumsitzt und Erinnerungen nachhängst. Was hältst du von einer Reise in die Heimat?«
»Ehrlich, ich habe nie daran gedacht.«
»Du hast in den letzten Monaten an gar nichts gedacht außer an dich selbst.«
Gertie hatte sich ihre frühere Offenheit bewahrt. Sie hielt

mit der Wahrheit nie hinterm Berg, und wenn diese noch so grausam war. Sie fuhr fort: »Das Problem mit dir ist, daß du alles in dir selbst verschließt. Wenn dir etwas Schlimmes zustößt, läßt du nicht zu, daß du – oder jemand anders – es vergißt.«

Dann legte sie unvermittelt ihre Hand auf meinen Arm. »Verzeih!« sagte sie. »Das hätte ich nicht sagen sollen.«

»Doch«, sagte ich. »Du hast ja recht.«

»Schön, dann überleg's dir!«

Ich ging nach Hause und berichtete Elsie, was Gertie gesagt hatte. Ich wußte, sie würde es nicht gern sehen, wenn ich fortging, und sie hörte sehr nachdenklich zu.

»Zu ihrer Tante«, sagte sie. »Tja, wir haben viel von Gerties Tante gehört. Ich habe mir schon gedacht, daß Gertie irgendwann hinfahren würde. Ich meine ... vielleicht würde es dir guttun, sie zu begleiten.«

»Findest du wirklich?«

»Es geht nichts über einen grundlegenden Wechsel, wenn einem so etwas zugestoßen ist. Ich glaube fast, du hast dich mit dem Trauern als Dauerzustand abgefunden. Es war eine schreckliche Tragödie. Wir können ihn nicht vergessen, aber wir dürfen unser Leben nicht von diesem Verlust beherrschen lassen. Du mußt dich ja nicht sofort entscheiden. Aber du solltest es dir überlegen.«

»Elsie«, sagte ich, »es wäre mir nicht recht, dich allein zu lassen.«

»Das darf dich nicht hindern. Natürlich habe ich dich gerne hier. Du warst mir immer wie eine Tochter. Aber du mußt dein Leben leben, und hier ... hier fällt es schwer, zu vergessen. Du mußt neue Leute kennenlernen. Ich muß dir etwas sagen, damit du siehst, daß ich gar nicht so einsam und verlassen bin. Du brauchst nicht hierzubleiben und dich um mich zu kümmern. Ich denke daran, mich wieder zu verheiraten.«

»Elsie!«

»Ja. Joe und ich sind schon lange Zeit Freunde. Toby sagte immer: Du hättest besser daran getan, Joe zu heiraten. Er hätte einen besseren Ehemann abgegeben als ich. In gewisser Weise hatte er recht. Trotzdem, es wäre nicht dasselbe gewesen. Nun ist alles vorbei, und Joe und ich können heiraten. Das hat er sich schon lange gewünscht. Und ich möchte es auch. Du siehst also, ich werde nicht allein sein.«

Ich war verblüfft, aber bei näherem Überlegen fragte ich mich, warum eigentlich. Gertie hatte recht damit gehabt, daß ich zu sehr mit meinen eigenen Dingen befaßt gewesen war. Joe war ein zuverlässiger Freund. An seiner Liebe zu Elsie bestand kein Zweifel. Ich dachte daran, wie sehr Toby die Situation amüsiert hätte, und ich merkte, daß ich zum erstenmal seit Monaten lächelte.

Elsie schloß mich in ihre Arme. »Auch du mußt davon loskommen!« sagte sie.

Und von da an dachte ich ernsthaft über eine Heimkehr nach.

*   *   *

Ich war aus der Niedergeschlagenheit ausgebrochen, in der ich so lange gelebt hatte, und Gertie steckte mich mit ihrer Begeisterung an. Es würde noch eine Weile dauern, bis wir aufbrechen konnten. Elsie meinte, wir sollten bis zum neuen Jahr warten. Dann kämen wir nach England, wenn dort Frühling wäre.

Es folgte ein lebhafter Briefwechsel mit Tante Beatrice, die mit ihrem Mann, Onkel Harold, in einer Wohnsiedlung in Kensington lebte. »Als sie heirateten«, erklärte Gertie, »dachten sie, sie würden eine große Familie gründen. Sie hofften es immer noch, als wir auswanderten. Unser Weggang hat sie sehr bekümmert. James und ich sind früher oft bei ihnen gewesen. Sie freuten sich immer darauf, Kinder im Haus zu haben.«

»Meinst du denn, daß es ihnen recht ist, wenn ich mitkomme?«

»Natürlich! Und wenn's dir nicht gefällt, kannst du immer noch woanders hingehen. Du brauchst dir ja keine Sorgen zu machen wegen Geld und so was. Aber keine Bange, du wirst dich wohl fühlen bei Tante Bee.«

»Hoffentlich mag sie mich.«

»Bestimmt. Aber nur, wenn du deine Trauer ablegst. Keiner wird dich mögen, wenn du wie ein Trauerkloß herumläufst. Du darfst nicht vergessen, es gibt noch andere Menschen auf der Welt!«

Kein Zweifel, der Umgang mit Gertie tat mir wirklich gut.

Die Formans waren ein wenig traurig, weil Gertie fortgehen würde. Ich konnte mir vorstellen, daß sie so stark in England verwurzelt war, daß sie vielleicht nicht wiederkommen wollte. Überdies gedachte James, sehr bald zu den Opalfeldern aufzubrechen, denn der Besitz war unterdessen wiederhergestellt, so daß James guten Gewissens gehen konnte.

Ich sah ihn häufig. Er war nicht sehr erbaut über meine Reise. »Du kommst doch zurück, nicht?« fragte er.

»Ich habe nicht vor zu bleiben.«

»Aber du könntest es dir anders überlegen, wenn du erst mal dort bist.«

»Das ist unwahrscheinlich.«

»Bist du ganz sicher, daß du das nicht alles vergessen und lieber mit mir kommen willst?«

»Ich glaube nicht, daß das richtig wäre, James, weder für dich noch für mich.«

»Mein Angebot gilt noch.«

»Danke.«

»Wenn du nicht zurückkommst, hole ich dich, sobald ich dir ein Vermögen zu Füßen legen kann.«

»Ich will kein Vermögen.«

»Ich weiß. Aber schön wäre es trotzdem. Vergiß mich nicht, nein?«

»Nein. Bestimmt nicht. Und danke für dein Verständnis.« Gertie und ich steckten ständig zusammen. Wir gingen einkaufen, wir schmiedeten Pläne, und schließlich buchten wir unsere Passagen auf der OCEAN STAR.

Elsie wollte wissen, wie mir zumute sei bei der Vorstellung, wieder eine Reise übers Meer zu unternehmen. Sie hatte gedacht, das Erlebnis des Schiffbruchs hätte eine solche Wirkung auf mich gehabt, daß ich nie wieder an Bord eines Schiffes gehen könnte.

Ich hatte keine Bedenken. Zu Gertie sagte ich, daß ich mich auf dem Meer Toby näher fühlen würde, worauf sie – zu Recht – erwiderte: »So ein rührseliger Blödsinn! Sag das ja zu niemandem! Sonst denken die Leute, du bist nicht ganz bei Trost. Ich fahre mit dir übers Meer, und ich will Toby nicht die ganze Zeit dabei haben.«

Es war brutal, aber ich sah ein, daß es zu meinem Besten war. Sanft fuhr sie fort: »Ich habe einen Plan von der OCEAN STAR. Meine Güte, ist das ein schönes Schiff. Wir können genau sehen, wo unsere Kabine liegt.«

* * *

Es war Ende Januar, als Gertie und ich aufbrachen. Joe und Elsie hatten gleich nach Weihnachten geheiratet – eine stille Trauung –, und Joe war in Elsies Haus gezogen. Das freute mich, weil ich wußte, daß dies seit langem sein Wunsch gewesen war. Und auch Elsie war zufrieden.

Joes Neffe William, der sich schon lange einen eigenen Besitz gewünscht hatte, übernahm die Verwaltung von

Joes Anwesen. Joe behielt einen Anteil und war stets mit Rat und Beistand zur Hand. Er und Elsie wollten William regelmäßig besuchen, und so wurde alles zu Williams', Joes und Elsies vollster Zufriedenheit arrangiert.

Die Formans kamen mit Elsie und Joe, um uns Lebewohl zu sagen. Es war ein bewegender Abschied, und sogar Gerties Augen waren feucht. Einen ganz kurzen Moment sah es so aus, als frage sie sich, ob es klug von ihr sei, diese Reise anzutreten.

James hielt meine Hände und ermahnte mich, ich müsse wiederkommen, dann fügte er hinzu: »Und zwar bald, sonst komme ich dich holen.«

Ich nickte, und wir gaben uns einen Kuß.

Wir standen an Deck und winkten den Zurückgebliebenen, als das Schiff davonglitt, und ich mußte daran denken, wie ich zum erstenmal an Bord der LADY OF THE SEAS hierher gekommen war, als Toby bei mir weilte und wir so glücklich gewesen waren.

Gertie, die ahnte, was in mir vorging, drängte mich in unsere Kabine und entschied in ihrer praktischen Art, wer welche Koje bekam und welcher Platz im Kleiderschrank mir zur Verfügung stehen sollte.

Ich wußte, daß ich an vieles erinnert werden würde, aber ich mußte aufhören, dem alten Leben nachzuhängen. Ich mußte nach vorwärts blicken, von neuem beginnen.

Ich war mit dem Leben an Bord vertraut, aber jedes Schiff ist anders, und obwohl es allgemeine Regeln gibt, werden sie immer leicht abgewandelt und speziell auf das jeweilige Schiff zugeschnitten.

Der Kapitän war sehr sympathisch. Er hatte Toby gekannt, und als er erfuhr, wer ich war und daß ich auf der LADY OF THE SEAS gewesen war, als sie unterging, war er besonders nett zu mir.

Ich merkte sehr bald, daß es richtig von mir gewesen war,

mit Gertie zu kommen, denn mit der Vorfreude auf zu Hause gewann ich Abstand von meiner Tragödie und begann, mich auf ein Leben ohne Toby einzustellen. Ich redete mir sogar ein, daß er nach mir sah, mir Beifall spendete und mich auf dem eingeschlagenen Weg ermutigte. Das half. Aber es war auch unvermeidlich, daß Bemerkungen fielen, die bittere Erinnerungen auslösten. Es wäre leichter gewesen, wenn wir nicht auf fast derselben Route zurückgefahren wären wie auf der Hinreise. Aber ich bemühte mich nach Kräften, nicht daran zu denken, und Gertie war mir eine große Hilfe. Immer spürte ich ihren wachsamen Blick, und ich war tief gerührt, weil ihr so viel daran lag, daß ich die Reise genoß.

Ich denke, ich kam ganz gut zurecht. Wir hatten sehr nette Reisegefährten, und das Wetter war mild. Gertie und ich gingen meistens mit einer Gruppe anderer Passagiere an Land. Die Geschichte, wie wir uns in Suez verirrt hatten, wurde unter großer Heiterkeit erzählt, und mir wurde wieder einmal bewußt, wie die Zeit katastrophale Ereignisse in komische Abenteuer verwandeln kann. Jedenfalls wurde viel gelacht über die zwei kleinen Mädchen, die über eine Strickleiter an Bord geklettert waren.

Suez sei anscheinend eine Stadt, wo Erlebnisse auf uns warteten, bemerkte Gertie, denn als wir das Boot besteigen wollten, das uns zum Schiff zurückbringen sollte, sah ich einen Herrn, der mir bekannt vorkam.

Ich starrte ihn an. Dann erkannte ich ihn. »Dr. Emmerson!« rief ich.

Gertie war neben mir. »Er ist es!« rief sie. »Ausgerechnet hier!«

Dr. Emmerson war fassungslos. Elfjährige Mädchen verändern sich im Laufe der Jahre stärker als erwachsene Männer. Er stand da und sah uns verwirrt an. Dann kam ihm die Erleuchtung.

Er lachte. »Ist das möglich? Carmel und Gertie?«
»Ja, wir sind es!« riefen wir gemeinsam.
»Verirrt in Suez«, sagte er. »War das damals ein Umstand,
Sie an Bord zu bekommen!«
»Mit der Strickleiter.« Gertie gluckste.
»Aber wir haben es geschafft. Und Sie reisen auf diesem
Schiff?«
»Ja. Nach Hause.«
»So ein Zufall. Ich auch.«
Wir plauderten, während das Boot uns übersetzte. Dr.
Emmerson erzählte uns, er sei die letzten zwei Wochen in
Suez gewesen, um hier Ärzte zu treffen. Er habe in London
eine Praxis in der Harley Street und arbeite dort mit einem
Krankenhaus zusammen.
»Als wir uns das letzte Mal begegneten«, sagte er, »war ich
nach Suez gekommen, um mich gründlich in einem Kran-
kenhaus umzusehen. Das habe ich getan, und danach habe
ich mich zu Hause niedergelassen.«
»Kommen Sie oft nach Suez?« fragte ich.
»Nein, jetzt nicht mehr. Dies war nur ein Blitzbesuch, um
über eine neue Entwicklung zu sprechen.«
»Wie sonderbar, daß Sie auf demselben Schiff nach Hause
fahren wie wir.«
»So etwas kommt manchmal vor.«
Von da an wurde die Reise anders. Wir sahen Dr. Emmerson häufig. Es schien, als würde er mich abpassen. Zuerst
war Gertie immer bei uns, aber unter den in Suez neu
hinzugekommenen Passagieren war ein gewisser Bernard
Ragland, und er und Gertie waren sich vom ersten Augenblick an zugetan. Er interessierte sich für mittelalterliche
Architektur und arbeitete an einem Londoner Museum –
kaum ein Thema, das Gertie sonst gereizt hätte. Doch nun
interessierte sie sich auf einmal dafür.
Dr. Emmerson wußte von dem Schiffsuntergang, und er

verstand, was Tobys Verlust für mich bedeutete. Daher konnte ich offen mit ihm reden. Ich empfand dies als Erleichterung, und so saß ich viele Stunden auf Deck und erzählte. Er berichtete mir von seinem Leben und seiner beruflichen Laufbahn und wie er eine Zeitlang in Suez gearbeitet hatte. Er sprach von den Leiden der Armen, die er gesehen hatte, und irgendwie lenkte er mich ab von meinem Unglück, wie es niemand zuvor vermochte. Wieder erkannte ich, wie recht Gertie gehabt hatte, als sie sagte, ich hätte mich zu sehr ins Grübeln über mein Unglück vertieft.

Wenn ich an diese Reise zurückdenke, sehe ich, daß sich viel auf ihr begeben hat und man nicht sagen kann, sie sei ereignislos gewesen.

Das Meer hatte es besonders gut mit uns gemeint, selbst in jenen Gebieten, die als unberechenbar galten. Unsere Überfahrt verlief glatt, wir schlossen angenehme Bekanntschaften, und mit einigen verabredeten wir, daß man sich wiedersehen werde, auch wenn uns klar war, daß wahrscheinlich niemals etwas daraus wurde. Oberflächlich gesehen, war es eine Reise wie viele andere, und doch sollte sie sich als wichtig erweisen, nicht nur für mich, sondern auch für Gertie.

Sobald ich mit Dr. Emmerson, Gertie und Bernard Ragland von Bord ging, wußte ich, daß ich eine wichtige Barriere überschritten hatte. Ich hatte Abstand zwischen mich und die Vergangenheit gebracht.

Tante Beatrice und Onkel Harold erwarteten uns. Gertie warf sich in Tante Beatrices Arme.

»Da bist du ja! Da bist du ja!« rief Tante Beatrice. Sie war mollig, rosig und ziemlich groß. Onkel Harold war dünn und etwas kleiner. Er stand neben ihr und sah zu, etwas verlegen, aber auf seine Weise ebenso erfreut und herzlich wie seine Frau.

»Das ist Carmel«, stellte Gertie mich vor. »Ihr habt ja schon von ihr gehört. Und dies ist Mr. Bernard Ragland«, fuhr sie stolz fort, und Tante Beatrice ergriff seine Hand und schüttelte sie innig, worauf Onkel Harold dasselbe tat. »Und das ist Dr. Emmerson.«

»Freut mich sehr, Sie kennenzulernen«, erwiderte Tante Beatrice.

»Es ist wunderbar, zu Hause zu sein«, sagte Gertie.

Tante Beatrice und Onkel Harold wechselten zufrieden einen Blick, der besagte, daß Gertie niemals hätte fortgehen sollen und klug daran getan habe, zurückzukommen.

Kurz darauf fuhren Gertie und ich mit Gerties Verwandten davon, und Dr. Emmerson und Bernard Ragland gingen getrennt ihrer Wege. Sie hatten zuvor versprochen, daß wir uns wiedersehen würden.

Auf dem Weg nach Kensington plapperten Gertie und Tante Beatrice unentwegt, während Onkel Harold und ich lächelnd dabeisaßen und zuhörten.

* * *

Die ersten Wochen in London waren sehr ereignisreich, und die Zeit verging rasch. Es gab lange Abschnitte, da ich nicht an Toby dachte, und ich merkte, daß ich, wenn ich es zuließ, großen Anteil nehmen konnte an dem, was um mich vorging.

Tante Beatrice und Onkel Harold – Mr. und Mrs. Hyson – waren ungemein gastfreundlich. Ihr Haus war behaglich, und ich war überzeugt, daß sie überaus liebevolle Eltern gewesen wären. Sie hingen sehr an Gertie und genossen es sichtlich, sie bei sich zu haben. Und auch ich war ihnen willkommen.

Das Haus stand in der Siedlung mitten in einem großen, gepflegten Garten, der den Bewohnern zur Verfügung stand. Der Schlüssel zum Gartentor hing an der Hintertür, und ich benutzte ab und zu die Gelegenheit, in den Garten zu gehen und mich auf eine Bank zu setzen. Es war sehr friedlich und still unter den Bäumen, durch die man nur einen Blick auf die hohen Häuser erhaschte, die dort standen gleich Wächtern des Friedens der Siedlung.

Das Haus war geräumig. Ganz oben befanden sich die Zimmer, die für die Kinder gedacht gewesen waren, die sich nie einstellten. Diese Räumlichkeiten wurden nun Gertie und mir überlassen. Gertie kannte sie gut aus der Zeit, als sie und James hier zu Besuch gewesen waren. Sie hatten ein Spielzimmer, und in dem großen Schrank waren Spiele: Dame, Schach, Legespiele und Würfelspiele, darunter Mensch ärgere dich nicht.

Es hätte einen traurig stimmen können, an die unerfüllten Träume dieser zwei liebenswerten Menschen zu denken, aber irgendwie brauchte man sie nicht zu bemitleiden, denn sie waren nicht im mindesten verbittert, und da Gertie und ich nun im Haus waren, wirkten sie vollkommen versöhnt.

»Von den beiden können wir was lernen, findest du nicht?« sagte Gertie, und ich mußte lachen, weil ich wußte, daß sie hauptsächlich mich meinte. Da wurde mir klar, daß es wirklich ein Segen ist, wenn wir uns ab und zu mit den Augen der anderen sehen können.

Die Hysons luden gerne Gäste ein, und da sie nun Gertie bei sich hatten, bestand Anlaß genug.

Sie hatten mehrere große Räume, die sich hierfür eigneten, und waren entschlossen, sie weidlich zu nutzen. Vor Ablauf einer Woche nach unserer Ankunft wurden Dr. Emmerson – dessen Vorname, wie ich mich erinnerte, Lawrence war – und Bernard Ragland zum Essen eingeladen.

Es wurde ein sehr angenehmer Abend. Wieder einmal

wurde die Episode von unserer Rettung in Suez erzählt, obwohl ich sicher war, daß Gertie in ihren Briefen seinerzeit alles längst berichtet hatte.

Gertie hörte wie verzückt zu, wenn von den Unterschieden zwischen romanischer und gotischer Architektur die Rede war und von den Baumeistern, denen Anfang des vierzehnten Jahrhunderts der schlichte Stil nicht mehr genügte, weswegen sie einen dekorativeren ersannen. Ich war erstaunt, Gertie so ernst zu sehen.

Da dachte ich: Gertie ist verliebt.

Lawrence, den ich unterdessen mit dem Vornamen anredete, erzählte kaum etwas aus seinem Berufsleben. Ich nahm an, daß Hautkrankheiten kein sehr passendes Thema für ein Tischgespräch waren.

Ich nahm ebenso wie Gerties Tante und Onkel großen Anteil an ihrer Bekanntschaft mit Bernard Ragland. Eines Tages, als Gertie außer Haus war, sagte Tante Beatrice zu mir:»Was meinen Sie, Carmel? Gertie scheint mit diesem netten Bernard wirklich eng befreundet zu sein.«

Ich pflichtete ihr bei.

»Und?« sagte Tante Beatrice.

»Sie kennt ihn noch nicht sehr lange.«

»An Bord eines Schiffes geht es anders zu als im gewöhnlichen Leben«, sagte Tante Beatrice weise, obgleich sie vermutlich nie auf einem Schiff gereist war. »Irgendwie romantisch«, fuhr sie fort.»Ich bin gespannt ...« Sie hob die Schultern. Ich nahm an, sie sah schon eine Hochzeit vor sich, von ihr ausgerichtet, und das junge Paar, das sich in einem Häuschen in der Nachbarschaft niederließ; auch das Kinderzimmer, und sie in der Nähe, um einspringen und die Pflichten einer Mutter übernehmen zu können.

Es erschreckte mich ein wenig, aber Gertie schien tatsächlich verliebt zu sein. Ich konnte mir vorstellen, welche Geringschätzung sie einst Gesprächen über Faltenwurf und den Vorzug von Stein gegenüber Ziegeln entgegengebracht hat, Themen, die sie jetzt offenbar sehr fesselnd fand.

Auch Lawrence war unterdessen ein häufiger Gast, und ich fragte mich, ob Tante Beatrice über unsere Beziehung dieselben Mutmaßungen anstellte wie über die zwischen ihrer Nichte und Bernard. Sicher nicht. Lawrence war um vieles älter als ich; er mußte über dreißig sein, während Bernard kaum älter als Mitte zwanzig gewesen sein dürfte. Manchmal ging ich mit Lawrence in den Garten, und wir setzten uns auf die Bank und unterhielten uns. Einmal erwähnte er den Schiffsuntergang. »Ich denke oft daran, Carmel«, sagte er. »Es war niederschmetternd für Sie, nicht wahr? Sie hingen sehr an Ihrem Vater.«

Ich bejahte.

»Vielleicht möchten Sie lieber nicht davon sprechen«, meinte er.

»Doch, doch ... mit Ihnen macht es mir nichts aus.«

»Sie müssen anfangen zu leben, Carmel!«

»Das sagt Gertie auch. Sie war so gut zu mir.«

»Sie bewahren sich Ihre Trauer. Das hätte er nicht gewollt. Er war eine so heitere Natur. Er würde wünschen, daß Sie auch so sind.«

»Wenn man trauert, sagt Gertie, verdirbt man sich nicht nur selbst vieles, sondern auch anderen. Ich muß lernen, damit aufzuhören.«

»Es geht Ihnen besser, seit Sie hier sind.«

»Ja, das stimmt.«

»Es ist vorbei, Carmel. Sie können es nicht ändern. Sie müssen es vergessen!«

»Ich weiß. Aber wie?«

»Indem Sie sich ein neues Leben einrichten.«

»Ich bemühe mich.«

»Wenn ich Ihnen helfen kann ...«

Ich lächelte. »Ich weiß, Sie sind ein wunderbarer Helfer. Das haben Sie schon einmal bewiesen. Sie waren der galante Retter. Der arme James kann nicht vergessen, welche Rolle er damals gespielt hat.«

»Ach, der arme, leichtsinnige James, der Sie im Stich ließ!«

»Ich habe Ihnen von seinem Traum erzählt, auf den Opalfeldern sein Glück zu machen.«

So kamen wir auf Australien und das Leben dort zu sprechen, und wieder war ich überrascht, daß ich mein Unglück für eine Weile vergessen konnte.

* * *

Gertie hatte sich mit Bernard Ragland verlobt. Es war einen Monat nach unserer Ankunft in London.

»Das ging aber schnell«, sagte ich.

»Schnell! Was meinst du damit? Wir waren die ganze Zeit auf dem Schiff zusammen und jetzt wochenlang hier. Dir mag das schnell vorkommen. Für mich ist es einfach romantisch.«

»Bist du glücklich?«

»Selig.«

»O Gertie, wie herrlich!«

»Ja, nicht wahr? Suez scheint schicksalhaft für uns zu sein.«

»Für dich, meinst du.«

»Wie gut, daß wir auf diesem Schiff waren. Stell dir vor, sonst hätte ich Bernard vielleicht nie kennengelernt.«

»Denk nur, was du jetzt alles über alte und moderne Architektur lernen wirst!«

Wir lachten, dann sagte sie: »Du sollst meine Brautjungfer sein.«

»O Gertie, ich kann es nicht erwarten!«

»Ich auch nicht.«

Am Abend kam sie in mein Zimmer, um mit mir zu plaudern. Sie berichtete mir von Bernards glänzenden Eigenschaften, daß er wegen seiner Arbeit im ganzen Land geachtet sei und daß sie eine wunderbare Zukunft vor sich habe.

»Ich bin so stolz auf ihn, Carmel.«

»Du wirst absolut unerträglich werden, das sehe ich schon«, sagte ich. Und wir kicherten zusammen wie vor Jahren auf der LADY OF THE SEAS.

Tante Beatrice und Onkel Harold waren ganz aus dem Häuschen und sprachen ständig von der Hochzeit. Wo würde das junge Paar wohnen? Kensington sei eine angenehme Gegend. Es gebe reizende kleine Häuser am Marbrock Square gleich um die Ecke. Ich sah, daß Tante Beatrice in Gedanken schon das Haus einrichtete, vor allem das Kinderzimmer. Ihr unerfüllter Traum sollte, wenn auch in anderer Form, jetzt Wirklichkeit werden. Ein kleiner Garten solle auch dabei sein, ein Garten sei unumgänglich für Kinder.

Bernard wollte Gertie seiner Familie vorstellen. Die Raglands wohnten in Kent, und alsbald wurde sie übers Wochenende eingeladen. Tante Beatrice meinte, es sei doch »nett«, wenn ich mitkäme. Ich glaube, sie hatte die Vorstellung, daß ich als Anstandsdame fungieren sollte. Sie hatte altmodische Ansichten, die gelegentlich zum Vorschein kamen. Ich hatte gedacht, daß Gertie hierüber spotten würde, aber zu meiner Überraschung befürwortete sie die Idee.

»Es wird tröstlich sein, dich dabei zu haben«, sagte sie. »Ich brauche vielleicht deinen Rat.«

Ich war verwundert, denn die verliebte Gertie war nicht ganz jene selbstsichere junge Dame, die sie zuvor gewesen war. Sie war leicht nervös und sehr darauf bedacht, einen guten Eindruck auf ihre zukünftige Verwandtschaft zu machen.

»Du denkst wohl, sie müssen unfehlbar sein, da sie den göttlichen Bernard hervorgebracht haben«, sagte ich.

»Ich will nur, daß sie mich mögen«, gestand sie.

Es tat wohl, die Rollen einmal zu vertauschen. Jetzt war ich es, die Rat erteilen und sich um Gertie kümmern mußte. Wir sollten am Freitagnachmittag von London aufbrechen und mit der Bahn von Charing Cross nach Kent fahren. Bernard würde uns begleiten. Es hatte ein langes Palaver gegeben, was wir anziehen sollten. Gertie hatte ihren Koffer dreimal ein- und ausgepackt. Ich sagte ihr, sie solle nicht so nervös sein. Natürlich würden sie sie mögen, und wenn nicht, na wenn schon? Bernard habe sie gern, sonst hätte er ihr keinen Heiratsantrag gemacht.

Schließlich saßen wir im Zug, der uns nach Maidstone bringen sollte. Bernard sagte, am Bahnhof würden wir eine Mietkutsche zum Wohnsitz der Raglands nehmen. Seine Eltern freuten sich schon sehr darauf, uns kennenzulernen.

Ich saß zurückgelehnt auf meinem Ecksitz, und während ich die zwei beobachtete und hin und wieder einen Blick hinaus auf die Landschaft warf, dachte ich, wie herrlich es sein müsse, so glücklich zu sein wie diese beiden.

Und plötzlich geschah es.

Der Zug hielt an einem kleinen Bahnhof. Ich betrachtete die Buchstaben, die groß seinen Namen verkündeten, und wurde sogleich in die Vergangenheit zurückgeworfen. Easentree.

Ich war schon einmal hier gewesen. Ich erinnerte mich deutlich.

Nanny Gilroy hatte gesagt: »Komm jetzt, Estella. Hast du alles? Daß du mir ja nichts liegen läßt! Ich bin gespannt, ob Tom Yardley mit der Droschke da ist.«

Es war ein seltenes Ereignis gewesen, denn wir fuhren nicht oft mit der Eisenbahn. Wir waren in London gewesen, um Stiefel zu kaufen, die wir bei uns im Schuhgeschäft nicht bekommen konnten. Easentree war die Haus Commonwood nächstgelegene Bahnstation.

Als der Zug den Bahnhof verließ, saß ich wie in Trance. Ich war wieder in der Vergangenheit. Haus Commonwood. Mrs. Marline, die alle Leute unglücklich machte. Der Doktor, der sich vorzugeben bemühte, daß alles in Ordnung sei. Miß Carson ... Was war aus Miß Carson geworden?

»Aufwachen! Du schläfst ja fast. Wir sind gleich da.« Gertie riß mich aus meinem Traum von der Vergangenheit.

Das Wochenende wurde ein Erfolg. Die Raglands waren keineswegs furchteinflößend und schienen ebenso gewillt, ihre zukünftige Schwiegertochter gern zu haben, wie diese darauf erpicht war, sie zu mögen. Unter solchen Bedingungen konnte es kaum schiefgehen.

Alle Mitglieder der Familie Ragland wollten unbedingt Bernards Auserwählte kennenlernen, und es fanden mehrere harmonische Familienzusammenkünfte statt.

Ich allerdings war mit meinen Gedanken ständig in der Vergangenheit. Erinnerungen an Commonwood drängten sich auf, und der Wunsch wurde übermächtig, das Haus wiederzusehen. Ich war neugierig, wer jetzt dort wohnte. Wenn ich einfach hinging?

Fremde würden dort leben. Dr. Marline war ja gestorben, und die Kinder waren zu ihrer Tante Florence gezogen. Sie war natürlich auch meine Tante. Ich wünschte, Toby hätte mir mehr erzählt. Er war sehr zurückhaltend gewesen, wenn es um seine Familie ging, die schließlich auch meine war.

Ich sah mich im Geiste den Weg zu der vertrauten Eingangstür gehen und mich nach dem Klopfer strecken. Aber jetzt würde ich mich nicht strecken müssen, denn ich war erwachsen.

Ich malte mir aus, wie es sein würde: Ich hoffe, Sie nehmen

es mir nicht übel. Ich kam zufällig hier vorbei, ich habe einmal hier gewohnt. Da dachte ich ...

Warum eigentlich nicht? Der Gedanke war gar nicht so abwegig.

Ich faßte den Plan am Wochenende, während Gertie sich in der Anerkennung durch ihre zukünftigen Schwiegereltern sonnte, und bevor die Tage vorbei waren, hatte ich beschlossen, nach Easentree zu fahren. Ich konnte die Droschke nehmen, wie wir es damals mit Nanny Gilroy getan hatten. Aber ich wollte mich nicht vor Haus Commonwood absetzen lassen, als sei ich gezielt dorthin gekommen. Nein, ich würde in das Städtchen fahren. Dort gab es einen Gasthof. Wie hieß er doch gleich? »The Bald-Faced Stag«. Estella und ich hatten uns oft über den Namen lustig gemacht: »Zum glattgesichtigen Hirschen«. Was hatte man sich dabei gedacht? Trugen Hirsche etwa sonst einen Bart? Ich konnte Estellas Stimme deutlich hören.

So ging es das ganze Wochenende. Immer hörte ich Stimmen aus der Vergangenheit.

Ich könnte die Droschke nehmen und in dem Gasthof absteigen. Dann war es ein leichtes, zu Fuß den Hügel hinab zum Haus Commonwood zu gehen.

Mein Entschluß stand fest.

* * *

Tante Beatrice und Onkel Harold wollten alles über unseren Besuch bei den Raglands erfahren.

»Wir müssen Bernard und seine Eltern für ein Wochenende einladen«, sagte die Tante. »Und wir sollten uns nach einem geeigneten Haus umsehen. Etwas Passendes zu finden dauert oft länger, als man meint. Und es muß die richtige Lage sein.« Und da das glückliche Paar sich auf

212

eine kurze Verlobungszeit geeinigt habe, gebe es keinen Grund, nicht gleich mit der Suche zu beginnen.

Gertie war zu glücklich, um zu bemerken, daß mich etwas beschäftigte, das nichts mit ihr und ihrer Hochzeit zu tun hatte. Sie sprach ständig von sich, und sie schrieb ihren Eltern.

»Es wird ihnen nicht passen«, sagte sie, »weil es bedeutet, daß wir hier leben und sie in Australien. Bernard meint, wir können ihnen hin und wieder einen Besuch abstatten; er kann sich seine Urlaubszeiten aufsparen. Mutter und Vater können uns vielleicht auch mal besuchen, falls sie abkömmlich sind. Dann ist es nicht ganz so schlimm. Und du, Carmel, du willst sicher noch nicht zurück. Du mußt hierbleiben, bis ich verheiratet bin.«

»Ich kann nicht immer hier bei deiner Tante und deinem Onkel bleiben.«

»Sie haben dich gern bei sich. Außerdem, weshalb machst du dir darüber Gedanken? Du kannst wohnen, wo du willst. Vielleicht heiratest du sogar.«

»Du bist wie die meisten Leute. Kaum hast du den Kopf in der Schlinge, willst du, daß alle es genauso machen.«

»Werde nicht zynisch! Das paßt nicht zu dir. Von Schlinge kann keine Rede sein. Du hast offensichtlich keine Ahnung, wie das ist. Es ist das Schönste, was einem passieren kann.«

»Möge dir dieser Glaube erhalten bleiben.«

»Und jetzt laß uns vernünftig reden. Tante Bee will unbedingt, daß ich mir das Haus in der Brier Road anschaue. Sie hat einen Besichtigungstermin für nächsten Dienstag verabredet. Magst du mitkommen?«

»Eigentlich hatte ich daran gedacht, am Dienstag einen Besuch zu machen.«

»Einen Besuch bei jemandem, den du von früher kennst?«

»Ja.«

»Verleg ihn auf einen anderen Tag, dann komme ich mit.«
»Ich denke, ich sollte besser allein dorthin gehen. Bloß das
erste Mal, verstehst du?«
»Natürlich.«
Gertie hatte nie großes Interesse für die Angelegenheiten
anderer Leute bekundet, und jetzt war sie natürlich ganz in
ihre eigenen vertieft.
So faßte ich den Plan, am folgenden Dienstag nach Easentree und Haus Commonwood zu fahren.

* * *

Ich kam nach Easentree und hatte Glück. Die Droschke
war dienstbereit, und alsbald gelangte ich zu dem Gasthof.
Ich machte mich auf den Weg ins Tal. Ich sah die Geschäfte
in der Hauptstraße der Stadt. Miß Patten, die den Kurz-
warenladen betrieb, war noch da, ebenso das Postamt, der
Fleischer und der Bäcker. Ich ging geschwind den Hügel
hinab, und nach fünfzehn Gehminuten sah ich den Wald
und den Anger.
Mein Herz klopfte schnell. Ich übte im stillen, was ich
sagen sollte. Es klang falsch: Ich kam gerade vorbei und
dachte, Sie haben sicher nichts dagegen. Die übliche Neugierde. Wissen Sie, ich habe hier bis zu meinem elften
Lebensjahr gewohnt. Dann bin ich nach Australien gegangen. Ich bin eben erst zurückgekehrt.
Auf dem Anger war kein Mensch zu sehen. Da waren der
Teich und die Bank. Und dort das Haus ... verborgen von
den Büschen, die verwildert aussahen. Zu meiner Zeit
waren sie gepflegter gewesen.
Als ich näher kam, war ich verblüfft, daß alles so verwahr-
lost wirkte.
Ich war beim Tor. Ich öffnete es und ging auf das Haus zu.
Ich blieb stehen, mir stockte der Atem. Dies war Common-

wood, ganz sicher, aber so verändert! Mehrere Fensterscheiben waren gesprungen, ein paar gar zerbrochen. Das
Mauerwerk war hier und da zerbröckelt. Es sah aus, als sei
das Dach teilweise eingestürzt.
Commonwood war eine Ruine. Ich starrte sie voller Entsetzen an. Sie sah grimmig und abstoßend aus.
Mein erster Impuls war, kehrtzumachen und fortzulaufen.
Aber das konnte ich nicht. Ich mußte herausfinden, was
geschehen war. Warum hatten sie nach dem Tod des Doktors das Haus nicht verkauft? Warum hatten die praktische
Tante Florence und ihr Ehemann – denn ich stellte mir vor,
daß sie einen hatte – aus einem wertvollen Besitz eine
wertlose Ruine werden lassen?
Ich fühlte plötzlich Abscheu in mir aufsteigen. Alles war so
anders, als ich es erwartet hatte. Doch etwas trieb mich
weiter. Ich ging zum Haus.
Jetzt stand ich an der Eingangstür. Alle Fensterscheiben im
Erdgeschoß waren gesprungen. Das Türschloß war aufgebrochen. Ich drückte gegen die Tür. Quietschend, wie
unter Protest, ging sie auf.
Ich trat in die Halle, von der die Türen zu Mrs. Marlines
Räumen abgingen, dem Wohnzimmer und ihrem Schlafzimmer mit der Glastür, die in den Garten führte.
Mein Herz schlug jetzt wie wild. Ich bildete mir ein, ich
würde gewarnt, nicht weiterzugehen. Das Haus hatte etwas Unheimliches. Es war nicht das Haus Commonwood,
das ich gekannt hatte. Warum war es so verkommen? Ich
mußte fort, es vergessen. Es gehörte einer Vergangenheit
an, die ich am besten vergaß. Wozu sollte es gut sein, die
Vergangenheit wieder auferstehen zu lassen? Es war klar
ersichtlich, was sich ereignet hatte. Die Kinder waren fortgegangen; alle, die einst zu diesem Haus gehört hatten,
waren tot oder hatten sich zerstreut, und aus irgendeinem
Grunde hatte man das Haus verfallen lassen.

Geh zurück in die Stadt! sagte ich mir. Nimm im Gasthaus eine Mahlzeit zu dir und laß dir dort ein Fahrzeug besorgen, das dich zum Bahnhof bringt! Dann vergiß die Vergangenheit und Haus Commonwood! Das ist für immer vorbei.

Aber der Impuls weiterzugehen war unwiderstehlich. Nur einen Schritt in die Halle. Nur ein paar Augenblicke die Atmosphäre der alten Tage einfangen ... das Gefühl, nicht zu sein wie die anderen, sondern eine Außenseiterin, die nur geduldet wurde, weil der Doktor ein weiches Herz hatte; noch einmal die Gefühle des ungewünschten Kindes auskosten, das alsbald von dem wunderbarsten aller Menschen zärtlich geliebt werden sollte.

Ich ging über den ramponierten Teppich. Er war einst hellbraun gewesen, mit einem blauen Muster; jetzt war er feucht und zerrissen, und von dem Blau war kaum noch etwas zu sehen. Ein Insekt, das darüber huschte, erschreckte mich.

Ich öffnete eine Tür und sah in das Zimmer. Meine Gedanken eilten zurück zu einer der letzten Gelegenheiten, da ich den Raum gesehen hatte. Adeline, außer sich vor Angst, und Mrs. Marline, die mit ihr zankte. Miß Carson, die hereinkam.

Mir war bis zu diesem Zeitpunkt nicht klar gewesen, wie lebhaft sich diese Szenen meinem Gedächtnis eingeprägt hatten.

Die Tür zum Garten war geschlossen. Durch die Glasscheiben konnte ich sehen, wie vernachlässigt er war. Ich erinnerte mich, hier Gespräche belauscht und versucht zu haben, mir zusammenzureimen, was in dem düsteren Haushalt vor sich ging.

Ich wandte mich um und sah die Treppe, und ehe ich mir bewußt machen konnte, daß ein Haus in diesem Zustand möglicherweise gefährlich sei, ging ich ein paar Stufen hinauf. Ich war auf dem ersten Absatz in der Nähe des Zimmers, in dem der Doktor und seine Gattin vor deren Unfall geschlafen hatten. Es war jetzt leer. Ich sah nach oben. Wie still es hier war, wie anders. Ich glaubte, Stimmen flüstern zu hören. Nanny Gilroy, Mrs. Barton und die Gemeindeschwester ... sie schlossen die Küchentür, tranken Tee und vertrauten sich Geheimnisse an. Plötzlich vernahm ich ein Geräusch. Ich konnte mein Herz klopfen hören. Ein zischendes Flüstern. Es kam unten aus dem Zimmer. Da drunten ertönten Stimmen. Geisterstimmen in einem leeren Haus.

Ich glaube nicht, daß ich eine besonders ausgeprägte Phantasie besaß, aber von dem Augenblick an, in dem ich das Haus betrat, fand ich, daß es etwas Unheimliches hatte. Vielleicht ist das in den meisten verfallenen Häusern so. Sie scheinen etwas zu bewahren, Charakterzüge der Menschen, die sie im Laufe der Jahre bewohnt haben; und wenn man sie gekannt und etliche mysteriöse Vorfälle mitbekommen hat, ist es nicht verwunderlich, daß die Vorstellungen mit einem durchgehen.

Als ich leise Schritte hörte, zweifelte ich nicht mehr: Ich war nicht allein im Haus.

Da war es wieder, das zischende Flüstern.

Ich war in dem ehemaligen Elternschlafzimmer der Marlines. Ich stand ganz still und wartete, ohne recht zu wissen, worauf. Dachte ich, der Geist von Mrs. Marline würde erscheinen und mich fragen, was ich hier zu suchen habe? Mit welchem Recht ich hier sei, heute und damals. Ja, ich sei das Kind ihres Bruders, und aus diesem Grunde habe man mich bleiben lassen. Aber Menschen hätten nicht das Recht, außerhalb des Ehestandes Kinder zu zeugen, weshalb die Kinder dafür büßen müßten.

Ein leiser Schritt auf der Treppe, kein Zweifel. Ich war nicht die einzige in diesem Haus.

Ich stand geduckt im Zimmer, als die Schritte näher kamen. Ich hatte die Tür nur einen Spalt aufgeschoben. Wer immer da war, war jetzt ganz nahe. Die Schritte verhielten. Ich konnte leise Atemgeräusche hören, dann wurde die Tür langsam aufgestoßen.

Ich hielt den Atem an. Ich wußte nicht, was ich erwartet hatte, aber der Anblick eines Jungen war irgendwie beruhigend. Er war nicht allein. Hinter ihm stand ein zweiter, etwas kleinerer Junge.

Wir starrten uns an. Ich merkte, daß der Junge über meinen Anblick genauso erstaunt war wie ich über seinen. Er fragte mit ängstlicher Stimme: »Bist du ein Gespenst?«

»Nein«, sagte ich, »und du?«

Er hob in stummer Heiterkeit die Schultern, und der andere Junge stellte sich neben ihn und starrte mich ebenfalls an. Dann fuhr der erste fort: »Was tust du hier?«

»Was tust du hier?« gab ich zurück.

»Gucken.«

»Ich auch.«

»Hier spukt's aber.«

»Im Haus?«

»Überall. Auch im Garten. Das hier ist ein richtiges Spukhaus. Stimmt's, Will?«

Will nickte.

»Wohnt ihr hier in der Nähe?« fragte ich.

Er nickte und deutete ungefähr in Richtung Anger.

»Warum ist das Haus so verkommen?« fragte ich.

»Weil's spukt.«

»Warum spukt es?«

»Weil ein Gespenst umgeht, darum.«

»Warum gibt es hier Gespenster?«

»Damit sie spuken können, ist doch klar.«

Ich überlegte, wie alt die beiden wohl waren. Der größere Junge mochte etwa acht sein, der andere vielleicht ein Jahr

218

jünger. Sie mußten Babys gewesen sein oder waren noch nicht geboren, als ich hier fortging.

»Kanntet ihr die Leute, die hier gewohnt haben?« fragte ich.

»Bloß Gespenster.«

Ich sah, daß ich aus ihnen nicht viel herausbekommen konnte.

»Wir dürfen nicht hierherkommen«, gestand der jüngere.

»Er hat mich angestiftet«, sagte der ältere.

»Meine Mutter sagt, das Haus kann über einem zusammenstürzen. Dann wäre man bei den Gespenstern begraben.«

»Es ist gefährlich«, sagte der andere. »Immer sagen sie, sie wollen es abreißen.«

»Und ein neues Haus bauen?« fragte ich.

»Wer will hier schon wohnen?«

»Warum nicht?«

Die Jungen sahen mich verwundert an, und der ältere sagte:»Weil's spukt, darum.«

Ich meinte, ihnen eine Erklärung für mein Hiersein schuldig zu sein, und sagte:»Ich bin zufällig vorbeigekommen, und es sah interessant aus.«

»Wir müssen jetzt heim. Gleich gibt's Mittagessen, und Mami geht in die Luft, wenn wir zu spät kommen«, sagte der eine Junge. Er warf mir einen enttäuschten Blick zu.

»Ich dachte, du bist ein Gespenst, nicht bloß ein normaler Mensch.«

»Das tut dir gar nicht leid«, sagte der andere. »Du bist froh. Du hast dir vor Angst fast in die Hose gemacht.«

»Hab' ich nicht!«

»Hast du doch!«

Sie gingen die Treppe hinunter, und ihre Stimmen hallten durchs Haus.

»Hab' ich nicht!«

»Hast du doch!«

Ich blickte aus dem Fenster und sah sie über den Rasen laufen.

Dann stieg ich langsam die Treppe hinab und ging aus dem Haus.

Ich blieb am Anger stehen und sah mich um. Hier war kein Mensch. Das Erlebnis hatte mich beunruhigt. Ich wurde das Gefühl nicht los, daß das Haus etwas Unheimliches, Bedrohliches hatte. Ich war froh, wieder im Freien zu sein. Ich wollte nie mehr hierhergehen. Nur schnell fort! Und am besten alles vergessen.

Von Erkundungen hatte ich genug. The Grange gab es sicher noch, aber ich wollte nicht nachsehen.

Ich ging den Hügel hinauf und in die Stadt. Im Gasthof gedachte ich eine leichte Mahlzeit zu mir zu nehmen, um mich dann zum Bahnhof zu begeben und nach London zurückzufahren.

Gerade wollte ich die Straße vor dem Gasthof überqueren, als ein Reiter daherkam. Sein Pferd war recht forsch, und als ich Anstalten machte, auf die Straße zu treten, bäumte es sich auf und wieherte. Ein Herr, der ebenfalls über die Straße wollte, blieb stehen und trat neben mich. Beide beobachteten wir Pferd und Reiter.

»So ein Biest«, sagte der Herr zu mir. Seine Stimme kam mir irgendwie bekannt vor.

Ich drehte mich zu ihm hin, und da erkannte ich ihn sogleich. Es war Lucian Crompton.

»Lucian!« rief ich.

Er sah mich erstaunt an, dann sah ich das Erkennen in seinen Augen aufglimmen. »Aber ... das ist ja Carmel!«

Wir standen ein paar Sekunden da und sahen uns an. Dann sagte er: »Na, das ist eine Überraschung! Woher kommst du denn so plötzlich nach so langer Zeit?«

»Ich bin für einen Tag aus London gekommen ... Eigentlich komme ich aus Australien.«

»Ist das wahr! Und wir laufen uns hier einfach in die Arme!
So ein Glück!«
Und wieder überflutete mich die Vergangenheit. Dies war
der angenehme Teil der Erinnerungen. Wie etwa Lucian
meinen Anhänger fand und reparieren ließ. Er war immer
nett zu der Außenseiterin gewesen.
Die Freude über die Begegnung beruhte unzweifelhaft auf
Gegenseitigkeit.
»Wir müssen uns unterhalten«, sagte er. »Was hast du vor?
Du bist für einen Tag hier, hast du gesagt.« Er sah auf seine
Uhr. »Ich könnte einen Mittagsimbiß vertragen. Wie sieht
es bei dir aus?«
»Ich wollte eine Kleinigkeit zu mir nehmen und dann mit
der Bahn zurückfahren.«
»Warum essen wir nicht gemeinsam? Ich möchte hören,
was du die ganze Zeit getrieben hast.«
Der Mann mit dem Pferd war inzwischen weitergeritten,
und wir überquerten die Straße. Lucian ging voraus zum
Gasthof »Bald-Faced Stag«. Er war dort gut bekannt, und
man wies uns einen Tisch für zwei Personen zu.
Als ich Lucian nun gegenüber saß, sah ich, daß er sich verändert hatte. Er war nicht mehr der unbeschwerte Knabe,
den ich einst kannte. Wenn er nicht lächelte, hatte seine Miene etwas Angespanntes. Er mußte jetzt ungefähr fünfund-
zwanzig oder sechsundzwanzig sein, sah aber älter aus. Ja, er
hatte sich stark verändert. Aber ich mich bestimmt auch.
Als könne er meine Gedanken lesen, sagte er: »Du hast
dich nicht sehr verändert, Carmel. Nur größer bist du
geworden. Ich habe dich bloß im ersten Moment nicht
erkannt.«
»Erzähl mir, wie es dir ergangen ist!«
»Mein Vater ist vor drei Jahren unerwartet gestorben. Er
hatte einen Schlaganfall. Da mußte ich das Gut übernehmen.«

»Damit bist du bestimmt sehr beschäftigt.«

Er nickte.

»Tut mir leid, das mit deinem Vater«, sagte ich. »Das muß ein schwerer Schlag gewesen sein. Und deine Mutter?«

»Ihr geht es gut. Camilla ist verheiratet und lebt jetzt in Mittelengland. Sie hat einen kleinen Sohn.« Er hielt inne, dann sprach er hastig weiter. »Ich habe eine Tochter. Sie ist zwei.«

»Oh, du bist also verheiratet.«

»Gewesen.«

»Ach, das tut mir leid.«

»Meine Frau ist tot. Sie starb bei der Geburt des Kindes.«

Ich dachte: Kein Wunder, daß er sich verändert hat. Der Tod seines Vaters ... dann der Tod seiner Frau.

»Und du ... bist du verheiratet?« fragte er.

»O nein. Ich bin erst seit kurzem mit der Schule fertig.«

»Erzähl mir von dir! Du bist so plötzlich fortgegangen. Alles ist auseinandergebrochen, nicht?«

»Hast du gewußt, daß Captain Sinclair mein Vater war?«

»Ich habe so etwas läuten gehört.«

»Ich bin mit ihm fortgegangen. Sein Schiff lag hauptsächlich in Australien vor Anker, und er hielt es unter den Umständen für das Beste, wenn ich dort bliebe.«

»Ja, das war es wohl.«

»Ich blieb also ... und dann ... ist er ertrunken. Er ist mit seinem Schiff untergegangen.«

Das hatte er nicht gewußt, und ich erzählte ihm von dem Unglück, so knapp ich konnte, aber es war unmöglich, meine Bewegung zu verbergen.

»Du hattest ihn sehr gern, ich erinnere mich. Es muß furchtbar für dich gewesen sein.« Er lächelte mich mit rührender Zärtlichkeit an. »So etwas kommt vor. Man muß sich damit abfinden. Es bleibt einem nichts anderes übrig, nicht?«

Er erinnerte mich ganz stark an jene Zeit, als er verstand, wie mir zumute war, mir, die zu niemandem gehörte.
»Alles geschah so plötzlich«, sagte ich. »Es kommt mir jetzt unwirklich vor. Ich fuhr mit ihm nach Australien, und unterwegs sagte er mir, daß ich seine Tochter bin. Es war wie ein Traum, der wahr wird.«
»Warst du glücklich in Australien?«
»O ja, sehr.«
»Und du bist all die Jahre dort geblieben? Und jetzt bist du zurückgekommen, um die alte Heimat zu besuchen.«
»Ich war entsetzt, als ich Haus Commonwood sah. Es war so ein hübsches Anwesen. Ich dachte, sie hätten es verkauft.«
»Sie haben es versucht, aber niemand wollte das Haus kaufen.«
»Warum nicht?«
»Ein Haus, in dem ein Mord begangen wurde?«
»Ein Mord?«
Er sah mich ungläubig an. »Hast du das nicht gewußt? Es stand in allen Zeitungen. Die Leute haben eine Zeitlang kaum von etwas anderem gesprochen. Selbst heute hört man ab und zu noch eine Bemerkung darüber.«
»Mord?« wiederholte ich.
»Freilich. Du bist fortgegangen, bevor es herauskam. Vielleicht hat dein Vater dich deswegen ... O ja, ich nehme an, das war der Grund. In Australien stand sicher nichts darüber in den Zeitungen.«
»Erzähl mir, was passiert ist!«
»Also, es gab eine gerichtliche Untersuchung, und da kam es ans Licht. Danach konnten sie das Haus nicht verkaufen. Alle wußten, was dort geschehen war. Die Leute sind abergläubisch. Es überraschte mich nicht, daß Commonwood sich nicht verkaufen ließ. Wer will schon ein Haus erwerben, das einem Mann gehörte, der wegen Mordes gehängt wurde?«

Ich war wie gelähmt vor Entsetzen.

Lucian fuhr fort: »Dann wußtest du gar nicht, daß Dr. Marline für schuldig befunden wurde? Die Gouvernante steckte tief mit drin, aber sie ist davongekommen. Sie erwartete ein Baby. Manche Leute sagen, das habe ihr geholfen. Es gab auch nicht genügend Beweise gegen sie. Ein Mann, Schriftsteller oder so etwas, nahm das in die Hand und setzte sich für ihre Entlassung ein.«

Ich murmelte: »Dr. Marline. Miß Carson. Ich kann es nicht glauben. Der Doktor hätte niemals einen Menschen ermordet ... nicht einmal Mrs. Marline.«

»Er hatte durchaus Fürsprecher. Seine Patienten hielten große Stücke auf ihn.« Lucian sah mich mit einem seltsamen Gesichtsausdruck an, und ich dachte einen Moment, er wollte, daß ich an die Schuld des Doktors glaube.

»Aber er hatte ein Motiv«, fuhr er fort. »Seine Frau hat ihm das Leben schwergemacht, und er wollte Miß Carson heiraten, die ein Kind von ihm erwartete. Ein stärkeres Motiv konnte es nicht geben.«

»Ich glaube es trotzdem nicht. Miß Carson war ein so guter Mensch. Wir haben sie geliebt. Sie hat mehr für Adeline getan als sonst irgend jemand. Solche Menschen können keinen Mord begehen.«

»Der Mensch kann getrieben werden, zu weit zu gehen. So muß es im Fall Marline gewesen sein.«

»Mir wäre lieber, ich hätte dies alles nicht erfahren. Ich hatte gedacht, der Doktor sei gestorben, und die Familie habe sich zerstreut. All die Jahre habe ich nichts davon gewußt.«

»Dein Vater hielt es offensichtlich für besser, daß du nichts wußtest.«

»Du mußt hier gewesen sein, als es passierte.«

»Ich war im Internat. Henry ging fort zu seiner Tante. Ich habe alles erst erfahren, als es vorbei war. Da war der

Doktor tot, das Haus leer, und die anderen waren weggezogen.«

Wir schwiegen eine Weile, danach sagte er:»Ich denke, es war vernünftig von deinem Vater, so zu handeln. Wenn du nicht zurückgekommen wärst, hättest du es nie erfahren. Ich sehe, wie sehr es dich mitgenommen hat. Er hat bestimmt gewußt, wie dir zumute sein würde.«

»Ich gehöre doch zur Familie«, sagte ich.»Mrs. Marline war die Schwester meines Vaters, also meine Tante. Mein Vater muß gemeint haben, es sei besser für mich, nichts zu wissen, weil ich ja mit den Marlines verwandt war.«

»Ich bin sicher, daß er so dachte. Es tut mir leid, daß du jetzt so bedrückt bist. Dies hätte ein freudiges Wiedersehen unter alten Freunden sein sollen.«

»Ich bin wirklich froh, dich wiederzusehen, Lucian.«

»Ich freue mich auch. Erzähl mir von Australien!«

Bei Kirschbiskuits und Kaffee plauderten wir, aber meine Gedanken waren bei der Marline-Tragödie. Und ich war überzeugt, daß sie auch Lucian durch den Kopf ging.

Ich erzählte ihm von Elsie und wie gut sie zu mir war; ich berichtete, wie Toby gestorben war, und daß Elsie ihren guten Freund Joe Lester geheiratet hatte, und wie erleichtert ich deswegen war, weil ich dadurch die Möglichkeit hatte, sie guten Gewissens zu verlassen.

»Hast du vor zurückzukehren?« fragte Lucian.

»Vorerst nicht. Vielleicht später.«

»Gibt es etwas – jemanden –, weswegen du zurück möchtest?«

»Meine Freundin Gertie ist hier. Wir sind wohl eher wie Schwestern. Wir sind zusammen zur Schule gegangen. Mit ihrem Bruder bin ich gut befreundet. Eigentlich mit der ganzen Familie. Wir kamen alle zusammen nach Australien. Sie sind ausgewandert.«

Ich erzählte ihm ein wenig von dem Leben drüben und daß

die Formans einen Besitz nicht weit von Sydney gekauft hatten, und ich berichtete auch vom Besuch des Landstreichers und seinen Folgen. Lucian war sehr interessiert und wollte mehr über James hören.

»Er ist ehrgeizig. Er möchte sein Glück mit Opalen machen ... oder vielleicht wechselt er zu Gold. Aber ich glaube, Opale faszinieren ihn. Es gibt dort einen Ort namens Lightning Ridge, wo einige aufregende Funde gemacht wurden. James sagt, die schönsten Opale der Welt würden dort gefunden.«

Lucian blickte starr in seine Kaffeetasse. Er sagte langsam: »Ein faszinierender Stein, der Opal. Ich habe mich einmal dafür interessiert. Die Farben sind so schön.«

»Es gibt da einen bestimmten Aberglauben. Sie sollen angeblich Unglück bringen.«

»Der ist entstanden, weil sie so leicht brechen«, sagte Lucian.

»Ein absurder Gedanke, daß ein Stein Unglück bringen soll.«

»Allerdings«, sagte er bestimmt.

Und schon trugen meine Gedanken mich wieder nach Haus Commonwood. Das war nicht verwunderlich. Bilder aus der Vergangenheit hatten sich auch früher oft eingestellt, und nun war ich hier, nicht weit von dem Ort, wo sich alles abgespielt hatte. Ich sah die arme Adeline im Schlafzimmer ihrer Mutter auf dem Fußboden sitzen, inmitten des verstreuten Inhalts der Schublade, die sie zu weit herausgezogen hatte. »Ich wollte Lucian den Opalring zeigen ...«

»Was hast du?« fragte Lucian.

»Ach, ich habe bloß nachgedacht. Ich habe nie vergessen, was in Haus Commonwood geschah. Ich muß immer wieder daran denken. Einmal gab es eine Szene, kurz bevor

226

Mrs. Marline starb. Du warst drüben bei uns. Du hattest von Opalen gesprochen. Dann bist du mit Henry fortgegangen, und Adeline ... die arme Adeline ... ging ins Schlafzimmer ihrer Mutter, um den Opal zu suchen, den Mrs. Marline besaß. Sie wollte ihn dir zeigen. Sie zog die Schublade zu weit heraus. Dann gab es eine Szene.«

Lucian saß zurückgelehnt, die Augen niedergeschlagen.

»Die arme Adeline«, sagte er.

»Mrs. Marline war sehr wütend, und Adeline fürchtete sich vor ihr. Miß Carson hat sie getröstet, und dann wurde sie ohnmächtig. Ich nehme an, einige Leute im Haus wußten genau, was los war. Mir war damals vieles schleierhaft. Ich wußte bestimmte Dinge, ohne ihre Bedeutung zu verstehen.«

»Es hat keinen Sinn, das noch einmal durchzugehen«, sagte Lucian. »Es ist aus und vorbei. Wir können es nicht mehr ändern.«

»Ich weiß. Ich wollte auch gar nicht davon sprechen. Es war bloß wegen der Opale, und weil sie Unglück bringen sollen ... und weil Mrs. Marline kurz darauf gestorben ist.«

»Wie gesagt, alles deutete auf den Doktor hin. Es ist schrecklich, aber es ist Vergangenheit. Erzähl mir, wie es James erging.«

»Er hatte mit dem Suchen noch nicht begonnen, als ich abreiste. Er ist bald aufgebrochen, denke ich. Er wäre schon längst unterwegs gewesen, wenn die Sache mit dem Landstreicher nicht gewesen wäre.«

»Möchtest du einen Likör, um auf James' Erfolg zu trinken?«

Ich lehnte dankend ab, und wir unterhielten uns weiter. Aber ich konnte die Tragödie in Haus Commonwood nicht vergessen. Und es gab noch etwas, über das ich mehr erfahren wollte: Lucians Ehe. Doch ich spürte, daß er nicht gewillt war, darüber zu sprechen.

Er war mir ein Rätsel. Es gab Augenblicke, da er ehrlich erfreut wirkte, mich zu sehen, und andere, da er die Begegnung leicht beunruhigend zu finden schien. War es nicht so gewesen, als wir über die Ereignisse in Haus Commonwood sprachen?

Ich erwähnte Gerties bevorstehende Hochzeit.

Er sagte: »Ich komme gelegentlich nach London. Vielleicht können wir uns wiedersehen. Gib mir deine Anschrift! Ich nehme an, du wirst noch eine Zeitlang dort sein.«

»Ich bin im Moment ziemlich unschlüssig, was ich tun soll. So gastfreundlich Gerties Verwandte sind, ich kann mich ihnen nicht für immer aufdrängen. Aber sie möchten bestimmt, daß ich bis zur Hochzeit bleibe. Danach sehe ich weiter.«

Ich schrieb ihm meine Adresse auf, und er steckte den Zettel in seine Brieftasche. Er bestellte eine Droschke und brachte mich zum Bahnhof. Als der Zug langsam davonfuhr, stand Lucian auf dem Bahnsteig, den Hut in der Hand, und sah mir, wie mich dünkte, recht wehmütig nach.

Ich machte es mir auf meinem Sitz bequem und dachte an diesen seltsamen Tag zurück. Das verfallene Haus, die erschütternden Enthüllungen. Und dann beschäftigten sich meine Gedanken mit Lucian. Freilich, er hatte Tragisches erlebt. Auf mich wirkte er aber wie ein Mensch mit einem Geheimnis. Und ich fragte mich, ob dem so sei.

Die Warnung

Das Haus in der Brier Road gefällt Tante Bee nicht«, sagte Gertie. »Ich glaube, es hat ihr zu wenige Kinderzimmer. Es ist nur Platz für zwei Kinder, und sie rechnet mit mindestens zehn. Und deine Visite? Hat sie sich gelohnt?«

Ich zögerte.

»Also nicht«, sagte sie. »Es ist meistens ein Fehler, zu erwarten, daß man alte Bekannte genauso wiederfindet, wie sie waren, als man sie verließ. Man gelobt sich ewige Freundschaft, wenn man sich trennt, aber man vergißt einander, und eigentlich bleibt dann nichts mehr. Die gute Tante Bee begibt sich mit voller Kraft auf Häusersuche.«

Der Besuch wollte mir nicht aus dem Kopf gehen. Wäre es besser gewesen, wenn ich nicht hingegangen wäre? Ich war mir nicht sicher. Die Enthüllung war erschütternd gewesen, aber ich hätte nicht in Unwissenheit bleiben mögen, und die Begegnung mit Lucian war auf alle Fälle aufregend gewesen.

Ich hatte ihn einst sehr gern gehabt; er war einer meiner Helden gewesen. Aber ich hatte damals für alle Menschen eine übertriebene Zuneigung empfunden, die nett zu mir waren. Das lag daran, daß Nanny Gilroy immer – und Estella manchmal – durchblicken ließ, daß ich unbedeutend war.

Ich fragte mich, ob ich ihn wiedersehen würde. Er wollte unbedingt meine Adresse haben, aber oft traf man leichthin Verabredungen und vergaß sie, sobald man sich aus den Augen verlor.

Es ging mir ständig durch den Kopf, daß Lucian, obwohl er erfreut war, mich zu sehen, über meinen Besuch dennoch beunruhigt zu sein schien. Es mußte wohl mit den Geschehnissen in Commonwood zu tun haben, mit der Erinnerung an Dinge, die man am besten vergaß.

Lawrence Emmerson wurde zum Abendessen eingeladen. Tante Beatrice war leicht zu durchschauen. Ihre Freude über Gerties Verlobung war offensichtlich, und es war eindeutig, daß sie auch mich gerne glücklich an den Mann gebracht hätte. Dr. Emmerson war ein guter Freund und, wie sie meinte, an mir interessiert. Er mochte vielleicht ein wenig zu alt sein, doch in jeder anderen Hinsicht war er ein höchst geeigneter Kandidat, und man konnte schließlich nicht erwarten, daß alle es so ideal trafen wie Gertie.

Ich hoffte, daß Dr. Emmerson nichts von ihren Gedanken ahnte.

Beim Abendessen hatten wir nicht viel Gelegenheit, uns zu unterhalten, aber ein paar Tage später lud er mich zum Mittagessen ein, und als wir Platz genommen hatten, sagte er: »Sie sind beunruhigt.«

Mir war natürlich klar, daß dies auf meine Entdeckungen in Easentree zurückging, und ich war erstaunt, daß es mir so deutlich anzumerken war.

Ich erzählte ihm von meinem Besuch.

Er wußte von dem Mord, obwohl er im Ausland gewesen war, als alles passierte.

»Die Schwester des Captains war das Opfer«, sagte er. »Ich kannte Ihren Vater seit Jahren, denn wir arbeiteten oft auf demselben Schiff. Die Sache interessierte mich, weil es sich um seine Verwandtschaft handelte. Der Fall schien eindeutig.«

»Das kann ich nicht glauben. Dr. Marline hätte niemals einen Mord begehen können.«

»Sie haben ihn freilich gut gekannt. Es ist immer schwer,

so etwas von Menschen zu glauben, die man kennt. Den Aussagen nach schien es aber keinen Zweifel zu geben.«
»Nein ... etwas muß da wohl gewesen sein ... auch mit Miß Carson.«
Er zuckte mit den Achseln. »Es scheint Sie verstört zu haben. Es ist lange her, und ...«
»Der Gedanke, daß er gehängt wurde ... der nette, gütige Dr. Marline. Darüber bin ich immer noch bestürzt.«
»Versuchen Sie, nicht mehr daran zu denken! Es ist aus und vorbei.«
»Aber ich habe die Leute so gut gekannt. Ich habe bei ihnen im Haus gelebt.«
»Ich denke, es war sehr klug von Ihrem Vater, zu handeln, wie er es tat. Wenn Sie die Aussagen gehört hätten, wäre Ihnen klar gewesen, daß es keinen Zweifel geben konnte, so schwer es Ihnen jetzt auch fallen mag, sich damit abzufinden. Es gab tatsächlich nicht den Schatten eines Zweifels.«
»Es hat mich tief betroffen gemacht. Ich war ja im Haus, in den Monaten, bevor ... bevor ... Und ich ahnte, daß etwas vorging, aber ich wußte nicht, was. Ich tappte im dunkeln.«
»Es gibt Gefühlsregungen und Leidenschaften, die ein Kind unmöglich verstehen kann. Es ist vorbei. Sie dürfen sich darüber nicht aufregen!«
»Ich habe Commonwood nie vergessen können. Es tauchte immer wieder in meiner Erinnerung auf, und nun war ich wieder dort. Es war alles so lebhaft und beunruhigend.«
»Es war eine verstörende Situation, und Sie waren ein unschuldiges Kind, das mitten darin steckte. Dabei war alles gar nicht so außergewöhnlich: eine unglückliche Ehe, eine kranke Frau, mit der das Leben immer schwieriger wurde, eine attraktive Gouvernante. Es war der klassische Hintergrund. Meine Schwester nennt das eine Modellsituation. Sie interessiert sich für Kriminologie und hat ein

Buch geschrieben über Verbrecher und darüber, was ganz gewöhnliche Menschen bewegt, einen Mord zu begehen. Sie müssen sie kennenlernen. Ich hatte schon daran gedacht, Sie einmal zum Abendessen einzuladen. Ihre Freundin Gertie und die Hysons werde ich dazubitten. Ich war ihr Gast und muß mich revanchieren.«
»Das wird sie ganz bestimmt freuen.«
»Dorothy hat mich erst gestern gefragt, wann ich Sie einmal einlade. Sie freut sich schon darauf, Sie kennenzulernen.«

* * *

Die Folge war ein Abendessen in Dr. Emmersons Haus in Chelsea. Es war eines der Terrassenhäuser mit vier Etagen, nicht weit vom Fluß.
Dorothy begrüßte mich warmherzig. »Lawrence hat mir schon so viel von Ihnen erzählt«, sagte sie.
»Bestimmt auch von der abenteuerlichen Rettung in Suez«, erwiderte ich.
»O ja. So eine Aufregung!«
Sie war ziemlich klein und wirkte ausgesprochen zierlich. Dabei entdeckte ich rasch, daß sie einer der energischsten Menschen war, die ich je gekannt hatte. Sie interessierte sich sehr für alles, was vorging, und es wurde mir bald klar, daß ihr Bruder im Mittelpunkt dieses Interesses stand. Sie war sehr gesprächig, und nach kurzer Zeit wußte ich, daß sie sich jahrelang um ihre kranke Mutter gekümmert hatte. Sie waren nur zu dritt gewesen; der Vater war bereits gestorben, als sie sechzehn war. Dorothy war gut acht Jahre älter als Lawrence.
Sie hatten auf dem Land gelebt, und Lawrence hatte sich wegen seiner Arbeit in London eine kleine Wohnung genommen. Aber als die Mutter starb, waren beide nach

London gezogen, und seither wandte Dorothy ihre ganze Aufmerksamkeit ihrem Bruder zu.

»Ich bin ein Mädchen vom Lande«, sagte sie. »Ich liebe das Land.« Sie hob die Schultern. »Aber Lawrence muß in London sein, also sind wir hier. Wir haben aber noch ein Häuschen in Surrey, unser Cottage. Es ist nicht weit, so daß Lawrence notfalls schnell in London sein kann. Mit der Eisenbahn dauert die Fahrt nicht lange. Manchmal fahren wir übers Wochenende hinaus. Dann kommen uns Freunde besuchen. Es ist eine Erholung von der Stadt, und Lawrence arbeitet so schwer. In London geht mir Tess zur Hand. Sie ist eine Perle. Sie war schon zu Lebzeiten meiner Mutter bei uns. Draußen haben wir ein Ehepaar. Sie wohnen in einer Hütte im Park – na ja, Park ist vielleicht zuviel gesagt, sagen wir, am Ende des Gartens. So kommen wir gut zurecht.«

»Sie scheinen alles bestens organisiert zu haben«, sagte ich.

»Dazu bin ich da. Lawrence nimmt seine Arbeit vollkommen in Anspruch. Er braucht Entspannung. Und ich sorge dafür, daß er sie findet.«

»Er hat es gut.«

Sie blickte ein wenig wehmütig drein. »Eines Tages wird er wohl heiraten. Er wird ein guter Ehemann sein.«

»Er sagte mir, Sie interessierten sich für Kriminologie.«

»O ja. Ganz laienhaft natürlich.«

»Er sagt, Sie haben ein Buch geschrieben.«

»Über Verbrecher im Laufe der Zeiten. Ich interessiere mich besonders für solche, die ein normales Leben führen und aus heiterem Himmel einen Mord begehen.«

»Er hat Ihnen vielleicht von meiner Verbindung zur Familie Marline erzählt.«

»O ja, Lawrence erzählt mir fast alles. Der Fall hat damals viel Aufsehen erregt, aber das Resultat war von Anfang an klar.«

»Lawrence sagt, Sie sprechen in solchen Fällen von einer Modellsituation.«

»Ja, dies war genau so ein Fall. Die schreckliche Frau. Und schrecklich war sie, nach allem, was man hörte. Niemand schien ein gutes Wort für sie zu haben, nicht einmal das Kindermädchen, das so sehr gegen die Gouvernante eingenommen war, noch mehr als gegen den Doktor. Es war ein interessanter Fall, aber wie gesagt, es hat viele ähnliche gegeben.«

»Was ihn zu einem Modellfall machte«, sagte ich.

»Ja. Ich wußte natürlich, daß Captain Sinclair mit den Marlines verwandt war. Er und Lawrence waren ja oft auf demselben Schiff, und ich nehme an, das verstärkte mein Interesse. Er war so ein reizender Herr! Ich bin ihm einmal begegnet.« Sie legte ihre Hand auf meine. »Es muß furchtbar für Sie gewesen sein. Hätte ich Ihren Vater nicht gekannt, hätte ich dem Fall wohl nicht soviel Beachtung geschenkt, denn es war wirklich ein klassischer Mordfall.«

»Ich bin dort aufgewachsen, und ich kann einfach nicht glauben, daß Dr. Marline ein Mörder war.«

Sie lächelte mich an. »So empfinden die Menschen oft. Mörder sind nicht unbedingt normale Verbrecher. Etwas geschieht ... es ist mehr, als sie ertragen können. Wenn Sie die Aussagen gelesen hätten, würden Sie erkennen ...« Sie zögerte. »Mir ist gerade etwas eingefallen. Ich habe die Zeitungsausschnitte aufgehoben, um sie Lawrence zu zeigen, wenn er nach England kam. Ich werde sie Ihnen bei Gelegenheit heraussuchen.« Dann blickte sie schuldbewußt zu ihren anderen Gästen, den Hysons, hinüber, und ich sah ihr an, daß sie sich fragte, ob sie sie wohl vernachlässigt habe.

Als wir nach dem Essen im Salon den Kaffee tranken, sagte Lawrence zu mir: »Sie scheinen sich gut mit Dorothy zu verstehen.«

»Ich finde sie sehr nett.«

»Das freut mich. Und ich sehe ihr an, daß sie Sie mag. Sie ist nämlich sehr rigoros, was ihre Zu- und Abneigungen betrifft.«

Dorothy kam zu uns herüber, und Lawrence ging, sich mit Hysons und Gertie zu unterhalten. Ich hörte sie über Australien sprechen.

Dorothy sagte: »Nachdem wir uns nun kennengelernt haben, müssen Sie wiederkommen. Es wäre doch nett, wenn Sie mal übers Wochenende mit in unser Cottage fahren würden.«

»Mit dem größten Vergnügen.«

»Ihre Freunde werden doch nichts dagegen haben?«

»O nein, nein. Ehrlich gesagt, habe ich manchmal das Gefühl, daß ich ihre Gastfreundschaft überstrapaziere. Wissen Sie, ich bin hier, weil ich Gerties Freundin bin. Manchmal denke ich mir, ich sollte mir eine andere Unterkunft suchen.«

»Sie haben noch nicht vor, nach Australien zurückzukehren?«

»Nein, vorerst nicht. Aber vielleicht habe ich mich zu sehr treiben lassen. Ich weiß nichts Rechtes mit mir anzufangen. Als mein Vater starb ...«

Sie tätschelte meine Hand. »Wir müssen uns eingehend unterhalten«, sagte sie. »Lassen Sie uns für ein Wochenende wegfahren! Dann haben wir mehr Zeit. Ich suche unterdessen die Zeitungsausschnitte über den Marline-Mord heraus. Dann werden Sie sehen, der Fall war mehr oder weniger abgeschlossen, kaum daß er aufgerollt war.«

»Ich bin sehr gespannt.«

»Schön. Ich werde es mit Lawrence absprechen.« Sie lächelte schelmisch. »Ich denke, es läßt sich mit seinen Plänen vereinbaren, wenn wir es bald machen.«

* * *

Die Einladung kam schon am nächsten Tag. Gertie war amüsiert. »Ich muß schon sagen, du hast offensichtlich eingeschlagen. Lawrence ist ein Schatz. Du mußtest nur noch Schwester Dorothy erobern. Eine harte Nuß, wie man so schön sagt. Aber du hast es geschafft ... beim ersten Anlauf. Ich würde sagen, nachdem Lawrence jetzt ihre Zustimmung hat, geht's nun mit voller Kraft voraus.«

»Wovon redest du?«

»Stell dich nicht dumm! Lawrence ist nicht mehr jung, und Schwester Dorothy ist zu dem Schluß gekommen, daß es vielleicht gut für ihn wäre, in den Ehestand zu treten, vorausgesetzt, er findet die Richtige, und das heißt eine, die Schwester Dorothys Beifall findet. Nun, es scheint, du hast ihren Beifall gefunden. Und daß du Lawrence um den Finger wickeln kannst, daran besteht ja wohl kein Zweifel. Wie soll er sich jetzt noch Schwester Dorothys Wahl widersetzen?«

»Das ist doch lächerlich!« sagte ich.

»Ich werde James schreiben, daß er schnell eingreifen muß. Er hat einen Rivalen.«

»Bitte, tu nichts dergleichen!«

Sie brach in Lachen aus. »Ich hab' doch nur Spaß gemacht. Aber du siehst langsam Tageslicht ... am Ende des dunklen Tunnels. Ich finde, Lawrence ist zu alt für dich, und du willst bestimmt nicht, daß Schwester Dorothy dich von jetzt an am Gängelband führt, deshalb darfst du nichts überstürzen. Aber es ist nett, daß es jemanden gibt.«

»An deiner Stelle würde ich mich lieber um meine eigenen Heiratsangelegenheiten kümmern.«

Sie machte große Augen. »Denkst du, das tu ich nicht? Du hast doch sicher gedacht, ich befasse mich mit nichts anderem.«

Sie schlang ihre Arme um mich. »War bloß Spaß. Ich bin froh, daß du deinen Lawrence hast, auch wenn ihn die ›große Schwester‹ unter der Fuchtel hat. Er ist nett. Ich

236

hätte schon deswegen nichts gegen eure Heirat, weil du dann hierbleiben würdest, und du weißt, wie gern ich dich habe. Es würde mir gar nicht gefallen, wenn du wieder rübergingst, selbst wenn du dann meine Schwägerin würdest. Ich habe dich lieber als Freundin hier statt als Schwägerin am anderen Ende der Welt.«

»Du redest Unsinn«, sagte ich.

Und sie umarmte mich noch einmal.

Sie hatte erreicht, daß ich über Lawrence nachdachte. Ich glaubte, daß er mich gern mochte, und es stimmte, was sie über Dorothy gesagt hatte. Es war alles sehr reizvoll, denn ich vermute, jeder Mensch fühlt sich gerne begehrt. So brach ich denn mit vergnügter Vorfreude zu dem Wochenende im Cottage der Emmersons auf.

* * *

Cottage war freilich eine falsche Bezeichnung: Es handelte sich um ein Haus mit Garten – nicht richtig groß, aber mit geräumigen, luftigen Zimmern, und der Garten war entzückend. Auf dem Anwesen stand eine Hütte, und in der wohnten Tom und Mary Burke, die im Cottage nach dem Rechten sahen. Dieses war zweigeschossig und schätzungsweise Anfang des Jahrhunderts gebaut worden, denn es besaß georgianische Eleganz und Charme.

Ich fand das Häuschen wunderhübsch und war keineswegs überrascht, daß Dorothy so an ihm hing. Der Haushalt wurde mit einer Tüchtigkeit geführt, die ich von Dorothy erwartet hatte, und ich dachte wieder einmal, welch ein Glück es für Lawrence war, in ihrer Obhut zu sein, denn wenn sie vielleicht auch zuweilen etwas energisch sein mochte, so geschah doch alles zu seinem Besten. Ich war überzeugt, daß Lawrence die Fürsorge seiner Schwester zu schätzen wußte.

Das Cottage stand außerhalb des Ortes Cranston. Dorothy war vorausgefahren, um sich zu vergewissern, daß alles vorbereitet war für meinen Besuch. Ich bekam ein bezauberndes Zimmer, das auf den Garten hinaussah, und ich blickte freudig einem heiteren Wochenende entgegen. Welch ein Glück, sagte ich mir, daß ich Lawrence Emmerson wiederbegegnet war.

Bruder und Schwester führten mich voller Stolz durch Haus und Garten, und nach dem Essen verbrachten wir einen gemütlichen Plauderabend im Freien. Am nächsten Morgen nahm Dorothy mich mit in den Ort und stellte mich einigen Leuten in den kleinen Geschäften vor, wo sie gut bekannt war. Alle waren sehr freundlich, alles war sehr heimelig, und ich genoß den Einblick ins idyllische Landleben.

Lawrence hatte eine Verabredung mit einem Freund in der Nachbarschaft, die er bereits getroffen hatte, ehe sie mich fürs Wochenende einluden, und Dorothy flüsterte mir zu, das sei eine gute Gelegenheit, um mir die bewußten Zeitungsausschnitte zu zeigen.

Ein gutes Stück entfernt von dem kleinen Bach, der durch das Grundstück floß, suchten wir uns ein schattiges Plätzchen im Garten.

»Hier können höchstens die Insekten lästig werden«, sagte Dorothy. Sie ließ mich mit den Zeitungsausschnitten in einem bequemen Sessel auf dem Rasen unter einer Eiche Platz nehmen.

»Um vier Uhr gibt es Tee, meine Liebe«, sagte sie. »Wir werden ihn hier im Freien einnehmen. Da ist es schön schattig. Bis dahin mache ich mich unsichtbar.«

Die Zeitungsausschnitte waren in ein Album eingeklebt und ließen sich bequem lesen, und während ich dies tat, kehrte die Vergangenheit so lebhaft zurück, daß ich mich wieder nach Haus Commonwood versetzt fühlte und die

Atmosphäre wachsender Spannung und drohender Gefahr spürte. Erst jetzt verstand ich, wohin alles geführt hatte. Ich las einen Bericht über die gerichtliche Untersuchung. Wie lebhaft erinnerte ich mich an das Geflüster darüber! Ich konnte Nanny Gilroys Stimme hören: »Ich werde nichts für mich behalten. Das darf man nicht in solchen Zeiten.«

Und nach dieser Untersuchung waren Dr. Marline und Miß Carson verhaftet worden.

Drei Wochen später hatte die Gerichtsverhandlung begonnen.

Ich las Auszüge vom Eröffnungsplädoyer des Kronanwalts, eines gewissen Mr. Lamson, in dem er umriß, was sich zugetragen hatte. Vieles war mir natürlich vertraut. Mrs. Marline hatte einen schlimmen Jagdunfall erlitten, wonach sie an den Rollstuhl gefesselt war. Miß Kitty Carson war als Gouvernante für die drei Mädchen ins Haus gekommen. Der Doktor und die Gouvernante hatten ein Verhältnis angefangen. Dies entdeckte Mrs. Marline, als sich herausstellte, daß die Gouvernante schwanger war. Fast unmittelbar nachdem dies bekannt wurde, war Mrs. Marline an einer Überdosis Schmerztabletten gestorben, die Dr. Everest ihr verschrieben hatte.

Alles wies, wie Dorothy gesagt hatte, auf einen »klassischen Mordfall« hin.

Ich las die Protokolle. Wie ich vermutet hatte, war Nanny Gilroys Aussage die belastendste. Ja, sie habe gemerkt, daß da »was war« zwischen dem Doktor und der Gouvernante. Andere hätten es ebenfalls gemerkt; Mrs. Barton und die Gemeindeschwester Annie Logan hätten es gewußt.

»Danke, Miß Gilroy. Die Damen werden selbst aussagen.«

Ich stellte mir vor, wie sie selbstgerecht nickte, froh, daß die Verruchtheit ans Licht gekommen war und der Gerechtigkeit Genüge getan wurde.

»Kehren wir zu jenem Tag zurück, Miß Gilroy. Schildern
Sie dem Gericht genau, was geschah!«
Und Nanny Gilroy erzählte ihre Geschichte, sie schilderte
die Szene, wie Adeline in Mrs. Marlines Schlafzimmer
ertappt worden war und Mrs. Marline das Mädchen gescholten hatte, wie Miß Carson hereinkam und ihr sagte,
sie dürfe nicht schimpfen, und wie Mrs. Marline ihr wütend erwidert habe, sie sei entlassen. Darauf sei Miß Carson doch tatsächlich in Ohnmacht gefallen. Annie Logan
habe sie untersucht, und es sei eindeutig gewesen, was ihr
fehle. Was freilich keine Überraschung gewesen sei. Alle
wußten ja, was vorging.
Annie Logan wurde aufgerufen.
Ja, sie habe Miß Carson untersucht. Es habe kein Zweifel
bestanden, daß sie schwanger war.
Dann war Mrs. Barton, die Köchin, an der Reihe. Sie
bestätigte alles, was Nanny Gilroy ausgesagt hatte, wenn
auch mit weniger gehässigen Worten.
Es gab keinen Zweifel, daß Dr. Marline ein Verhältnis mit
Miß Carson hatte und der ganze Haushalt es wußte.
Tom Yardley wurde aufgerufen. Er hatte Mrs. Marline tot
aufgefunden. Er sei sprachlos gewesen, sagte er, jawohl. Ja,
er habe gewußt, was im Hause vorging.
Aufgrund dessen, was er gesehen habe, oder nur, was er von
Nanny Gilroy beziehungsweise Mrs. Barton gehört habe?
Tom Yardley habe ein überraschtes Gesicht gemacht,
kommentierte die Zeitung. Ich konnte mir vorstellen, wie
er sich am Kopf kratzte, als würde ihm das helfen, die
Antwort zu finden.
»Ich kannte sie«, erzählte er dem Gericht. »Sie war ein
Dragoner und hat ständig mit ihm gestritten ...«
Er wurde unterbrochen und ermahnt, die Frage zu beant-
worten.
Ich konnte sehen, daß Nanny Gilroy und die anderen Dr.

Marline mit ihren Aussagen auf den Weg zur Hinrichtung geschickt hatten, aber ich mußte zugeben, daß diese Aussagen viel Wahres enthielten, auch wenn es auf verabscheuungswürdige Weise akzentuiert war.

Die Obduktion hatte zweifelsfrei ergeben, daß Mrs. Marline an einer Überdosis des Medikaments gestorben war, das Dr. Everest ihr verschrieben hatte.

Es waren alle Indizien vorhanden, die nötig waren, um den Doktor zu verurteilen. Auch wenn Nanny Gilroy den Eindruck erweckt hatte, daß Dr. Marline ein heuchlerischer Verführer, Miß Carson eine Hure und Mrs. Marline eine arme betrogene Ehefrau war, so konnte doch nichts, was sie sagte, als regelrechte Unwahrheit bezeichnet werden. Es war eben Nanny Gilroys Version von dem, was sich abgespielt hatte.

Dann waren da auch noch zwei Briefe.

Miß Carson hatte Haus Commonwood verlassen und war eine Woche fortgeblieben.

Sie hatte davon gesprochen, Freunde zu besuchen, aber es schien, daß sie in das »Hotel zur Traube« in Manley, gut zwanzig Meilen entfernt, gegangen und dort fünf Tage geblieben war. Während ihres Aufenthalts in Manley suchte sie einen Arzt auf, der die Schwangerschaft bestätigte. In dieser Zeit erhielt sie zwei Briefe von Dr. Marline, die sie aufbewahrt hatte und die entdeckt wurden, als man sie verhaftete und ihre Habseligkeiten durchsuchte.

Wenn es noch einer Bestätigung von Dr. Marlines Schuld bedurft hatte, so war sie in diesen Briefen zu finden. Sie wurden bei der Verhandlung vorgelesen.

Meine liebste Kitty!
Wie sehne ich mich nach Deiner Rückkehr. Es ist so trostlos hier ohne Dich. Mach Dir keine Sorgen, mein Liebling, mir wird schon etwas einfallen. Was immer geschieht, wir werden

zusammen sein, und wenn wirklich ein Kind unterwegs ist, so ist es ein Segen für uns.

Du darfst Dir keine Vorwürfe machen! Du sagst, Du hättest nie hierherkommen dürfen.

Das, meine Liebste, wäre die schlimmste Katastrophe gewesen, denn seit Du hier bist, wurde mir ein solches Glück zuteil, wie ich es nie für möglich hielt. Ich bin entschlossen, nicht aufzugeben. Was immer getan werden muß, wir werden es tun.

Hab Vertrauen zu mir, mein Liebling!

Immer Dein
Edward

Der zweite Brief war im selben Stil gehalten. Dr. Marline schwor darin ewige Liebe, beteuerte, wie glücklich Miß Carson ihn gemacht habe, und daß nichts der Bewahrung ihres Glücks im Wege stehen solle.

Ich dachte daran, wie Dr. Marline und Miß Carson zumute gewesen sein mußte, als diese Briefe bei der Verhandlung vorgelesen wurden, und welche Qualen sie gelitten haben mußten, als über ihrer beider Leben entschieden wurde.

Diese Briefe waren erdrückend, und ich war tiefbewegt.

O armer Dr. Marline! O arme, arme Miß Carson! Er war unehrenhaft in seinem Elend gestorben, aber sie mußte mit dem ihren weiterleben.

Ich sah auf meine Uhr. Es war halb vier. Ich saß eine Weile da und dachte über alles nach. Es gab einen kurzen Bericht über das, was hernach geschah. Es hatte nicht genug Indizien gegeben, um Kitty Carson zu verurteilen, und der Umstand, daß sie ein Kind erwartete, bedeutete, wie die Presse schrieb, daß sie nicht am Galgen enden durfte.

Was mochte aus ihr geworden sein?

Dorothy kam zu mir in den Garten. »So«, sagte sie, »jetzt haben Sie alles gelesen.«

»Ja.«

»Eindeutig, nicht wahr?«

»Ich nehme an, das würden die Leute wohl sagen.«

»Sie nicht?«

»Es spricht alles dafür. Aber sehen Sie, ich habe ihn gekannt.«

»Ich weiß, wie Ihnen zumute ist. Sie können nicht glauben, daß er ein Mörder war. Jefferson Craig hat darüber geschrieben. Sein Buch ist faszinierend. Als ich es gelesen hatte, schrieb ich ihm, wie sehr es mich beeindruckt hat. Er schrieb mir einen netten Brief zurück.«

»Was ist aus Miß Carson geworden?«

»Ich glaube, Craig hat sich ihrer angenommen. Das hat er manchmal getan, wenn er sich für Leute interessierte. Um sie zu rehabilitieren, wie man das nennt. Ich habe gehört, daß er ihr geholfen hat.«

»Ich frage mich oft, wie es ihr wohl geht.«

»Das werden wir wahrscheinlich nie erfahren, aber Sie sehen jetzt, nicht wahr, daß es keinen Zweifel geben konnte.«

»Ich nehme an, die meisten Leute würden es so sehen.«

Sie lachte und tätschelte meine Hand.

»Sie sind mit dem Urteil nicht zufrieden, hab' ich recht? Es ist bedauerlich, daß die Frau nicht eines natürlichen Todes gestorben ist, dann hätten die Liebenden heiraten und glücklich werden können. Sie wären ein ganz normales Ehepaar gewesen. O ja, es ist schade, daß das Leben nicht so verlief. Manchmal geht es besser aus. Schauen Sie! Da kommt Lawrence. Er wird wohl seinen Tee wollen.«

* * *

In der Nähe gab es einen Stall, wo man Pferde mieten konnte, und später gingen Lawrence und ich zusammen reiten. Er machte mir Komplimente über meine Reitkünste.

243

»In Australien reitet man überallhin«, erklärte ich ihm.

»Sie denken nicht an eine Rückkehr, oder?«

»Nicht gleich.«

»Irgendwann?«

»Wer weiß? Im Augenblick ist alles so ungewiß.«

»Ich muß immer wieder daran denken, was für ein Glück es war, daß wir zufällig beide auf demselben Schiff reisten. Sonst hätten wir uns vielleicht nie wiedergesehen.«

»Das ist wahr. Aber so ist das Leben, nicht? So vieles basiert auf Zufall.«

Er zeigte mir die Schönheiten der Umgebung: das Tal, für das die Gegend berühmt war, und die alte Schloßruine. Wir banden unsere Pferde an und stiegen zu den Festungswällen hinauf. Wir beugten uns hinüber und bewunderten die Landschaft.

»Ein hübscheres Fleckchen läßt sich schwer finden«, sagte Lawrence. »Dorothy hat es natürlich entdeckt. Sie meinte, wir brauchten diesen Schlupfwinkel auf dem Lande. Sie hatte selbstverständlich recht.«

Ich dachte, daß Dorothy wohl immer recht hatte.

»Sie verstehen sich gut mit ihr«, sagte er lächelnd. »Gewöhnlich ist sie anderen nicht so rasch zugetan.«

»Das freut mich«, sagte ich.

»Mich auch«, erwiderte Lawrence mit frohem Lächeln. Und dann: »Sie kommen bald wieder, ja?«

»Wenn Sie ... und Dorothy ... mich einladen«, erwiderte ich.

* * *

Am Sonntag abend brachte mich Lawrence nach Kensington zurück.

Gertie erwartete mich aufgeregt. »Wie war es? Bestimmt erfolgreich, oder?«

»Ja, sehr.«

»Und hast du Dorothys sämtliche Prüfungen bestanden?«

»Es gab keine. Ich muß sie wohl bestanden haben, bevor ich hinfuhr.«

»Natürlich. Sonst wärst du gar nicht eingeladen worden. Hör mal, du bist ganz schön begehrt. Ich glaube, du mußt all die Jahre eine *femme fatale* gewesen sein und hast es nur verborgen.«

»Bloß weil ich übers Wochenende eingeladen war?«

»O nein. Du ziehst voreilige Schlüsse. Als du fort warst, haben sich neue Entwicklungen ergeben.«

»Was soll das heißen?«

»Andere wollten dich besuchen«, sagte sie geheimnisvoll.

»Andere?«

»Na ja, einer. Ist das nicht genug? Groß, stattlich. Einer von diesen starken, kraftvollen Männern. Er hat seine Karte dagelassen. Einen Titel hat er auch. Meine Güte, Carmel, du hast es faustdick hinter den Ohren!«

»Was soll das alles?«

»Was kann schon passieren an einem Samstagmorgen, während du weit fort warst und den galanten Lawrence und seine Schwester umgarnt hast? Es läutete an der Tür, und da stand ein ungemein fesselnder Mann. Annie war ganz aus dem Häuschen, und du hättest Tante Bee sehen sollen! Du kannst dir vorstellen, wie ihr Verstand zu arbeiten anfing. ›Ich glaube, Miß Carmel Sinclair wohnt hier.‹ – ›Ja, gewiß‹, antwortete Tante Bee, die auf der Stelle seinem Charme erlag. ›Ich bin ein Freund von ihr‹, sagt der Herr. ›Wäre es wohl möglich, daß ich sie sprechen kann?‹ – ›Das wäre sicher möglich, wenn sie hier wäre‹, erwidert Tante Bee. ›Aber sie ist zufällig übers Wochenende mit Freunden weggefahren.‹ Tante Bee sagte, er habe sehr enttäuscht dreingesehen. Sie war wirklich von ihm eingenommen. Sie meinte, dieser Mann hätte so etwas echt Romantisches gehabt, und als sie den Namen auf der Karte sah, ist sie vor Verzückung fast in Ohnmacht gefallen. Und nun sag mir, wer ist dieser Sir Lucian Crompton? Ich sehe es dir am Gesicht an, daß du es weißt, also leugne nicht, daß du diesen faszinierenden Fremden kennst.«

»Das hatte ich nicht vor. Natürlich kenne ich ihn. Ich hatte vergessen, daß er den Titel erbte, als sein Vater starb.«

»Du hast ihn nie erwähnt.«

»Warum sollte ich? Ich kannte ihn vor langer Zeit, bevor ich nach Australien ging. Neulich habe ich ihn wiedergesehen.«

»War er derjenige, den du aufgesucht hast?«

»Nicht direkt, aber ich habe ihn zufällig getroffen.«

»Das hast du mir gar nicht erzählt!« rief Gertie empört.

»Es gab nichts zu erzählen.«

»Aber du hast angedeutet, der Besuch sei nicht erfolgreich gewesen. Und kurz darauf taucht der Mann hier auf. Das würde ich sehr erfolgreich nennen.«

»Nun ja«, sagte ich, »vielleicht war es ja doch ein Erfolg.«

»Jedenfalls hat er dir einen Brief dagelassen. Er hat ihn hier geschrieben. Ich gehe ihn holen.«

Gertie brachte den Brief, und ich nahm ihn mit in mein Zimmer, um ihn zu lesen. Sie lachte in sich hinein und machte keine Anstalten, mir zu folgen.

Liebe Carmel!

Es war so anregend, Dich wiederzusehen. Ich bin heute in der Stadt und dachte, wir könnten vielleicht zusammen zu Mittag essen, aber Deine Freunde sagten, daß Du übers Wochenende verreist seist. Ich bin sehr enttäuscht, daß ich Dich nicht angetroffen habe.

Ich werde am Mittwoch wieder hier sein. Es gibt ein hübsches kleines Restaurant, wo ich ab und zu hingehe, »Logan's« in

der Talbrook Street hinter dem Piccadilly. Ich würde mich
sehr freuen, wenn Du dort um ein Uhr hinkommen könntest.
Ich werde auf alle Fälle dasein und hoffe, Du wirst mir
Gesellschaft leisten.

Lucian

Ich lächelte, als ich den Brief zusammenfaltete. Ich war
aufgeregt. Es war wunderbar, zu fühlen, wie mein Interesse
wieder erwachte.

*   *   *

Ich saß Lucian im Restaurant »Logan's« gegenüber. Und
ich sah, weswegen Tante Beatrice so beeindruckt war.
Mochte er auch nicht so stattlich sein, wie Gertie gesagt
hatte, so war er unzweifelhaft vornehm, und er glich mehr
dem Knaben, den ich von einst kannte, als dem Mann, dem
ich neulich in Easentree begegnet war. Er war sichtlich
erfreut, mich zu sehen.
»Ich wäre enttäuscht gewesen, wenn du nicht gekommen
wärst«, sagte er.
»Es ist schön, alte Bekanntschaften aufzufrischen.«
»Es gibt so vieles aufzuholen. Nun, was möchtest du essen?«
Als wir uns entschieden hatten und das Essen aufgetragen
war, sagte er noch einmal, welch glücklicher Zufall es
gewesen sei, daß wir uns getroffen hatten, als wir in Easentree die Straße überqueren wollten.
»Dasselbe habe ich mit dem Freund erlebt, bei dem ich
neulich zu Besuch war. Er kehrte zufällig auf unserem
Schiff aus Ägypten heim. Ich hatte ihn auf jener ersten
Reise mit meinem Vater kennengelernt. Das Leben ist voll
von solchen zufälligen Begebenheiten.«
»Das Tröstliche ist, wenn sie sich nicht ereignet hätten,

wüßten wir nicht, was uns entgangen ist. Erzähl mir von deinem Wochenende!«

»Es ist ein sehr hübsches Fleckchen Erde. Lawrence Emmerson hat eine ungemein tüchtige Schwester, die sich um alles kümmert.«

Er zeigte großes Interesse an den Emmersons, und wieder kam die Geschichte von der Rettung in Suez zur Sprache.

»Es kommt mir heute noch ungewöhnlich vor«, sagte ich zum Abschluß. »Glaubst du an Wunder? In schlichtem Glauben, meine ich.«

Er machte ein fragendes Gesicht, und ich erzählte ihm, wie Gertie und ich mitten auf der Straße standen und beteten, und wie gleich darauf Dr. Emmerson erschien und uns rechtzeitig zum Schiff brachte, das wir allerdings nur über eine Strickleiter erreichen konnten.

»Nun ja«, sagte er, »ich habe gehört, daß der Glaube Berge versetzen kann, und verglichen dazu erscheint mir die Rettung durch den galanten Doktor eher eine geringe Heldentat.«

»Für uns war sie ein Wunder. Es gibt Augenblicke im Leben, die man wohl nie vergißt. Dieser ist so einer für mich.«

Er blickte einen Moment ernst drein, dann sagte er: »Ja, das glaube ich dir gern.«

Ich dachte eine Sekunde, er wollte mir nun von einem denkwürdigen Augenblick in seinem Leben erzählen, aber er tat es nicht.

»Ich vermute«, fuhr er statt dessen fort, »er erschien dir wie ein Held. St. Georg, der deinen speziellen Drachen erschlug. Galahad, Parzival ... einer von diesen.«

»Gertie und ich haben noch lange danach voll Ehrfurcht von ihm gesprochen.«

»Heute auch noch?«

»Gertie hat vor niemandem Ehrfurcht, nicht einmal vor Bernard, ihrem Verlobten.«

»Und du?«

»Ich werde immer dankbar sein für das, was er an jenem Tag getan hat.«

»Erzähl mir mehr über den Besuch auf dem Lande und die tüchtige Schwester.«

Ich berichtete mit Begeisterung, und er hörte aufmerksam zu.

Er sagte: »Du mußt nach The Grange kommen und ein Wochenende bei uns verbringen. Mal sehen, ob wir mit den Emmersons konkurrieren können.«

Ich dachte an die Teevisiten mit Estella, Adeline und Henry, und die Vorstellung, The Grange zu besuchen, war leicht verwirrend.

»Du mußt kommen. Meine Mutter würde sich freuen. Sie erinnert sich an dich. Ich habe ihr von unserer Begegnung in Easentree erzählt. Camilla würde dich gewiß auch gerne wiedersehen. Vielleicht kann sie übers Wochenende kommen. Was hältst du davon?«

»Es wäre sicher interessant.«

Er sagte rasch: »Ich verspreche dir, wir werden uns nicht in die Nähe von Commonwood wagen. Außerdem kann man dort vorbeireiten, ohne das Haus zu sehen. Es ist alles so überwuchert.«

»Daran hatte ich nicht gedacht. Ich habe nur überlegt, ob deine Familie mich wirklich sehen möchte.«

Er sah mich fragend an.

»Nach dem, was in Haus Commonwood passiert ist.«

»Was dort geschah, hatte nichts mit dir zu tun. Und selbst wenn, was dann?«

»Der Doktor war mein Onkel. Man geht Menschen vielleicht lieber aus dem Weg, die irgendwie mit solch anstößigen Vorkommnissen in Verbindung standen.«

»Meine liebe Carmel, als ob wir so dächten! Außerdem ist die Sache doch längst aus und vorbei. Sie liegt Jahre zurück.«

»Denkst du, daß die Leute mich erkennen? Die Leute in der Umgebung, meine ich.«

»Das glaube ich nicht. Du warst noch ein Kind, als es geschah. Ach, nun sind wir schon wieder bei dem leidigen Thema! Hör zu. Es ist vorbei. Am besten, du vergißt es. Du wirst sonst noch ganz besessen von dieser Affäre. Es ist vorbei, Vergangenheit!« Er war heftig geworden. »Niemand kann an dem Geschehenen etwas ändern.«

»Du hast natürlich recht, Lucian. Ich komme gern. Es wäre schön, Camilla wiederzusehen. Wenn deine Mutter einverstanden ist . . .«

»Mutter wird sich sehr freuen. Sie hat es mir gesagt.«

»Dann danke ich dir, Lucian.«

»Wie wäre es mit übernächster Woche?«

»Das würde mir sehr gut passen.«

»Dann halten wir es fest. Ich schreibe dir noch, um es zu bestätigen.«

Und so verblieben wir.

In einem Zustand angenehmer Erregung kehrte ich zurück. Ich dachte daran, wie ich damals meinen Anhänger verloren hatte und Lucian ihn reparieren ließ. Ich hatte den Anhänger noch. Als ich nach Hause kam, nahm ich ihn aus der Sandelholzschatulle und hielt ihn in der Hand, während meine Gedanken über die Jahre zurückschweiften zu jenem Tag, an dem ich Lucian das allererste Mal begegnet war.

Lächelnd legte ich den Anhänger wieder in die Schatulle, die *»God Save the Queen«* spielte.

* * *

The Grange sah nicht ganz so feudal aus wie in meiner Kindheit. Dennoch war es sehr eindrucksvoll mit seinen Türmen aus grauem Stein und den Zinnen auf dem Torbogen.

Lucian, der mich mit einem Ponywagen am Bahnhof abholte, begrüßte mich herzlich. »Ich hatte eine lächerliche Angst, daß etwas dazwischenkommen könnte, das dein Kommen verhindert.«

»Ach was. Ich hatte es doch fest vor.«

»Es ist schön, dich zu sehen. Camilla war entzückt, als sie hörte, daß du kommst.«

Mir wurde ein überaus herzlicher Empfang zuteil. Wir fuhren unter dem Torbogen hindurch, und ich sah den Rasen, auf dem wir damals, bei der ersten Begegnung, Tee getrunken hatten. Und da war Camilla, kaum wiederzuerkennen und beileibe nicht mehr das Mädchen, das ich gekannt hatte. Sie war recht füllig, aber offensichtlich sehr zufrieden mit ihrem Leben.

Sie nahm meine Hände. »Ich konnte es nicht glauben, als Lucian sagte, er habe dich getroffen. Wie aufregend, daß du zurückgekommen bist!«

Ich wurde in die Halle geführt. Ich erinnerte mich so lebhaft: Wie ich zum Tee kam, ziemlich nervös, die Außenseiterin, bis Lucian erschien und mir das Gefühl gab dazuzugehören. Wie hatte ich ihn damals verehrt!

»Am besten kommst du gleich mit zu Mutter. Sie ist ganz erpicht darauf, dich zu sehen.«

Ich konnte es kaum fassen. Lady Crompton hatte seinerzeit kein Interesse für mich bekundet.

Ich wurde in einen Raum geleitet, den sie Sonnenzimmer nannten, weil er zahllose Fenster hatte, die jeden vorhandenen Sonnenstrahl einließen. Lady Crompton saß in einem Sessel an einem der Fenster, und flankiert von Lucian und Camilla, wurde ich zu ihr geführt.

Sie reichte mir ihre Hand. »Wie schön, Sie zu sehen, meine Liebe«, sagte sie. »Ich habe von Ihrer Begegnung mit Lucian gehört. Wie ich höre, kommen Sie aus Australien. Sie müssen uns alles darüber berichten. Camilla, bring einen Stuhl, damit Carmel sich zu mir setzen kann! Mein Gehör ist nicht mehr gut, und mein Rheumatismus macht mich unbeweglich. Aber wie geht es Ihnen? Sie schauen gut aus.«

Sie war stärker gealtert, als es die Jahre gerechtfertigt hätten. Sie hatte ihren Mann verloren, dann folgte der Tod ihrer Schwiegertochter, Lucians Ehefrau. Sie mußte sich sehr gegrämt haben.

»Soll ich jetzt nach dem Tee läuten, Mutter?« fragte Camilla.

»Ja bitte, Liebes.« Sie wandte sich an mich. »Sie sind also aus Australien zu Besuch?«

Wir sprachen von Australien, und ich berichtete, wie die Freundin, mit der ich reiste, auf dem Schiff ihren Verlobten kennengelernt hatte, und daß sie demnächst heiraten wollten.

Dann wurde der Tee serviert.

»Es hat sich so viel verändert«, sagte Lady Crompton. »Es hat mir so leid getan, als ich das mit Ihrem Vater hörte. Lucian hat es mir erzählt. Ihr Vater war ein reizender Herr. Er ist einmal hiergewesen. Ich erinnere mich gut an ihn. Wie traurig. Ich nehme an, Camilla hat Ihnen erzählt, daß sie uns unterdessen verlassen hat? Und von ihrem entzückenden kleinen Jeremy?«

»Wir hatten kaum Zeit dafür, Mutter«, sagte Camilla. »Lucian sagte, du seist so erpicht, Carmel zu sehen, daß wir sie gleich zu dir gebracht haben.«

Lady Crompton sprach ganz vernarrt von ihrem Enkel Jeremy und bekundete ihr Bedauern, daß Camilla ihn nicht mitgebracht hatte.

»Es ist ja nur übers Wochenende, Mutter«, sagte Camilla. »Nanny ist so tüchtig, und sie hat es nicht gern, wenn Jeremy zu viel hin und her reist. Sie sagt, das regt ihn auf. Ich bin ja nur übers Wochenende gekommen, um Carmel zu sehen.«

Ich rechnete damit, daß Lady Crompton nun ihre Enkeltochter erwähnen würde, aber zu meiner Verwunderung wurde nicht von dem Kind gesprochen. Ich nahm an, daß ich an diesem Wochenende seine Bekanntschaft machen würde.

Nach dem Tee zeigte Camilla mir mein Zimmer. »Es ist in der zweiten Etage«, sagte sie. »Die Aussicht ist sehr schön.«

Sie öffnete eine Tür, und ich blickte in ein großes Zimmer mit einem Himmelbett, dessen Vorhänge zur Bettwäsche paßten.

»Wie hübsch!« sagte ich.

»Der Hauch einer anderen Zeit«, sagte Camilla. »So ist es leider in The Grange.«

»Es ist eben ein altes Haus mit all seinen Traditionen«, sagte ich. »Ich finde es rührend.«

»Solange die Vergangenheit sich nicht allzu breit macht. Unser Haus ist modern, wir wohnen in Mittelengland. Geoff hat einen Keramikbetrieb, das war ein ziemlich wunder Punkt für Mutter. Ihr wäre natürlich ein Herzog lieber gewesen. Aber sie betet Jeremy an, und sobald er auf der Welt war, war Mutter versöhnt.«

»Es muß eine große Freude für sie sein, Enkelkinder zu haben. Und ihr habt ihr beide eins geschenkt.«

»O ja«, sagte sie. »Mein Jeremy ist zum Anbeten.«

»Und das kleine Mädchen?« fragte ich.

»Bridget ... natürlich. Sie dürfte jetzt etwas über zwei Jahre alt sein.«

»Es muß furchtbar gewesen sein, als ...«

»Du meinst, das mit ihrer Mutter? O ja, sicher.« Sie sah aus dem Fenster. »Schau! Da unten auf dem Rasen haben wir damals Tee getrunken. Du warst manchmal auch dabei. Hast du je wieder von Estella und Henry gehört, und der anderen ... die ein bißchen zurückgeblieben war?«

»Adeline. Nein, ich habe nichts mehr von ihnen gehört.«

Sie sah mich ernst an. »Es war eine schreckliche Geschichte«, sagte sie. »Sie sind einfach verschwunden ... und du mit ihnen. Na ja, das ist alles lange her. Jetzt lasse ich dich allein, damit du deine Sachen auspacken kannst. Was möchtest du vor dem Abendessen machen? Wir essen um acht. Ich vermute, Lucian hat etwas für dich geplant. Er ist ja so froh, daß du zugesagt hast, uns zu besuchen.«

* * *

Ich verbrachte ein unvergeßliches Wochenende in The Grange. Es tat mir unendlich wohl, von Lady Crompton so gastlich aufgenommen zu werden. Camilla war sehr freundlich, und einen aufmerksameren Gastgeber als Lucian hätte ich nicht haben können.

Er und ich ritten zusammen stundenlang aus, und ich sah mehr von der Umgebung als einst, da ich hier lebte.

Am Samstag mittag aßen wir in einem malerischen alten Gasthof, den er entdeckt hatte. Wir lachten viel, und allmählich glaubte ich, mir die Melancholie eingebildet zu haben, die ich an ihm wahrgenommen hatte, als wir uns in Easentree begegnet waren. Lucian war genau, wie ich es von ihm erwartet hatte. Er erzählte von The Grange und von den Leuten, die dort arbeiteten, und ich konnte ihm Geschichten von Australien, Elsie und den Formans erzählen.

So erfuhr jeder, was der andere in der Zwischenzeit erlebt hatte.

Ich hatte seine Tochter immer noch nicht gesehen, dafür aber schon eine Menge von Camillas Sohn gehört, der nicht einmal hier war. Diese Zurückhaltung kam mir allmählich merkwürdig vor, aber etwas erfuhr ich doch während meines Aufenthalts.

Es war am späten Nachmittag. Ich war nach ein paar

überaus angenehmen Stunden mit Lucian nach The Grange zurückgekehrt. Aus meinem Fenster sah ich Camilla über den Rasen kommen. Sie erblickte mich und winkte.

»Es ist herrlich hier draußen«, rief sie. »Komm doch herunter, wenn du gerade nichts zu tun hast!«

Ich ging hinunter, und wir setzten uns auf eine Bank unter einem Baum.

»Hattest du einen schönen Tag?« fragte sie.

»Ja, einen sehr schönen. Wir waren beim King-Hal-Felsen. Kennst du den Platz?«

»O ja. Einer von Lucians Lieblingsplätzen. Den wollte er dir natürlich zeigen.«

»Camilla«, sagte ich, »was ist mit der kleinen Bridget? So heißt sie doch, nicht?«

»Ach, sie ist mit Jemima Cray oben in der Kinderstube.«

»Ist das die Kinderfrau?«

»Hm, ja. Sie kümmert sich um sie.«

»Ich habe sie noch nicht gesehen. Ich dachte mir ...«

»Möchtest du sie sehen?«

»Gerne.«

»Wir dachten nicht ... Also, Jemima Cray, sie ist furchtbar streng.«

»So?«

»Es ist ziemlich schwierig zu erklären. Lucians Ehe ... sie klappte nicht besonders. Ich glaube, ohne Jemima Cray wäre es vielleicht besser gegangen.«

»Wer ist diese Jemima Cray?«

»Sie war Lauras Zofe ... ihr ehemaliges Kindermädchen. Laura hieß Lucians Frau. Es war eine überstürzte Heirat. Ich war damals schon verehelicht, deswegen war ich nicht oft hier. Es ist ungefähr drei Jahre her. Ich habe Laura nie richtig kennengelernt. Und sie wurde sofort mit Bridget schwanger. Sie kränkelte viel, denke ich. Ich hatte immer den Eindruck, daß Lucian sich verrannt hat. Und dann starb sie. Jemima scheint Lucian die Schuld am Tod seiner Frau zu geben. Wenn du Bridget gerne sehen möchtest, kann ich dich hinaufbringen. Um diese Zeit geht Jemima oft aus. Dann ist ein junges Kindermädchen aus dem Dorf bei Bridget.«

Camillas betont lässiger Umgang mit dem Thema gab mir erst recht das Gefühl, daß dies eine sehr mysteriöse Angelegenheit sein müsse.

Wir stiegen ins oberste Stockwerk und betraten eine altmodische Kinderstube mit dem üblichen großen Schrank und einem Schaukelpferd in einer Ecke sowie einer Tafel nebst Staffelei in einer anderen. Das junge Kindermädchen saß auf einem Stuhl, und auf dem Fußboden, umgeben von Klötzen, die eine Art Legespiel darstellten, saß ein kleines Mädchen.

»Ah, hier seid ihr«, sagte Camilla. »Das dachte ich mir. Ist Miß Cray noch nicht zurück?«

»Nein, Miß Camilla.«

»Wie geht es Bridget?«

Beim Klang ihres Namens sah die Kleine auf. »Ich«, sagte sie lächelnd. »Ich, ich!«

»Guten Tag, Bridget«, sagte Camilla. »Ich hab' dir jemanden mitgebracht.« Camilla hob sie hoch, setzte sich und nahm das Kind auf ihre Knie. »Wirst schon ein großes Mädchen, nicht wahr, Bridget?«

Bridget nickte.

»Um wieviel Uhr kommt Miß Cray zurück?« fragte Camilla.

»Oh, ich denke, in einer halben Stunde, Miß.«

Camilla entspannte sich sichtlich. Sie sah auf den Fußboden hinunter. »Du hast dein Bild noch nicht fertiggemacht, Bridget«, sagte sie.

Ich sah, daß das fertige Bild ein Pferd darstellen würde. Kopf und Schweif mußten noch ergänzt werden. Bridget rutschte von Camillas Schoß und kniete sich zu den Klötzen. Sie nahm den Klotz mit dem Schweif und versuchte, ihn an der Stelle einzufügen, wo der Kopf hingehörte.

Ich kniete mich neben sie, nahm den Klotz mit dem Kopf und brachte ihn an die richtige Stelle. Bridget krähte vor Vergnügen, als sie dies sah, und legte den Schweif an den rechten Platz. Dann betrachtete sie das fertige Bild und wandte sich lächelnd zu mir um. Sie wiegte sich auf den Fersen und klatschte in die Hände. Ich klatschte ebenfalls, und sie zog lachend die Schultern hoch.

Dann stand sie auf, nahm meine Hand, zog mich zum Schaukelpferd und gab mir zu verstehen, sie wolle aufsitzen. Ich setzte sie auf das Pferd, dann gab ich ihm einen leichten Stoß. Bridget lachte vor Vergnügen, als es zu schaukeln anfing.

»Mehr, mehr!« rief sie. So stand ich da, stieß das Schaukelpferd an, während ich das feine, seidige Haar des Kindes betrachtete und dachte: Das also ist Lucians Tochter. Sie ist entzückend. Warum spricht er nie von ihr?

Und während ich da stand und das Pferd anstieß, spürte ich etwas hinter mir, und als ich mich umdrehte, sah ich, daß eine Frau ins Zimmer gekommen war.

Sie betrachtete mich mit äußerster Mißbilligung. Sie war groß und dünn und hatte schmale, eng beieinander stehende Augen. Etwas Abstoßendes ging von ihr aus, das nicht allein auf den offensichtlich gegen mich gerichteten Ärger zurückzuführen war.

Das junge Kindermädchen schien in sich zusammengesunken zu sein. Sie machte ein Gesicht, als sei sie bei einer Niedertracht erwischt worden.

Dann rief Bridget: »Guck mal, Mima, guck! Mehr, mehr!«

Die Frau schritt zu dem Schaukelpferd. »Das ist zu hoch, Herzchen«, sagte sie. »Da darfst du nur hinauf, wenn Jemima dabei ist.«

»Es war nicht gefährlich«, sagte ich ziemlich verdrossen. »Ich habe auf sie aufgepaßt.«

Camilla sagte zu mir: »Das ist Jemima Cray. Sie kümmert sich um Bridget.«

»Guten Tag«, sagte ich kühl.

»Jemima«, sagte Camilla, »Miß Sinclair wollte Bridget kennenlernen. Die beiden haben sich sehr gut verstanden.«

»Ich möchte aber nicht, daß sie sich vor dem Schlafengehen aufregt. Sie bekommt sonst Alpträume.«

»Ich glaube nicht, daß es ihr geschadet hat«, konnte ich mich nicht enthalten zu sagen. »Ich meine, sie hat das Reiten genossen.«

»Und ich meine, wir sollten jetzt gehen«, sagte Camilla.

Als wir unten waren, sagte ich zu Camilla: »Eine eigenartige Frau! Und sehr unfreundlich.«

»Typisch Jemima Cray. So ist sie immer, wenn es um Bridget geht.«

»Sie scheint sehr von sich eingenommen zu sein. Was für eine Stellung hat sie hier im Haus?«

»Sie ist eine Art Kinderfrau.«

»Sie benimmt sich, als wäre sie die Herrin des Hauses.«

»In der Kinderstube hält sie sich bestimmt dafür.«

»Aber das wird Lady Crompton doch nicht zulassen.«

»Meine Mutter hat mit der Kinderstube nichts zu schaffen.«

»Aber Bridget ist ihr Enkelkind!«

Camilla schwieg ein paar Sekunden. Dann sagte sie: »Es ist alles sehr ungewöhnlich ... das ganze Drum und Dran. Es war ein Jammer. Ich kann Lucian nicht verstehen. Es sah ihm gar nicht ähnlich. Gewöhnlich hat er alles so gut in der Hand.«

»Es ist allerdings seltsam«, sagte ich. »Bridget ist ein reizendes kleines Mädchen, und doch sieht es aus, als würde man sie wegschließen ... mit dieser ausgesprochen unliebenswürdigen Frau.«

»Zu Bridget ist sie nicht unliebenswürdig. Sie betet sie an, und das Kind liebt Jemima.« Sie zögerte abermals. »Tatsache ist, es war keine sehr gute Ehe. Keinem war das mehr bewußt als Lucian ... Es hat ihn verändert. Du weißt ja, wie lebhaft er war, als wir jung waren. Und dann passierte dies. Es kam ganz plötzlich. Er heiratete sie, und sie erwartete ein Kind. Sie wollte es nicht. Ich glaube, sie hatte furchtbare Angst. Sie brachte Jemima Cray mit, als sie ins Haus kam. Jemima ist eine dieser Kinderfrauen, die, wenn sie dafür zu alt sind, so etwas wie eine Vertraute und Zofe werden. Sie sehen sich als eine Art Schutzengel. Sie sind eifersüchtig und hassen jeden, der in die Nähe ihres kleinen Lieblings kommt. Als Laura starb, übertrug sie ihre Zuneigung auf Bridget. Sie haßt uns alle, besonders Lucian. Sie führt sich auf, als denke sie, wir hätten Laura ermordet.«

»Warum behaltet ihr sie dann, um Himmels willen?«

»Das habe ich Mutter schon hundertmal gefragt. Sie meint, Jemima habe Laura versprochen, sie werde sich um die Kleine kümmern und für sie sein, was sie für Laura gewesen war. Ergreifende Szene am Totenbett, irgendwas in der Art. Laura war ziemlich hysterisch. Sie gehörte zu den schwachen, fordernden Menschen, denen man immer zu Willen sein muß, weil sie sonst in Ohnmacht fallen oder gar sterben und dann zurückkehren und einem für den Rest seines Lebens keine Ruhe lassen.«

»Aber Lucian wird doch sicher ...«

»Lucian wünscht nichts so sehr, als zu vergessen, welch ein Narr er war, diese Frau zu heiraten. Ich nehme an, Bridget erinnert ihn daran. Deswegen ist Jemima da oben, und wir bekommen nicht viel von ihnen zu sehen.«

»Wie merkwürdig!«

»Viele Menschen sind merkwürdig, weißt du. Manchmal kommt mir das ganz natürlich vor. Und es klappt gut.

Jemima ist sehr tüchtig, und niemand könnte sich gewissenhafter um Bridget kümmern. Sie ist ein feuerspeiender Drache, wenn jemand versucht, ihrer Kleinen was anzutun. Ich nehme an, mit der Zeit regelt sich alles von selbst.«

In dieser Nacht lag ich schlaflos in meinem Himmelbett und dachte über Lucians und Lauras Ehe nach. Camilla hatte angedeutet, daß sie ein armes Geschöpf in den Händen der feuerspeienden Jemima gewesen sei. Warum hatte er sie nur geheiratet? Man konnte sich Lucian nicht als Schwächling vorstellen, der sich gegen seinen Willen in etwas hineinziehen ließ.

Diese Jemima hatte mir ein unbehagliches Gefühl eingeflößt. Was hatte Camilla gesagt? »Sie führt sich auf, als denke sie, wir hätten Laura ermordet.« Wer? Lucian?

Die ganze Angelegenheit hatte mysteriöse Züge. Vielleicht hatte ich bei unserer ersten Begegnung am Straßenrand doch recht gehabt mit meinem Gefühl, daß Lucian etwas beunruhigte. Er hatte sich verändert. Eine solche Ehe reichte wohl aus, um jeden zu verändern. Ich hätte gerne gewußt, was er ehrlich über seine Ehe dachte und über das Kind. Eine gewisse Zärtlichkeit erwuchs in mir. Einst war er mir so stark und – in meinem kindlichen Sinn – unbesiegbar erschienen. Jetzt war er verletzlich, und ich hatte recht gehabt, als ich dachte, daß etwas geschehen ist, das ihn verändert hat.

Ich sehnte mich danach, seine wahren Gefühle zu ergründen. Vielleicht beschäftigten sich deswegen meine Gedanken stets mit ihm.

*　*　*

Die Wochen vergingen, und ich war immer noch bei den Hysons. Ich hatte schon ein schlechtes Gewissen, weil ich so lange blieb, aber wenn ich davon sprach, fortzugehen, kamen Proteste von Gertie, in welche Tante Beatrice und Onkel Harold sofort einstimmten.

»Sie würden uns fehlen, Liebes«, sagte Tante Beatrice, und Gertie fügte hinzu: »Ich brauche dich. Wir müssen das Haus einrichten, und dann die vielen Hochzeitsvorbereitungen! Und du kannst natürlich nicht in ein schäbiges kleines Hotel ziehen.«

Ich wollte ja gar nicht fort. Ich fühlte mich viel wohler, als ich es jemals für möglich gehalten hätte. Jede noch so tiefe Trauer muß mit der Zeit verblassen, und was sich in der Gegenwart ereignet, muß sich über die Vergangenheit legen. Und es ereignete sich eine Menge. Das Leben wurde interessant. Sogar Gertie, die so sehr mit Hochzeitsvorbereitungen befaßt war, fand Zeit, meinem Leben Beachtung zu schenken. Sie sprach überaus amüsiert von meinen »zwei Eisen im Feuer«, dabei waren es drei, wenn man den armen James dazurechnete, der im Busch nach Opalen schürfte.

Sie hatte alles über den Besuch in The Grange hören wollen. Ich erzählte ihr das meiste, nur die Existenz von Bridget und der seltsamen Jemima Cray ließ ich aus. Das hätte ihre Phantasie zu sehr angeregt, und ich konnte mir das Melodram vorstellen, in dem sie geschwelgt hätte.

Lucian interessierte sie besonders; er verkörperte für sie den romantischen Helden. Der edle Dr. Lawrence Emmerson wurde aber darüber nicht vergessen. Er würde einen guten, wenngleich unaufregenden Ehemann abgeben, fand sie, und ich würde von Miß Dorothy umhegt werden; alles würde zu meinem Besten geschehen, ob ich es wolle oder nicht, denn es wäre »das Richtige« für mich.

Es gebe eine Alternative, sagte sie. Ich könne nach Australien zurückkehren und James heiraten, um entweder Opalmillionärin zu werden oder den Rest meines Lebens in einem Zelt auf den Opalfeldern zuzubringen, was, fürchtete Gertie, wahrscheinlicher sei.

»Sieh, was dein Weg sein könnte!« rief sie. »Triff deine Wahl!«

Ich lachte. »Der einzige Weg, der mir offenstünde, wären die Opalfelder. Und es würde mich nicht überraschen, wenn James unterdessen eine Frau gefunden hat.«

Sie seufzte und setzte ihre weltgewandte Miene auf: die erfahrene Frau, die die Unwissende beriet.

Was immer geschehen wäre, es hätte mir leid getan, Gertie zu verlieren. Wir waren schon so lange Freundinnen.

Ich war noch mehrmals im Cottage der Emmersons zu Besuch. Mit Dorothy freundete ich mich mehr und mehr an. Sie war eine lebhafte Gefährtin, die sich für die meisten Themen interessierte, insbesondere für bildende Kunst und Musik. Hin und wieder hatte sie Karten für ein Konzert oder eine Ausstellung, und wenn Lawrence arbeitete, ging ich mit ihr dorthin.

Zudem besuchte ich ab und an The Grange, und so war meine Zeit voll ausgefüllt.

Gertie und Tante Beatrice hatten ein Haus gefunden, und es galt, die Einrichtung sowie die Hochzeitspläne zu besprechen. Ihren Eltern hatte Gertie geschrieben, daß sie und Bernard versuchen wollten, in zwei Jahren nach Australien zu kommen.

»Vielleicht magst du mit uns kommen«, sagte sie zu mir.

Angesichts der vielen Anspielungen in dem Haus in Kensington war es mir unmöglich, mich nicht zu fragen, welche Absichten meine zwei Freunde mir gegenüber hegten.

Dorothy ließ in ihren Gesprächen keinen Zweifel an ihrer Meinung, es sei an der Zeit, daß Lawrence heirate, und ich war sicher, daß sie mich seiner für so würdig befand wie nur irgendeine, die sie finden konnte. Und wenn *sie* es für richtig hielt, würde sie Lawrence dazu bringen, es seinerseits für richtig zu halten.

Vielleicht war dies nicht fair gegenüber Lawrence. Gewiß, er vertiefte sich in seine Arbeit und überließ gewisse Entscheidungen natürlich Dorothy. Aber eine Ehe war etwas anderes, und über eine solche würde er selbst entscheiden. Seine Schwester mochte ihm die Speisen und den Stoff für einen Anzug aussuchen, aber eine Ehefrau, das ging nicht!

Er war stets sehr behutsam mir gegenüber. Ich glaube, er sah mich immer noch als das kleine Mädchen, das sich in einer fremden Stadt verirrt hat. Er genoß meine Gesellschaft und sprach gerne mit mir über seine Arbeit und seine Ambitionen. Er war sehr strebsam. Das Leben mit ihm würde vorhersehbar sein, obwohl man natürlich nie sicher sein konnte, was einem widerfuhr. Eine Ehe mit Lawrence Emmerson als *ménage à trois* inklusive meiner sehr guten Freundin, seiner Schwester, hätte ein so behagliches Leben sein können, wie man es sich nur zu erhoffen wagte.

Vielleicht wäre ich dazu bereit gewesen – wenn Lucian nicht gewesen wäre.

Ich war mir, was Lucians Gefühle für mich betraf, fast sicher, und ich glaubte, daß er mir eines Tages im geeigneten Augenblick, wenn er etwas mehr Zeit gehabt hatte, um über die Sache nachzudenken, einen Heiratsantrag machen würde. Ich wußte, daß er mich gern hatte. Manchmal ließ er seine Hand mit einem gewissen Verlangen auf meiner Schulter verweilen. Ja, ich wirkte anziehend auf ihn. Aber ich konnte ihn nicht so gut verstehen, wie ich Lawrence verstand. Er konnte sehr unbeschwert sein. An den Wochenenden in The Grange lernte ich ihn recht gut kennen. Er war dann witzig und amüsant. Ich ritt gern mit ihm über das Gut und sah, welche Achtung ihm die Pächter zollten. Ich konnte mir nicht vorstellen, daß Lucian auf eine Schwester angewiesen sein könnte. Camilla war freilich auch kein beherrschender Typ. Überdies war sie zu sehr mit ihrem eigenen Leben beschäftigt.

So dachte ich oft an Lawrence, aber Lucian war ständig in meinen Gedanken.

* * *

Ich hatte zwei Briefe aus Australien bekommen, einen von Elsie, den anderen von James.
Elsie schrieb:

Meine liebe Carmel!
Wie ergeht es Dir da droben? Du hättest die Aufregung sehen sollen, als wir hier von Gerties Verlobung hörten! Ihre Mutter sagt, in ihren Briefen hört sie sich glücklich an. Ich lese ihnen Deine vor, und alles in allem scheint es, daß Gertie es sehr gut getroffen hat.
Die armen Eltern Forman! Sosehr sie sich für Gertie freuen, sind sie doch ein bißchen traurig. Das ist nur natürlich. Die Reise sollte ein Urlaub sein, und jetzt sieht es ganz danach aus, daß Gertie für immer fortbleiben wird. Sie schreibt aber, sie wird mit ihrem Mann eine Reise nach Australien machen, um die Familie zu besuchen, und das ist ihnen ein kleiner Trost. Und James ist jetzt schürfen gegangen. Ja, so ist das Leben. Gott sei Dank sind sie über das schreckliche Unglück hinweggekommen.
Na, so was, daß Dr. Emmerson ausgerechnet auf Eurem Schiff war! Er scheint sehr nett zu sein, und es ist schön, daß Du und seine Schwester so gute Freundinnen geworden seid. Ich muß schon sagen, alles scheint sich sehr gut angelassen zu haben für Euch zwei Mädels. Du hörst Dich schon viel besser an. Hat keinen Sinn, Trübsal zu blasen. Ich wußte, daß ein vollkommener Wechsel das Richtige für Dich sein würde. Gertie schreibt, daß Du Dich gut amüsierst.

Hier bei uns läuft alles so ziemlich wie immer. Es ist prima, daß Joe bei mir ist. Er paßt so gut hierher. Er sitzt jetzt draußen im Garten und wartet, daß ich komme und ihm Gesellschaft leiste. Der Hafen sieht genauso aus wie damals, als Du zum erstenmal angekommen bist. Ich werde mich immer an den Tag erinnern. Die Kookaburra haben heute wieder gelärmt. Du hast sie immer gemocht, nicht? Als Du sie das ersten Mal hörtest, wolltest Du wissen, worüber sie lachten.

So, Liebes, amüsier Dich weiterhin gut! Du hast es nötig. Wir vermissen Dich, und wenn Du zurückkommst, gibt es ein riesiges Willkommensfest für Dich. Wann das sein wird, mußt Du entscheiden, aber vor allem anderen, sei glücklich! Das hätte Toby gewünscht, und ich wünsche es auch.

Alles erdenkliche Liebe von Joe und mir,

Deine Elsie

Ich saß ein paar Minuten da und dachte daran, welch ein Glück es für mich gewesen war, daß Toby mich zu ihr gebracht hatte.

Dann öffnete ich den Brief von James.

Meine liebe Carmel!

Wie geht's Dir denn? Hier herrscht große Aufregung wegen Gerties Hochzeit. Zu schade, daß die Familie nicht dabei sein kann. Für meine Schwester scheint der Bursche, den sie heiratet, ein Geschenk des Himmels zu sein. Ich hoffe, es ist auch so.

Ich bin losgezogen, wie ich angekündigt hatte. Wir haben auf dem Besitz alles in Ordnung gebracht, und Vater wußte, daß ich nie zufrieden sein würde, bis ich wenigstens den Versuch unternommen hätte.

Und hier bin ich also. Ich kann Dir gar nicht sagen, wie aufregend es ist! Es würde auch Dir gefallen. Hier liegt was in der Luft. Alle diese Männer, manche mit Familie, sie reden von nichts anderem als von Opalen.

Es wird hier manchmal sehr heiß. In den tiefen Wasserrinnen und zwischen den Büschen können die Moskitos zur Plage werden – und die Fliegen!

Die Arbeit ist hart. Wir wohnen in einer Art Barackensiedlung. Zelte, Hütten. An Wasser ist schwer heranzukommen. Manche sagen, es ist so kostbar wie die Opale. Am Samstagabend geht es immer lustig zu. Dann wird getanzt, gesungen und Garn gesponnen ... unsere Lebensgeschichten, hoch dramatisiert, wie Du Dir denken kannst. Letzten Samstag haben wir ein Schwein gebraten und dazu Fladenbrot gebacken.

Ich habe zwei recht anständige Funde gemacht, und da ich noch ein Neuling bin, ist das gar nicht übel.

Übrigens, das dürfte Dich interessieren: Erinnerst Du Dich an den Landstreicher? Er ist wieder aufgetaucht. Nicht um zu arbeiten, das ist nicht sein Stil. Bloß, um ein bißchen zu schürfen und herumzuschleichen und zu sehen, ob ihm irgendwas unter die Finger kommt. Er wurde außerhalb des Lagers tot aufgefunden, und es sah aus, als wäre er in einen Kampf verwickelt gewesen.

Die Lage war eine Zeitlang mulmig für mich. Einige hatten gehört, was er bei uns angestellt hatte, und alle sahen mich an. Das war durchaus verständlich. Sie dachten, ich wolle ihn nicht ungeschoren davonkommen lassen nach dem, was er meiner Familie angetan hatte.

Alles ist etwas mysteriös. Ich schätze, einer der Männer hat ihn beim Stehlen erwischt und ihn umgelegt.

Es wurden eine Menge Fragen gestellt, und natürlich geriet ich in Verdacht. Aber der Kerl hatte sich auch anderswo unbeliebt gemacht. Man hat nicht herausgefunden, wer es getan hat, aber die Ermittlungen wurden eingestellt. Man fand ein paar kleine Opale bei ihm, aber niemand erhob

Anspruch auf sie. Dabei hatte der Kerl sie bestimmt gestohlen. Nun, er hat bekommen, was er verdient hat. So schlägt eben hier die Gerechtigkeit zu.

Das Leben hier draußen ist ziemlich rauh. Aber stell Dir nur den Jubel vor, wenn man den Stein findet, der irgendwo in einer Ritze oder einem Hohlraum steckt. Ist es nicht ein Wunder, daß eine Mischung aus Sand und Wasser und ein paar anderen Elementen sich zu einem Gegenstand von solcher Schönheit verbinden kann? Verzeih mir, ich bin nicht zu bremsen, wenn ich auf dieses Thema komme.

Und nun zu ernsteren Dingen. Carmel, ich warte, bis Du zurückkommst. Ich werde den wertvollen Stein finden, und auf dem werden wir unsere Zukunft gründen – Deine und meine. Wir werden ein wundervolles Leben haben. Ich weiß, daß wir füreinander bestimmt sind. Ich muß nur den Stein finden, den einen, der die Welt in Erstaunen setzen und uns reich machen wird. Dann brauche ich nicht länger zu warten. Ich kann mein Werkzeug einpacken und das nächste Schiff nach Hause nehmen.

Schreib mir bald!

Dein Dich liebender Millionär in spe
James

Ich ließ den Brief fallen. James war darin so lebendig geworden. Der gute James! Ob sich sein Traum wohl erfüllen würde? Und wenn er wirklich nach England käme? James hatte etwas an sich, das zeigte, daß er nicht so schnell etwas aufgeben würde, was er sich in den Kopf gesetzt hatte.

Dann fiel mir wieder der Landstreicher ein und James' Wut, als der Mann zurückgekehrt war und James ihm zornig die Tür wies. Und dann diese Folgen!

Angenommen, James hatte den Mann entdeckt, als dieser ins Lager gekommen war? Der Landstreicher war getötet worden. Er hatte einen üblen Ruf. Ich wußte, wie sehr James in Rage geraten konnte.

Wäre es möglich? Konnte James mit dem Mann in Streit geraten sein? Hatte James mir alles berichtet?

Und auf einmal mußte ich aus irgendeinem Grund an Lucian denken.

*   *   *

Ich verbrachte das Wochenende im Cottage der Emmersons. Dorothy und ich waren am Freitag nachmittag zusammen hingefahren.

»Ich freue mich immer so auf die Wochenenden«, sagte sie. »Manchmal denke ich, daß ich das Haus gerade deswegen so genieße, weil ich mich nicht so oft darin aufhalten kann, wie mir lieb wäre.«

»Sie können wohl nicht die ganze Zeit hierbleiben, nehme ich an?«

»Lawrence hat schließlich seine Arbeit.«

»Er wäre doch in der Stadt gut versorgt, und Sie könnten sicher etwas mehr Zeit hier draußen verbringen.«

»Ich weiß, daß er gut versorgt wäre, aber ich möchte bei ihm sein, um sicherzugehen.«

Ich lächelte sie anerkennend an. »Und Lawrence weiß das gewiß zu schätzen.«

Sie wurde ein wenig nachdenklich. »Er ist der beste Mensch auf der Welt. Aber Ihnen brauche ich das ja nicht zu erzählen.«

Manchmal fragte ich mich, was sie wohl empfände, wenn Lawrence heiraten würde. Ihre Position würde dann beträchtlich anders aussehen. Doch wenn sie der Meinung wäre, daß es zu seinem Besten sei, würde sie alle anderen Erwägungen zurückstellen, dessen war ich sicher. Ich glaubte sogar, daß sie mich für diese Rolle in Betracht gezogen hatte, und meinte an diesem Wochenende eine gewisse Erwartung bei ihr zu entdecken. Ich fragte mich auch, ob es zwischen Bruder und Schwester so etwas wie Telepathie gebe, oder ob sie am Ende gar über die Sache gesprochen hatten – obwohl ich dies kaum für wahrscheinlich hielt.

Lawrence und ich hatten verabredet, auszureiten und das Mittagessen unterwegs einzunehmen.

»Ich schätze, er möchte Ihnen wieder eines seiner Lieblingsgasthäuser zeigen«, sagte Dorothy.

Wir forderten sie auf mitzukommen, aber sie sagte, sie habe keine Zeit. Sie habe versprochen, ein paar alte Sachen für den Kirchenbasar hervorzukramen, die sie zu Mrs. Wantage bringen wolle, um mit ihr dann alles mit Preisschildern zu versehen.

Lawrence und ich brachen auf. Wir ritten zu unserem Lieblingsplatz, der Burgruine, wo wir in einiger Entfernung unsere Pferde anbanden, um den Hang zu den Überresten der Befestigungsmauern emporzusteigen.

Lawrence brauchte nicht lange. Kaum hatten wir uns gesetzt, kam er zur Sache.

»Carmel, ich bin zwar etliche Jahre älter als Sie, aber ich glaube, Sie haben mich recht gern – und Dorothy natürlich auch.« Er rupfte einen Grashalm aus, betrachtete ihn und fuhr fort: »Ja, wir verstehen uns gut, wir drei, nicht wahr? An all diesen Wochenenden bin ich so glücklich gewesen wie nie zuvor. Ich liebe Sie.«

Das kam natürlich nicht überraschend für mich, aber ich war etwas in Verlegenheit, und als ich zögerte, fuhr er fort: »Wir könnten bald heiraten ... sobald Sie bereit sind. Wir haben die Londoner Wohnung und dieses Cottage ...«

»Lawrence«, sagte ich rasch, »ich glaube, ich möchte nicht heiraten ... jetzt noch nicht. Alles ging so schnell, seit ich wieder hier bin.«

»Natürlich. Sie brauchen Zeit. Selbstverständlich. Es hat ja keine Eile. Ich möchte nur nicht, daß Sie nach Australien zurückkehren und uns vollkommen vergessen.«

»Das tu' ich bestimmt nicht, das versichere ich Ihnen. Es ist bloß ... Ich möchte, daß es mit uns so bleibt, wie es jetzt ist ... für eine Weile.«

»Dann soll es so sein. Warum nicht? Es ist doch sehr angenehm. Dann erscheint Ihnen die Idee nicht absurd? Mein Alter ...?«

»Aber Lawrence«, rief ich, »das würde nicht die geringste Rolle spielen. Es ist schließlich kein so großer Unterschied. Ich fühle mich nur noch nicht ... bereit.«

»Ich verstehe. Ich habe das Gefühl, daß ich Sie schon eine Ewigkeit kenne. Ihr Vater und ich waren gute Freunde, lange bevor ich Ihnen begegnet bin. Er hat so viel von Ihnen gesprochen. Er war sehr stolz auf seine Tochter. Dann lernten wir beide uns kennen, und wir hatten unser kleines Abenteuer. Sehen Sie, mir kommt unsere Bekanntschaft gar nicht so kurz vor.«

»Sie und Dorothy waren sehr lieb zu mir. Ich kann Ihnen gar nicht sagen, wieviel Sie beide für mich getan haben. Ich war so unglücklich, und Sie bedeuteten mir auf dem Schiff einen solchen Trost ... und dann durfte ich so oft hier sein.«

Er nahm meine Hand und drückte sie. »Sie kommen allmählich darüber hinweg. Ich weiß, Sie werden es nie ganz verwinden, aber es ist ein wenig verblaßt, nicht wahr? Der Kummer ist nicht mehr ganz so tief.«

»Ich habe Glück mit meinen Freunden. Elsie, Gertie, die Hysons ... dann Sie und Dorothy.«

»Es ist uns eine große Freude, daß wir Ihnen helfen konnten. Meine Schwester und ich lieben Sie von Herzen, Carmel.«

»Danke, Lawrence«, sagte ich. »Ich liebe Sie beide auch.

Aber sehen Sie, heiraten ... das ist so ein großes Unterfangen. Ich müßte gründlich darüber nachdenken. Ich bin so unsicher ...«

»Natürlich, natürlich! Lassen wir fürs erste dieses Thema. Ich werde Sie noch einmal fragen, wenn Sie mehr Zeit hatten zu ergründen, was Sie wirklich fühlen.«

Er nahm meine Hand und half mir auf, und als ich an seiner Seite stand, küßte er mich auf die Wange.

»O Lawrence«, sagte ich, »ich danke Ihnen! Sie sind so gut und so lieb. Ich weiß, ich könnte glücklich sein mit Ihnen ... und Dorothy ... Aber ...«

»Natürlich, ich verstehe.«

Er nahm meinen Arm, und wir gingen zu den Pferden.

In einem originellen alten Gasthof aßen wir zu Mittag. Lawrence beschrieb begeistert die Ursprünge des Gebäudes, dann ritten wir zurück.

Dorothy erwartete uns zu Hause, und ich war sicher, sie wußte, daß Lawrence mich gefragt hatte. Mir war, als rechne sie mit einer Verlautbarung und sei enttäuscht, weil keine erfolgte.

*　*　*

Gerties Hochzeitsvorbereitungen gingen zügig voran. Sie und Tante Beatrice waren, nachdem sie das richtige Haus gefunden hatten, dabei, es einzurichten. Es lag ungefähr zehn Gehminuten von den Hysons entfernt an einer baumbestandenen Straße, hatte einen kleinen, aber hübschen Garten und die nötige Anzahl von Kinderzimmern.

Ich wurde oft gebeten, beim Aussuchen eines Möbelstücks behilflich zu sein oder meine Meinung zu einem neuen Plan zu äußern, und ich muß sagen, ich ließ mich gern von der allgemeinen Aufregung anstecken.

Über Lawrence' Heiratsantrag hatte ich viel nachgedacht.

Ich lächelte, wenn ich ihn mir ins Gedächtnis rief. An jedes Wort konnte ich mich erinnern. Lawrence hatte sich genauso verhalten, wie ich es erwartet hatte: würdevoll, ritterlich – nicht gerade so, daß man es hätte leidenschaftlich nennen können. Das war charakteristisch für Lawrence.

Ich dachte sehr ernsthaft darüber nach. Daß ich nicht nach Australien zurück wollte, stand für mich fest. Meine Welt war nicht dort zwischen den Opalfeldern von Lightning Ridge oder dergleichen. Sosehr ich Elsie liebte, im Unterbewußtsein hatte ich immer gespürt, daß England meine Heimat war. Hätte Toby noch gelebt, hätte es keine Rolle gespielt, wo ich mich aufhielt. Ich wäre ihm dorthin gefolgt, wo er war. Vielleicht bedeutete das, daß ich dort sein wollte, wo die Menschen waren, die ich am meisten liebte. Hätte ich James so geliebt, daß ich ihn hätte heiraten wollen, wäre es mir einerlei gewesen, wo ich lebte.

Ich erhielt eine Einladung nach The Grange und verspürte wieder jene Aufregung, die eine solche Einladung stets mit sich brachte.

Lucian gab mir nach wie vor Rätsel auf, auch wenn ich nicht mehr so oft diese eigentümliche, grüblerische Stimmung an ihm bemerkte. Ich hatte es mir unterdessen zur Gewohnheit gemacht, Bridget aufzusuchen, wenn ich in The Grange war. Sie freute sich jedesmal sehr, wenn sie mich sah. Jemima Cray teilte die Begeisterung des Kindes freilich nicht, aber manchmal traf ich Bridget mit Mary, dem jungen Kindermädchen, im Garten an, und konnte mich dann eine Weile ungestört mit ihr beschäftigen. Mary tat dabei etwas verschwörerisch, was mich ein wenig beunruhigte. Es war wirklich eine seltsame Situation. Warum war ich dem Kind nicht begegnet, wie es unter normalen Umständen der Fall gewesen wäre? Bridget selbst war durchaus normal. Mary schien bei diesen Zusammenkünften im Garten immer auf der Hut zu sein, und ich wußte, sie fürchtete, Jemima Cray könne sich plötzlich auf uns stürzen.

Ich packte also auch diesmal fröhlich meine Tasche und brach auf, voll jener Erwartungen, die die Aussicht auf einen Besuch in The Grange immer bei mir auslöste.

Lucian holte mich wie stets am Bahnhof ab, und wir fuhren gutgelaunt los.

Lady Crompton begrüßte mich neuerdings mit noch größerer Freundlichkeit als bei meinem ersten Erscheinen. Ich glaube, sie war froh, einen Gast zu haben, den sie nicht mit großem Zeremoniell behandeln mußte. Sie berichtete mir ausführlich über ihren Rheumatismus, der sie daran hindere, so tätig zu sein, wie sie es einst gewesen sei. Sie liebte dieses Thema, und ich war eine gute Zuhörerin. Auch ließ sie sich gerne von Australien erzählen und von den diversen Orten rund um die Welt, die ich mit Toby besucht hatte.

Lucian war erleichtert und amüsiert über ihre Freude an meiner Gesellschaft. »Meine Mutter versteht sich nicht mit allen Menschen so gut«, bemerkte er schmunzelnd.

Camilla war ein paarmal dagewesen, und wir hatten uns richtig angefreundet. Sie erzählte mir, wie sich das Leben in The Grange in den letzten Jahren verändert habe.

»Als mein Vater noch lebte, hatten wir oft Gäste«, sagte sie. »Lucian scheint keinen Geschmack an Einladungen zu haben. Alles wurde anders, als er heiratete.«

Am Samstag gingen Lucian und ich reiten. Er hatte mehrere Visiten auf dem Gut zu machen, und ich hatte das Gefühl, daß es ihm gefiel, wenn ich ihn begleitete. Allmählich lernte ich einige Landarbeiter und Pächter kennen, was ich interessant fand.

Ich bin nicht sicher, ob ich es mir einbildete oder ob ich tatsächlich hier und da vielsagende Blicke bemerkte. Die Leute stellen oft Mutmaßungen an, wenn sie einen Mann und eine Frau sehen, die sichtlich gerne beisammen sind. Fragten sich diese Leute, ob ich die nächste Lady Crompton werden würde, oder dachte ich aufgrund meiner Erfahrungen mit James und Lawrence, daß jeder Mann, der mir Freundschaft bewies, mir auch gleich einen Heiratsantrag machen wollte? Die Menschen neigen zu der fixen Idee, daß ein junger Mann, der unverheiratet oder verwitwet ist, eine Frau braucht. Dabei ist das keineswegs so gewiß, und wenn einer eine unbefriedigende Erfahrung gemacht hat, wird er sich hüten, den Fehler so bald zu wiederholen.

Ich ahnte, daß Lucian so empfand, und ich muß gestehen, daß mich die anzüglichen Blicke der Leute etwas verstörten.

Wir waren nach The Grange zurückgekehrt. Lucian sprang vom Pferd, um mir absitzen zu helfen. Er sah mich an und lächelte, als er meine Hände nahm. Ich vermochte den Ausdruck seiner Augen nicht recht zu deuten, aber er war sehr innig.

Lucian sagte: »Ich kann dir gar nicht sagen, wie froh ich bin, daß du zurückgekommen bist, Carmel.«

»Ich bin auch froh«, erwiderte ich.

Da hörte ich Schritte, und als ich an Lucian vorbei blickte, sah ich Jemima Cray nahe beim Stall ins Haus gehen.

* * *

Kurz bevor ich an diesem Abend zum Essen hinunterging, begab ich mich ins Kinderzimmer, um Bridget zu besuchen.

Als ich eintrat, lief sie mir entgegen und umklammerte meine Knie. Das war eine allerliebste Gewohnheit von ihr. Dann wollte sie, daß ich mich mit ihr auf den Fußboden hockte und ihre Klötze zu einem Bild zusammenfügte:

Schweine und Ochsen, Schafe und Kühe – sie liebte diese Zusammensetzbilder sehr. Sie war ein reizendes Kind. Ich wunderte mich von neuem, warum Lucian sie nie erwähnte. Nun ja, sie hatte die rätselhafte Jemima Cray, die sie sichtlich liebte, und es bestand kein Zweifel, daß auch Jemima an ihr hing.

Als wir am Boden saßen, erschien Jemima. Ich wußte, sie würde einen Vorwand finden, um Bridget und mich zu trennen. Meine Zuneigung zu dem Kind war ihr entschieden zuwider.

Zu meiner Verwunderung sagte sie sehr liebenswürdig: »Guten Abend, Miß Sinclair. Könnte ich Sie wohl einen Augenblick sprechen?«

»Aber natürlich«, erwiderte ich.

»Mary, bring Bridget in ihr Schlafzimmer! Sie soll ihre Milch dort trinken. Du kannst sie ihr holen. Nicht zu heiß, denk daran!«

Mary sah verwundert auf die Uhr an der Wand. Ich kannte die Kinderzimmergewohnheiten so gut wie sie. Es war entschieden zu früh für Bridgets Milch.

»Tu, wie man dich heißt«, sagte Jemima mit einer Stimme, die keine Widerrede duldete, und Mary machte sich daran, zu gehorchen.

Bridget protestierte. »Nein!« rief sie. »Nein, nein!«

»Geh, Herzchen!« sagte Jemima in sanfterem Ton. »Geh schön mit Mary! Du bekommst leckere Milch.«

Bridget, die immer noch protestierte, wurde hinausgebracht. Ihr Unwille zu gehen schmeichelte mir, gleichzeitig aber war ich begierig zu hören, was Jemima zu sagen hatte.

»Nun, Miß Sinclair«, sagte sie, sobald wir allein waren, »ich habe Ihnen etwas mitzuteilen. Ich spreche nur, weil ich finde, daß es richtig und anständig ist, Sie nicht im dunkeln zu lassen.«

»Worum handelt es sich?« fragte ich.

»Es ist nicht immer alles, wie es scheint, wissen Sie.«

»Das weiß ich freilich.«

Sie brachte ihr Gesicht nahe an meines und setzte eine weise Miene auf. Ihre Augen waren schmal und standen zu eng beieinander. Sie kam mir vor wie eine Hexe.

»Ich finde, Sie sind eine gütige, achtbare junge Dame, und Sie verdienen es nicht, hintergangen zu werden.«

»Das möchte ich auch nicht«, sagte ich. »Also, klären Sie mich auf, wie immer Sie das meinen.«

Sie nickte. »Es gibt eine, die eigentlich hier sein sollte und die auch hier wäre ... hätte man ihr nicht das angetan. Wer daran denkt, ihren Platz einzunehmen, sollte sich diesen Schritt lieber zweimal überlegen.«

Ich fühlte, daß ich rot wurde, und sagte: »Ich verstehe nicht, worauf Sie hinauswollen, Miß Cray.«

»Ich denke, das verstehen Sie sehr wohl«, sagte sie streng. »Ich will nur, daß Sie im Bilde sind – zu Ihrem Besten.« Sie räusperte sich. »Sie hat in dieses Haus hineingeheiratet, und ehe ein Jahr um war, war sie tot – aber bevor sie hierherkam, war sie ein fröhliches, unbeschwertes kleines Ding.«

»Sprechen Sie von ...«

»Meiner Miß Laura, jawohl.«

»Soviel ich weiß, ist sie bei Bridgets Geburt gestorben.«

»Die Ärmste! Sie hatte es nicht verdient, daß man so mit ihr verfuhr. Er wußte das ... und doch brachte er sie dazu. Ein Kind mußte her ... ein Sohn, nehme ich an, von wegen Dynastie und dem ganzen Unsinn. Sie wußte, es war gefährlich, ich wußte es – aber es mußte sein. Ihr Anblick war ein Jammer. Sie hatte solche Angst. Sie sagte zu mir: ›Jemima, du bleibst doch immer hier und sorgst für mein Baby, wenn ich nicht mehr bin? Du wirst für mein Baby sorgen, so wie du für mich gesorgt hast.‹ Und ich habe es geschworen. Oh, es war tückisch. Es war grausam.«

Ich sagte: »Es war bestimmt sehr traurig, daß sie sterben mußte, aber so etwas kommt hin und wieder vor.«

Ihre Miene wurde hart. »Manche würden sagen, es war Mord.«

»Miß Cray!« sagte ich. »Derartige Anspielungen dürfen Sie nicht machen! Das ist ganz falsch. Es ist natürlich, daß die Menschen Kinder bekommen, wenn sie heiraten.«

»Er wußte es genauso gut wie sie ... Aber es mußte sein. Oh, er wußte es nur zu gut ... Und ich meine, das ist dasselbe wie Mord. Und davon kann mich nichts und niemand abbringen. So ist er. Und darüber sollten die Leute Bescheid wissen.« Sie stand auf und fuhr in sachlichem Ton fort: »So, ich muß jetzt nach Bridget sehen. Auf diese Mary kann man sich nicht richtig verlassen.«

Sie ging. Ich rief ihr nach: »Kommen Sie zurück, Miß Cray! Ich möchte mit Ihnen reden.«

Schon an der Tür, drehte sie sich um. »Ich habe gesagt, was ich zu sagen hatte. Ich weiß, was geschah. Ich habe alles gesehen. Ich weiß ganz genau, wie es war.«

Ihr Gesicht war verzerrt vor Widerwillen und Haß, und ich wußte, beide galten Lucian.

Ich sagte mir, sie sei wahnsinnig, aber ich war sehr erschüttert.

*   *   *

Jemima ging mir nicht mehr aus dem Sinn. Ich mußte fast immerzu an ihre Worte denken und an ihren Gesichtsausdruck, als sie von Mord sprach.

Sie hatte mich warnen wollen. Sie hatte mich mit Lucian im Stall gesehen. Mord, hatte sie gesagt. Sie bezichtigte Lucian des Mordes, weil seine Frau bei der Geburt gestorben war. Jemima warnte mich davor, mich mit ihm einzulassen. Er wußte, daß Laura kein Kind gebären sollte, und doch hatte er darauf bestanden. So einer ist, meinte Jemima, zu allem fähig, Mord aller Arten eingeschlossen, um sein Ziel zu erreichen.

Wieder dachte ich, die Frau müsse wahnsinnig sein. Und hatte nicht ihr Blick fanatisch aufgeblitzt, als sie von Lauras Tod sprach?

Warum war sie hiergeblieben? Wegen des Versprechens, das sie Laura gegeben hatte, jener Frau, die wußte, daß sie dem Tod ins Auge sah. Das Ganze erschien mir sehr melodramatisch, und ich glaubte kein Wort davon. Jemima war eine äußerst gefühlvolle Frau. Sie hatte sich mit ihrer ganzen Hingabe dem Mädchen gewidmet, für das sie sorgte, und als das Mädchen starb, mußte sie jemandem die Schuld geben, also gab sie sie Lucian. Ich war zwar eine Fremde für sie, aber sie dachte, daß Lucian mir einen Heiratsantrag machen würde, und sie wollte mich warnen. Zudem war sie eifersüchtig auf meine Freundschaft mit ihrer kleinen Schutzbefohlenen. Sie wollte mich nicht hier haben. Dies zumindest war einigermaßen plausibel.

Mord, hatte sie gesagt. Das war purer Unsinn. Aber sie hatte das Wort benutzt, was mir keine Ruhe mehr ließ.

Ich beschloß, bei der ersten Gelegenheit mit Lucian zu sprechen. Diese ergab sich am nächsten Morgen, als er mir etwas im Garten zeigte.

Ich sagte: »Lucian, du sprichst nicht viel von Bridget. Sie ist so ein liebes kleines Mädchen. Ich habe ihre Bekanntschaft gemacht, und wir kommen sehr gut miteinander aus.«

»Ich verstehe nicht viel von Kindern.«

»Sie scheint die meiste Zeit mit dieser Kinderfrau zusammen zu sein.«

»Die meisten Kinder sind viel mit ihren Kinderfrauen zusammen.«

»Aber es scheint, daß du ... und Lady Crompton ... euch ihrer Existenz kaum bewußt seid.«

»So? Dann war ich eben nachlässig. Man spricht nicht gern über seine Fehler. Es ging alles sehr überstürzt damals. Die Heirat, weißt du. Sie war von Grund auf ein Fehler. Das Kind kam zur Welt, und Laura starb. Das ist alles. Auch wenn es nicht so gekommen wäre, wäre es nicht gutgegangen.«

»Wenn Bridget ein Junge gewesen wäre ...« begann ich. Sein Gesicht färbte sich einen Ton dunkler. »Vielleicht ist es gut, so wie es ist. Aber es ist alles vorbei. Es war ein Fehler. Ich habe einige Fehler gemacht in meinem Leben, aber dies war der größte. Ich wollte es dir erzählen, aber irgendwie brachte ich es nicht fertig. Es ist ein Thema, das mich bedrückt.«

»Sie ist sehr jung gestorben.«

»Sie war achtzehn. Alles geschah so schnell. The Grange gefiel ihr nicht. Sie sagte, hier sei alles alt und voller Gespenster und Schatten, und diese Gespenster wollten sie nicht haben. Es war so anders als alles, was sie gewöhnt war. Ihr Vater hat mit Kohle viel Geld verdient. Sie hatte kein Verständnis für die Traditionen einer Familie wie der meinen. Und dann das Kind. Sie fürchtete sich vor der Geburt. Sie schien zu wissen, daß sie sterben würde. Sie lebte in Todesangst, und diese Frau wich nie von ihrer Seite.«

»Du meinst Jemima Cray?«

Er nickte. »Sie war die einzige, die sie beruhigen konnte. Es war eine unglückliche Zeit für uns alle.«

»Die Kleine ist entzückend. Ich hätte gedacht, sie würde dir und Lady Crompton ein Trost sein.«

»Die Frau war immer da.«

»Sie ist sehr merkwürdig, das steht fest.«

»Sie ist gut zu dem Kind. Sie würde alles für Bridget tun.«

279

»Hast du je daran gedacht, sie zu ersetzen?«

Er hob die Schultern. »Wir wollten es natürlich. Aber da gibt es ein gewisses Versprechen. Unter diesen Umständen ist es das Einfachste, wir lassen sie hierbleiben. Jemima Cray gehört sozusagen mit zum festen Inventar. Ach, laß uns über etwas Erfreuliches sprechen! Du mußt bald wieder herkommen!«

Ich sagte: »Dieser Besuch ist noch nicht zu Ende.«

»Nein, aber ich kann dir gar nicht sagen, wie sehr ich dein Hiersein jedesmal genieße. Meine Mutter sagt, wir sollten öfter Gäste einladen. Sie fühlt sich nicht wohl genug, um sich viel um dergleichen zu kümmern, aber früher hat ihr das sehr viel Freude gemacht. Wir haben etliche interessante Leute in der Nachbarschaft, die übliche Mischung aus konservativen Landbewohnern und dem einen oder anderen Exzentriker. Ich kann dir gar nicht sagen, wie wir uns immer auf dein Kommen freuen – meine Mutter ebenso wie ich.«

»Und du kommst zu Gerties Hochzeit in die Stadt, ja?«

»Das muß ich natürlich.«

Und ich dachte weiter an Jemima Cray.

Castle Folly

Gertie bat Tante Beatrice und Onkel Harold, eine Abendeinladung zu geben.

»Mit Dr. Emmerson und seinem Alter ego Dorothy, dir, Bernard, mir und dem romantischen Lucian. Ich glaube, das wird spaßig. Du warst so oft eingeladen, all die Wochenenden, und wir sind für dich zuständig. Bald lassen uns die Hochzeitsvorbereitungen keine Zeit mehr, deshalb machen wir's am besten gleich.«

Tante Beatrice war begeistert, dann wurde ihr ein wenig bange. »Ist es denn vornehm genug bei uns?« fragte sie. »Für die Emmersons wird es genügen, aber für *Sir* Lucian?«

Ich versicherte ihr, daß da nichts zu befürchten sei.

Es müsse ein Abendessen sein, kein Mittagessen, sagte Gertie. Tagsüber sei es nicht so großartig. Mit den Emmersons würde es keine Probleme geben. Sie wohnten in der Nähe, aber wie stehe es um Lucian? Sie könnten ihn nicht über Nacht bei sich aufnehmen.

Ich sagte, er würde in ein Hotel gehen wie immer, wenn er für kurze Zeit nach London kam. Wir wollten ihn auf jeden Fall zu dem Abendessen bitten.

Die Einladungen wurden ausgesprochen und angenommen. Lucian sagte, er werde im »Walden« in Mayfair absteigen, wo er schon öfter gewohnt habe. Er habe geschäftlich in London zu tun und wolle es so einrichten, daß er dies zur selben Zeit erledigen könne. So war denn alles zufriedenstellend arrangiert.

Gertie war in Hochstimmung. Sie überschlug sich zu dieser Zeit schier vor Glück. Sie schien mit dem Leben mehr als zufrieden. Nicht lange, und sie würde Mrs. Ragland sein. Das Haus war beinahe fertig eingerichtet, und die Zukunft sah rosig aus. Alles, was ihr jetzt noch fehlte, war, mich in einem ähnlichen Zustand zu sehen. Die gute Gertie! Sie war mir eine wunderbare Freundin.

Sie und Tante Beatrice sprachen ständig von der bevorstehenden Abendeinladung. Welche Art Blumenschmuck sollten sie wählen? Das beste Porzellan, das sie nur zu besonderen Gelegenheiten benutzten, wurde hervorgeholt, die Möbel glänzten stärker als gewöhnlich.

»Dorothy wird es auffallen«, sagte ich, »den anderen sicher nicht.«

Der große Tag kam. Wir nahmen vor dem Essen einen Aperitif im Salon und versammelten uns sodann um die Tafel. Die Unterhaltung war lebhaft und flüssig. Lawrence gab einige Anekdoten aus seinem Krankenhaus zum besten, Lucian erzählte von dem Gut und dem Landleben, und wir übrigen beteiligten uns eifrig; sogar Onkel Harold wußte etwas beizutragen, während Tante Beatrice über die Speisenfolge wachte, damit auch ja nichts schiefging.

Sie hätte keine Bedenken haben müssen. Alles lief wie geplant, und ich glaube, die Gäste unterhielten sich so angeregt, daß sie es gar nicht gemerkt hätten, wenn etwas nicht geklappt hätte.

Wir hatten uns von der Tafel erhoben und zum Kaffee in den Salon begeben, als Dorothy begann, von einem Buch zu erzählen, das sie gelesen hatte.

»Man sollte nicht meinen, daß Dorothy sich für so schauerliche Themen interessiert, nicht wahr?« sagte Lawrence. »Aber Verbrechen haben sie schon immer gefesselt.«

»Ich weiß, sie hat ein Buch über das Thema geschrieben«, sagte ich. »Sie hat es mir geliehen. Ich fand es faszinierend.«

»Der Fall Jameson hat mich dazu inspiriert«, sagte Dorothy. »Erinnern Sie sich daran? Es ist Jahre her. Ein gewisser Martin Jameson heiratete Frauen ihres Geldes wegen, und sobald er es eingerichtet hatte, daß alles an ihn fiel, entledigte er sich ihrer. Das Interessante daran war, daß er ein großer Charmeur war. Niemand glaubte, daß er solche Verbrechen begehen konnte, und für eine Weile gelang es ihm, erfolgreich sein Unwesen zu treiben.«

»Sein Charme dürfte für sein Vorhaben das rechte Instrument gewesen sein«, sagte Lucian.

»Aber es war nicht Verstellung. Der Mann war wahrhaftig ein guter Mensch. Es stellte sich heraus, daß er vielen Leuten geholfen hatte. Sie haben zu seinen Gunsten ausgesagt. Er war überall hochgeachtet. Und gleichzeitig spürte er diese wohlhabenden Frauen auf, ging mit ihnen eine Ehe ein und ermordete sie dann. Bis zum Augenblick seines Todes war er sanft und charmant.«

»Aber er muß einen Hang zu Gewalt gehabt haben«, sagte Lawrence. »Und vergessen Sie nicht, er hat es des Geldes wegen getan!«

»Ein Mörder verdient, daß er gehängt wird«, sagte Bernard.

»Ich glaube, Dorothy wollte diesen Menschen verstehen«, erklärte Lawrence. »Sie wollte entdecken, was in seinem Kopf vorging, wenn er seinen sanften Charakter ablegte und zum Mörder wurde.«

»Das ist doch klar«, ließ sich Onkel Harold vernehmen. »Er hatte es auf das Geld abgesehen.«

»Und so wurde er gehängt«, sagte Gertie. »Jeder, der mordet, verdient den Strick.« Sie sah Bernard an. »Ganz besonders Ehemänner, die ihre Frauen töten.«

»Ich höre«, sagte Bernard.

»Ich hoffe nicht, du denkst, was ich besitze, könne einen Mord lohnen«, versetzte Gertie.

»Nun«, erwiderte Bernard, »das muß ich mir erst einmal ansehen.«

Dorothy wollte nicht, daß das ernste Thema von diesem Geplänkel zwischen Liebenden verdrängt wurde.

»Das Studium solcher Fälle ist interessant«, sagte sie. »Es verhilft einem zu einem gewissen Verständnis für Menschen, und Menschen sind faszinierend. Erst vor kurzem habe ich wieder über einen Fall gelesen. Ein junges Mädchen wurde in einem Ort namens Cranley Wood erschossen. Das liegt in Yorkshire. Die Tat geschah vor ein paar Jahren. Möglicherweise wurde der falsche Mann gehängt.«

Lucian beugte sich vor. »Ich kann mich nicht an den Fall erinnern«, sagte er.

»Er gelangte kaum an die Öffentlichkeit. Ich glaube, die Leute hielten den Mann, der später ein Geständnis ablegte, für verrückt.«

»Erzählen Sie!« bat Lucian.

»Das läßt Dorothy sich nicht zweimal sagen«, meinte Lawrence. »Sie ist bei ihrem Steckenpferd.«

»Morde sind so interessant«, sagte Gertie.

»Dies ist der Fall in Kürze«, begann Dorothy. »Marion Jackson war die Tochter eines Bauern. Sie war mit Tom Eccles verlobt, einem Bauern aus der Nachbarschaft. Ein kleiner Landbesitzer aus derselben Gegend, ein berüchtigter Schürzenjäger, war im Ausland gewesen, und als er zurückkam, waren viele Mädchen von ihm angetan. Wie es scheint, gehörte Marion zu denen, die seinem Zauber verfielen. Dies ist keine ganz gewöhnliche Geschichte. Marion ließ sich von dem Schwerenöter verführen und wurde schwanger. Sie versuchte, das Kind als das von Tom Eccles auszugeben. Im Wald gab es eine Szene zwischen Marion und Tom, die jemand mit anhörte. Tom hatte entdeckt, daß das Kind nicht von ihm war, und er zwang Marion, ihm zu beichten, wer der Vater war. Am selben Nachmittag wurde Marion mit durchschossenem Herzen im Wald aufgefunden.«

»Der Verlobte war's«, sagte Gertie. »Er hatte bestimmt eine Mordswut.«

»Verständlich«, meinte Bernard.

»So dachte man allgemein«, fuhr Dorothy fort. »Es fand eine gerichtliche Voruntersuchung statt. An dem Schuß war nichts Besonderes. Er war aus einem gewöhnlichen Gewehr abgegeben worden. Tom Eccles hatte so eines, Marions Vater ebenso und zahllose andere Leute im Bezirk auch.«

»Und der Schürzenjäger?« fragte Tante Beatrice.

»Er hatte vermutlich auch eines. Mehrere Leute hatten den Schuß gehört. Tom Eccles konnte keine Angaben darüber machen, wo er zu der Zeit gewesen war. Man hatte ihn allerdings zuvor bei der Szene mit Marion sagen hören: ›Dafür bringe ich dich um‹, und er befand sich verständlicherweise in einem ausgesprochen hysterischen Zustand. Es wurde keine lange Gerichtsverhandlung. Es galt als sicher, daß Tom Eccles Marion Jackson in einem Anfall von Eifersucht erschossen hatte. Er wurde schuldig gesprochen und gehängt. Das geschah vor mehr als zwanzig Jahren. Man mag sagen, es war eines jener ganz gewöhnliches Verbrechen, wie sie immer wieder vorkommen.«

»Kein Verbrechen ist gewöhnlich«, widersprach Onkel Harold.

Dorothy wandte sich ihm zu. »Da haben Sie recht. Deswegen ist die Beschäftigung mit diesem Thema so faszinierend. Wie gesagt, es geschah vor langer Zeit. Ein Verbrechen wurde begangen, ein Mann wurde gehängt. Haben Sie sich je vorgestellt, wie das ist, wenn ein Mensch für ein Verbrechen gehängt wird, das er nicht begangen hat, auch wenn alles auf seine Schuld hinweist?«

Lucian sagte leise: »O ja.«

Dorothy nickte ihm anerkennend zu. »Das ist es, was mich an diesem Fall interessiert hat. Vor fünf Jahren, das heißt fünfzehn Jahre, nachdem Tom Eccles gehängt wurde, schrieb ein Mann einen Brief an die Presse. Er lag auf dem Sterbebett, und sein Gewissen hatte ihm anscheinend seit langer Zeit keine Ruhe gelassen. Es sei durchaus möglich, daß er der Mörder von Marion Jackson gewesen sei, schrieb er, obwohl er sie nicht gekannt, ja nie gesehen hatte.«

»Wie konnte er dann der Mörder sein?« rief Gertie.

»Es ist höchst seltsam und doch plausibel. Sein Name war David Crane. An dem Tag, als Marion starb, war er im Wald auf der Jagd gewesen. Kleinwild zu schießen war eine Liebhaberei von ihm. Er war in Devonshire zu Hause und machte Urlaub in Yorkshire. Er ging, wohin es ihm gerade gefiel. Manchmal kehrte er in einem Gasthof ein, manchmal schlief er im Freien, sofern das Wetter gut war. Er schoß auf ein Kaninchen, eine Taube oder einen Feldhasen, je nach Lust und Laune. Diesmal war es eine Taube. Er verfehlte sie und dachte nicht weiter daran, aber als ihm klar wurde, daß Marion an genau dieser Stelle getroffen worden war, wurde er nachdenklich.

Einige Jahre darauf kam er wieder in den Wald. Er machte die genaue Stelle ausfindig, wo man Marions Leiche gefunden hatte, und kam zu dem Schluß, daß es sehr wohl sein Schuß gewesen sein konnte, der sie getötet hatte. Tom Eccles' letzte Worte hatten gelautet: ›Ich schwöre bei Gott, daß ich Marion nicht getötet habe.‹ David Crane konnte das nicht vergessen. Er kehrte noch einmal in jenen Wald zurück. Er suchte Tom Eccles' Vater auf und sprach mit ihm über den Fall. Der alte Mann war überzeugt, daß Tom die Tat nicht begangen hatte. Tom hatte geschworen, daß er damals nicht im Wald gewesen war – nur konnte er es leider nicht beweisen. Sicher, er besaß so ein Gewehr wie das, aus dem der Schuß abgegeben worden war, aber so eines hatten Hunderte andere auch. ›Tom würde nie mit einer Lüge auf den Lippen gestorben sein‹, erklärte der alte Mann inbrünstig, und da bekam David Crane Gewissensbisse.«

Wir lauschten jetzt alle aufmerksam. Dorothy war bei ihrem Lieblingsthema, und sie verstand es, ein Publikum zu fesseln.

Lucian sagte: »Und dieser Alte, was hat er dann unternommen?«

»Er schrieb auf dem Sterbebett einen Brief.«

»So lange hat er gewartet!«

»Er dürfte sich überlegt haben, daß er Tom Eccles nicht mehr helfen konnte, wenn er sich gemeldet hätte.«

»Nein«, sagte Lucian bestimmt. »Er hätte nichts mehr tun können.«

»Wie furchtbar, so etwas auf dem Gewissen zu haben!« warf Lawrence ein.

»Ich kann verstehen, wie ihm zumute war«, fügte Lucian hinzu. »Ich verstehe es sehr gut.«

»Stellen Sie sich vor«, sagte Dorothy, »wie einem Menschen zumute ist, der sich fragen muß: ›Habe ich jemanden getötet?‹«

»Es muß ihn jahrelang geplagt haben«, sagte Lucian. »Für seine Tat wurde ein anderer gehängt.«

»Genau«, fuhr Dorothy fort. »Der Ärmste, er wußte nicht, was tun. Er hatte Angst, sich zu melden, und er dürfte sich überlegt haben, daß er Tom Eccles ohnehin nicht mehr helfen konnte.«

»Recht hatte er. Es hätte nichts genützt, die Sache zur Sprache zu bringen«, erklärte Lucian.

»Außer natürlich, daß er Tom Eccles' Namen hätte reinwaschen können«, meinte Dorothy.

»Tom Eccles war tot«, sagte Lucian.

»Aber seine Familie lebte«, wandte Lawrence ein. »Der alte Vater zum Beispiel. Niemand ist davon erbaut, einen Mörder in der Familie zu haben, zumal einen, der gehängt wurde. Die Leute reden darüber. Es wird gemunkelt.«

»Wie dem auch sei«, sagte Dorothy, »David Crane unternahm nichts, bis er auf dem Sterbebett lag. Dann schrieb er den Brief an die Presse. Ohne Zweifel hat er damit sein Gewissen erleichtert.«

»Immerhin«, sagte Lawrence, »konnte er nicht sicher sein, daß tatsächlich er den tödlichen Schuß abgegeben hatte.«

»Nein. Das war der springende Punkt. Er hätte es möglicherweise sein können. Wissen wird man es nie.«

»Ich nehme an, dergleichen hat es zuvor auch schon gegeben«, sagte Lucian.

»Bestimmt«, erwiderte Dorothy. »Mir ist so ein Fall aber noch nie untergekommen.«

»Wenn es so war, dann war es eine unbeabsichtigte Tötung.«

»Das ist alles hochinteressant«, meinte Lawrence. »Man kann Dorothys Passion verstehen.«

Das Gespräch hatte alle etwas ernüchtert, und die Stimmung war etwas nachdenklich. Wir dachten wohl alle an den armen jungen Mann, der für einen Mord gehängt worden war, den er vermutlich nicht begangen hatte.

Als die Gäste aufgebrochen waren, saß ich mit Gertie und den Hysons im Salon.

»So, Tante Bee«, sagte Gertie, »ich denke, du kannst dir gratulieren. Du warst eine sehr erfolgreiche Gastgeberin.«

»Ich hatte richtig Angst wegen diesem Sir Lucian«, erwiderte Tante Beatrice kichernd. »Aber dann erwies er sich als ganz umgänglich.«

»Du hattest eben die richtigen Gäste zusammengestellt, du Kluge«, sagte Gertie. »Dorothy war prima, nicht? Sie kann die Leute ausgezeichnet unterhalten.«

»Meine Güte, dieser Sir Lucian war ja ungeheuer an dem Mord interessiert, was?« sagte Tante Beatrice. »Genau wie wir alle, möchte ich meinen.«

* * *

Eine Woche nach der Abendeinladung erhielt ich zu meiner Überraschung einen Brief von Lady Crompton.

Liebe Carmel!
Lucian muß nächste Woche für ein paar Tage verreisen, und es würde mich sehr freuen, wenn Sie mich besuchen und bei mir bleiben könnten. Es ist immer vergnüglich, mit Ihnen zu plaudern, und wenn Lucian hier ist, neigt er dazu, Sie mit Beschlag zu belegen. Ich dachte, wenn Sie einverstanden sind, machen wir uns ein paar ruhige, gemütliche Tage. Ich habe Ihre Besuche so genossen, und seit ich behindert bin, fühle ich mich etwas einsam. Ich würde mich so freuen, wenn Sie kommen könnten.
Zögern Sie nicht, mir mitzuteilen, wenn es Ihnen nicht paßt!
Isabel Crompton

Der Gedanke reizte mich sehr, und ich sagte umgehend zu. Gertie war amüsiert.
»Das könnte zweierlei bedeuten«, prophezeite sie. »Entweder wird dir mütterliche Anerkennung zuteil, oder sie vertraut dir ein schauerliches Geheimnis an, um dich zu warnen, daß du dich vom Terrain fernhalten sollst.«
»Sei nicht so melodramatisch, das ist ja absurd«, versetzte ich. »Sie ist nur eine einsame alte Dame, die etwas Zerstreuung sucht.«
»Oh, ist das lustig! Das Leben ist so amüsant.«
»Vor allem für die, deren Hochzeitstag bevorsteht.«
»Oder für die, die ein ganzes Trio von Verehrern haben.«

Ein Stallbursche holte mich am Bahnhof ab und fuhr mich nach The Grange, wo ich wärmstens begrüßt wurde.

»Lucian hat sich so gefreut, als er hörte, daß Sie kommen. Er bedauert sehr, daß er nicht hier ist. Er hat mir von dem köstlichen Abendessen bei Ihren Freunden erzählt. Wie sehr wünschte ich, ich hätte dabei sein können!«

»Es war ein interessanter Abend, und es war so nett von den Hysons, die Einladung für meine Freunde zu geben.« Später erzählte sie mir ein wenig über Lucians Ehe.

»Es war ein Mißgriff. Dieses Mädchen war nicht die Richtige für Lucian. Sicher, sie war sehr hübsch. Ich nehme an, er hat sich hinreißen lassen. Junge Männer begehen solche Torheiten. Ich wußte in dem Moment, als sie ins Haus kam, daß es nicht gutgehen würde. Ich wünschte, er könnte jetzt eine vernünftige Ehe eingehen. Der Name der Familie besteht seit dreihundert Jahren. In einer Familie wie der unseren fühlt man sich verpflichtet.«

»Wenn Bridget eine Junge geworden wäre ...« sagte ich.

»Ich bin ganz froh, daß sie keiner ist. Bei so einer Mutter ...«

»Sie scheint ein sehr aufgewecktes, reizendes Kind zu sein.«

»Kinder können reizend sein. Nein, ich bin froh, daß sie ein Mädchen ist. Ich hätte das Kind dieser Frau nicht als Erben gewollt. Wissen Sie, ich habe mich sogar gefragt, ob sie überhaupt Lucians Kind ist.«

»Was bringt Sie auf diesen Gedanken?«

»Ich weiß es nicht. Es war von Anfang an alles so übereilt und falsch. Ich glaube nicht, daß er sich wirklich etwas aus ihr gemacht hat. Er muß sich da in etwas verrannt haben. Es war eine schreckliche Zeit. Ich war sehr unglücklich.«

»Betrübt es Sie, darüber zu sprechen, Lady Crompton?«

»Nein, mein liebes Kind. Ich möchte, daß Sie es erfahren. Er hat sich nie wirklich etwas aus ihr gemacht. Es gibt da einiges, was ich nicht verstehe. Lucian hat zeitweise etwas Heimlichtuerisches. So ist er früher nicht gewesen. Er war so ein offenherziger Junge ... falls Sie verstehen, was ich meine. So heiter. Alles hat er spielend bewältigt. Jetzt ist er verändert. Ganz plötzlich wurde er ... nun ja ... launisch. Ich glaube, in sich gekehrt ist der richtigere Ausdruck. Und nachdenklich ... als ob ihn etwas bedrückt. Ich bin so froh, daß er sich in Ihrer Gesellschaft wohl fühlt.«

»Das freut mich zu hören. Ich bin auch gerne mit ihm zusammen.«

»Und Ihr Freund, der Doktor?«

»Lawrence Emmerson?«

»Der mit der klugen Schwester. Lucian hat sich Gedanken über die zwei gemacht. Ich bin nicht sicher, ob er sie leiden kann oder nicht. Der Doktor ist Junggeselle, nicht?«

»Ja.«

»Attraktiv, stattlich ... von seiner Schwester beherrscht. Ist das so?«

»Na ja, beherrscht kann man nicht direkt sagen. Sie haben sich sehr gern, und sie umsorgt ihn. In dieser Aufgabe geht sie ganz auf. Sie ist eine sehr willensstarke Persönlichkeit. Sie sagt einem, was nach ihrer Meinung zu geschehen hätte, und man stellt fest, daß sie meistens recht hat. Sie ist sehr praktisch veranlagt und wirklich ein wunderbarer Mensch.«

»Und die beiden sind offenbar gute Freunde von Ihnen.«

»Ja, sehr gute Freunde.«

»So wie Lucian und ich, nehme ich an.«

»Ja, das könnte man sagen. Es ist schwer zu vergleichen.«

»Lucian ist ein guter Mensch. Diese Heirat war ein Irrtum. So etwas prägt einen Menschen. Nichts würde mich mehr freuen, als ihn glücklich zu sehen. Aber diese unselige Geschichte hängt ihm nach. Wie gern sähe ich einen vollkommenen Bruch mit der Vergangenheit. Das ist schwierig, denn es gibt immer ... Folgen.«

»Sie meinen Bridget?«

»Weniger Bridget ... diese Kinderfrau.«

»Jemima Cray.«

Sie nickte. »Solange sie hier ist, werden wir es niemals schaffen, die Vergangenheit hinter uns zu lassen. Sie ist wie eine offene Wunde.«

»Das glaube ich gern, aber dies ist doch Ihr Haus. Ich nehme an, wenn Sie ihr sagen würden, sie sei entlassen, würde sie auch gehen.«

»Ich hätte sie schon längst fortgeschickt, aber Lucian will nichts davon hören.«

»Warum nicht?«

»Sie hat Laura feierlich versprochen, zu bleiben. Damit setzt sie uns unter Druck, wenn auch nicht oft darüber gesprochen wird. Ich habe zu Lucian gesagt: ›Laura ist tot. Wir sorgen für das Kind. Warum müssen wir diese Frau hierbehalten?‹ Aber sie beruft sich auf Lauras Wunsch, also bleibt sie. Ich kann sie nicht leiden, aber ich denke, wegen dieses Versprechens auf dem Sterbebett ...«

»Sie hängt sehr an dem Kind, und das Kind an ihr.«

»Das bezweifle ich nicht. Trotzdem ...« Sie legte ihre Hand auf meine. »Ich glaube, meine Liebe, unter uns gesagt, Sie und ich könnten da etwas bewirken.«

Ich war erstaunt, sie aber lächelte mich heiter an.

Da wußte ich, wenn Lucian mir einen Heiratsantrag machte, würde ich Lady Cromptons rückhaltlose Unterstützung finden.

* * *

Den nächsten Vormittag verbrachte ich in ihrer Gesellschaft, aber sie erwähnte Lucians Ehe nicht mehr. Vielmehr zeigte sie mir einige Gobelins, die sie gestickt hatte, bevor solche Arbeiten für ihre Augen zu anstrengend wurden.

Am Nachmittag bereitete ihr der Rheumatismus große
Schmerzen, und unter überschwenglichen Entschuldigun-
gen sagte sie mir, sie müsse sich ins Bett zurückziehen und
ruhen. Ob ich mich zu beschäftigen wisse?
Ich bejahte und entschloß mich zu einem Spaziergang.
Es war unvermeidlich, daß mich meine Schritte nach Haus
Commonwood lenkten. Es war das erste Mal anläßlich
eines Besuches in The Grange, daß ich allein ausging.
Sonst wäre ich vermutlich längst dem unwiderstehlichen
Drang gefolgt, noch einmal einen Blick auf Haus Common-
wood zu werfen. Jetzt war die Gelegenheit gekommen.
Da stand es: traurig und verfallen, und doch so vertraut.
Sein Anblick weckte gemischte Gefühle in mir.
Geh vorbei! ermahnte ich mich. Was willst du damit errei-
chen, wenn du näher herangehst? Es macht dich nur trau-
rig. Aber als ich dort war, bog ich auch schon beim Tor ein.
Nur ein kurzer Blick, gelobte ich mir, und dann eilends
fort.
Ich ging die Zufahrt entlang. Vor lauter wucherndem Ge-
strüpp war das Haus kaum auszumachen. Es hatte das
unheimliche Aussehen einer alten Ruine. Ich konnte mir
vorstellen, daß mich aus den zerbrochenen Fenstern Blik-
ke verfolgten, Blicke derer, die einst hier gelebt hatten:
Mrs. Marline, Miß Carson, der arme, traurige Doktor.
Geh zurück! sagte ich mir. Was suchst du da? Aber ich ging
trotzdem weiter.
Ich näherte mich der Tür, sah die gebrochene Angel und
verzichtete darauf, die Flügel aufzustoßen. Ich ging um das
Haus herum. Die Mauern waren feucht, die Fenster trüb
und staubbedeckt. Wem mochte das Gebäude jetzt gehören? Henry? Warum ließ er es so verkommen? Wo war
Henry jetzt? Lucian wußte es nicht. Die beiden hatten sich
aus den Augen verloren, als Henry mit seinen Schwestern
zu Tante Florence gezogen war.

Ich war im Garten, an der Stelle, wo Tom Yardley mich
unter dem Azaleenstrauch gefunden hatte. Der Strauch
war welk, von Unkraut erstickt. Dort war die Stelle, zu der
Tom Yardley den Rollstuhl hinzuschieben pflegte. Ich
blickte hinüber zur Glastüre des Zimmers, in dem Mrs.
Marline gestorben war.
Alles war sehr bedrückend. Es war dumm von mir hierher-
zukommen. Was erreichte ich damit?
Ich blickte Richtung Wald und sah eine Rauchwolke zum
Himmel emporsteigen. Die Zigeuner, dachte ich. Sie müs-
sen dasein.
Meine Stimmung wurde besser bei diesem Gedanken. Ich
wollte sehen, ob es dieselbe Sippe war wie damals. Ich
wollte dieser Trostlosigkeit entkommen, die mich beim
Anblick von Haus Commonwood erfaßt hatte. Ich wollte
Kinder rings um die Wohnwagen spielen sehen.
Eine Hecke trennte den Garten vom Waldrand. Ich fand
eine Lücke, zwängte mich hindurch und ging zwischen den
Bäumen hindurch zu der Lichtung.
Da standen die Wohnwagen. Kinder spielten im Gras. Frau-
en hockten auf den Treppen und schnitzten Holz für ihre
Wäscheklammern. Nichts hatte sich verändert.
Konnte es wirklich dieselbe Sippe sein? Ich hatte gehört,
daß die Zigeuner immer an dieselben Plätze zurückkehren.
Wenn dem so war und ich Rosie Perrin und Jake sehen
könnte, wäre das eine große Freude.
Als ich näher kam, sah ich auf den Stufen eines Wohnwagens eine Frau sitzen, die Rosie Perrin sehr ähnlich sah,
aber irgendwie glichen sich die Zigeunerinnen alle.
Inzwischen hatten mich die Kinder bemerkt. Sie waren auf
einmal ganz still und beobachteten mich. Die Frau blickte
von ihrer Schnitzerei auf.
Dann rief eine mir wohlbekannte Stimme: »Na, wenn das
nicht Carmel ist, die uns da besuchen kommt!«

Ich lief zu der Frau auf der Treppe. Es war tatsächlich Rosie Perrin.

Sie stieg die Stufen herab, und da standen wir und strahlten uns an.

»Wo hast du gesteckt, Carmel?« fragte sie.

»In Australien.«

Sie lachte ihr herzhaftes Lachen, an das ich mich noch so gut erinnerte. »Komm rauf! Komm rauf, und erzähl mir alles!«

Ich folgte ihr in den Wohnwagen. Er war genau, wie ich ihn in Erinnerung hatte. Sie bat mich, Platz zu nehmen. Ihre Augen leuchteten vor Freude und Aufregung.

»Du bist weggegangen, als der Ärger anfing. Ich hab' alles darüber erfahren. Es war schlimm. Haus Commonwood ist vom Unglück verfolgt.«

Ich erzählte ihr von Toby, der mein Vater war, und wie wir nach Australien gezogen waren.

Sie nickte. »Er wollte nicht, daß du in die Sache verwickelt wurdest. Du, ein Kind. Die anderen Kinder sind ja auch weggeschickt worden.«

Ich erzählte ihr alles, was ich erlebt hatte, auch daß ich wußte, daß Zingara meine Mutter war, und wieso ich in The Grange zu Besuch weilte.

»Und ihr, ihr seid immer hierhergekommen?« fragte ich.

Sie nickte. »Wir haben gesehen, wie das Haus verfiel. Was nützt es jetzt noch? Es ist eine Ruine. Niemand wird dort wohnen. Es wird immer mehr verfallen ... bis nichts mehr übrig ist.«

»Warum? Warum?«

»Weil Häuser ein Eigenleben haben. Etwas ist dort geschehen, und die Erinnerung lebt fort. Ich spüre es, wenn ich in die Nähe komme. Manchmal sehe ich hinüber, und ein Seufzen dringt zu mir.«

»Ein Seufzen?«

»Es ist der Wind ... in der Luft. Es ist eben ein Unglückshaus.«

»Es sind nur Ziegel und Mörtel, Rosie.«

Sie schüttelte den Kopf. »Wir Zigeuner fühlen diese Dinge. Es wird so bleiben, bis ...«

»Bis was?«

»Bis wieder Frohsinn einkehren kann.«

»Man sollte es dem Erdboden gleichmachen und ein anderes Haus errichten: ein neues Commonwood.«

»Und zu einem fröhlichen Haus machen.«

»Es war nie ein richtig fröhliches Haus gewesen, Rosie. Mrs. Marline hat das nicht zugelassen.«

»Sie ist tot«, sagte Rosie. »Sie ruhe in Frieden! Sie hat Unglück in ihr Leben und in ihr Sterben gebracht. Der arme Doktor wurde mehr bedauert als sie.«

»Ich kann es nicht ertragen, an ihn zu denken. Selbst bevor ich wußte, was ihm zugestoßen ist ... All die Jahre, als ich fort war ... selbst da habe ich immer wieder an ihn gedacht.«

»Ach, mein Kind, was gestern geschah, kann zuweilen entscheiden, was heute geschehen wird. Es gibt unvergeßliche Gestern in unser aller Leben. Aber dies ist ein freudiges Wiedersehen. Laß es uns genießen! Erzähl mir, was du alles erlebt hast!«

Und ich berichtete ihr von den Reisen mit Toby, und von Elsie, die mir eine Mutter ersetzt hatte und tatsächlich Tobys Ehefrau war, und daß sie, obwohl sie sich gern hatten, nicht wie Mann und Frau zusammen leben konnten.

Rosie nickte verständig. »Ja, so war er. Das weiß ich von Zingara. Er wurde von vielen geliebt. Er war ein Mensch, der viel zu geben hatte und dafür Liebe bekam. Du hattest einen wunderbaren Vater, Carmel, und du hast eine wunderbare Mutter. Das sage ich, obwohl mir nicht alle beipflichten würden.«

»Wo ist Zingara jetzt?«

»Nicht mehr auf der Bühne. Das hat sie aufgegeben. Ich werde ihr erzählen, daß ich dich wiedergesehen habe. Sag mir, wo du wohnst, dann lasse ich es sie wissen. Sie wird dir schreiben. Sie ist klug, sie kann schreiben. Ein Herr hat es ihr beigebracht. Er kam hierher, um uns aus erster Hand zu studieren. Er wollte ein Buch über Zigeuner schreiben. Er hat einen Wohnwagen gemietet und ein ganzes Jahr unter uns gelebt. Wir hatten nichts dagegen. Er hat uns gut bezahlt, und er hat uns amüsiert. Natürlich ist Zingara ihm aufgefallen. Sie dürfte damals etwa acht Jahre alt gewesen sein. Das liebreizendste Ding, das man je sah.«

Rosie hielt inne und lächelte in die Ferne.

»Er brachte ihr Lesen und Schreiben bei. Das gefiel ihr. Sie wollte immer gern ein bißchen mehr können als alle anderen. Sie las und las. Und als dieser Mann fortging und sein Buch schrieb, hat er sie nicht vergessen. Er schickte einen Herrn hierher, und sie tanzte und sang ihm vor, und so fing es an. Sie kommt mich ab und zu im Lager besuchen.«

»Wie schön, wenn sie jetzt hier wäre! Soll ich ihr schreiben?«

Sie überlegte. »Ich sag' dir, was wir machen. Du schreibst auf, wo du wohnst, und ich sehe zu, daß sie es geschickt bekommt. Dann wird sie tun, was sie für richtig hält.«

»Das ist eine gute Idee.«

Ich nahm einen Bleistift aus dem kleinen Beutel, den ich bei mir trug, und riß ein Blatt aus meinem Notizbüchlein.

»Ich heiße jetzt Carmel Sinclair, nicht March«, sagte ich. »Mein Vater wollte, daß ich seinen Namen trage.«

Ich schrieb die Adresse der Hysons auf und gab ihr den Zettel.

Sie nickte und steckte ihn in ihre Tasche.

Dann machte sie einen würzigen Tee, wie ich ihn schon einmal in diesem Wohnwagen getrunken hatte, und wir saßen, tranken und unterhielten uns. Ich hatte ihr unendlich viel zu erzählen, und sie stellte viele Fragen.

Dann wurde mir klar, daß ich schon lange fort war und Lady Crompton sich wundern würde, wo ich geblieben sei.

* * *

Gertie sollte in der Woche darauf heiraten. Im ganzen Haus herrschte atemlose Aufregung. Alles war bis ins kleinste Detail geplant. Nach der Trauung sollte es zu Hause einen Empfang geben, und dann wollten Gertie und Bernard zu einer dreiwöchigen Hochzeitsreise nach Florenz aufbrechen. Nach ihrer Rückkehr war der Umzug in das Haus geplant, das auf sie wartete.

Lucian, Lawrence und Dorothy sollten dabeisein, doch hatten die Hysons noch zahlreiche andere Freunde eingeladen, dazu Bernards Verwandte und Bekannte. Tante Beatrice fragte sich besorgt, wie alle im Haus Platz finden sollten.

Gertie war selig, und auch Bernard war sichtlich höchst zufrieden.

Zwei Tage vor dem großen Ereignis erhielt ich einen Brief in einer unbekannten Handschrift. Mein Herz schlug schneller, denn etwas sagte mir, daß er von Zingara sein mußte.

Ich hatte recht.

Meine liebe Carmel!
Ich habe mich sehr gefreut, als ich von Rosie Deine Adresse erhielt. Habe ich mich doch so lange gefragt, was aus Dir geworden sein mochte. Wie Du am Briefkopf siehst, wohne ich in einem Haus namens Castle Folly. Es ist zwar kein richtiges Schloß, aber Du wirst es selbst sehen, wenn Du zu Besuch

kommst – was hoffentlich bald sein wird. Du müßtest eine
Weile bleiben, denn Du kannst die Fahrt hin und zurück nicht
an einem Tag machen.
Bitte schreib mir, daß Du kommst!

Zingara
(jetzt Mrs. Blakemore)

Ich las den Brief noch einmal und dachte: Ich werde ihr
unverzüglich schreiben. Ich fahre hin, sobald ich kann.
Natürlich würde ich bis nach der Hochzeit warten müssen,
und vielleicht konnte ich Tante Beatrice auch nicht gleich
anschließend allein lassen. Sie würde Gertie vermissen,
auch wenn diese nur kurze Zeit fort war. Aber ich konnte
Zingara schreiben und ein Datum festsetzen ... vielleicht
eine Woche später. Dann blieb genug Zeit für eine kleine
Pause nach der Hochzeit.

*   *   *

Ich erhielt eine begeisterte Antwort von Zingara. Sie freue
sich unendlich darauf, mich zu sehen. Ich selbst konnte es
kaum erwarten.

Die Hochzeit war vorüber. Es hatte keine jener Pannen
gegeben, die Tante Beatrice so befürchtet hatte. Das junge
Paar war nach Florenz abgereist, und wir alle vermißten
Gertie sehr. Ich hatte immer gewußt, was ihr Kommen für
Tante Beatrice bedeutet hatte, doch jetzt sah ich, daß die
Tante noch weit mehr an ihr hing, als mir klar gewesen
war.

Sie gestand mir, sie sei ein egoistisches altes Weib, denn
das Schicksal habe ihr Gertie beschert, indem es die Nichte der leiblichen Mutter entzogen habe, und sie könne
nicht umhin, sich darüber zu freuen.

»Gertie und ich haben uns schon früher immer gut verstanden«, sagte sie, »aber sie nun hier zu haben, wie eine eigene Tochter, das ist ein Gewinn für mich ... Aber manchmal muß ich an meine arme Schwester denken.«

»Sie hat ja noch James«, sagte ich.

»Ich hatte nie gedacht, daß sie es einmal nach Australien verschlagen würde. So, und jetzt werde ich Gerties Haus mit allem ausstatten, was sie und Bernard vorfinden wollen, wenn sie heimkommen. Sie müssen mir dabei helfen, Carmel!«

»Gerne, aber ich muß einen Besuch in Yorkshire machen. Ich muß dort jemanden treffen.«

Ich sagte ihr nicht, daß dies meine Mutter war. Das hatte ich keinem Menschen erzählt. Ich wollte warten, bis ich mit Zingara gesprochen hatte, ehe ich in dieser Sache etwas verlauten ließ.

Lucian hatte mir gedankt, weil ich seine Mutter besucht hatte. »Es hat ihr sehr gutgetan, dich bei sich zu haben. Es war so lieb von dir.«

»Ich habe es genossen. Sie war reizend zu mir.«

Er sah mich nachdenklich an. »Ich möchte über vieles mit dir reden«, sagte er. »Wir müssen uns treffen ... bald.«

Ich dachte: Hochzeiten üben auf manche Menschen eine ganz bestimmte Wirkung aus. Hinter dieser Bemerkung steckte eine Absicht. Vielleicht waren Gerties Anspielungen daran schuld, daß ich mich fragte, ob seine Zuneigung wirklich groß genug war, um mich heiraten zu wollen. Ich war mir meiner und seiner nicht sicher. Etwas hielt mich zurück, etwas, das ich nicht verstand. Wenn ich an den Knaben dachte, der er einst war, und wie ich ihn damals bewundert hatte, dann wünschte ich ihn mir heute so, wie er damals gewesen war. Er hatte sich verändert. Etwas war geschehen ... sicher, da war seine Ehe gewesen. Was hatte Rosie gesagt? Unser Gestern muß unser Heute prägen.

Wie anders war es mit Lawrence! Ich hatte das Gefühl,

genau zu wissen, was er dachte und wie er auf eine bestimmte Situation reagieren würde. Lawrence war nicht von Geheimnissen umwölkt.

Dorothy meinte: »Hochzeiten haben so etwas Anrührendes. Wie glücklich die beiden aussehen!«

Sie sah mich wehmütig an. Sie rechnete bestimmt nicht damit, selbst zu heiraten, aber sie wünschte es sich für Lawrence, und ich spürte, daß sie hoffte, ich würde diesen Wunsch Wirklichkeit werden lassen.

*   *   *

An einem strahlenden Herbsttag kam ich in Yorkshire an. Zingara holte mich am Bahnhof ab. Sie hatte sich ein wenig verändert, seit ich sie das letzte Mal gesehen hatte. Das mußte zehn Jahre her gewesen sein. Sie wirkte heiterer. Ihre Haare waren noch immer prachtvoll: hochaufgesteckte, schwarzglänzende Locken. Schwere Kreolenringe baumelten an ihren Ohren, und ihre dunklen Augen waren so strahlend und schön wie vordem. Sie hatte einen mitternachtblauen Mantel an, darunter trug sie ein scharlachrotes Kleid. Sie wäre einem in jeder Menschenmenge sofort aufgefallen.

Mit ausgestreckten Armen kam sie auf mich zu.

»Mein liebes Kind!« sagte sie. »Ich bin so froh, daß du gekommen bist.«

Dann hielt sie mich auf Armeslänge von sich und sah mich an. »Du bist erwachsen geworden«, sagte sie. »Du bist kein kleines Mädchen mehr. Und ich ... ich bin jetzt eine alte Dame.«

Ich lachte. »Unsinn! Niemand würde dich eine alte Dame nennen.«

»Mein Leben hat sich verändert. Ich singe nicht mehr, ich tanze nicht mehr. Aber davon später. Dort steht der Wagen.

Ich kutschiere dich eigenhändig nach Castle Folly, wo ich zu Hause bin.«

»Es ist so aufregend, hier zu sein.«

»Wir haben uns viel zu erzählen. Aber zuerst will ich dich aufklären. Ich bin jetzt Mrs. Blakemore. Ich habe einen Mann. Er ist sehr alt, und Castle Folly gehört ihm. Es ist kein richtiges Schloß. Er wünschte sich ein altes Schloß, da hat er sich eins gebaut – eine Schloßruine auf seinem Grund und Boden. Wir haben noch ein paar Türme mit Zinnen... die Überreste eines alten Bankettsaales. Ich kann dir sagen, es ist eine herrliche Ruine, und sie kommt Harriman sehr zustatten, weil er sich – wie gesagt – immer ein Schloß gewünscht hat, und nun hat er eins für sich ganz allein.«

»Es klingt, als sei er ein sehr interessanter Mann.«

»Das ist er auch. Und er war gut zu mir, und als es soweit war, ließ ich mich von ihm auf sein Schloß entführen. Er wird dir gefallen, und du wirst ihm gefallen.«

»Woher weißt du das?«

»Weil ich es will, und er tut immer, was ich will. Aber wir wollen über alles zur rechten Zeit reden. Ist das dein Gepäck? Komm!«

Ich setzte mich neben sie, und wir fuhren los.

»Wir wohnen nahe an der Heide«, sagte sie. »Hast du das Heideland von Yorkshire je gesehen? Es ist das schönste der Welt. Der Wind ist hier frischer, und sich von ihm so richtig durchpusten zu lassen, das ist so aufregend wie ein klatschendes und Bravo rufendes Publikum. Jedenfalls für mich; aber ich bin ja auch eine Zigeunerin. Ich brauche das Gefühl des Windes in meinem Haar! Manchmal nehme ich die Nadeln heraus und lasse es fliegen. Weißt du, mein Liebling, diese konventionelle Aufmachung dient nur dazu, dich am Bahnhof abzuholen. Warte nur, bis ich mich umgezogen habe!«

Ich lachte vergnügt. Ich hatte nicht erwartet, daß ein Besuch bei Zingara konventionell ablaufen würde.

Wir fuhren ungefähr fünfzehn Minuten, dann sah ich den Anfang des Heidelandes: wildes, offenes Gelände, aus dem hier und da die Felsblöcke aufragten, auf deren Oberfläche feuchte Wasserspuren glitzerten. Es war überwältigend.

»Jetzt sind wir in der Heide«, sagte Zingara. »Es gibt ein paar Häuser in unserer Nachbarschaft, aber nicht viele. Schau, da drüben! Siehst du das prachtvolle Gebäude? Wenn du näher kommst, wirst du erkennen, daß es eine Ruine ist: Castle Folly!«

Ich konnte es jetzt deutlich sehen: Überreste von Türmen und Türmchen. Das Ganze hatte tatsächlich das Aussehen eines einst grandiosen, jetzt verfallenen Bauwerks.

Zingara lachte. »Ja, wenn du kein Schloß erben kannst, bau dir selber eins! Was ist dagegen einzuwenden?«

»Überhaupt nichts, dessen bin ich sicher.«

»Das Wohnhaus steht im Park – es ist ziemlich bescheiden gegen das Schloß, aber gemütlich. Wir haben ein Ehepaar, das es in Ordnung hält. Sonst sind hier nur Harriman und ich. Das Leben ist verrückt. Ich hätte nie gedacht, daß dies einmal mein Geschick sein könnte.«

Dann sah ich das Haus. Es schien Mitte des Jahrhunderts erbaut worden zu sein, als die georgianische Eleganz vom massiven Stil des Industriezeitalters abgelöst wurde. Es sah solide aus, gebaut, um dem Wetter zu trotzen, das ich mir im Winter in der Heide recht rauh vorstellen konnte. Das Gebäude hatte etwas Kraftvolles.

»Dies ist das Haus, bekannt als Castle Folly. Paßt irgendwie nicht hierher, nicht? Man muß sich erst umschauen und sehen, was das Ganze darstellt.«

Sie kutschierte den zweirädrigen Wagen vor das Haus, und schon kam ein Mann heraus.

»Das ist Tom Arkwright, und da ist ja auch Daisy. Daisy,

das ist Miß Carmel Sinclair. Du weißt, sie bleibt eine Weile bei uns. Dies sind Tom und Daisy, Carmel. Sie sind meine große Stütze.«

Tom, der mir von recht mürrischer Natur zu sein schien, verzog seinen Mund ziemlich widerwillig zu einem Grinsen.

»Willkommen in Yorkshire, Miß!« sagte Daisy, die klein und von energischem Aussehen war. Sie vermittelte einen Eindruck von Kraft und ungeheurer Tüchtigkeit.

»Die zwei halten den ganzen Laden in Schuß«, sagte Zingara und strahlte sie an. »Ich weiß nicht, was ich ohne sie anfangen würde.«

»Heißer Kaffee und Brötchen warten auf Sie, Mrs. Blakemore«, sagte Daisy. »Die junge Dame mag sicher einen Happen essen nach der Eisenbahnfahrt.«

»Großartig! Komm, koste Daisys Brötchen, und laß uns den Kaffee trinken, solange er heiß ist! Dann scheuche ich dich hoch und mache dich mit Harriman bekannt. Daisy bäckt die besten Brötchen in ganz Yorkshire.«

»Nun hören Sie aber auf, Mrs. Blakemore!« sagte Daisy.

Ich wurde in ein Zimmer geführt, in dem eine ganze Menge Brötchen auf einem Tisch angerichtet waren, daneben standen Tassen, Untertassen, Teller, eine Kanne Kaffee und Krüge mit heißer Milch.

»Tom wird dein Gepäck heraufbringen, während wir die Brötchen verzehren. Dann zeige ich dir dein Zimmer, und danach kannst du Harriman kennenlernen.«

Als die Tür sich hinter uns schloß, senkte Zingara die Stimme und sagte: »Tom und Daisy sind großartig, aber man muß ihnen gehorchen. Sie sind barsch. Sie verstehen keinen Spaß, und man darf, wenn man mit ihnen auskommen will, ja nicht vergessen, daß sie so gut sind wie alle anderen. Übrigens erwarten sie von dir, daß du ißt. Mit gutem und reichlichem Essen zeigen sie dir, daß du willkommen bist. Daisy ist eine phantastische Köchin, und man kann ihr und Tom alles anvertrauen. Jetzt mußt du aber ihren Brötchen zusprechen!«

Sie waren warm, würzig, köstlich.

»Da muß man sich nicht überwinden«, meinte Zingara schmunzelnd.

Der Kaffee war heiß und stark. »Sie halten mich für leicht verrückt«, sagte Zingara, »aber sie sehen es mir nach.«

Dann erzählte sie mir, wie sie hierher geraten war.

»Nie hätte ich gedacht, daß ich mal in so einem gottverlassenen Nest landen würde. Siehst du, ich werde langsam alt. Du wirst mir widersprechen, aber ich bin unterdessen wirklich langsam zu alt für eine Tänzerin. Und Tänzerin bin ich eigentlich gewesen. Der Gesang, nun ja, der gehörte dazu, aber für sich allein war er nicht gut genug. Ich wollte auf der Höhe meines Ruhms abtreten, verstehst du?«

»Ja, natürlich.«

»Harriman war mir immer ein guter Freund. Ich habe viele Freunde, aber Harriman war stets derjenige, auf den ich mich verließ und zu dem ich Vertrauen hatte. Und wenn du nicht mehr jung bist, brauchst du Verläßlichkeit. Ich kannte ihn seit meiner Kindheit. Er kam ins Lager, um uns zu studieren. Er blieb ein Jahr. Damals entstand unsere tiefe Freundschaft.«

»Das hat Rosie mir erzählt.«

»Eines Abends – auf der Bühne – hatte ich Schmerzen im Bein. Ich konnte es nicht ganz ausstrecken. Ich habe es natürlich überspielt. Es war nicht weiter schlimm ... nur ein Anzeichen. Ich ging zum Arzt. Er sagte, ich würde meine Muskeln überanstrengen. Wenn ich damit aufhörte, wäre alles gut. Ich müsse kürzertreten. Das genügte. Ich sagte zu Harriman: ›Ich kann nicht warten, bis sie mich fortjagen.‹ Er sagte: ›Rosaleen, du mußt mich heiraten.‹ Er nannte mich immer Rosaleen, das ist mein richtiger Name. Zingara ist für die Bühne. Das kam plötzlich. Daran hatte ich nie gedacht. Aber Harriman trifft seine Entschlüsse schnell. ›Ich wünsche mir ein Schloß‹, sagte er, ›und die einzige Möglichkeit, an eines zu kommen, ist eines zu bauen. Rosaleen muß von der Bühne Abschied nehmen‹, sagte er, ›also wird sie mich heiraten.‹«

»Und also hast du ihn geheiratet?«

»Ja, ich sah, daß es gut war. Ich brauchte Harriman. Ich war am Boden zerstört. Ich hatte so lange ein aufregendes Leben beim Theater geführt. Wie konnte ich das aufgeben? Ich hatte etwas Geld, ja. Aber was sollte ich tun? Zu den Zigeunern zurückkehren? Ich war immer gerne dort, ich habe sie nie vergessen. Harriman sagte: ›Nein, da wirst du nicht zufrieden sein. Du wirst an das Leben beim Theater denken, so wie du vorher an das Leben bei den Zigeunern zurückgedacht hast. Du mußt mich heiraten und mit auf mein Schloß in Yorkshire kommen. Du kannst in der Heide spazierengehen und die Freuden des Zigeunerlebens genießen, zugleich aber den Komfort, den du mittlerweile gewöhnt bist.‹«

»Und so habt ihr geheiratet.«

»Du wirst sehen, wie es ist. Hm ... du hast zwei Brötchen gegessen. Immerhin etwas. Sie werden nicht allzu enttäuscht sein. Jetzt zeig' ich dir dein Zimmer. Du kannst auspacken, dir die Hände waschen, und dann mach' ich dich mit Harriman bekannt.«

Mein Zimmer war sehr geräumig, mit großen Fenstern, die auf die Heide hinaussahen. Ich war von der Aussicht entzückt, und eine große Heiterkeit erfüllte mich. Von meiner Mutter war ich total begeistert, und ich war neugierig auf weitere Enthüllungen.

Harriman war die nächste Überraschung. Er war wahrhaftig ein alter Herr. Später erzählte er mir, er sei siebzig. Er war groß und hager, mit einem zerfurchten Gesicht, das an einen Adler denken ließ.

Er ergriff meine Hand und musterte mich eingehend. »Kann nicht aufstehen«, sagte er. »Ich bin inzwischen ein altes Wrack. Rosaleen kann Ihnen was davon erzählen.« »Das ist er ganz und gar nicht«, sagte meine Mutter. »Bloß ein bißchen wackelig in den Knien.«

Harriman Blakemore war unverkennbar ein höchst ungewöhnlicher Mensch. Die Verrücktheit mit dem Schloß war schon Beweis genug, und je mehr ich von diesem außergewöhnlichen Hauswesen zu sehen bekam, um so begieriger war ich, noch mehr zu entdecken.

Harriman und meine Mutter gehörten zu den lebhaftesten Menschen, denen ich je begegnet war. Sie redeten in einem fort. Meine Mutter setzte mich mit ihrer umfassenden Bildung in Erstaunen. Ich vermutete, das hatte sie Harriman zu verdanken. Die beiden kannten sich, seit sie ein Kind war. Er sagte einmal, er habe sich aufgemacht, die echte Zigeunerin zu entdecken, und dabei Rosaleen gefunden, die nicht ihresgleichen habe. Er hatte sie unterwiesen, ihren Charakter geformt, sie zu der Frau gemacht, die sie war. Durch ihn hatte sie den Impresario kennengelernt, der ihre Talente förderte. Harriman hatte sie durchs Leben geleitet.

Harriman war ein vermögender Mann. Er war an diversen geschäftlichen Unternehmungen beteiligt, war weitgereist und hatte sich mit gut fünfzig Jahren aus dem Geschäftsleben zurückgezogen, um sich ganz seinen Liebhabereien zu widmen. Zu diesen gehörte offensichtlich das Studium der Zigeuner und das Verfassen einer Abhandlung über sie; ein weiteres Steckenpferd war der Bau von Castle Folly. Jetzt war sein Körper untätig, sein Geist aber war so lebendig wie stets.

Er habe ein schönes Leben gehabt, erzählte er mir, und sei heute so zufrieden wie eh und je.

»So, meine liebe Carmel«, sagte er, »sieht ein erfolgreiches Leben aus. Erfolg, das ist Zufriedenheit. Streben wir danach nicht alle? Nicht nach Ruhm und Reichtum, nicht nach den Freuden des Augenblicks. Welchen Nutzen haben so flüchtige Dinge? Glück ist es, was jeder Mensch sich wünscht. Die meisten begehen den Fehler, nach Dingen zu suchen, die nur flüchtige Befriedigung bringen. Ich hatte ein schönes Leben, und nun, da ich alt bin, habe ich mein Schloß, das ich hier vom Fenster aus sehen kann. Ausgeburt meiner Verrücktheit, sagen die Leute dazu. Für mich ist es die Summe meiner Leistungen, meines Erfolgs. Carmel, Sie sehen in mir einen glücklichen Menschen.«

Nicht, daß er sehr viel von sich gesprochen hätte. Er zeigte großes Interesse für andere. Meine Mutter sagte mir, er nehme Anteil an allen Menschen, denen er begegnete, und wolle alles über sie wissen. Er könne Einzelheiten aus dem Leben von Daisy und Tom Arkwright erzählen, die er ihnen entlockt habe, ganz sicher zu ihrem eigenen Erstaunen, denn weder Daisy noch Tom zeichneten sich durch Gesprächigkeit aus.

Er wollte von meinem Leben in Australien hören, und ich berichtete Einzelheiten von den Formans, einschließlich der Episode mit dem Landstreicher und James' Suche nach Opalen.

Ich war von allem in Castle Folly dermaßen gefesselt, daß ich zum erstenmal seit Tobys Tod längere Zeit nicht an ihn dachte.

Meine Mutter zeigte mir ihren Wohnwagen. Harriman hatte dafür gesorgt, daß er auf dem Grundstück abgestellt wurde.

»Er sagt, ich sei so sehr Zigeunerin, daß ich es nie ablegen werde. Ich werde nie vergessen, daß ich in einem Wohnwagen geboren bin und meine frühen Lebensjahre darin verbracht habe. Ich habe Zigeunerblut in mir. Und das heißt, mein Liebling, daß du, die du ein Teil von mir bist, es auch in dir haben mußt. Manchmal möchte ich allein sein. Dann komme ich hierher und setze mich auf die Stufen. Ich fühle die Stille rings um mich. Ich bin ganz allein mit der Natur. Anschließend gehe ich ins Wohnhaus zurück, und Harriman ist da, mein Gefährte, mein Beschützer. Und dann weiß ich, er hat recht. Ich gehöre zwei Welten an ... und er ermöglicht es mir, in beiden zu leben, weil er weiß, daß ich in einer allein nicht vollkommen glücklich sein kann.«

»Und bist du vollkommen glücklich?« fragte ich. »Es muß ein krasser Gegensatz sein zu der Zeit am Theater, als du überall Stadtgespräch warst.«

Sie lachte. »Das war ich nirgends. Mein Erfolg war bescheidener. Allerdings habe ich den Applaus in London, Paris und Madrid genossen. Es war berauschend. Aber Harriman hat mir stets bewußt gemacht, wie gefährlich es ist, zu großen Wert auf flüchtigen Erfolg zu legen. Er ermahnte mich, daß öffentliche Anerkennung wankelmütig ist. Publikumslieblinge kommen und gehen, und es ist bedrückend, ein gefallenes Idol zu sein. Da ist es besser, man ist nie ein Idol gewesen. Harriman hat mich gelehrt, wie diese Art von Erfolg zu bewerten ist.«

»Er muß ein wunderbarer Lehrer gewesen sein!«

»Ich segne den Tag, an dem er beschloß, in unser Lager zu kommen.«

»Ich denke, ihm ergeht es genauso.«

»Aber du findest es merkwürdig, oder? Ein solch alter Mann und diese Frau ... Du kannst dir denken, was für eine ich gewesen bin. Aber Harriman ist nicht alt. Er hat einen äußerst lebhaften Geist, und immer gelingt es ihm, mich zu bezaubern. Was mich betrifft, ich habe ein Leben geführt, das man wohl als abenteuerlich bezeichnen darf, und mit fünfundvierzig habe ich mich sozusagen aus der

Welt zurückgezogen. Ist das nicht erstaunlich? Ach, Carmel! Wir haben uns so viel zu erzählen.«

Jeder Tag war ausgefüllt. Rosaleen – ich nannte sie in Gedanken jetzt bei diesem Namen, denn Zingara war die Tänzerin – hatte recht gehabt, als sie sagte, wir hätten uns viel zu erzählen. Wir gehörten zusammen. Wir waren Mutter und Tochter und wollten unbedingt die vielen verlorenen Jahre aufholen.

Wir gingen sehr viel spazieren. Sie wollte, daß ich den Zauber des Heidelandes kennenlernte. Sie band ihre Haare auf und ließ sie lose im Wind flattern; wir fanden einen Felsblock, an den wir uns anlehnen konnten, und wir setzten uns und redeten. Oft nahm sie mich mit zum Wohnwagen, und dort bereitete sie einen Kräutertee zu wie jenen, den Rosie Perrin mir zu trinken gegeben hatte. Sie kam auf Toby zu sprechen, und zu meinem Erstaunen konnte ich ohne den überwältigenden Schmerz, den ich zuvor verspürt hatte, von ihm reden.

»Er war ein wunderbarer Mensch«, sagte sie. »Ich habe ihn geliebt, und er liebte mich auf seine Art. Er war ein Mann, der viele Menschen gleichzeitig lieben konnte. Die große Liebe seines Lebens galt seiner Tochter. Ich war nicht mehr gar so jung, als wir uns kennenlernten – dreiundzwanzig. Älter, als du jetzt bist. Ich war am Anfang meiner Bühnenlaufbahn. Harriman gehörte zwar zu meinem Leben, aber wir standen uns noch nicht so nahe wie später. Er interessierte sich für mich, aber Interessen hatte er viele. Er war damals im Ausland. In meinem Leben gab es immer wieder Zeiten, in denen ich mich nach dem Zigeunerdasein sehnte ... von Ort zu Ort ziehen, die Straße, die frische Luft, die Freiheit. Ich ging zu meinen Leuten zurück. Du hast sicher schon vermutet, daß Rosie meine Mutter ist. Sie hat mich immer verstanden. Sie war so stolz auf das, was ich tat. Ich glaube, sie hält es für gewichtiger, als es in

Wirklichkeit war. Sie war immer glücklich, wenn ich sie besuchte.«

»Und bei so einem Besuch hast du Toby kennengelernt.«

Sie nickte. »Ich begegnete ihm im Wald. Wir haben uns unterhalten. Wir fühlten uns sogleich zueinander hingezogen. Ich war leichtsinnig. Er auch. Wir waren jung. Es lag in unser beider Natur, daß wir uns auf eine Beziehung einließen, die vom Wunsch des Augenblicks getragen wurde. Er war nicht mein erster Liebhaber. Aber er war anders als die bisherigen. Wir trafen uns immer wieder. Für Menschen wie uns war das natürlich. Toby erfuhr erst später von dir. Da warst du schon sicher in Haus Commonwood untergebracht. Er sagte, er hätte mich geheiratet, wenn er nicht schon eine Frau in Australien gehabt hätte. Er hat mir oft berichtet, wie es in Haus Commonwood zuging. Der Doktor hat ihm sehr leidgetan. Seine Schwester sei ein Zankteufel, sagte Toby. So seien die Frauen in seiner Familie eben, tüchtig, praktisch, aber es sei schwer, mit ihnen auszukommen. Ich hörte ihn gerne von Commonwood erzählen. Ich wußte, du warst dort gut aufgehoben, und schließlich gehörtest du ja irgendwie dazu. Schon vor deiner Geburt habe ich oft gesehen, wie der gute Doktor in seiner Kutsche zu den Patienten fuhr, und gelegentlich sah ich seine Frau, sehr förmlich, sehr korrekt, und die Kinder mit ihrer Nanny. Sie waren besonders interessant für mich, weil Toby mit ihnen verwandt war. Eines Tages schenkte er mir einen Anhänger. Es war ein Romani-Talisman, und in unserer Sprache stand ›Viel Glück‹ darauf.«

»Ich habe ihn noch«, sagte ich.

»Ich wußte, daß der Doktor ihn erkennen würde, und ich hängte ihn dir um den Hals. Toby hatte mir erzählt, wie er ihn seinerzeit gekauft hatte. Der Doktor hatte ihn gesehen und ihm geraten, sich vorzusehen; er wußte natürlich von Toby und mir. Als ich dich erwartete, kehrte ich zu Rosie zurück, und ich wollte, daß du so aufwachsen solltest, wie es sich für Tobys Kind gehörte. Ich wußte, daß man dir in Commonwood ein solches Leben bieten konnte. Nun ja, den Rest kennst du.«

»Du hast mich unter dem Azaleenstrauch abgelegt, und dort hat Tom Yardley mich gefunden.«

»Ich habe es beobachtet. Ich sah, wie du ins Haus gebracht wurdest. Da wußte ich, daß ich es richtig gemacht hatte. Und wenn Toby wieder einmal zurückkam, wollte ich es ihm sagen. Ich war gespannt auf seine Empfindungen, wenn er erfuhr, daß er ein Kind hatte. Wie du weißt, war er von Stolz und Freude überwältigt.«

»Wie war dir zumute, als du mich zurücklassen mußtest?«

»Es brach mir das Herz. Glaubst du mir das?«

»Ja.«

»Du sollst wissen, daß ich dein Fortkommen beobachtet habe ... aus der Ferne. Wenn du dort nicht gut aufgehoben gewesen wärst, hätte ich dich fortgeholt. Mit Harrimans Hilfe hätte ich für dich gesorgt. Aber es war besser, daß du konventionell aufgezogen wurdest. Und so bist du mit Tobys Neffen und seinen Nichten groß geworden. Du warst eine von ihnen. Ich sagte mir: ›Sie wird als Tochter des Doktors aufwachsen, und wenn sie groß ist, wird sie eine Lady.‹«

Während sie sprach, liefen ihr die Tränen über die Wangen. Weinen und Lachen kamen sie leicht an, aber ich wußte, sie war wirklich tief bewegt.

Sie fuhr fort: »Ich wußte, daß Toby auf dich aufpaßte. Wir sahen uns, wenn er nach Commonwood kam. Er war so glücklich. Du seist ein ganz entzückendes Kind, sagte er. Er war so stolz auf seine Tochter, aber er sagte auch, er sei froh, daß ich die Mutter war. Er verstand immer zu sagen, was die Leute gerne hörten. Ich sagte, es dürfe nicht bekanntwerden, daß deine Mutter eine Zigeunerin ist, und er sagte: ›Wenn dein Kind dich kennen würde, wäre es stolz auf dich!‹«

Die Stimme versagte ihr vor Bewegung. Ich legte meinen Arm um sie und trocknete ihre Tränen, und bald lächelte sie wieder.

»Und nun sitzen wir hier auf der Treppe meines Wohnwagens und sprechen von der Vergangenheit, an der sich nichts ändern läßt. Aber wir sind zusammen, und nun möchte ich ganz viel über dich erfahren.«

Es dauerte nicht lange, und wir sprachen von James, seiner Suche nach Opalen und seinem recht nonchalanten Heiratsantrag.

»Er ist ein Mann von der braven, praktischen Sorte«, sagte sie. »Er wird seine Frau zärtlich lieben, aber das Leben mit ihm wird nicht aufregend sein. Das hat in gewisser Weise auch sein Gutes.«

Dann erzählte ich ihr von Lawrence Emmerson, der Gertie und mich vor vielen Jahren aus einem Mißgeschick errettet hatte und zufällig auf demselben Schiff war, mit dem wir nach England zurückkehrten.

»Das ist Schicksal!« rief sie. »Wenn das Schicksal uns an der Hand nimmt, müssen wir es annehmen.«

Manchmal ging die Zigeunerin mit ihr durch, ihre Augen leuchteten im Bewußtsein ihrer besonderen Kräfte, und sie schien in die Zukunft zu blicken.

Ich lachte. »Aha, liebe Zigeunerin Rosaleen, es war also Schicksal, ja?«

»Erzähl mir mehr von ihm! Der Mann gefällt mir. Er gefällt mir sehr. Und seine Schwester? Auch ein guter Mensch. Sie wird dafür sorgen, daß bei den Dienstboten Ordnung herrscht und der Haushalt geführt wird, wie es sich gehört. Warum lächelst du? Ich lache nicht darüber. Es ist wichtig.«

»Ich lächle, weil du dich gerade wie eine Wahrsagerin

benommen hast. Sag, hast du bei Rosie das Wahrsagen gelernt?«

»Natürlich. Das gehört bei einem Zigeunermädchen zur Erziehung.«

»Aber du glaubst doch nicht wirklich daran?«

Sie wurde nachdenklich. »Es kann sein ... und es kann nicht sein. Du mußt über die betreffende Person so viel wissen, wie du kannst. Du mußt es herausbekommen, und zwar rasch. Manchmal verschließt es sich dir, aber nicht immer. Dann denkst du: ›Was will diese Frau? Was wird sie tun?‹ Und manchmal errätst du es. Aber es gibt Momente, wunderbare Momente, wenn zwischen euch etwas vorgeht, ein Verstehen aufblitzt. Es ist da, und du glaubst zu wissen, was kommen wird. Ich kann nicht sagen, wie es geschieht, und es ist selten. Vielleicht ist es das, was man als Telepathie bezeichnet. Rings um uns sind wunderbare Dinge, von denen wir nichts wissen. Du mußt dich mit Harriman darüber unterhalten! Er wird von dem unbekannten Universum sprechen, von dem unsere Erde nur ein Bruchstück ist. Er hat viele Theorien, und er wird dir erklären, daß in der Natur alles möglich ist. Vielleicht kann es hin und wieder sein, daß eine Zigeunerin in die Zukunft blickt. ›Es gibt mehr Ding' im Himmel und auf Erden, als unsre Schulweisheit sich träumen läßt.‹ Aber erzähl mir noch mehr von diesem Lawrence! Denn er gefällt mir.«

»Vielleicht sollte ich ihn einmal mitbringen, damit du ihn kennenlernst.«

»Das wäre sehr schön. Und seine Schwester auch.«

»Sie würden selbstverständlich damit rechnen, zusammen eingeladen zu werden.«

»Und du glaubst, die Schwester möchte, daß du ihren Bruder heiratest?«

»Dessen bin ich sicher.«

»Ist sie nicht ein bißchen eifersüchtig auf dich?«

»Ich bin mir ebenso sicher, daß sie es nicht ist.«

»Aber du bist dir *deiner* nicht sicher, was ihn betrifft. Dabei wäre es so vernünftig. Er würde ein guter Ehemann sein ... und zuverlässig in jeder Beziehung. Aber da wäre nichts von dieser – wie soll ich sagen? – dieser Verzauberung.«

Ich dachte an Gerties ekstatischen Zustand, und wie aufgeregt sie wegen der banalsten Dinge gewesen war, einfach, weil sie sich so glücklich fühlte.

Rosaleen sah mich eindringlich an, und ich erzählte ihr von Gertie.

»Das kenne ich«, sagte sie. »Das ist die Liebe. Es wird nicht so bleiben. Wie könnte es auch? Aber die Liebe selbst wird bestehen bleiben, wenn sie sie hochhalten. Da wären also dieser James und dieser Lawrence.«

»Und«, sagte ich, »dann ist da noch Lucian: Lucian Crompton von The Grange.«

»The Grange in der Nähe von Commonwood?«

»Ja.«

»Und er will dich auch heiraten?«

»Das hat er nicht gesagt. Es ist einfach so, daß Gertie und ihre Tante einen Mann und eine Frau nicht freundschaftlich zusammen sehen können, ohne eine romantische Zuneigung zu vermuten.«

»Und die sehen sie bei dir und Lucian?«

»Die würden sie bei allen sehen.«

»Und du? Siehst du sie?«

Ich schwieg einen Moment, während dessen sie mich scharf beobachtete.

»Er ist sehr freundlich. Ich habe ihn getroffen, als ich nach England zurückkam. Er ist früher sehr lieb zu mir gewesen. Er hat sich etwas verändert.«

Ich berichtete ihr von meinem Wunsch, Haus Commonwood wiederzusehen, und meiner Fahrt nach Easentree, und wie mich die Buben im Haus erschreckt hatten und ich

Lucian in der Stadt traf, wo wir dann zusammen zu Mittag aßen.

»Interessant«, sagte sie, »und auch hier dürfen wir das Schicksal nicht übersehen. Ihr hättet euch ebensogut nicht begegnen können. Dann hättest du Rosie nicht wiedergesehen, und wir zwei säßen jetzt nicht hier beisammen. Du siehst, es ist wirklich die Hand des Schicksals, und sieh, was es uns beschert hat! Erzähl mir mehr von Lucian!«

Ich konnte so unbeschwert mit ihr reden. Sie schien jede Nuance meiner Regungen zu verstehen. Ich erzählte ihr von dem jungen Lucian, der immer lieb zu mir war, mich in seinen Kreis aufnahm und mein Held wurde.

»Du hast ihn geliebt... auf deine kindliche Art«, sagte sie.

»Wie denn auch nicht? Der Junge von The Grange! Die Familie war in Mrs. Marlines Augen sehr bedeutend. Er war groß, stattlich, mir erschien er stark und mächtig. Sogar Henry hatte Achtung vor ihm. Und er war so gut zu mir. Toby hatte mir einen Anhänger geschenkt. Ich habe ihn verloren, und Lucian hat ihn nicht nur gefunden, sondern ließ auch den Verschluß reparieren, und er bestand darauf, daß ich ihnen beim Tee Gesellschaft leistete – wozu Nanny Gilroy mich nicht für würdig befunden hatte. Von da an hat er sich immer vergewissert, daß es mir gutging. Kein Wunder, daß ich ihn verehrt habe.«

»Und dann hast du ihn nicht wiedergesehen, bis du die Straße überqueren wolltest und das aufgeregte Pferd erschien. Zweifellos Schicksal! Ich werde ganz aufgeregt wegen dieses Lucian ... und du bist heute nicht mehr so bezaubert von ihm.«

Ich schwieg, und sie setzte rasch hinzu: »Doch, ein bißchen schon noch, glaube ich. Und er hat sich verändert, sagst du?«

»Er war damals so unbeschwert. Er schien unbesiegbar.«

»Der ideale Held, ja. Und heute?«

»Da muß etwas gewesen sein. Weißt du, er war verheiratet, und seine Frau ist bei der Geburt ihres Kindes gestorben. Um das Kind kümmert sich eine gräßliche alte Kinderfrau, die Lucian und seine Mutter gerne los wären, aber sie hat Lucians Frau auf dem Sterbebett gelobt, zu bleiben und für das Kind zu sorgen. Die Kinderfrau hat mit mir gesprochen. Stell dir vor, sie hat Lucian bezichtigt, seine Frau ermordet zu haben ... oder sie hat es zumindest angedeutet.«

Rosaleen hörte sehr aufmerksam zu. »Ich verstehe«, sagte sie. »Kein Wunder, daß du unsicher bist. Kannst *du* dir vorstellen, daß er etwas mit dem Tod seiner Frau zu tun haben könnte?«

»Nein ... nein! Das glaube ich nicht von ihm, so wenig, wie ich glauben kann, daß Dr. Marline ein Mörder war.«

»Die Affäre Commonwood meinst du. Mein Liebling, was für Dramen, in die du – nicht gerade verstrickt bist, aber viel fehlt nicht! Das ist sehr interessant. Du hast Lucian gern. Ich kann sehen, daß etwas ganz Besonderes an ihm ist. Dann diese Andeutung eines Verdachts. Lawrence dagegen würde stets über jeden Vorwurf erhaben sein. Interessant ist, daß du dich fragst, ob der Australier James bei der Beseitigung des Landstreichers die Hand im Spiel hatte, du aber für ihn nicht dasselbe empfindest wie für Lucian.«

»James hätte vielleicht gesagt, daß er für den Tod des Mannes verantwortlich war. Vielleicht aber auch nicht. Er mag der Meinung sein, wenn man in so etwas verwickelt ist, ist es besser, den Mund zu halten. Glaubst du, die gehässige alte Frau läßt Andeutungen fallen, weil sie mich nicht dort haben will? Vielleicht sieht sie es so, wie Gertie und ihre Tante es sehen ... daß Lucian erwägt, mir einen Heiratsantrag zu machen.«

»Warum sollte sie so weit gehen?«

»Weil sie sich vielleicht einbildet, ihre Position könnte gefährdet sein. Eine neue Ehefrau ließe sich vielleicht nicht von diesem Gelöbnis am Sterbebett beeindrucken. Außerdem hat Bridget, das Kind, mich schon ins Herz geschlossen.«

»Und du sagst dir, daß du der Frau nicht glaubst. Sie lügt, sagst du dir. Du findest Gründe, warum sie lügt. Du bist verändert, wenn du von Lucian sprichst. Da ist etwas, das ich nicht sehe, wenn du von James oder Lawrence erzählst. Sehr interessant. Ich habe so viel erfahren ... und ich will noch mehr erfahren.«

Wir saßen lange Zeit auf den Stufen des Wohnwagens, und wir sprachen weiter von Lucian. Er hatte ihre Phantasie beflügelt, und ich denke, sie wollte mir und sich selbst sagen, daß Lucian der Richtige für mich sei.

*   *   *

Wir blieben immer lange beim Abendessen sitzen. Harriman war ein großartiger Erzähler, hörte aber auch gerne zu. Ich interessierte ihn offensichtlich sehr, zum einen als Rosaleens Tochter, zum anderen, weil ich in einem Haus aufgewachsen war, das vor einiger Zeit Schauplatz eines Mordfalls gewesen war.

»Sie waren dort«, sagte er, »als das Drama sich zuspitzte.«

»Und ich wußte bis vor kurzem nichts von seinem Ausgang.«

»Das ist erstaunlich.«

»Toby meinte, es sei nicht gut für sie, zu wissen, was dort vorgefallen war«, klärte ihn Rosaleen auf. »Deswegen wurde sie rasch fortgebracht, bevor die gerichtliche Untersuchung stattfand. Carmel ist überzeugt, daß Dr. Marline den Mord nicht begangen hat.«

»Aber es gab ein Motiv und Indizien«, wandte Harriman ein.

»Es gibt Justizirrtümer«, sagte Rosaleen. »Und Carmel ist

der festen Überzeugung, daß der Doktor die Tat nicht begangen hat.«

»Sie waren noch ein Kind, Carmel«, sagte Harriman.

»Aber Kinder sehen manchmal klarer als Erwachsene«, hielt Rosaleen ihm entgegen.

»Ich würde so gerne Gewißheit haben«, sagte ich. »Aber das ist nicht möglich.«

»Möglich ist alles«, sagte Harriman.

»Diesmal nicht, wie es scheint. Dr. Marline ist tot. Er kann sich nicht verteidigen. Was mag wohl aus Miß Carson geworden sein?«

»Ja, wenn man das wüßte. Sie ist untergetaucht, wie es Leute in solchen Fällen gewöhnlich tun.«

»Die Ärmste!« sagte Rosaleen. »Stellt euch nur vor, was sie durchgemacht haben muß! Ihr Geliebter wegen Mordes gehängt, und sie erwartete ein Kind von ihm. Was muß sie für ein Leben gehabt haben!«

»Es wäre aufschlußreich zu wissen, wo sie ist.«

»Glauben Sie, Miß Carson könnte die Frage beantworten, ob der Doktor schuldig war oder nicht?«

»Es wäre möglich.«

»Wie gerne wüßte ich, was aus ihr geworden ist«, sagte ich. »Wir haben sie alle sehr gern gehabt. Ich kann nicht glauben, daß sie in einen Mord verwickelt war, so wenig, wie ich es von Dr. Marline glauben kann. Sie waren beide die allerletzten, die man mit einem Verbrechen in Verbindung bringen würde.«

»Irgendwo muß sie sein«, sagte Rosaleen.

»Vielleicht ist sie ins Ausland gegangen«, mutmaßte Harriman. »Bestimmt wollte sie so weit fort wie möglich.«

»Jemand hat sich einmal für ihren Fall interessiert«, sagte ich. »Dorothy Emmerson hat mir von ihm erzählt. Es war ein Kriminologe, der von Miß Carsons Unschuld überzeugt war. Er hat sich für ihre Rehabilitation eingesetzt.«

»Wie hieß er?«

»Ich kann mich nicht an seinen Namen erinnern. Dorothy hat ihn aber erwähnt.«

Harriman wurde nachdenklich. Dann sagte er: »Es könnte gut sein, daß Miß Carson sich freuen würde, von Ihnen zu hören. Sie sagen, Sie hatten sich gut verstanden. Wenn Sie sie finden, wenn Sie irgendwie mit ihr in Verbindung treten, Ihr sagen könnten, daß Sie von der Unschuld des Doktors überzeugt sind... Sie könnten ja herausfinden, ob sie Sie sehen möchte, und wenn nicht... dann ist nicht viel verloren.«

Ich war aufgeregt. Ich dachte an ihr liebes, gütiges Gesicht, erinnerte mich an ihren Ausdruck, wenn sie Adeline getröstet hatte. Die Komplizin eines Mörders? Das konnte ich niemals glauben.

Harriman meinte: »Dieser Mann, der Mann, der sich für sie eingesetzt hat, ist vermutlich eine bedeutende Persönlichkeit. Angenommen, Sie könnten mit ihm Verbindung aufnehmen?«

Rosaleen sah uns an, die Augen vor Aufregung geweitet. Sie sagte: »Miß Dorothy wird seinen Namen wissen. Sagtest du nicht, sie hat ihm einmal geschrieben? Und er hat geantwortet, glaube ich.«

»O ja, das stimmt.«

»Könnte es dann nicht sein, daß sie seine Adresse hat?«

»Ja«, erwiderte ich. »Ach, es wäre zu schön, Miß Carson wiederzusehen!«

* * *

An diesem Abend saßen wir lange beim Essen und redeten. Ich beschloß, mich an Dorothy zu wenden. Sie würde mir bestimmt helfen, falls sie konnte. Wenn sie den Brief noch besaß, den der Kriminologe ihr geschickt hatte, könnte ich ihm schreiben und ihn fragen, ob es möglich wäre, Verbindung mit Miß Carson aufzunehmen.

Die Idee versetzte mich in fieberhafte Erregung.

Wir sprachen bis zum Ende meines Besuches darüber, und sobald ich nach London zurückkam, wollte ich Dorothy aufsuchen.

Ich hätte mit noch größerem Bedauern von Castle Folly Abschied genommen, wäre ich nicht so erpicht darauf gewesen, meine Erkundungen aufzunehmen.

Ich mußte Rosaleen versprechen, bald wiederzukommen und sie über die Geschehnisse auf dem laufenden zu halten. Ich solle daran denken, daß ich in Castle Folly immer willkommen sei. Wir seien zu lange getrennt gewesen. Wir müßten Pläne schmieden, denn ich könne nicht immer bei meinen guten Freunden, den Hysons, bleiben, und Castle Folly sei mein Heim, solange ich es wünschte.

Begegnung im Park

Mrs. Hyson freute sich über meine Rückkehr aufrichtig. Sie erkundigte sich, ob meine Reise nach Yorkshire angenehm gewesen sei, stellte aber keine bohrenden Fragen, worüber ich sehr erleichtert war. Sie war mit ihren Gedanken bei den Hochzeitsreisenden.

Am nächsten Vormittag ging ich zu den Emmersons. Zu meiner Freude war Dorothy daheim. Lawrence war schon außer Haus, wie ich vermutet hatte. Das war mir sehr recht, denn ich ahnte, daß er von meinem Vorhaben nicht gerade begeistert gewesen wäre. Er hätte gemeint, daß es nicht gut sei, die unerfreuliche Vergangenheit aufzuwühlen, und er hätte es für vernünftiger gehalten, die Dinge auf sich beruhen zu lassen.

»Carmel!« rief Dorothy, als ich ankam. »Wie schön, Sie zu sehen. Wann sind Sie zurückgekommen?«

»Gestern abend.«

Sie war sichtlich zufrieden, daß ich sie so bald aufgesucht hatte.

»Sie haben Lawrence verpaßt. Er ist vor ungefähr einer Stunde fortgegangen. Er wird sich freuen, daß Sie zurück sind. Sie müssen bald einmal zum Abendessen kommen!«

»Danke, Dorothy. Ich habe Ihnen eine Menge zu erzählen.«

»Fein. Ich bin ganz Ohr.«

»Erstens, ich hatte Ihnen nicht gesagt, daß ich meine Mutter besuche.«

Sie sah mich erstaunt an. »Sie sagten ... eine Freundin.«

»Eine Freundin ist sie außerdem. Es war alles ganz unkonventionell. Mein Vater hat mir gesagt, wer meine Mutter ist, und als Kind hatte ich sie einmal gesehen – nur wußte ich damals nicht, daß sie meine Mutter war.«

»Ich weiß einiges darüber, denn schließlich war Lawrence ein guter Freund Ihres Vaters, als sie zusammen zur See fuhren.«

»Ja, natürlich. Meine Mutter war beim Theater, und jetzt ist sie mit einem äußerst interessanten Mann verheiratet. Sie möchten Sie und Lawrence nach Yorkshire einladen. Sie werden sich in ihrer Gesellschaft wohl fühlen.«

Dorothys Augen glitzerten. Nichts war ihr lieber, als interessante Leute kennenzulernen.

»Ich werde Ihnen später mehr von den beiden erzählen, doch zuallererst möchte ich über etwas anderes mit Ihnen sprechen – etwas, das mir sehr am Herzen liegt. In Yorkshire sprachen wir auch über die Tragödie in Haus Commonwood. Harriman Blakemore, der Ehemann meiner Mutter, war der Ansicht, daß Miß Carson mehr über die Geschehnisse im Fall Marline wissen dürfte als sonst irgend jemand. Wir fragten uns, was aus ihr geworden sein mochte, und kamen zu dem Schluß, daß sie vermutlich irgendwo unter falschem Namen lebt. Dann überlegten wir, ob sie sich wohl freuen würde, von mir zu hören. Wir hatten uns ja immer sehr gut verstanden. Wir befanden, daß es nichts schaden könne, wenn ich ihr schriebe, und sollte es ihr nicht recht sein, könnte sie meinen Brief einfach ignorieren.«

»Und wie wollen Sie ihr einen Brief zukommen lassen?«

»Ich dachte dabei an Ihre Hilfe.«

Sie sah mich mit vor Aufregung geweiteten Augen an.

»Dieser Mann, der sich für sie eingesetzt hat ...« fuhr ich fort.

»Jefferson Craig, der Kriminologe, ja. Ich habe seit einer

Weile nichts von ihm gehört. Er scheint sich aus dem Licht der Öffentlichkeit zurückgezogen zu haben.«

»Er hat Ihnen einmal geschrieben.«

Sie nickte.

»War ein Absender auf seinem Brief?«

»Das weiß ich nicht mehr so genau.«

»Dann können Sie sich auch nicht mehr an die Adresse erinnern«, sagte ich enttäuscht.

Sie schüttelte lachend den Kopf. »Sie glauben doch nicht, daß ich einen Brief von Jefferson Craig vernichtet habe, oder? Er ist natürlich in meinem Schatzkästchen. Aber freuen Sie sich nicht zu früh! Es ist einige Jahre her. Möglicherweise stimmt die Adresse nicht mehr.«

»Dorothy, bitte holen Sie den Brief!«

Sie ging und kam nach wenigen Minuten mit dem Brief in der Hand zurück. Und wirklich, er enthielt einen Absender: Campion & James, 105 Transcombe Court, London E.C.4.

»Das dürfte sein Verlag sein«, sagte Dorothy. »Machen Sie kein so betrübtes Gesicht! Man wird dort vermutlich mit ihm in Verbindung stehen und Post an ihn weiterleiten, wo immer er sich aufhält. Schreiben Sie an Campion & James, stecken Sie einen Brief an Miß Carson mit in den Umschlag, und bitten Sie, die Sendung an Mr. Craig weiterzuleiten. Nichts ist leichter als das.«

»O Dorothy! Sie sind mir eine große Hilfe.«

»Versprechen Sie sich nicht zu viel! Es kann gut sein, daß nichts dabei herauskommt. Andererseits, es könnte klappen. Und bedanken Sie sich nicht bei mir! Ich bin genauso aufgeregt wie Sie. Ich wollte schon immer wissen, was aus Kitty Carson geworden ist.«

* * *

Ich schrieb umgehend an Campion & James.

Sehr geehrte Herren!
Ich möchte gerne in Verbindung mit Mr. Jefferson Craig treten und bitte Sie, so freundlich zu sein, inliegendes Schreiben an ihn weiterzuleiten. Wenn das nicht möglich ist, würden Sie die Güte haben, den Brief zurückzusenden. Mit vielem Dank im voraus für Ihre Mühe verbleibe ich
mit vorzüglicher Hochachtung

Carmel Sinclair

In dem Umschlag steckte mein Schreiben an Jefferson Craig, in dem ich erklärte, daß ich mit Miß Carson in Verbindung treten wolle. Beigelegt war mein Brief an Miß Carson, und der lautete folgendermaßen:

Liebe Miß Carson!
Sie werden sich hoffentlich noch an Carmel erinnern. Ich habe Sie nie vergessen. Sie waren immer so lieb zu uns allen. Vielleicht erinnern Sie sich auch noch an Captain Sinclair. Er war mein Vater und nahm mich mit nach Australien, wo ich bis jetzt geblieben bin. Ich bin vor kurzem nach England zurückgekehrt und habe erst jetzt erfahren, was sich nach meinem Fortgang zugetragen hat.
Ich erinnere mich Ihrer mit solcher Zuneigung, und ich bin gespannt, ob es möglich sein wird, Sie zu sehen. Ich würde mich so freuen, aber wenn Sie es nicht wünschen, kann ich es verstehen.
Ich bin sehr gespannt, von Ihnen zu hören.

Ihr ehemaliger Zögling
Carmel Sinclair

(Ich heiße nicht mehr March. Ich habe den Namen meines Vaters angenommen.)

Dorothy und ich schrieben die Briefe mehrmals um, und als wir fanden, daß nichts mehr zu verbessern war, schickten wir sie ab.

Dann begann das Warten.

Fast zwei Wochen waren vergangen, ohne daß eine Antwort kam. Damit müsse ich rechnen, sagte ich mir. Angenommen, ich wäre an Kitty Carsons Stelle? Angenommen, ich hätte die Qualen durchgemacht, die sie erlitten haben mußte. Angenommen, mir wäre es gelungen, mich in einem neuen Leben einzurichten? Würde ich die Vergangenheit mit ihrem Leid und Elend wieder aufleben lassen wollen?

Hatte man bei Campion & James den Brief weitergeleitet? Höchstwahrscheinlich, sonst hätten sie ihn mir zurückgeschickt. Hatte Jefferson Craig ihn weitergeleitet?

Dann kam ein Brief – von Lucian. Er werde für ein paar Tage in London sein. Ob wir uns kommenden Dienstag bei »Logan's« zum Mittagessen treffen könnten?

Ich hatte ihn seit meinem Besuch in Castle Folly nicht gesehen. Ich war überzeugt, daß es ihn interessieren würde, was ich erlebt hatte, und ich wollte ihm von meinen Bemühungen berichten, Verbindung mit Miß Carson aufzunehmen. Daß Lawrence nichts davon halten würde, ahnte ich. Er würde sogleich daran denken, wie bedrückend es für eine Frau in ihrer Lage sein mußte, an die Vergangenheit erinnert zu werden. Ich versuchte mir einzureden, daß er sich irrte und es Miß Carson Freude machen würde, daß ich mich ihrer mit Zuneigung erinnerte.

Als ich in das Restaurant trat, erhob sich Lucian von seinem Tisch und begrüßte mich. Er wirkte heiter, ohne diesen gehetzten Blick. Er sah vielmehr dem Knaben sehr ähnlich, den ich bei jenen Teegesellschaften gekannt und der stillschweigend darauf bestanden hatte, daß ich wie die anderen behandelt wurde.

»Wir haben uns lange nicht gesehen«, sagte er.

»Das sagst du immer.«

»Weil es mir immer so vorkommt.«

Er lächelte mich an, und als wir uns setzten, sagte er: »Du hast also wieder einen Besuch gemacht.«

»Dies war ein besonders interessanter Besuch.« Ich erzählte ihm von meiner Mutter, Harriman Blakemore und Castle Folly.

»Du stammst ja aus einem hochinteressanten Milieu«, sagte er.

»Ja, meine Mutter würde dir gefallen. Sie ist so amüsant und anders als alle anderen. Und auch Harriman ist einmalig.«

»Ich hoffe, ich werde sie einmal kennenlernen.«

»Das mußt du unbedingt! Sie möchten dich auch kennenlernen. Es war wunderbar, wieder meiner Mutter zu begegnen.« Ich erklärte ihm, wie es dazu gekommen war. »Als ich bei deiner Mutter zu Besuch war, traf ich Rosie Perrin im Wald, und sie sorgte für den Kontakt mit Rosaleen, alias Zingara.«

»Erzähl mir mehr!«

Und das tat ich. »Das Wunderbare ist, daß ich dort jetzt ein Zuhause habe. Mich plagen schon Gewissensbisse, weil ich so lange bei den Hysons wohne. Nicht, daß sie irgendeine Andeutung gemacht hätten. Im Gegenteil, es hagelt Proteste, wenn ich davon spreche fortzugehen. Aber das Haus meiner Mutter ist auch mein Haus. Und Harriman ist ja wohl mein Stiefvater. Das gibt mir ein wunderbares Gefühl von Geborgenheit.«

»Carmel, ich möchte schon seit einer Weile ernsthaft mit dir reden.«

»Ja?«

»Es war so schön für mich, als du aus Australien zurückkamst. Mir war, als wären wir wieder jung. Ich wünschte, wir hätten all die Jahre nicht verloren. Wir hätten zusammen erwachsen werden sollen.«

Ich lachte. »Damals war ich doch nur ein kleines Mädchen. Du standest haushoch über mir. Du hast dich nur herabgelassen, mich zu beachten, weil ich eine arme kleine Außenseiterin war und du ein gutes Herz hattest. Ja, so ist das gewesen. Ich war ja viel jünger als Estella oder Camilla.«

»Das ist wahr. Aber ich habe dich vermißt, als du fortgingst.«

»So wie du Estella und Henry vermißt hast?«

»Anders. Das ist es ja eben. Alles ist anders. Etwas fehlt in The Grange. Das ist natürlich meine Schuld. Es müßte so sein wie damals, als ich jung war. Das liegt vermutlich daran, daß ich den entsetzlichsten Fehler beging, den man nur machen kann. Damit habe ich alles verändert. Ich habe Trübsal ins Haus gebracht. Ich möchte aus dieser Schwermut ausbrechen, und du sollst mir dabei helfen.«

Ich sah ihn fest an und sagte: »Es wäre besser, du würdest mir genau sagen, was du meinst.«

»Ich möchte dich heiraten.«

Ich geriet in Hochstimmung. Seit der schrecklichen Nacht, als ich in das Rettungsboot geschafft wurde und Toby zurückblieb, hatte ich so etwas nie mehr gefühlt. Ein Teil von mir hatte gewünscht, daß es so kommen würde, und ich empfand etwas für Lucian, das ich für James oder Lawrence niemals empfunden hätte. Ich genoß ihre Gesellschaft, aber meine Gefühle für Lucian waren von anderer Art. Das Zusammensein mit ihm war aufregend. Bei James und Lawrence wußte ich genau, was ich zu erwarten hatte, aber Lucian hatte etwas, das mich verwirrte. Ich glaubte zu fühlen, daß er ein Geheimnis vor mir verbarg.

Deswegen zögerte ich, und er bemerkte mein Zaudern sofort.

»Gefällt dir die Idee nicht?« fragte er.

»Nein, nein, doch. Es ist nicht so, daß ich dich nicht sehr gern hätte, Lucian.«

»Das hört sich an wie der klassische Korb: ›Ich habe dich sehr gern, aber ...‹ Carmel, sag es, rasch! Es gibt ein Aber, nicht wahr?«

»Ich werde sagen, was ich mir vorgenommen hatte: Ich habe dich sehr gern, aber ...«

»Ah«, sagte er, »jetzt kommt es.«

»Es ist bloß, ich bin unsicher. Es ist eine Menge geschehen. Mir liegt viel an dir ... sehr viel. Du warst der Held meiner Kindheit. Du mußt mich verstehen. Ich hoffe, wir werden uns weiterhin sehen wie bisher. Unser Zusammensein hat mich sehr glücklich gemacht, aber wir müssen noch mehr voneinander wissen. Unsere Kinderfreundschaft hat mir sehr viel bedeutet, aber wir haben uns seither beide verändert. Beide haben wir viel erlebt, wichtige Dinge, die uns geprägt haben. Darauf möchte ich hinaus. Ich habe dich gern, aber zuweilen habe ich das Gefühl, daß ich dich nicht so gut kenne, wie ich denjenigen kennen sollte, mit dem ich mein ganzes Leben verbringen möchte.«

»Du denkst an meine Ehe.«

»Sie könnte etwas damit zu tun haben, ja.«

»Ich will dir genau sagen, was geschehen ist. Ich kann deine Gefühle natürlich verstehen. Es ist die ganze Situation im Haus, nicht? Die Frau, die so bald nach der Heirat starb, das Kind, die alte Vettel von einer Kinderfrau. Ich will dir alles erzählen. Das hatte ich ohnehin vor. Ich bin mehrmals nahe daran gewesen, aber leider ergeht es mir wie den meisten Leuten: Wenn etwas unangenehm ist, suche ich es zu verdrängen und mich selbst zu täuschen, indem ich mir einrede, es sei alles vorbei und vergessen. Es ging damals sehr schnell. Meine Kommilitonen und ich feierten an der Universität ein großes Wochenendfest.

Wir hatten mehrere Mädchen dabei. Eine von ihnen war Laura.

Ich hatte sie vorher schon ein paarmal getroffen. Sie war sehr jung und hübsch und hatte eine ungekünstelte Art, die sehr reizvoll war. Wir hatten alle zuviel getrunken. Ich wollte sein wie die übrigen, überlegen und weltgewandt. Du weißt, wie junge Männer sind. Ich will mich gar nicht verteidigen. Ich mußte sein wie die anderen. Später erkennst du, daß in einem einzigen törichten Augenblick Dinge geschehen können, die sich auf dein ganzes Leben auswirken. Laß mich diese Torheit rasch überspringen. Einige Zeit später kam Laura tief betrübt zu mir. Sie war schwanger. Was sollte sie tun? Sie sagte, ihr Vater würde ihr nie verzeihen. Er habe ihr eine Gesellschaftssaison in London ermöglicht, in der Hoffnung, daß sie sich gut verheiraten würde. Ihr bleibe nur ein Weg offen. Sie werde sich umbringen.«

Ich sah ihn entsetzt an, und er fuhr fort: »Ich wußte damals nicht, daß sie das nur so sagte. Ich glaubte ihr. Sie war so klein und hilflos.« Er sah mich fest an. »Stell dir vor, wie das sein muß, für den Tod eines Menschen verantwortlich zu sein. Es würde dich den Rest deines Lebens belasten. Wie würde dir dabei zumute sein, Carmel?«

»Es wäre unerträglich.«

»Mir kam der Gedanke, daß ich vielleicht gar nicht der Vater war. Ich war sogar der festen Überzeugung. Aber sie war sich so sicher, sie war so entschlossen: Dies sei der einzige Ausweg für sie, wenn ich sie nicht heiratete. Damit konnte ich mein Gewissen nicht belasten.«

»Also hast du sie geheiratet.«

Er nickte. »Es war eine überstürzte Hochzeit. Ihr Vater war einverstanden. Er sagte, er habe das Geld, und alles, was Laura brauche, sei ein guter Titel. Er hätte gerne eine große Hochzeit gehabt, aber er mußte sich mit dem zufriedengeben, was sich unter solchen Umständen machen ließ. Nun, der Rest war unvermeidlich. Ich entdeckte, daß das Kind wirklich nicht von mir sein konnte, und daß sie mich zu der Heirat überlistet hatte. Ihr Vater hätte ihr niemals erlaubt, ihren Geliebten zu heiraten, deswegen hatte sie mich erkoren, um sich aus ihrer Zwangslage zu befreien. Die ganze Angelegenheit hatte nur ein Gutes: Das Kind war ein Mädchen. Ich hätte mich höchst unwohl dabei gefühlt, der Familie den unehelichen Erben eines anderen unterzuschieben.«

»Lucian, es tut mir so leid für dich. Du mußt sehr gelitten haben.«

»Du kannst es dir vorstellen, nicht wahr, Carmel? Das Unglück, die Enttäuschung. Und sie hat Jemima Cray mitgebracht, die schon ihre Amme gewesen ist und, wie es manche Kinderfrauen tun, bei ihr blieb, um ihre ständige Gefährtin und Vertraute zu werden. Jemima wußte von Lauras heimlicher Liebschaft. Der Vater des Kindes war ein entfernter Verwandter von ihr, wie ich herausfand. Sie hatte zunächst gehofft, Lauras Vater würde nachgeben, wenn er hörte, daß ein Kind unterwegs sei, aber er dachte gar nicht daran. Er wollte das Kind loswerden und hätte es gleich nach der Geburt zur Adoption freigegeben, damit die Sache geheim blieb. Dann sah Laura die Chance – und ich ließ mich an der Nase herumführen wie ein Gimpel. Ihr Vater war einverstanden, daß sie mich heiratete, und damit war alles vergeben. Ich nehme nicht an, daß ich der erste war, dem so etwas widerfuhr. Irgendwie ist es komisch, wie eine Komödie, in der ich den Tölpel spielte, der sich leicht hereinlegen läßt.«

»Und du hast das alles erst nach der Heirat entdeckt.«

»Ja. Sie wollte das Kind als Frühgeburt ausgeben, aber ich erfuhr die Wahrheit. Ich will dir sagen, wie. Laura hatte schreckliche Angst vor der Geburt. Ich vermute, daß ihr

schlechtes Gewissen sie geplagt hat. Wenn Menschen jemandem Unrecht getan haben, hassen sie denjenigen oft, weil er sie durch seine bloße Anwesenheit an ihre Heimtücke erinnert. Zumindest denke ich, daß es bei Laura so gewesen sein könnte. Sie war unausgeglichen, und die Angst wurde zur Besessenheit. Sie war überzeugt, daß sie sterben würde. Manchmal war sie vollkommen hysterisch. In einem solchen Zustand gestand sie mir, daß ich nicht der Vater ihres Kindes war, daß sie mich hintergangen hatte, wie schlau sie das eingefädelt hatte, und wie dumm ich gewesen war. Obwohl ich zuvor schon etwas geahnt hatte, war ich zutiefst erschüttert. Ich haßte sie und sagte es ihr. Jemima war natürlich in der Nähe, das Ohr am Türspalt. Laura schrie: ›Ich werde sterben. Ich weiß, daß ich sterben werde.‹ Und ich sagte: ›Schön, das wäre die beste Lösung dieser Angelegenheit.‹ Jemima haßte mich. Ich bin sicher, daß sie glaubte, Lauras Vater hätte am Ende doch nachgegeben und seiner Tochter erlaubt, diesen Verwandten zu heiraten. Es war eine fixe Idee von ihr. Sie deutete an, ich hätte Laura gezwungen, das Kind auszutragen, weil ich wußte, daß sie nicht kräftig genug war, um Kinder zu bekommen, und das nur der Dynastie zuliebe. Es war kompletter Unsinn, und das wußte sie genau. Aber sie deutete sogar an, ich sei schuld an Lauras Tod.«
Ich sagte: »Eines solltest du unverzüglich tun, nämlich Jemima entlassen.«
»Sie sorgt für das Kind.«
»Bridget ist ein normales kleines Mädchen. Du kannst sie nicht von dieser Frau aufziehen lassen.«
»Das Kind würde sich grämen, wenn sie ginge.«
Ich dachte, das könne gut sein, weil sich außer Jemima keiner im Haus um Bridget kümmerte.
»Schau, ich erzähle dir das alles, weil du findest, daß ich mich verändert habe. Wundert dich das?«

»Nein. Das Leben hinterläßt seine Spuren. Wir alle leiden auf unsere Art.«

»Ja, ich kann mir vorstellen, was der Schiffsuntergang für dich bedeutet hat ... der Verlust deines Vaters.«

»Das werde ich nie vergessen.«

»Wie ich diese Geschichte nie vergessen werde, Carmel. Ich habe öfter daran gedacht, seit du zurück bist. Das Leben schien sich zu ändern, als wir nach all den Jahren im ›Bald-Faced Stag‹ zu Mittag aßen. Ich sah einen Ausweg ... mit dir. Len Cherry ist ein ausgezeichneter Verwalter. Er könnte das Gut ohne mich handhaben. Ich würde einen erfahrenen Mann zu seiner Hilfe einstellen, und ich könnte fortgehen. Unsere Familie besitzt ein kleines Gut in Cumberland; ich könnte es erweitern und von vorne anfangen. Ich möchte alles, was geschah, hinter mir lassen.«

»Und deine Mutter? Was würde sie dazu sagen? Und was soll aus Bridget werden?«

»Meine Mutter kommt mit uns.«

»Sie würde sich nie von The Grange trennen.«

»Ich denke, sie würde es verstehen.«

»Es ist ein irrsinniger Traum, Lucian. Du könntest The Grange nie verlassen. Du kannst nicht vor der Vergangenheit davonlaufen. Du würdest dich dafür verachten. Du solltest dich lieber um das Kind kümmern. Es hat keine Mutter. Und wo ist sein Vater? Bridget wird Fragen stellen, wenn sie heranwächst. Ich weiß, was es heißt, ohne Eltern aufzuwachsen. Ich verbrachte all die Jahre in dem Glauben, unerwünscht zu sein. Tu Bridget das nicht an! Aber ich bin trotzdem der festen Überzeugung, daß Jemima Cray gehen muß.«

»Ich sehe, wie du dich um diese Dinge kümmern würdest«, sagte er und sah mich flehend an. Er war wahrlich ein anderer als der unbesiegbare Lucian meiner Kindheit, und jener war es gewesen, den ich geliebt hatte.

»Jetzt weißt du alles, Carmel«, sagte er. »Ich hoffe, daß du mich nicht verachtest.«

»Das könnte ich nie.«

»Und du lehnst mich nicht vollkommen ab?«

»Natürlich nicht.«

»Bedeutet das, es gibt Hoffnung für mich?«

»Es bedeutet, es gibt Hoffnung für uns beide.«

* * *

Ich war tief ergriffen von Lucians Bekenntnis.

Er hatte so verletzlich gewirkt, als er mir gegenübersaß und diese mitleiderregende Beichte ablegte.

Ich sah es genau vor mir, wie alles gekommen war, wie er sich für seine Einfalt verachtete, und wie aus einem stolzen, selbstbewußten jungen Mann ein verbitterter Mensch ohne Selbstachtung geworden war.

Der Held hatte tönerne Füße, und seltsamerweise verstärkte dies meine zärtlichen Gefühle für ihn. Ich glaubte, ich könnte den schwachen Mann vielleicht noch mehr lieben als den alles besiegenden Helden.

Ich wollte mit ihm nach Castle Folly. Er sollte Rosaleen und Harriman kennenlernen und sie ihn.

Ich war sicher, daß Rosaleen ihn als den Mann erwählt hatte, den ich heiraten sollte. Und ich selbst? Ich liebte ihn. Dessen war ich gewiß gewesen, als er mir offen erzählte, was geschehen war, und doch hatte ich immer noch das Gefühl, daß ich noch mehr erfahren müsse, daß er mehr zurückhielt, als er preisgab.

Er hatte so ernsthaft, so aufrichtig gesprochen. Er war schwach gewesen, gewiß, aber seine Schwäche war seinem Mitleid mit Laura entsprungen, dem Bedürfnis, das Richtige zu tun. Und jetzt war sein Leben aus den Fugen, und er rief mich um Hilfe an.

Es gab Augenblicke, da ich daran dachte, zu ihm zu gehen und zu sagen: ›Ja, Lucian, laß uns heiraten! Laß uns Jemima fortschicken und The Grange zu einem fröhlichen Haus machen, einem Heim für Bridget!‹ Dann aber zögerte ich. Ich wußte nicht alles. Warum hatte ich das merkwürdige Gefühl, daß er mir nicht die ganze Wahrheit erzählt hatte?

* * *

Die Handschrift kam mir entfernt bekannt vor, und sie versetzte mich zurück in die Schulstube in Haus Commonwood. Ich wußte sofort, von wem der Brief kam. Ich ging mit ihm in mein Zimmer, damit niemand zugegen war, wenn ich ihn las, und mir zitterten die Hände, als ich den Umschlag aufriß.

Liebe Carmel!
Ich war tief bewegt, als ich Deinen Brief las – so sehr, daß ich eine Weile nicht antworten konnte. Daher diese Verzögerung. Natürlich erinnere ich mich an Dich! Ich habe mich gefragt, wie Du mich gefunden hast. Aber das wirst Du mir vielleicht erzählen, wenn wir uns treffen.
Anfangs war ich nicht sicher, ob ich es könnte. Ich habe nämlich große Anstrengungen unternommen, Abstand zu den Geschehnissen zu gewinnen, und Dein Brief brachte alles zurück. Aber ich möchte Dich sehr gerne sehen.
Vielleicht können wir uns irgendwo treffen, wo es ruhig ist ... nur wir zwei. Ich denke, irgendwo im Freien, wo wir ungestört sind.
Ich sehe, daß Du eine Anschrift in Kensington hast, und ich dachte an den Park dort. Ich wohne in Kent, und man kommt mit der Bahn leicht nach London. Ich könnte kommenden Mittwoch gegen zehn Uhr dort sein. Wollen wir uns am

Albert-Denkmal treffen? Wir können uns eine Bank suchen
und uns unterhalten. Wenn Dir das nicht paßt, verabreden
wir eben eine andere Zeit.
Schreib mir an obige Adresse!
Danke, Carmel, daß Du an mich gedacht hast.

Kitty
(Übrigens, nenne mich Mrs. Craig.)

Ich las den Brief wieder und wieder. Dann schrieb ich ihr,
ich würde kommenden Mittwoch am Albert-Denkmal sein.

* * *

Kitty war offensichtlich daran gelegen, daß niemand von
diesem Treffen erfuhr. Ich konnte ihren Wunsch nach
absoluter Anonymität gut verstehen. Aber Dorothy mußte
ich es erzählen. Das war ich ihr schuldig. Schließlich hatte
ich ihr die Verbindung zu verdanken, und ich wußte, daß
ich ihr vollkommen vertrauen konnte.
»Wie aufregend!« rief sie, als ich ihr den Brief zeigte. »Ich
wünschte, ich könnte mitkommen.«
»Das kommt überhaupt nicht in Frage«, sagte ich sogleich.
»Wenn sie sieht, daß ich nicht allein bin, geht sie womög-
lich gleich weg.«
Das sah Dorothy ein.
»Und sie ist Mrs. Craig«, sagte sie. »Ob wohl Jefferson
Craig sie geheiratet hat? Grundgütiger Himmel! Wer hätte
das gedacht!«
Wir kamen überein, Lawrence nichts davon zu sagen, und
ich war froh, daß sie die Notwendigkeit einsah. Ich war
auch froh, daß Gertie noch nicht von ihrer Hochzeitsreise
zurück war. Sie hätte geahnt, daß etwas geschehen war,
und würde nicht ruhen, bis sie es herausbekam.
Ich war punkt zehn Uhr am Albert-Denkmal, das für mich

leicht zu Fuß zu erreichen war. Von Kitty war noch nichts zu sehen, aber das beunruhigte mich nicht, denn es war schwer vorauszusagen, wie lange die Bahnfahrt dauern würde. Acht Minuten vergingen, bis ich sie zu unserem Treffpunkt eilen sah.

Ich ging ihr entgegen, und ein paar Sekunden standen wir da und sahen uns an. Dann reichte sie mir beide Hände, und ich ergriff sie mit den meinen.

Sie hatte sich beträchtlich verändert. Spuren von Grau waren in ihren goldblonden Haaren, und sie hatte die heitere Ausstrahlung eingebüßt, die einst zu ihrem Naturell gehört hatte. Auch wenn ich ihre Geschichte nicht gekannt hätte, wäre mir klar gewesen, daß diese Frau ein tragisches Schicksal erlitten hatte.

»Carmel!« sagte sie mit der Stimme, an die ich mich so gut erinnerte. »Ich freue mich so, dich zu sehen.«

»Ich freue mich auch. Ich habe so viel an Sie gedacht und mich gefragt, wo Sie wohl stecken.«

Ihre Lippen zitterten, und sie hatte Tränen in den Augen. Aber wir durften es in der Öffentlichkeit nicht zu einer rührseligen Szene kommen lassen.

»Laß uns eine Bank suchen und uns hinsetzen!« sagte sie.

»Ich weiß eine«, sagte ich.

Wir entfernten uns vom Denkmal und gingen in den Park. Sie sagte: »Verzeih, daß ich dich warten ließ. Es ist schwierig, wenn man auf Züge angewiesen ist.«

»Ja«, sagte ich.

Dann schwiegen wir, denn oberflächliches Parlieren erschien uns banal. Was wir uns zu sagen hatten, sparten wir auf, bis wir uns hingesetzt hatten.

Ich hatte den Platz ein paar Tage zuvor ausgesucht. Gleich hinter dem Blumenweg war ein Stück freies Gelände mit einer einsamen Bank.

Wir setzten uns, und sie sagte: »Nun, Carmel...?«

337

»Oh, Miß Carson ...« begann ich.

»Du kannst jetzt Kitty zu mir sagen, nachdem ich nicht mehr deine Gouvernante bin.«

»Kitty, erzählen Sie mir, was Sie jetzt machen!«

»Ich lebe sehr zurückgezogen.«

»Sie heißen Mrs. Craig. Haben Sie einen Ehemann?«

»Ja.«

»Können Sie darüber sprechen?«

»Deswegen bin ich gekommen.«

Ich wappnete mich und sagte: »Sie müssen wissen, daß ich erst kürzlich erfahren habe, was geschah. Ich bin damals mit meinem Vater fortgegangen.«

»Ich weiß, daß Captain Sinclair dich mitnahm, als die anderen zu ihrer Tante kamen.«

»Ich war mit ihm in Australien. Er ist mit seinem Schiff untergegangen. Das ist noch nicht lange her. Und dann kam ich nach England, und hier habe ich erfahren ...«

»Dann hast du es die ganzen Jahre nicht gewußt.«

»Nein. Ich dachte, Sie wären alle in Haus Commonwood.«

»Es muß ein Schock gewesen sein, die Wahrheit zu erfahren.«

»Ja. Ich war fassungslos. Vielleicht war es vermessen von mir, Sie aufzuspüren. Es ergab sich durch eine Freundin, die sich für solche Fälle interessiert. Ich wußte, daß Mr. Craig Ihnen geholfen hatte, und es war ein Schuß ins Blaue. Meine Freundin hatte die Anschrift seines Verlages und dachte, man würde dort einen Brief an ihn weiterleiten.«

»Aha, so ist dein Brief zu mir gekommen. O Carmel, es war ...«

»Nicht, nicht! Es muß furchtbar für Sie sein, darüber zu sprechen, auch heute noch.«

»Ich darf mich nicht so anstellen. Ich bin ja gekommen, um es dir zu erzählen. Ich *will*, daß du es weißt, Carmel. Ich könnte es nicht ertragen, wenn auch du glaubtest, was so viele geglaubt haben. Du sollst wissen, wie es wirklich war. Du weißt ja schon, was man Edward angetan hat ... dem Doktor ...«

Ich nickte. Sie konnte einen Moment nicht weitersprechen. Dann brach der Zorn sich Bahn. »Es war falsch. Es war gemein. Er war unschuldig, Carmel. Ich weiß es.«

Ich drückte ihre Hand.

»Das hatte ich im Gefühl«, sagte ich. »Deswegen war ich so erpicht darauf, Sie zu treffen.«

»Wer konnte so etwas von ihm glauben? Er war der sanfteste Mensch, der je gelebt hat.« Ihre Stimme versagte wieder. »Ich muß ruhig bleiben. Wir waren uns immer zugetan, wir zwei, nicht? Ich weiß, daß er unschuldig war. Wirst du mir glauben?«

»Ja«, sagte ich inbrünstig. »Ich glaube Ihnen.«

»Wir haben nur sein Wort.«

»Das genügt«, sagte ich.

»Carmel, ich bin so froh, daß ich gekommen bin! Aber was hilft es? Es ist nun mal geschehen. Doch ich werde nicht ruhen, bis die Welt weiß, daß er unschuldig war – und ich kann nur sagen, ich weiß es, weil er es mir gesagt hat. Das ist alles, was ich sagen kann. Als er erfuhr, daß man ihn verhaften würde, sagte er zu mir: ›Kitty, meine Liebste, man wird mich beschuldigen, Grace ermordet zu haben. Alles deutet auf mich hin, und ich kann nicht beweisen, daß ich unschuldig bin. Ich war nicht in ihrem Zimmer. Ich habe die Tabletten nicht angerührt. Ich weiß nichts davon. Und ich möchte, daß du es weißt und mir glaubst, daß ich die Wahrheit sage.‹ Und tags darauf wurden wir verhaftet ... alle beide.«

Wir schwiegen. Ich wußte nicht, was ich ihr sagen sollte, aber mein Glaube an seine Unschuld war bestätigt.

Es verging eine Weile, bis wir sprechen konnten. Dann

sagte ich: »Ich bin froh, daß wir uns getroffen haben. Ich war immer von seiner Unschuld überzeugt, und jetzt bin ich absolut sicher.«

»Er hätte es mir erzählt«, sagte sie. »Er hätte mich nie belogen.« Danach wurde sie ruhiger. »Ich stand mit ihm vor Gericht«, fuhr sie fort. »An jene Tage erinnere ich mich nur verschwommen, wofür ich wohl dankbar sein muß. Er hatte Feinde. Diese boshafte Alte! Wie hat sie triumphiert!«

»Meinen Sie Nanny Gilroy? Die habe ich nie leiden können.«

»Mrs. Barton stand unter ihrem Einfluß ... und die Gemeindeschwester auch. Sie wußten alle, wie schwierig mit Grace Marline auszukommen war. Das ließ sich nicht leugnen. Aber es sprach als Beweis gegen ihn. Und natürlich waren es seine Gefühle für mich, die das Gericht vollends überzeugten. O Carmel, denk nur! Die Briefe, die er mir schrieb, wurden bei der Verhandlung vorgelesen ... diese intimen, liebevollen, erdrückenden Briefe! Wie dumm von mir, sie aufzubewahren! Man hat mein Zimmer durchsucht und sie gefunden. Sie waren mir ein solcher Trost gewesen ... und wie sollte ich ahnen, was ...? Du darfst uns nicht verurteilen.«

»Sie verurteilen? Wie sehr wünschte ich, ich hätte irgend etwas tun können, um Ihnen zu helfen!«

»Du mußt mir vergeben. Ich werde sentimental. Ich war so wütend auf die gemeine Frau mit ihren Anspielungen. Sie haßte mich von dem Augenblick an, als ich ins Haus kam. Und denk nur, sie hat von uns gewußt und über uns gekichert! Ich habe den Doktor geliebt, Carmel. Ich möchte, daß du es verstehst. Es war nicht, wie die sich das vorgestellt haben. Es war wahre Liebe, über die man niemals lachen und feixen darf, wie sie es taten. Ich wünsche dir, Carmel, daß du eine Liebe findest, so zärtlich und aufrichtig, wie ich und Edward Marline sie füreinander empfanden. Sie lohnte es, für sie zu leben ... und zu sterben ... O nein, nicht so wie er!«

»Bitte, quälen Sie sich nicht! Vielleicht sollten wir lieber nicht darüber sprechen ...«

»Aber ich muß reden ... und ich möchte, daß du es weißt. Es tut mir gut, mit dir zu sprechen, weil du dasselbe glaubst wie ich.«

»Ja, ich habe im Innersten immer gewußt, daß Dr. Marline unschuldig war. Ich wollte immer einen Beweis, daß ich im Recht bin, und nun habe ich ihn – von Ihnen.«

»Beweis? Nur mein Wort.«

»Das genügt mir. Ach, wenn es nur dem Rest der Welt ebenfalls genügen würde!«

»Ich will versuchen, ruhig und vernünftig zu sprechen«, sagte Kitty. »Du weißt, was bei der Verhandlung geschah. Edward wurde schuldig gesprochen und gehängt. Bei mir konnten sie zu keinem Schluß gelangen. Ich erwartete ein Kind, und Schwangere werden nicht gehängt. Es gab eine große Diskussion. Jefferson Craig war bei der Verhandlung zugegen. Ich muß dir nun von Jefferson erzählen. Er hat viel über Verbrechen und Verbrecher geschrieben. Er glaubte von Anfang an, daß Edward unschuldig war. Seinem Gefühl nach lag ein Justizirrtum vor. Er war überzeugt, daß ein anderer Mrs. Marline die tödliche Dosis verabreicht hatte. Es muß mehrere Personen im Haus gegeben haben, die sie haßten. Und es bestand auch die Möglichkeit, daß sie sie selbst genommen hatte – vielleicht versehentlich. Ich wurde noch einmal vor Gericht gestellt, und infolge von Jeffersons Artikeln, die in der Zeitung erschienen, herrschte ein gewisses öffentliches Mitgefühl für mich. Ich habe immer geglaubt, daß ich hauptsächlich deswegen freigesprochen wurde. Ich verließ den Gerichtssaal als freier Mensch, aber voll Ungewißheit. Doch Jefferson war da. Er fand eine Unterkunft für mich. Eine Frau kümmerte sich um mich, und er kam mich von Zeit zu Zeit besuchen. Es war keine romantische Liebe. Ich war für ihn nur ein ›Fall‹. Jeffersons Fälle waren sein Leben. Meiner hatte ihn besonders berührt. Er war damals Ende sechzig. Ich weiß nicht, wie ich ohne ihn überlebt hätte. Ich befand mich in einem Zustand tiefer Niedergeschlagenheit und hatte furchtbare Alpträume. Ich wollte nicht mehr leben. Jefferson gab mir zu bedenken, daß ich Edwards Kind in mir trug. Dank des Kindes habe ich Edward nicht ganz verloren. Später verriet Jefferson mir, damals habe er befürchtet, ich könne mir das Leben nehmen. Er denkt zwar in Fällen, und auch meinen Fall hat er mit derselben Zielstrebigkeit verfolgt, die er jedem ›Fall‹ entgegenbrachte, und doch glaube ich, daß meiner ihn ganz besonders interessierte. Er befand, daß ich eine Beschäftigung brauche. Arbeit war das Gegenmittel gegen Langeweile und Lebensunlust. Ich brauchte Arbeit. Ich dankte ihm für das, was er für mich getan hatte, sagte ihm, daß ich es ihm nie vergelten könne, und er meinte, es gebe durchaus eine Möglichkeit, es zu vergelten: Ich könne Mrs. Garfield zur Hand gehen. Mrs. Garfield sei seine Sekretärin und seit vielen Jahren bei ihm beschäftigt. Sie sei fast so alt wie er. Sie verstehe ihn und seine Arbeit, wie es wenige könnten, aber die Arbeit werde ihr zuviel. Sie brauche eine Assistentin; ich könne diese Assistentin sein, und das wäre ihm eine große Hilfe. Er hatte eine richtige Entscheidung getroffen – wie immer. Mrs. Garfield zeigte mir, was ich zu tun hatte, und bald fand ich es hochinteressant. Sie war so lange bei Jefferson gewesen, daß sie ihm ein bißchen ähnlich geworden war. Sie war fest entschlossen, alles zu tun, um ihm in diesem besonderen ›Fall‹ behilflich zu sein. Die zwei haben mich über den Berg gebracht. Und dann ist das Baby gekommen. Das Mädchen ist so schön, Carmel! Ich habe sie Edwina genannt. Manchmal bilde ich mir ein, etwas von

Edward in ihr zu sehen, und ich denke, wie glücklich er gewesen wäre, wenn er sie gekannt hätte. Oh, wie anders wäre dann alles gekommen, Carmel!«

Ich drückte eine Weile ihre Hand, und sie lächelte traurig.

»Es ist sinnlos, nicht? Das Leben spielt nicht so, wie wir es planen. Ich habe in vieler Hinsicht Glück gehabt. Jefferson war großartig zu mir. Er brachte mich zum Sprechen. Er hatte immer wissen wollen, was in meinem Kopf vorging. Er entdeckte, daß meine größte Sorge der Zukunft meiner Kleinen galt. Sie hätte Edwina Carson geheißen. Ich hörte die Leute schon sagen: ›Carson? Da war doch was? Ach ja, dieser Fall, weißt du noch? Der Mann wurde gehängt, und sie ist davongekommen ...‹ Davor hätte ich mich immer gefürchtet. Ich nahm mir vor, meinen Namen zu ändern. Ich lag nachts wach und dachte darüber nach. Das war einen Monat, bevor sie geboren wurde. Jefferson kam zu mir und sagte: ›Ich weiß, was Ihnen durch den Kopf geht. Das Baby, das ohne Vater zur Welt kommt. Dem werden wir ein für allemal abhelfen. Ich werde Sie heiraten, damit das Kind ehelich geboren wird, und wer wird Fragen nach Jefferson Craigs Kind stellen?‹ Es war sehr nobel von ihm, aber so ist er eben. Er ist ein großartiger Mensch. Ich kann nicht oft genug sagen, wieviel ich ihm verdanke.«

Sie war einen Moment zu bewegt, um fortzufahren.

Ich sagte: »Er ist wahrlich ein wunderbarer Mensch, und ich bin so froh, daß er da war, als Sie ihn brauchten.«

»So ist es oft im Leben, Carmel. Man ist verloren und einsam, und dann geschieht ein Wunder. So wurde ich Kitty Craig, und mein Baby wurde geboren, und von da an war mein Leben nicht mehr so unendlich elend, daß ich ihm entfliehen wollte. Ich hatte mein Baby, und es entzückte mich – ebenso wie es Jefferson und Mrs. Garfield entzückte.

Die Zeit verging rasch. Wir sahen Edwina heranwachsen,

von einem Baby zu einem kleinen Mädchen. Sie ist jetzt neun Jahre alt. Ist das schon so lange her? Ich arbeitete nach wie vor mit Mrs. Garfield. Ich fand die Arbeit von Mal zu Mal erquicklicher. Mrs. Garfield war eine wunderbare Lehrmeisterin. Vor zwei Jahren hat sie sich zur Ruhe gesetzt, und da Jefferson nicht mehr so viel wie früher arbeitet, konnte ich ihre Nachfolge antreten. Und nun muß ich dir noch etwas sagen: Adeline ist bei mir.«

Ich war erstaunt.

»Ja«, fuhr sie fort. »Es war kurz nach Edwinas Geburt. Ich bekam einen Brief, der mich über Jeffersons Verlag erreichte – genau wie deiner. Er war von einer Mrs. Darrell. Sie war Adelines Tante Florence. Sie fragte sehr freundlich an, ob sie mich aufsuchen könne. Ich war ihr nur ganz kurz begegnet, als sie die Kinder abholen kam. Damals hatte ich sie als äußerst hochnäsig empfunden, und es überraschte mich, daß sie mich auf so einschmeichelnde, beinahe flehende Weise bat, sie zu empfangen. Jefferson war sehr neugierig, und so kam sie zu uns.

Als Einleitung sagte sie mir, wie froh sie sei, daß ich die betrübliche Geschichte überstanden hätte und nun Mrs. Craig sei. Sie habe immer an meine Unschuld geglaubt. Dann kam sie zur Sache. Es ging um Adeline. Sie und Mr. Darrell machten sich große Sorgen um das Kind. Adeline sei lange krank gewesen, aber jetzt gehe es ihr besser ... körperlich. Aber sie sei von einer Sache besessen, nämlich dem Wunsch, mit mir zusammen zu sein. Anfangs habe sie von nichts anderem gesprochen. Sie hatten gedacht, sie würde es verwinden, aber leider sei es schlimmer geworden mit ihr. Es sei zu heftigen Szenen gekommen. ›Wir haben versucht, es ihr zu erklären, aber sie wollte nicht einsehen, warum sie nicht bei Ihnen sein kann. Wir haben ärztlichen Rat eingeholt. Sie wird fort müssen, sagte man. Der Gedanke, sie in eine Anstalt zu schicken, ist entsetzlich, und wir wissen, daß es ihr nicht guttun würde. Sie will einfach nur eines. Und es ist ihre einzige Chance, bei Ihnen sein zu können. Wären Sie bereit, es auf einen Versuch ankommen zu lassen? Wir würden das gut honorieren. Und wenn es Ihnen zuviel wird, gibt es natürlich immer noch die andere Möglichkeit. Wären Sie gewillt, es zu versuchen? Die Ärzte meinen, bei einem kindlichen Gemüt wie dem Adelines bestehe die Chance, daß sie ihre Heiterkeit zurückgewinnt.‹ Natürlich habe ich es mit Jefferson besprochen. Hier hatte er wieder einen ›Fall‹. Er war bereit, Adeline zu beobachten, und er war gespannt, wie sie auf das Zusammensein mit mir reagieren würde. Doch lehnten wir eine Bezahlung großmütig ab. Adeline ist jetzt ungefähr sieben Jahre bei uns. Es ist gutgegangen. Sie ist wieder ganz die alte Adeline, liebevoll und sanft. Sie betet Edwina an. Anfangs hatte ich Angst, das Kind mit ihr allein zu lassen, und richtete es so ein, daß es nie dazu kam. Aber jetzt ist alles anders. Sie sind die besten Freundinnen. Es ist eine Wonne, Adeline singend durchs Haus streifen zu hören. Erinnerst du dich, wie sie früher immer gesungen hat, wenn sie glücklich war?«

»Ich bin froh, daß sie wieder bei Ihnen ist. Ich weiß noch, wie bekümmert sie war, als Sie einmal fort waren, und später, als sie mit Tante Florence ging. Sie hat Sie von Anfang an geliebt. Sie hatte solche Angst, als sie hörte, daß eine Gouvernante ins Haus kommen soll, und dann wurden Sie für sie der wunderbarste Mensch auf der Welt.«

»Arme Adeline! Sie haben nicht verstanden, sie richtig zu behandeln, besonders ihre Mutter machte sie todunglücklich. Sie war sehr leicht zu ängstigen und sehr leicht glücklich zu machen.«

Nach einer kurzen Pause fuhr sie fort: »Jefferson nimmt natürlich viel Anteil an Adeline. Er kann so gut mit ihr umgehen. Er versteht sie. Jetzt ist sie glücklich.«

»Jefferson scheint ein großartiger Mensch zu sein.«

»Das ist er. Er behandelt Edwina wie seine Tochter, und sie betrachtet ihn als ihren Vater. Du siehst also, Carmel, ich habe für vieles dankbar zu sein. Ich habe nur einen Wunsch. Vielleicht wird er mir nie erfüllt, und ich muß zufrieden sein mit dem, was mir wunderbarerweise beschieden wurde.«

»Was ist es?«

»Ich möchte wissen, was an jenem Tag in Commonwood tatsächlich geschah. Wer hat Grace Marline getötet? Ich weiß nur, Edward war es nicht. Aber wer? Ich möchte es vor allem um meines Kindes willen wissen. Sicher, sie hat ihren Namen und kann als Jeffersons Tochter durchs Leben gehen. Aber es besteht die Möglichkeit – sie ist jetzt geringer, dank Jefferson, aber dennoch vorhanden –, daß jemand entdeckt, wer ihr Vater war ... Man könnte sich an mich erinnern. Jefferson war sehr darauf bedacht, daß unsere Heirat nicht publik wurde. Stell dir vor, was für ein gefundenes Fressen das für die Presse gewesen wäre! ›Jefferson Craig heiratet Kitty Carson, die er vor dem Galgen bewahrt hat.‹ Es wäre unerträglich gewesen, und du kannst sicher sein, wenn jemand auf diese Information gestoßen wäre, man hätte nicht gezögert, sie für einen Knüller zu verwenden, der die Auflage steigert.«

»Das wäre entsetzlich gewesen.«

»Du siehst, was drohend über mir schwebt. Wenn diese Tat nur aufgeklärt werden könnte. Eines Tages vielleicht ... es ist unwahrscheinlich, aber man kann ja hoffen. Carmel, wir bleiben doch in Verbindung, nachdem wir uns nun gefunden haben? Es hat so gut getan, mit dir zu reden. Du mußt uns besuchen kommen. Wir haben ein hübsches Haus in Kent. Früher wohnten wir in London, aber als wir heirateten, hat Jefferson dieses Haus gekauft, und wir haben uns aufs Land zurückgezogen, weil er nicht zu sehr im Brennpunkt der Öffentlichkeit stehen wollte. Du siehst, was er alles für mich getan hat.«

»Ja, und ich bewundere ihn sehr.«

»Du wirst uns besuchen?«

»Sehr gerne.«

»Bitte bald! Jefferson wird dich unbedingt kennenlernen wollen, und er ist sehr ungeduldig. Er wartet nicht gerne.«

»Ich verspreche es.«

»Ich möchte, daß du Edwina kennenlernst. Und du wirst Adeline wiedersehen. Sie wird ganz aus dem Häuschen sein.«

»Hören Sie manchmal von Estella und Henry?«

Sie schüttelte den Kopf. »Nein, ich denke, ihnen ist klargeworden, daß man die Vergangenheit am besten vergißt. Adeline scheint nichts an ihnen zu liegen. Du warst es, die sie am meisten mochte.«

»Ich denke, ihre ganze Liebe galt Ihnen.«

»Armes Kind. Das Leben hat es nicht sehr gut mit ihr gemeint.«

»Bis Sie kamen.«

»Nun, jedenfalls wird sie sich sehr freuen, dich zu sehen. Also wann?«

»Ich könnte Ende nächster Woche kommen.«

»Oh, wirklich?«

»Ist es nicht zu bald?«

Sie lachte. »Wir freuen uns darauf. Ich zeige dir, wie du hinkommst.« Sie nahm ein Blatt Papier aus ihrer Tasche und schrieb etwas darauf. »Ich hole dich am Bahnhof ab«, sagte sie. »Freitag in acht Tagen«, fügte sie hinzu, und wir legten fest, welchen Zug ich nehmen sollte.

Sie lächelte. Und da sah sie jener Miß Carson sehr ähnlich, die vor vielen Jahren nach Haus Commonwood gekommen war. Unser Treffen hatte sie aufgeheitert. Ich war froh, daß ich den Mut gehabt hatte, den Schritt in die Vergangenheit zu wagen.

Geständnis

Am Nachmittag kam Dorothy vorbei, neugierig zu erfahren, wie das Treffen verlaufen war. Sie schien sehr aufgeregt, vor allem, als sie hörte, daß ich Kitty zu Hause besuchen würde.

»Das hat sich ja wunderbar gefügt! Und er hat sie geheiratet! Er war ja immer als Exzentriker bekannt. Und sie hatte nichts zur Aufklärung des Falles beizusteuern?«

»Nur, daß sie mich in meiner Überzeugung bestärkte, daß der Doktor seine Frau nicht umgebracht hat.«

»Leider ist das vor Gericht kaum von Gewicht. Und Sie werden tatsächlich in Jefferson Craigs Haus wohnen? Vielleicht können Sie eines Tages eine Einladung für mich erwirken.«

»Das halte ich durchaus für möglich.«

»Und wie geht es nun weiter?«

»Ich fahre Ende nächster Woche hin.«

»Wunderbar. Und in der Zwischenzeit: Stillschweigen.«

Ich sah sie fest an. »Zunächst ja, denke ich.«

Sie nickte. Sie war mit mir einer Meinung, daß es sinnlos war, Lawrence jetzt schon etwas zu sagen. Wir wußten beide, daß er es für unklug halten würde, sich in eine unerquickliche Sache einzumischen, die schon so lange Zeit zurücklag. Dorothy kannte Lawrence durch und durch. Umsorgte sie ihn nicht seit vielen Jahren?

Ich schrieb meiner Mutter, was geschehen war. Es interessierte sie gewiß, und schließlich war der Vorschlag ja von Harriman gekommen. Den Hysons hatte ich nichts gesagt, und Gertie würde vor Sonnabend nicht zu Hause sein. Ich wollte bis nach dem Besuch warten, bevor ich irgend jemandem etwas erzählte.

Meine Mutter schrieb zurück, sie wünsche mir viel Glück und freue sich sehr auf unser nächstes Beisammensein, bei dem sie zu hören hoffe, wie die Sache ausgegangen sei.

Gertie und Bernard kamen am Sonnabend nach Hause. Sie waren in überaus gehobener Stimmung. Tante Beatrice, Onkel Harold und ich holten sie am Bahnhof ab. Es gab Umarmungen, Küsse und Entzückensschreie. Wir fuhren zu dem Haus, wo Tante Beatrice alles hergerichtet hatte, um den Jungvermählten ein gebührendes Willkommen zu bereiten.

Bernard hatte Gertie nicht über die Schwelle getragen, und sie bestand darauf, noch einmal hinauszugehen und so einzutreten, wie es sich geziemte. So kam denn Bernard seiner Pflicht zu jedermanns Zufriedenheit nach, und wir gingen alle in den Salon, wo Onkel Harold Champagner kredenzte und wir auf die Rückkehr des glücklichen Paares anstießen.

Und glücklich waren sie. Gertie quiekte vor Vergnügen über die wohlgefüllte Speisekammer und wollte wissen, ob Tante Beatrice wünsche, daß sie ebenso dick würde wie sie.

Es war eine vergnügliche Heimkehr, und es dauerte eine Weile, bis Gertie mir ihre Aufmerksamkeit zuwandte.

Ich erzählte ihr von meiner Mutter, was sie interessant fand, und daß ich Freunde von früher wiedergefunden hatte, die ich kommendes Wochenende besuchen wollte.

»Du hast aber eine Menge Freunde von früher!« rief sie. »Du hast es ja faustdick hinter den Ohren, Carmel Sinclair!«

Glücklicherweise nahm ihr neues Haus sie so in Anspruch, daß sie sich nicht allzu sehr für mich interessierte.

Ich erhielt ein Schreiben von Lucian. Er komme Mitte der

Woche nach London und schlage vor, wieder bei »Logan's« zusammen zu Mittag zu essen.

Das versetzte mich in eine Zwangslage. Ich würde ihm sagen müssen, daß ich verreiste. Ich hatte viel an ihn gedacht, seit er mich bat, ihn zu heiraten, und viele Male hätte ich am liebsten ja gesagt. Ich beneidete Gertie, deren Leben so reibungslos verlief. So hätte es mir ergehen können, wenn ich mir Lucians sicher gewesen wäre. Aber da war diese Barriere, die ich nicht überbrücken konnte. Ich wußte nicht einmal, ob es eine Barriere war. Da war etwas, das ich einfach nicht verstand, und ich mußte wissen, was das war, bevor ich ihn heiraten konnte.

Ich wußte unterdessen, daß Lawrence mir niemals mehr sein konnte als ein guter Freund. Freilich, manche heirateten gute Freunde und wurden sehr glücklich. Zum Beispiel meine Mutter und Harriman Blakemore – und nun Kitty und Jefferson Craig. Sie waren Vernunftehen eingegangen, falls es so etwas überhaupt gab. Sie machten sich nichts vor.

Ich dachte daran, Lucian dasselbe zu sagen, was ich Gertie gesagt hatte. Daß ich eine Freundin von früher besuchen würde. Das stimmte ja auch – nur, daß es mehr war als das. Dann kam mir ein Gedanke: Wenn ich nicht aufrichtig zu Lucian war, warum sollte ich dann erwarten, daß er aufrichtig zu mir war?

Da kam ich zu dem Schluß, ich müsse ihm erzählen, daß ich Kitty Carson getroffen hatte, daß ich sie besuchen ginge, und daß ich mehr und mehr hineingeriet in das, was sich in der fatalen Zeit in Haus Commonwood zugetragen hatte, als es Schauplatz einer *cause célèbre* war.

Wir trafen uns an unserem Tisch bei »Logan's«. Als wir bestellt hatten, sagte Lucian: »Du hast etwas. Erzähl es mir!«

Ich wußte kaum, wo ich anfangen sollte, und so sagte ich:

»Du weißt, ich habe mich immer für den Fall Marline interessiert.«

Seine Miene veränderte sich. Er runzelte leicht die Stirn. »Ach, das ist so lange her. Es ist aus und vorbei. Was könnte man da jetzt noch bewirken?«

»Ich weiß es nicht. Aber ich habe mich mit Kitty Carson getroffen.«

»Was?«

Ich erklärte ihm, wie es dazu gekommen war und wie ich sie auf Harrimans Vorschlag hin über Jefferson Craig gefunden hatte.

»Wozu hast du dir die viele Mühe gemacht?«

»Weil ich alle Beteiligten so gut kannte, und weil ich von der Unschuld des Doktors überzeugt bin.«

»Wenn er unschuldig war, wer hat dann Mrs. Marline getötet?«

»Das ist das Mysteriöse daran. Möglicherweise war es Selbstmord, aber das kann ich nicht glauben. Ich habe mich jedenfalls mit Kitty im Kensington-Park getroffen. Es gibt dort ein stilles Fleckchen, wo man ungestört reden kann. Um zehn Uhr früh sind dort fast keine Leute. Und am Wochenende fahre ich zu ihr.«

»Ich sehe nicht ...«

»Du meinst, ich hätte das nicht tun sollen?«

»Vielleicht wäre es besser, sich nicht in solche Sachen einzumischen. Ich finde, du solltest es dir aus dem Kopf schlagen und es vergessen.«

»Es gibt Dinge, die kann man nicht vergessen, und wenn man sich noch so bemüht.«

»Was hat sie dir erzählt?«

»Wie sie gelitten hat. Sie hat eine Tochter. Jefferson Craig hat Kitty geheiratet, damit das Kind den Namen Craig tragen kann. Er scheint ein wunderbarer Mensch zu sein. Genau wie Harriman. Welch ein Glück für Kitty und meine Mutter!«

Lucian starrte vor sich hin. »Ja, jede von ihnen scheint einen sehr guten Mann gefunden zu haben.«

»Kitty befürchtet jedoch, jemand könnte eines Tages entdecken, daß ihre Kleine die Tochter von Edward Marline ist, obwohl sie Craigs Namen trägt. Sie sagte, das schwebe immer drohend über ihr.«

»Das ist höchst unwahrscheinlich«, sagte er.

»Das weiß sie, aber auszuschließen ist es nicht, Lucian.«

»Ja, mag sein.«

»Ich werde sie also besuchen. Ich werde Jefferson Craig kennenlernen. Dorothy Emmerson ist gewaltig beeindruckt. Sie sagt, er sei ein sehr kluger Mensch.«

Lucian schwieg, und ich nahm an, er dachte, daß meine Beschäftigung mit diesem unerqicklichen Ereignis gefährlich und töricht sei. Doch zugleich hatte er ziemlich beunruhigt dreingesehen, als ich davon sprach, daß Kitty einen drohenden Schatten über ihrer Tochter schweben sehe.

Er wechselte das Thema, und wir sprachen von Gerties Heimkehr und meinem nächsten Besuch in The Grange, der nach meiner Rückkehr von dem Wochenende bei Kitty erfolgen sollte. Danach wollte meine Mutter mich in Castle Folly haben, und sie hatte gemeint, es wäre sehr vergnüglich, wenn Lucian mich begleiten würde.

Aber unserem Treffen war die Freude abhanden gekommen, und ich empfand die Barriere zwischen uns beiden stärker denn je.

Am Abend fand ich zu meinem großen Erstaunen einen an mich adressierten Brief vor, der im Haus abgegeben, vielmehr in den Briefkasten geworfen worden war, und mich überkam Erstaunen, als ich Lucians Handschrift erkannte.

Ich öffnete ihn gespannt und las:

Meine liebe Carmel!
Ich muß Dich morgen sehen. Es ist sehr wichtig. Ich habe Dir
etwas zu sagen, das keinen Aufschub duldet. Wir müssen
irgendwohin gehen, wo wir ungestört sind. Du sagtest, daß
Du Dich mit Kitty Carson im Kensington-Park getroffen hast,
und daß dort um zehn Uhr morgens fast kein Mensch ist.
Könnten wir uns um diese Zeit dort treffen? Ich warte am
Denkmal auf Dich. Ich werde auf alle Fälle dort sein.
Meine Liebste, es ist sehr wichtig.
Ich liebe Dich.   *Lucian*

Ich las den Brief noch und noch einmal. Lucian hatte mich
›Liebste‹ genannt und ›Ich liebe Dich‹ geschrieben. Das
machte mich froh, aber die mysteriöse Dringlichkeit be-
unruhigte mich ein wenig.
Ich schlief kaum in dieser Nacht, und als ich morgens um
zehn zum Albert-Denkmal kam, war Lucian schon da.
»Lucian!« rief ich. »Was ist passiert?«
Er nahm meinen Arm. »Setzen wir uns an das stille Fleck-
chen, von dem du gesprochen hast.«
Wir eilten dorthin. Lucians Gesicht war finster und sehr
ernst.
Sobald wir uns gesetzt hatten, sagte er: »Es geht um den
Fall Marline.«
Ich war erstaunt. »Ja?« sagte ich gespannt.
»Du bist überzeugt, daß Edward Marline den Mord nicht
begangen hat. Ich glaube, ich weiß, wer es war.«
»Lucian! Wer?«
Er blickte starr geradeaus. Er zögerte, als falle es ihm
unendlich schwer zu sprechen, dann sagte er langsam:
»Ich glaube ... ich war es.«
»Du! Wie meinst du das?«
»Ich meine, ich fürchte, daß ich für Grace Marlines Tod
verantwortlich bin.«

353

»Das ist unmöglich! Du warst gar nicht dort.«

»Carmel, ich glaube, ich könnte dafür verantwortlich sein«, wiederholte er. »Ich meine, ich könnte schuld sein an ihrem Tod. Es plagt mich schon eine ganze Weile. Ich versuche, nicht daran zu denken, aber manchmal wache ich nachts mit furchtbaren Gewissensbissen auf, und ich denke an den Mann, der für etwas gehängt wurde, was möglicherweise durch meine Schuld geschah. Ich denke an die Gouvernante ... und jetzt ihre Tochter ... über deren Leben auf immer ein drohender Schatten schwebt ... wegen etwas, das ich getan habe.«

»Wie kannst du da hineingeraten sein? Du hast doch die Frau kaum gekannt. Du warst gar nicht dort.«

»Ich war dort«, sagte er. »Erinnerst du dich an den Tag, bevor sie starb? Ich werde ihn nie vergessen.«

»Ich erinnere mich. Du kamst mit Camilla zum Tee.«

»Ja, wir waren unten im Salon, weil sich Mrs. Marline im Garten aufhielt und es nicht störte, wenn wir Lärm machten. Wir sprachen von Opalen. Erinnerst du dich daran?« Ich nickte.

»Camilla sagte, unsere Mutter habe ein paar sehr schöne, und Estella – vielleicht war es auch Henry – erwiderte, ihre Mutter habe einen Opalring. Er wollte ihn mir zeigen.«

Alles wurde wieder lebendig: der warme Nachmittag; Tom Yardley hatte Mrs. Marline in den Garten geschoben, und wir waren im Salon und lachten, weil wir nicht befürchten mußten, zuviel Lärm zu machen, denn »sie« war ja im Garten. Ich war enttäuscht gewesen, weil Lucian mit Henry fortgegangen war und sie uns Mädchen allein gelassen hatten.

Lucian fuhr fort: »Henry wollte mir unbedingt den Opal seiner Mutter zeigen; denn er war sicher, der sei ebenso wertvoll wie die Stücke, die meine Mutter hatte. Und ich war gespannt, ihn zu sehen. Henry sagte: ›Du kannst ruhig mit in ihr Schlafzimmer kommen. Sie ist im Garten. Ich weiß, wo sie den Ring verwahrt.‹ Wir schlichen auf Zehenspitzen in ihr Zimmer. Sie war im Garten, im Schatten der Eiche. Henry fand den Opal. ›Schau!‹ rief er. Und da passierte es. Ich stieß den Tisch an ihrem Bett um, als ich den Ring in die Hand nehmen wollte. Auf dem Tisch waren zwei Fläschchen mit Tabletten. Die Stöpsel waren locker, und die Pillen wurden über den ganzen Fußboden verstreut.

Ich war bestürzt, aber Henry sagte: ›Du kannst sie nachher aufsammeln. Guck dir erst mal den hier an! Wie er schimmert und blinkt. Ich schätze, das ist ein sehr kostbarer Opal, einer der wertvollsten.‹ Ich wollte ihm gerade entgegenhalten, daß die meiner Mutter viel kostbarer seien, als ich Mrs. Marline etwas zu Tom Yardley sagen und den Rollstuhl sich in Bewegung setzen hörte. Henry legte den Opal rasch zurück, und ich fing an, die Tabletten aufzulesen. Wir hatten nur eines im Sinn: Wir durften hier nicht erwischt werden. Ich sammelte alle auf, kippte sie in die Fläschchen, und diese standen auf dem Tisch wie zuvor. Kichernd liefen wir gerade noch rechtzeitig aus dem Zimmer. Carmel, ich habe nicht mehr an den Vorfall gedacht, erst später ... viel später fiel er mir wieder ein. Eines Morgens wachte ich früh auf. Da war mir die Möglichkeit einer Verwechslung bewußt geworden. Ich hatte die Tabletten durcheinander gebracht. Es waren zwei verschiedene Sorten gewesen, dessen war ich nun sicher, und Mrs. Marline hatte die falschen genommen.«

»Das kann ich nicht glauben, Lucian.«

»Ich habe mir einzureden versucht, daß es nicht so gewesen sein konnte. Ich versichere es mir immer wieder. Aber es ist möglich. Ich hätte mich melden sollen. Ich hätte erzählen sollen, was passiert war. Aber ich hätte Edward Marline nicht retten können. Er war schon tot. Ich war zur

Zeit der Gerichtsverhandlung und Exekution im Internat und erfuhr erst davon, als alles vorbei war. Erst viel, viel später wurde mir klar, wie es geschehen sein könnte. Plötzlich kam mir die Idee, daß mein Handeln Mrs. Marlines Tod verursacht haben könnte. Die Tabletten waren in verschiedenen Fläschchen, damit man sie unterscheiden konnte. In meiner Hast hatte ich nicht daran gedacht. Mein einziges Ziel war, die Pillen an ihren Platz zu stellen, bevor man uns entdeckte. Mrs. Marline mochte beabsichtigt haben, nur eine kleine Dosis zu nehmen, und hat dann eine tödliche genommen.«

»Lucian, das sind doch Hirngespinste! Woher weißt du, daß es zweierlei Tabletten waren, nur weil zwei Fläschchen auf dem Tisch standen?«

»Einmal sah ich Zeitungsausschnitte von der Gerichtsverhandlung. Es ging hauptsächlich um die Aussage der Ärzte, und dabei spielten die Tabletten eine große Rolle. Es wurde beschrieben, was die Pillen enthielten. Eine Sorte sollte sie nur bei großen Schmerzen nehmen – und nicht mehr als eine Pille täglich. Die anderen waren eine mildere Sorte, von denen sie drei am Tag nehmen konnte. Ich vermute, daß sie beide auf dem Nachttisch hatte. Du siehst, wie es geschehen sein könnte: Sie wurden verstreut. Sie wurden rasch aufgelesen und zurückgetan … irgendwie. Es ist so gut wie sicher, daß einige in das falsche Fläschchen geraten sind.«

»Angenommen, du hast sie in der Eile wirklich vermischt. Die einzelnen Tabletten müssen zu unterscheiden gewesen sein. Die einen waren vielleicht größer oder von einer anderen Farbe. Du magst es nicht bemerkt haben, aber dem, der es gewöhnt war, sie zu nehmen, wäre es bestimmt aufgefallen.«

»Bei der Gerichtsverhandlung war nicht die Rede davon, daß sie versehentlich die falschen genommen hat. Es war nicht die Rede davon, daß sie in die falschen Fläschchen geraten sein konnten. Es hieß lediglich, daß sie eine tödliche Überdosis starker Tabletten abbekommen habe. Da ich erst lange, nachdem der arme Doktor gehängt worden war, auf diesen Gedanken kam, versuchte ich mich zu überzeugen, daß es zu spät war, um etwas zu ändern. Ich konnte nichts tun, um ihn zu retten. Aber jetzt muß ich immerzu an Kitty Carson und ihre Tochter denken, die, wie du sagst, unter einer drohenden Wolke leben müssen. Ich kann es nicht vergessen. Es plagt mich seit langer Zeit. Und ich bin froh, daß ich es dir gesagt habe, Carmel. Ich muß jetzt tun, was immer getan werden muß.«

»Und ich bin froh, daß du es mir erzählt hast. Wir werden uns überlegen, was zu tun ist. Wir müssen immer zusammenhalten.«

Wir sahen uns eine Sekunde an, und dann nahm er mich in seine Arme. Er küßte mich sehnsüchtig, mit verhaltener Leidenschaft. Er bat mich, ihm zu helfen. Flüchtig dachte ich an ihn, wie er gewesen war, als wir uns kennenlernten. Der Held, der mich beschützte. Jetzt war er derjenige, der verletzlich war, und mehr als alles andere wünschte ich, mich seiner anzunehmen.

In diesem Augenblick wußte ich, daß ich ihn vorbehaltlos liebte. Zwischen uns war nur noch gegenseitiges Verstehen. Die Barrieren hatten sich verflüchtigt.

»Was soll nun geschehen?« fragte ich.

Er erwiderte: »Du fährst zu Kitty Carson. Ich komme mit.«

Ich sah ihn erstaunt an.

»Ja«, sagte er. »Ich habe es mir gestern abend überlegt. Dieser Experte, Jefferson Craig, er wird wissen, was zu tun ist. Ich werde ihnen genau berichten, was damals geschah. Nur so kann ich weiterleben. Es wird an die Öffentlichkeit gelangen, aber das werde ich ertragen. Was meinst du, Carmel?«

»Ich meine, du wirst keinen Frieden finden, ehe du diese Sache nicht ins reine gebracht hast. Aber mit mir fahren – da bin ich nicht sicher. Das müssen wir uns noch einmal durch den Kopf gehen lassen. Kitty rechnet nicht damit, daß ich jemanden mitbringe. Ich halte es für das Beste, wenn ich es ihnen zunächst erkläre und du einen Tag später nachkommst. Kitty wird sich vermutlich an dich erinnern. Du mußt sie ab und zu gesehen haben, wenn du nach Haus Commonwood kamst.«

»Ja, ich erinnere mich – eine sehr sympathische Person.«

»Ich werde ihr erzählen, was du mir erzählt hast, und dann können wir es besprechen.«

»Ja, das dürfte das Beste sein. O Carmel, wie froh bin ich, daß ich es dir gesagt habe!«

»Du hättest es mir längst erzählen sollen.«

»Das sehe ich jetzt ein.«

»Du mußt dieses Schuldgefühl ablegen. Auch wenn es so war, wie du befürchtest – was ich nicht glauben kann. Es ist nicht deine Schuld. Sorglosigkeit macht einen Knaben noch nicht zum Mörder.«

»Nein. Aber sie kann die Ursache für jemandes Tod sein. Und das ist ein ernüchternder Gedanke. Es bleibt nicht aus, daß es einen prägt. Oh, ich wünschte, ich könnte sicher sein, daß es nicht auf diese Weise geschah!«

»Wir werden Jefferson Craig um Rat fragen. Er wird wissen, was wir tun können.«

Lucian lächelte unversehens. »O Carmel«, sagte er. »Ich liebe es, wie du ›wir‹ sagst.«

Wir verließen den Park erheblich glücklicher als zuvor. Noch war Lucian von schwerer Schuld geplagt, aber jetzt teilte ich seine Probleme, und uns war beiden bewußt, daß wir uns dadurch nähergekommen waren.

*　*　*

Als Kitty mich am Bahnhof abholte, hatte sie ein kleines Mädchen bei sich. Ich wußte sogleich, daß es Edwina war – ein hübsches Kind, ganz bezaubernd, und die tiefe Zuneigung zwischen ihr und ihrer Mutter war auf den ersten Blick erkennbar.

»Das ist meine Tochter Edwina, Carmel«, sagte Kitty. »Edwina, das ist Miß Carmel Sinclair, die ich einst unterrichtet habe.«

Edwina lächelte und gab mir die Hand.

Sie hatte etwas Sanftes, das mich an den Doktor erinnerte, und ich konnte verstehen, daß Kitty stolz auf sie und um sie besorgt war.

Kitty kutschierte den Wagen selbst, und als wir über die lieblichen Feldwege fuhren, überlegte ich, wie bald ich die Angelegenheit zur Sprache bringen sollte, die mir am meisten am Herzen lag.

Wir redeten über alles mögliche, und alsbald kamen wir zu dem Haus. Es war sehr hübsch, dreigeschossig und weiß getüncht, was ihm ein properes, frisches Aussehen verlieh. Inmitten der grünen Sträucher, die es umstanden, wirkte es besonders anziehend. Stufen führten auf die vordere Veranda, und im oberen Stockwerk waren zwei Balkone, einer auf jeder Seite, was ausgesprochen hübsch wirkte.

Als der Wagen vorfuhr, erschien eine junge Frau auf der Veranda und lief uns entgegen. Ich erkannte sie sogleich und war von Bewegung übermannt. Adeline!

Sie blieb stehen, sah uns an. Sie war mit den Jahren kaum älter geworden. Ihre großen, unschuldigen Augen hatten ihre Jugend bewahrt. Sie mußte dreißig sein, sah aber nicht älter aus als siebzehn.

Sie hopste herbei wie ein Kind. Tatsächlich glaubte ich, daß Adeline im Herzen ein Kind geblieben war. Sie wirkte glücklich und heiter.

Ein Mann kam aus dem Stall und nahm sich des Wagens an. Er tippte kurz an seine Mütze.

»Danke, Thomas«, sagte Kitty. Und dann: »Adeline, ihr zwei kennt euch ja.«

Adeline war zu mir gelaufen. Da stand sie und lächelte scheu. Ich ergriff ihre Hände und gab ihr einen Kuß.

»Adeline«, sagte ich, »ich freue mich so, dich zu sehen!«

»Carmel ist hier«, sagte sie und lachte.

»Ja«, sagte Kitty, »Carmel bleibt ein paar Tage bei uns. Ist das nicht schön?«

Adeline nickte, und wir gingen ins Haus.

Die Diele war geräumig, auf einer Eichentruhe stand eine Vase mit Blumen, die vermutlich Kitty arrangiert hatte. Ein Herr kam in die Diele, und ich wußte sogleich, daß es Jefferson Craig war. Er ging leicht gebeugt und bewegte sich etwas mühsam, aber die braunen Augen, die mich unter buschigen Brauen hervor ansahen, waren ungemein wach und lebhaft. Er hatte dichtes, fast weißes Haar. Er war ein alter Mann, aber er besaß eine starke Ausstrahlung.

Er sagte: »Ich freue mich sehr, daß Sie uns besuchen. Kitty spricht ununterbrochen von Ihnen, seit sie von Ihrem Treffen zurück ist, deshalb sind Sie nicht direkt eine Fremde für mich. Ich freue mich darauf, Sie näher kennenzulernen.«

»Danke. Und Sie sind für mich ebenfalls kein Fremder; denn ich habe schon viel von Ihnen gehört.«

»Ich bringe sie jetzt in ihr Zimmer, Jefferson«, sagte Kitty. »Wir sehen uns dann beim Mittagessen, einverstanden?«

»Ausgezeichnet! Ich freue mich schon.«

»Dann bis gleich!«

Er nickte und kehrte in das Zimmer zurück, das vermutlich sein Studierzimmer war.

Adeline hatte mich untergehakt. »Kitty« sagte sie, »ich möchte Carmel ihr Zimmer zuerst zeigen.«

»Nur zu!« sagte Kitty.

Mit kindlicher Freude nahm Adeline mich bei der Hand. Sie flüsterte: »Es ist neben meinem.«

»Das ist fein«, erwiderte ich.

Sie ging mit mir den anderen voraus. Kitty lächelte. Das Leben mußte sehr schön sein für Adeline, seit sie bei Kitty war. Sie war zweifellos glücklich. Ich dachte daran, wie anders es in Haus Commonwood gewesen war, als sie sich immerzu vor dem Beisammensein mit ihrer Mutter fürchtete.

Adeline sagte zu Kitty: »Ich will sie zuerst in mein Zimmer führen.«

»Ist gut«, sagte Kitty. »Ich nehme an, daß sie nichts gegen den Umweg einzuwenden hat.«

Ich sah, daß Adeline nicht erwachsen geworden war. Sie war noch dasselbe Kind wie vor Jahren.

Sie öffnete eine Tür, ging hinein und trat zur Seite, damit ich ihr folgen konnte. Es war ein helles Zimmer, und mir fiel sogleich die Tür auf, die auf den Balkon führte. Der Raum enthielt ein Bett, einen blauen Teppich, eine Frisierkommode und einen Spiegel. An der Wand hingen viele Bilder, lauter farbenfrohe Szenen von glücklichem Familienleben. Es war ein Jungmädchenzimmer, und aus der Art, wie sie mich beobachtete, war klar ersichtlich, sie erwartete von mir, daß ich in Bewunderung ausbrach.

»Es ist entzückend«, sagte ich. Welch ein Unterschied, dachte ich, zu ihrem Zimmer in Haus Commonwood mit der hohen Decke und den schweren Möbeln. Dieses Zimmer war hell und farbenfroh. Adeline war jetzt bestimmt sehr glücklich.

Sie winkte mich ans Fenster.

»Komm!« sagte sie, und ich folgte ihr auf den Balkon. Er bot einen hübschen Blick auf den Garten. Ich blickte über das Geländer hinunter auf eine mit Steinplatten belegte Terrasse mit blühenden Topfpflanzen.

Dann nahm Adeline meinen Arm, und strahlend vor Stolz

zeigte sie mir, daß der Balkon auch zu dem angrenzenden Zimmer gehörte, das meines sein sollte.

Sie ging hin und winkte mir. »Carmel«, sagte sie, »das ist dein Zimmer. Sieh, wir haben denselben Balkon! Wenn du deine Tür aufläßt und ich meine, können wir uns rufen.«

»Das ist sehr bequem«, sagte ich.

Wir waren in mein Zimmer getreten. Es war ganz ähnlich wie Adelines, hatte aber nur zwei Bilder an der Wand.

Die Tür ging auf, und Kitty kam mit Edwina herein.

Kitty sagte: »Wir lassen Carmel jetzt allein, damit sie ihre Kleider aufhängen und sich die Hände waschen kann. Dann gibt es Mittagessen.« Sie lächelte mich an. »Ist alles recht so, Carmel?«

Ich bejahte, und sie fuhr fort: »Wir sind im Garten, wenn du fertig bist.«

»Ich bringe Carmel hinunter«, sagte Adeline.

»Ich sehe schon, du bekommst einen Schutzengel«, bemerkte Kitty.

»Ich bin dein Schutzengel, Carmel«, rief Adeline.

»Danke schön«, erwiderte ich.

Sie ließen mich allein. In einem Alkoven standen eine Waschschüssel und ein Wasserkrug, und ich erfrischte mich. Dann packte ich aus und hängte die wenigen Sachen auf, die ich mitgebracht hatte.

Ich war etwas angespannt und fragte mich, wie sie wohl reagieren würden, wenn sie hörten, was ich ihnen zu sagen hatte. Ich wartete nur auf eine passende Gelegenheit. Es würde natürlich in Edwinas oder Adelines Gegenwart nicht möglich sein.

Plötzlich war mir, als würde ich beobachtet. Es war ein unheimliches Gefühl.

Ich drehte mich herum. Adeline stand in der Balkontür.

»Tag, Carmel«, sagte sie, als hätten wir uns längere Zeit nicht gesehen. »Ich bringe dich hinunter.«

»Ich bin noch nicht ganz fertig.«

Sie trat ins Zimmer und setzte sich auf die Bettkante.

»Wo bist du gewesen?« fragte sie.

»In Australien.«

Sie zog die Augenbrauen zusammen und wiederholte: »Australien?«

»Es ist am anderen Ende der Welt.«

»Warum?«

»Warum es dort ist, oder warum ich dort war?«

»Du«, sagte sie.

»Man hat mich vor langer Zeit dorthin gebracht.«

»Als wir weg sind?«

»Ja, ungefähr zu der Zeit.«

»Es war gräßlich.« Ihr Gesicht war plötzlich haßverzerrt.

»Dann bin ich zu Kitty gekommen.« Innerhalb einer halben Sekunde hatte ihre Miene von Haß zu schierer Freude gewechselt. Dann sagte sie: »Warum bist du hergekommen?«

»Weil Kitty mich eingeladen hat.«

Sie nickte, als sei sie nun zufrieden, nachdem sie zuvor etwas beunruhigt hatte.

»Wollen wir hinuntergehen?« schlug ich vor. »Ich bin jetzt fertig.«

Kitty und Jefferson Craig saßen im Garten, Edwina war bei ihnen. Wir sprachen eine Weile über die Herfahrt und meine Freunde in London und Australien. Ich wurde langsam ungeduldig, doch Kitty schien es gemerkt zu haben, denn sie lächelte mir zu, als wolle sie sagen: Zum Reden ist später noch genug Gelegenheit.

Das Mittagessen verlief angenehm. Ein Hausmädchen, Annie, bediente bei Tisch, und ich erfuhr, daß die Köchin und Haushälterin in einer Person seit vielen Jahren bei Jefferson beschäftigt war. Sie lebten demnach komfortabel, aber nicht protzig.

363

Erst nach dem Mahl ergab sich die Gelegenheit, mit Kitty und Jefferson zu sprechen. Edwina war mit Adeline irgendwohin gegangen, und wir drei setzten uns unter eine Eiche, von wo wir über den Rasen einen Blick aufs Haus hatten. Das war der richtige Moment. Und ich verlor keine Zeit, sondern erzählte ihnen sogleich von Lucians Bekenntnis. Jefferson fand das sehr interessant. »Der arme junge Mann!« sagte er. »Welch ein Dilemma! Und er hat die Last der Schuld lange mit sich herumgetragen. Aber ich würde sagen, es ist wohl möglich, aber höchst unwahrscheinlich, daß er für den Tod der Frau verantwortlich ist.«

»Unwahrscheinlich!« rief ich. »Oh, wenn er es doch auch so sehen könnte!«

»Überlegen wir mal genau! Die Tabletten müssen zu unterscheiden gewesen sein. Mrs. Marline nahm sie regelmäßig. Sie muß den Unterschied zwischen den starken und den anderen gekannt haben. Ich kann mir nicht vorstellen, daß sie die stärkeren unabsichtlich genommen hat.«

»Sie meinen also, daß Lucian keine Schuld trifft?«

»Es ist natürlich möglich. Aber keineswegs gewiß.«

»Lucian meint, es war falsch, daß er sich nicht gemeldet hat. Aber es geht nun auch um Sie und Edwina«, wandte ich mich an Kitty. Und wir sprachen über die Folgen für Edwina, wenn herauskam, wer ihr Vater war.

»Daran habe ich oft gedacht«, sagte Kitty. »Es wäre ein Segen, wenn Edwards Name reingewaschen werden könnte.«

Ich sagte zu Jefferson: »Lucian und ich dachten, Sie würden wissen, was man in so einem Fall unternehmen muß. Ich vermute, Lucian wird nicht mit sich ins reine kommen, bis er ausgesagt hat, was damals geschah.«

»Ich gebe zu bedenken«, sagte Jefferson, »daß der Fall, wenn dies ans Licht kommt, wieder publik wird. Die öffentliche Aufmerksamkeit wird sich auf Kitty richten, was Edwina nicht guttun würde. Könnten wir aber denjenigen beibringen, der Grace Marline wirklich ermordet hat, und würde der ein Geständnis ablegen, würde das natürlich ebenfalls viel Staub aufwirbeln, aber das wäre es wert. Wir hätten eine Lösung des Falles, und Edward Marlines Name wäre reingewaschen. Kitty würde über jeden Verdacht erhaben sein und brauchte sich wegen Edwina keine Sorgen zu machen. Das wäre etwas ganz anderes als diese vage Möglichkeit.«

Darauf eröffnete ich ihnen, daß Lucian am folgenden Tag nachkomme. »Ich hätte Sie vorher um Erlaubnis fragen sollen, aber dazu war keine Zeit. Glauben Sie mir, er ist tiefbetrübt. Er meint, Jefferson könne ihm raten, was zu tun ist.«

»Es wird gut sein, ihn zu sehen«, sagte Kitty. »Ich erinnere mich an ihn. Er war ein netter Junge. Du warst damals sehr in ihn vernarrt, Carmel.«

»Er war immer lieb zu mir, und jede Zuwendung hat damals sehr viel für mich bedeutet.«

»Ja, ich weiß.«

»Er kommt morgen nachmittag mit dem Zwei-Uhr-Zug. Ist Ihnen das recht?«

»Natürlich«, sagte Kitty.

Jefferson sagte: »Ich freue mich schon auf das Gespräch mit ihm. Bis dahin werde ich über die Sache nachdenken. Vielleicht läßt sich etwas machen. Im Augenblick kommt mir das alles allerdings ziemlich weit hergeholt vor, und ich frage mich, ob das Eingeständnis dessen, was er für seine Schuld hält, nicht mehr schadet als nützt. Auf jeden Fall muß ich mir die Angelegenheit gründlich durch den Kopf gehen lassen. Morgen werden wir uns dann ausführlich unterhalten. Das ist immer hilfreich. Ich muß schon sagen, jetzt wird es hochinteressant.«

»Diese Opale spielen eine große Rolle, nicht wahr?« meinte Kitty. »Du erinnerst dich, Carmel? Adeline suchte danach, als sie die Schublade herauszog, was mit jener grauenhaften Szene endete.«

»Ja, ich erinnere mich lebhaft.«

Es raschelte im Gebüsch. Wir alle drehten uns in die Richtung.

»Ein Tier«, sagte Jefferson.

»Vielleicht ein Fuchs?« mutmaßte Kitty.

»Das glaube ich kaum«, sagte Jefferson.

»Wir sprachen von den Opalen«, fuhr Kitty fort. »Manche Leute sagen, sie bringen Unglück. Ich mag sie seit damals nicht mehr. Lucian und der armen Adeline haben sie wahrlich Unglück gebracht.«

Plötzlich bewegte sich etwas im Gebüsch, und dann sahen wir Adeline über den Rasen zum Haus laufen.

»Es muß Adeline gewesen sein, kein Fuchs, was wir im Gebüsch gehört haben«, sagte Kitty.

Adeline ging nun ins Haus.

»Sie ist ein eigenartiges Geschöpf«, fuhr Kitty fort. »Zeitweise absolut kindlich, und dann wieder verblüfft sie mit ihren Kenntnissen. Sie hat ein sagenhaftes Gedächtnis. Manchmal weiß sie erstaunliche Einzelheiten aus der Vergangenheit. Sie hat die schreckliche Zeit natürlich durchlebt wie wir alle. Das muß Spuren bei ihr hinterlassen haben.«

»Sie ist so glücklich bei Ihnen.«

»O ja. Das ist sie ohne Zweifel. Als sie hierherkam, war sie anfangs völlig verstört. Sie braucht nur Verständnis, weiter nichts.«

Dann kehrten wir zu der Erörterung des großen Problems zurück, und ich konnte es kaum erwarten, bis Lucian uns Gesellschaft leisten würde.

* * *

Er traf am frühen Nachmittag des folgenden Tages ein. Kitty und Jefferson begrüßten ihn herzlich und ließen ihn wissen, wie sehr es sie freue, daß er gekommen war. Jefferson sagte Lucian frei heraus, daß ich mit ihnen sein Problem bereits erörtert hatte und er sich darauf freue, es mit ihm zu diskutieren.

Als Adeline ihn sah, rief sie: »Das ist ja Lucian! Lucian, ich bin Adeline. Erinnerst du dich an mich?«

Lucian sagte ja und freute sich, daß sie sich seiner noch entsann.

»Du bist gewachsen«, sagte sie. »Du bist viel größer geworden.«

»Du hast dich kaum verändert.«

Sie lächelte in sich hinein.

Kitty wußte es alsbald einzurichten, daß wir vier unter uns waren. Wir setzten uns unter denselben Baum wie am Vortag, und bald waren wir ins Gespräch vertieft.

Jefferson hörte sich Lucians Version von dem Vorfall aufmerksam an, dann meinte er, er bezweifle, daß es gut sei, an die Öffentlichkeit zu gehen. Er führte dieselben Gründe an, die er tags zuvor Kitty und mir auseinandergesetzt hatte. »Je mehr ich darüber nachdenke, desto weniger gefällt mir die Idee, es publik zu machen«, schloß er.

»Dann muß ich weiter durchs Leben gehen, ohne zu wissen, ob ich für den Tod der Frau verantwortlich bin«, sagte Lucian. »Für ein Verbrechen, für das ihr Mann an den Galgen kam.«

»So würden Sie in jedem Fall weiter durchs Leben gehen«, versetzte Jefferson. »Wie soll Ihr Eingeständnis etwas daran ändern, wenn es sich lediglich um eine Möglichkeit handelt? Sie brauchen sich keine Vorwürfe zu machen! Sie hatten niemandem etwas zuleide tun wollen.«

Ich beobachtete Lucian genau. Sicher war es meine Aufgabe, dafür zu sorgen, daß er sich nicht unentwegt Vorwürfe machte. Aber ich wußte, sie würden immer dasein und uns verfolgen bis an unser Lebensende.

Lucian dankte Kitty und Jefferson, daß sie solches Interesse an seinem Dilemma nahmen, wie Jefferson es nannte.

»Es ist auch unseres«, sagte Kitty.

Sie hatte recht. Seltsamerweise waren wir alle in dieser Tragödie gefangen. Sie hatte unser aller Leben beeinflußt, und es schien, als würde das für den Rest unserer Tage so bleiben. Wir konnten den tragischen Auswirkungen der früheren Ereignisse nicht entkommen.

Kitty sagte, Lucian müsse über Nacht bleiben. Sie hätten ein zweites Gästezimmer, das Annie herrichten könne; es bereite überhaupt keine Umstände. Seine Gesellschaft mache ihnen Freude. Es gebe soviel zu besprechen; beim Reden kämen einem Ideen, die dann von allen Seiten beleuchtet werden könnten. Dies, meinte Jefferson, sei der beste Weg, zu dem richtigen Schluß zu gelangen.

Lucian blieb also. Am Abend machten er und ich einen Spaziergang. Es war Kittys Vorschlag gewesen. Sie wußte, was wir füreinander empfanden, und ahnte, daß wir gern allein sein wollten.

Lucian und ich gingen ins Dorf und noch ein Stück weiter. Ich hakte mich bei ihm unter, und er drückte meinen Arm an sich.

»Es tut gut, hier zu sein«, sagte er. »Ich konnte es gar nicht erwarten. Es sind so nette und interessante Leute.«

»Du siehst schon jetzt besser aus«, sagte ich. »Sie haben deiner Stimmung gutgetan, das weiß ich. Du hast erkannt, daß es so ist, wie Jefferson sagt: eine Möglichkeit, weiter nichts. Du hättest nichts tun können.«

»Ich bin mir nicht sicher.«

»Aber du siehst ein, was für ein öffentliches Aufsehen die Sache erregen würde.«

»Sein Name würde reingewaschen.«

»Nur, wenn sich die Verwechslung der Pillen als wahr erweisen würde, und wie sollte das geschehen? Jefferson hat recht. Es würde den Fall nur wieder ins Bewußtsein rücken. Die meisten Menschen dürften den Fall Marline jedoch längst vergessen haben. O Lucian, siehst du das nicht ein? Wir müssen es dabei bewenden lassen. Es würde nur alles wieder aufleben, und viele Leute würden nicht glauben, daß es geschah, weil die Tabletten durcheinander gebracht wurden. Siehst du? Wir können nichts tun. Wir müssen es vergessen. Schlimmstenfalls war es ein unglücklicher Zufall. Wenn du es hättest sagen können, bevor Dr. Marline hingerichtet wurde, dann wäre es etwas anderes gewesen. Aber du kannst das Gestern nicht zurückholen. Du mußt vergessen! Und ich werde dir dabei helfen.«

»Du willst es also mit mir aufnehmen?«

»Mit dem größten Vergnügen.«

»Vor kurzem warst du noch nicht so sicher.«

»Jetzt bin ich es aber.«

»Wieso hast du es dir plötzlich anders überlegt?«

»Ich verstehe mich selbst nicht ganz. Ich habe dich immer geliebt seit dem Tag, als du meinen Anhänger fandest, mich zum Tee mit den anderen mitnahmst und den Verschluß der Kette reparieren ließest. Ich kann mich an jede Minute jenes Tages erinnern.«

»Das war doch gar nichts gegen Lawrence Emmersons galante Rettung in Suez, oder?«

»Es muß mehr gewesen sein als nur der verlorene Anhänger. Du hast alles für mich verändert. Als mein Vater starb, dachte ich, ich würde nie wieder glücklich sein können. Du hast mir gezeigt, daß ich es kann. Du fragst, warum ich es mir plötzlich anders überlegt habe. Ich glaube, das kam daher, daß ich dich so unglücklich gesehen habe mit dieser schweren Last. Du hast so jung gewirkt. Du hast Hilfe

369

gebraucht. Oh, ich nehme an, es gibt hundert Gründe, warum man plötzlich weiß, daß man jemanden liebt.«

»Carmel, ich weiß jetzt, daß ich glücklich sein kann. Ich glaube, ich kann diese Sache vergessen. Auf alle Fälle kann ich mir klarmachen, daß es ein unglücklicher Zufall war und ich heute nichts mehr ändern kann. Mir hätte nichts Besseres geschehen können als dein Entschluß, mit Kitty in Verbindung zu treten. Ich nehme an, ich werde trübe Augenblicke haben, wenn das Schuldgefühl mich wieder überkommt, aber du wirst dasein, Carmel. Das muß ich mir immer wieder vorsagen: Du wirst dasein.«

»Ich werde dasein«, bekräftigte ich. »Wir werden zusammensein.«

»Dann sollten wir ganz bald heiraten.«

»Was wird deine Mutter sagen?«

»Sie wird sagen: ›Gott sei Dank!‹ Sie möchte seit geraumer Zeit, daß ich wieder heirate. Sie gehört zu den Frauen, die bei der Brautwahl ihres Sohnes gerne ein Wörtchen mitreden, und ich habe seit einer Weile Anzeichen gesehen, daß sie dich für diese zweifelhafte Ehre auserwählt hat.«

»Mach dich nicht lustig darüber! Es ist eine Ehre, und ich wünsche es mir mehr als alles andere.«

»Also wann?«

»Ich finde, das sollten wir mit deiner Mutter besprechen.«

»Ich werde mit ihr reden, sobald ich zurück bin, und du mußt nächstes Wochenende kommen, damit die Pläne Gestalt annehmen.«

Nie hatte ich gedacht, jemals wieder so glücklich sein zu können. Sicher, ich würde mein Leben lang um Toby trauern, und Lucian würde immer wieder daran denken, daß er durch einen unglücklichen Zufall möglicherweise für den Tod zweier Menschen verantwortlich war. Das ließ sich nicht ändern. Aber wir hatten uns. Er würde mich über meinen Verlust hinwegtrösten, und ich würde an seiner Seite sein, wenn ihn seine Schuldgefühle überkamen. Wir würden glücklich sein, würden uns ein gemeinsames Leben einrichten. Wir wußten, was wir wollten, und würden alles tun, was in unserer Macht stand, um es zu erreichen.

* * *

Als wir zurückkamen, herrschte im Haus Bestürzung. Adeline war ganz aufgeregt. Sie sagte: »Es ist gefährlich. Man kann hinunterstürzen. Du weißt, was der Lady von Garston Towers passiert ist.«

»Das war etwas anderes«, beschwichtigte sie Kitty. »Das war auf den Zinnen.«

Sie wandte sich an mich. »Es ist nicht der Rede wert. Ein Pfosten der Balkonbrüstung hat sich gelockert. Adeline hat es gerade bemerkt.« Sie lächelte mir zu, die Augenbrauen hochgezogen, um anzudeuten, daß Adeline sich über derartige Dinge unnötig aufregen konnte. »Tom wird jede Minute vom Stall herüberkommen. Er bringt das bald in Ordnung.«

»Soll ich mal nachsehen?« erbot sich Lucian.

»Nicht nötig«, erwiderte Kitty.

»Ich sehe es mir lieber doch mal an.«

Wir gingen in mein Zimmer. Es handelte sich um den Balkon, den Adeline und ich uns teilten.

»Wo ist er?« fragte Lucian. »Ah, ich sehe schon.« Er kniete sich hin und untersuchte den schadhaften Eisenpfosten, der sich bewegte, als er ihn befühlte.

»Tom kann solche Sachen gewöhnlich reparieren«, sagte Kitty.

»Es ist gefährlich!« rief Adeline. »Man kann hinunterstürzen. Wie die Lady von Garston Towers.«

Ich hörte Edwina nach Adeline rufen, die den Pfosten schnell zu vergessen schien und zu ihr ging.

Kitty sagte: »Adeline nimmt sich Dinge, die sie beeindrucken, schwer zu Herzen. Das Unglück in Garston Towers hat ihre Phantasie angeregt. Sie spricht oft davon. Tom wird die Balkonbrüstung bald in Ordnung bringen. Vorerst ist es wohl ratsam, sich fernzuhalten.«

Tom kam. Er untersuchte die Brüstung und meinte, das Beste sei, den Pfosten zu erneuern. Er wolle ihn beim Schmied anfertigen lassen. In ein paar Tagen sei alles wieder tipptopp. Einstweilen wolle er den Pfosten notdürftig befestigen.

Als ich mich an diesem Abend zum Essen umzog, hatte ich wieder das Gefühl, beobachtet zu werden. Diesmal überraschte es mich nicht, Adeline an der Balkontür zu sehen.

»Guten Abend«, sagte sie. »Gefällt es dir hier?«

»Ja, danke, Adeline!«

»Du bist lange weggewesen.«

»Ja.«

»Warum bist du jetzt gekommen? Weil du Kitty was erzählen wolltest?«

»Einfach, um wieder mit ihr zusammenzusein. Wir mochten uns schon immer. Erinnerst du dich nicht mehr?«

»Doch, ich erinnere mich an alles. Weißt du, was mit Lady Garston passiert ist?«

»Nein.

»Es war in Garston. Garston ist ein Schloß, ein sehr großes. Sie ging gerne auf den Zinnen spazieren. Weißt du, was Zinnen sind?«

»Ja.«

»Es war gefährlich dort, und man hatte ein Geländer angebracht. Da oben haben sie früher gestanden und kochendes Öl auf Eindringlinge heruntergegossen.«

»Meine Güte! Das muß eine Ewigkeit her sein!«

»Eines Tages ging Lady Garston wieder dort oben spazieren. Sie beugte sich über das Geländer, und es gab nach. Sie stürzte tief, tief hinunter, und dann war sie tot.«

»Die arme Lady Garston!«

»Sie wußte nicht, daß das Geländer locker war.«

»Aber von unserem wissen wir's, und deswegen müssen wir uns vorsehen, bis es repariert ist.«

»Wir würden auch tot sein.«

»Oh, laß uns über erfreulichere Dinge reden! Ein hübsches Kleid hast du an.«

Ihre Miene wurde vergnügt. »Das hat Kitty mir ausgesucht.«

»Es steht dir gut.«

»Kitty sagt, ich soll immer hübsche Kleider tragen.«

Ich lächelte sie an. »Du hast Kitty sehr lieb, nicht?«

»Ich liebe Kitty mehr als alles auf der Welt ... mehr als jemals ein Mensch einen anderen geliebt hat. Ich liebe Kitty.« Sie sah mich ganz fest an. »Keiner darf mir Kitty wegnehmen.«

»Das will bestimmt niemand. Oh, schau, es ist Zeit, zum Essen hinunterzugehen.«

Als Lucian und ich nach dem Essen mit Kitty und Jefferson allein waren, wandten wir uns wieder dem Thema zu, das uns allen am meisten am Herzen lag. Jefferson hatte seine Meinung nicht geändert. Er fand nach wie vor, daß wir das Durcheinanderbringen der Tabletten für uns behalten sollten.

»Ich würde das gerne noch näher erörtern«, sagte er. »Sie müssen doch morgen noch nicht abreisen?« fragte er Lucian. »Können Sie noch einen Tag bleiben? Es geht nichts über eine gründliche Diskussion, selbst wenn man dieselbe Sache immer wieder durchkaut. Es hilft, zu einem Schluß zu kommen.«

Lucian sagte: »Das Angebot ist sehr verlockend.«

»Manchmal ist es gut, einer Verlockung nachzugeben«, sagte Kitty.

»Nun gut. Danke für Ihre Gastfreundschaft und Ihre Anteilnahme an meinem Problem!«

»Es ist auch unseres«, sagte Kitty.

* * *

Ich lag im Bett. Der Schlaf wollte nicht kommen. Das wunderte mich nicht. Ich dachte an Lucian und daran, wie sehr ich ihn liebte, und wie wunderbar es war, mit Jefferson Verbindung aufgenommen zu haben, der so überzeugend argumentierte und schon viel dazu beigetragen hatte, Lucians Gemüt zu beruhigen.

Ich vernahm ein schwaches Geräusch und öffnete die Augen. Adeline stand in der Tür zum Balkon. »Carmel!« rief sie ängstlich. »Komm schnell ... bitte beeil dich!«

Ich sprang aus dem Bett. »Was ist passiert?«

»Bitte ... bitte komm!«

Ich folgte ihr auf den Balkon. Sie blieb plötzlich stehen. »Dort ist es«, sagte sie. Sie hielt meinen Arm fest umklammert. Sie zerrte mich ans Balkongeländer. Ihre Augen blickten wild.

Ich schrie: »Adeline! Paß auf! Du weißt doch ...«

Sie packte mich fest an beiden Armen. Ihr Gesicht war verzerrt. Sie sah ganz anders aus als die Adeline, die ich kannte. Sie versuchte, mich gegen das Geländer zu drücken, und da war mir klar, was sie vorhatte. Die Brüstung war schadhaft. Der Pfosten war locker. Und sie versuchte, mich hinabzustoßen. Ich fühlte, wie das Geländer nachgab. Es stürzte unter Getöse auf die Steinterrasse hinunter.

Jetzt, dachte ich. Jetzt! Und mit aller Kraft versuchte ich, mich zu befreien. Aber Adeline war stark, ihr Griff war eisern. Ihr Gesicht hatte einen unheimlich drohenden Ausdruck.

»Warum? Warum?« fragte ich.

Wir schwankten ein wenig. Vergeblich unternahm ich alle Anstrengungen, um mich zu befreien. Und dann zog sie mich plötzlich fort vom Balkon.

Sie hielt mich immer noch mit schraubstockartigem Griff, während sie bitterlich zu schluchzen begann.

»Ich kann's nicht«, wimmerte sie. »Ich kann Carmel nicht töten. Nicht Carmel...«

Mir war, als ob ich träumte. Es konnte nicht wirklich sein. Aber sie hatte vorgehabt, mich zu töten. Warum? Dies war sicher auch der Grund, weswegen sie so besessen war von dem schadhaften Balkon. Sie hatte mich hinabstürzen wollen, und dann wäre es aus mit mir gewesen. Was ging in ihrem armen verstörten Hirn vor? Was hatte sie gegen mich?

Sie schluchzte unaufhörlich.

»Adeline«, sagte ich, »was hat das zu bedeuten? Was hast du vor?«

»Ich konnte es nicht«, sagte sie. »Ich konnte dich nicht töten, Carmel. Aber ich laß mir Kitty von niemandem wegnehmen.«

Es gelang mir, sie in mein Zimmer zu bekommen. Wir setzten uns nebeneinander aufs Bett, und ich legte meinen Arm um sie.

»Adeline«, sagte ich, »bitte sag mir, was dich bedrückt! Es läßt sich bestimmt erklären.«

»Jetzt haßt du mich«, sagte sie. »Du weißt es, nicht?«

»Ich hasse dich nicht. Das könnte ich gar nicht. Ich habe dich sehr gern. Wir sind früher immer gute Freundinnen gewesen, nicht wahr?«

Sie nickte. »Du bist gekommen, um es ihr zu sagen. Du weißt es. Ich hab' euch reden gehört. Ich hab' gehört,

375

worüber. Über sie ... meine Mutter ... meine böse Mutter. Sie wollte Kitty fortschicken. Sie wollte, daß ich sie nie wiedersehe.«

»Adeline«, sagte ich, »ich schlage vor, du erzählst mir genau, was das alles soll.«

»Sie holen mich fort von Kitty«, sagte sie.

»Aber nein. Kitty liebt dich. Du wirst immer bei ihr bleiben.«

»Ich laß nicht zu, daß man sie mir fortnimmt.«

»Nein, sicher nicht. Aber warum wolltest du *mir* was antun?«

»Weil du willst, daß es rauskommt. Du hast Lucian hierhergebracht. Ich hab' euch darüber reden gehört. Ihr wolltet es Kitty sagen, damit alles ans Licht kommt. Ihr wolltet es allen sagen, den Zeitungsleuten, der Polizei ... allen.«

»Ihnen was sagen, Adeline?«

»Daß ich es getan habe. Ich habe sie getötet. Du bist gekommen, um es ihnen zu sagen.«

»Du hast deine Mutter getötet?«

»Sie wollte Kitty fortschicken. Sie war grausam. Keiner hat sie gemocht. Es war besser ohne sie. Sie hat mir angst gemacht. Sie hat mich in ihrem Zimmer erwischt. Ich wollte Lucian bloß den Opal zeigen, und die ganze Schublade rutschte raus, und dann kam Kitty mich holen, und Mutter war so wütend, daß sie gesagt hat, Kitty muß gehen. Ich ging in ihr Zimmer, als sie im Bett lag. Sie keuchte und bekam fast keine Luft. Sie sagte: ›Tabletten ... Tabletten!‹ Das war alles. Da hab' ich ganz viele in ein Glas mit Wasser geschüttet und sie ihr gegeben. Sie hat das Glas ausgetrunken ... und dann war sie tot. Aber sie haben uns zu Tante Florence gebracht, und ich wollte nicht dort bleiben, und nach einer Weile haben sie mich zu Kitty geschickt. Und du kommst jetzt, um alles zu verderben.«

»Oh, Adeline, meine arme, arme Adeline!«
Sie lehnte sich schluchzend an mich. »Ich bin zu Kitty
gekommen«, sagte sie. »Es ist schön hier. Der schönste
Ort auf der Welt. Ich kann nicht fortgehen von Kitty. Hier
hab' ich es gut. Es ist mein Zuhause. Ich wollte dir eigentlich nichts tun ... aber ich mußte ... Und dann konnte ich
es nicht, weil ich dich viel zu gern habe.«
»Adeline, ich wußte nichts von dem, was du gerade gesagt
hast. Du hast das nicht richtig verstanden. Ich bin zu Kitty
gekommen, und wir haben darüber gesprochen, ja. Du
mußt aufhören zu weinen. Ich gehe jetzt Kitty holen. Sie
wird wissen, was zu tun ist. Ich bin gleich wieder da.«
Sie war plötzlich ruhig. »Kitty«, sagte sie. »Sie wird wissen ... aber ich hab's jetzt gesagt ... Kitty wird wissen, was
zu tun ist.«
Ich ließ sie allein und lief in Kittys Zimmer. Kitty schlief,
und ich weckte sie hastig. Ich sagte ihr, sie müsse sofort
mitkommen, es habe eine Szene mit Adeline gegeben.
Sie war in Sekundenschnelle aus dem Bett.
»Was ist passiert?« fragte sie.
»Sie hat von früher geredet. Bitte, kommen Sie schnell! Sie
hat mir angst gemacht.«
Wir liefen in mein Zimmer. Adeline war nicht da. Die Tür
vom Balkon zu ihrem Zimmer stand offen, aber sie war
nicht in ihrem Zimmer.
Da trat ich an den Rand des Balkons, wo die schadhafte
Brüstung hinabgestürzt war. Ich blickte hinunter. Adeline
lag unten auf der Terrasse.

* * *

Sie wurde ins Krankenhaus gebracht, und Kitty blieb die
ganze Zeit bei ihr. Adeline war heiter und gelassen.
Sie spüre kaum Schmerzen, sagte uns der Arzt, aber ihr

Rückgrat sei unheilbar verletzt. Sie war zeitweise bei klarem Verstand, und sie sprach von der Vergangenheit.

Sie erzählte uns – auch dem Arzt und den Schwestern – wieder und wieder, wie sie ihrer Mutter die tödlichen Tabletten verabreicht und warum sie dies für notwendig befunden hatte. Sie wußte über die Tabletten Bescheid, weil sie die Gemeindeschwester mit Nanny Gilroy und Mrs. Barton hatte darüber sprechen hören. Sie hatte vieles belauscht. Die Leute dachten, sie würde nichts begreifen, und redeten oft offen in ihrer Gegenwart.

Sie sagte, nachdem man nun wisse, daß sie ihre Mutter getötet hatte, werde man sie von Kitty fortholen. Sie glaube nicht, daß man sie hängen werde, denn man werde sagen, sie sei verrückt, aber sie würde lieber hingerichtet, als daß sie ohne Kitty leben möchte. So jedoch, wie es jetzt sei, sei es am besten, und Kitty werde bis zu ihrem Tode bei ihr bleiben, und sie wisse, daß er bald kommen werde.

Sie lebte noch zwei Tage. Sie hatte ihr Geständnis abgelegt – und hatte damit die düstere Wolke gebannt, die über so vielen von uns hing.

* * *

Wie Jefferson vorausgesagt hatte, war das öffentliche Interesse groß. Adelines Schuldbekenntnis und die Tatsache, daß ein Unschuldiger für ein Verbrechen gehängt worden war, das er nicht begangen hatte, erregte die Öffentlichkeit und wurde tagelang in der Presse kommentiert. Kitty, Jefferson und Edwina reisten für ein paar Monate ins Ausland, um dem Rummel zu entfliehen. Der Fall war abgeschlossen, ohne jede Unklarheit gelöst. Adelines letzter dramatischer Akt hatte dies bewirkt.

Es stimmte mich traurig, wenn ich an das Leben der armen Adeline dachte, aber ich erinnerte mich auch an die Freu-

378

de, die sie zeigte, wenn sie mit Kitty zusammen war. Bei ihr war sie gewiß glücklich gewesen. Ich glaube nicht, daß ihr Gewissen sie sehr bedrückt hatte. Ihre Mutter sei böse gewesen, hätte sie gesagt, und habe vielen Menschen Unglück gebracht. So ein Mensch habe den Tod verdient. Und ihr Vater? Was hatte sie von ihm gehalten? Sie hatte ihn nicht gut gekannt, aber er war nie unfreundlich zu ihr gewesen. Vermutlich hatte sie ihn vollkommen vergessen. Lucian und ich wurden drei Monate später getraut. Lady Crompton hatte darauf bestanden, die Hochzeit aufwendiger zu feiern, als Lucian und ich es wünschten, aber das war von geringer Bedeutung. Wir waren zu glücklich, um uns darüber Gedanken zu machen.

Zu guter Letzt

Fünf Jahre sind seit Adelines Tod vergangen. Es waren fünf glückliche Jahre.

Ein neues Jahrhundert ist angebrochen, und ich denke, ganz Britannien weiß, daß dies der Beginn einer neuen Epoche ist. Die Königin ist gestorben, und der Hof ist an diesem kalten Wintertag in tiefer Trauer. Sie wurde neben ihrem innig geliebten Gemahl in ihrem »lieben Mausoleum« in Windsor beigesetzt.

Ich stehe am Fenster, blicke über den Rasen, auf dem ich vor langer Zeit mit Camilla und Lucian, Estella, Henry und Adeline Tee getrunken hatte, und denke, dies ist mein Zuhause. Lucian ist mein Mann, und alles, was vorher geschah, hat zu meinem gegenwärtigen Glück geführt.

Lady Crompton ist nun sehr gebrechlich, dennoch hat ihr Leben sich erheblich aufgehellt. Ich habe einen vier Jahre alten Sohn, Jonathan, und eine zweijährige Tochter, Catherine, die von ihrer Großmutter zärtlich geliebt werden. Und wir haben Bridget. Jemima Cray ist nicht mehr bei uns. Ich war unendlich erleichtert, als wir sie endlich los waren. Ich hatte mich für diese Nervenprobe gewappnet. Ich bot ihr eine Jahresrente unter der Bedingung, daß sie ohne Aufhebens gehe und ihre lächerlichen Lügengespinste einstelle. Ich wies sie zudem darauf hin, daß solche ungeheuerlichen Unwahrheiten auf üble Nachrede hinausliefen und sie sich lieber vorsehen solle. Ich war heilfroh, als sie beschloß, in aller Stille zu gehen.

Meine Mutter und Harriman sind häufig zu Gast in The Grange, und die Kinder genießen die Besuche in Castle

Folly. Gertie ist weiterhin glücklich verheiratet, und zwei kleine Raglands bevölkern die Kinderzimmer, die Tante Beatrice mit solch großen Hoffnungen eingerichtet hat. Zwei Neuigkeiten aus Australien machten mich froh. Sie betrafen James Forman.
Elsie schrieb:

Ich glaube, er war etwas betrübt, als er von Deiner Heirat hörte. James hat es nie gelegen, über seine Gefühle zu sprechen. Aber Mrs. Forman sagt, er macht jetzt einem sehr netten Mädchen den Hof, und sie hoffen, daß etwas daraus wird. Er hat ein paar weitere Funde gemacht; bislang nichts, um damit zu prahlen, aber trotzdem ermutigend, schätze ich. Der arme James! Er ist entschlossen wie eh und je.
Oh, etwas Erfreuliches ist geschehen. Man hat den Mann gefunden, der den alten Landstreicher umgebracht hat. Es war ein Minenarbeiter. Wir hatten so etwas erwartet, aber ich glaube, James stand dennoch ständig unter Verdacht. Nun ist er erleichtert, daß die Angelegenheit ein für allemal erledigt ist ...

Ich dachte an Lucians Qualen und freute mich für James. Ein paar Monate nach meiner Hochzeit hörte ich zu meiner freudigen Überraschung von ihm. Mit seinem Brief kam ein Geschenk, und als ich das Schächtelchen öffnete, sah ich darin zu meinem Erstaunen und Entzücken einen schwarzen Opal liegen. James schrieb dazu:

Meine liebe Carmel!
Dies ist ein verspätetes Hochzeitsgeschenk, das Dich an die Zeit erinnern soll, die Du hier verbracht hast. Ich schufte nach wie vor schwer, wofür ich gelegentlich mit einem Fund belohnt werde; aber ich möchte nichts anderes tun. Ab und zu höre ich durch Gertie von Dir. Ich wünsche Dir alles, was das

Leben Dir Gutes geben kann. Deswegen dieses Geschenk für
Dich.
Ich las neulich über einen Historiker, der das alte Rom er-
forschte. Er hatte viel Gutes über Opale zu sagen. In jenen
Tagen bedeutete das Wort Opal »magisches Auge« oder »Pro-
phet des Glücks«, und es hieß, daß er seinem Besitzer die
Gaben der Voraussicht und Weissagung verleihe. Unter einer
Bedingung allerdings: Die Gaben durften nur zum Glück der
Menschen eingesetzt werden, nur dann brachten sie auch
dem Besitzer Glück. Der Stein war damals als Glücksopal
bekannt, und ich sagte mir: So einen soll Carmel haben.

Ich nahm den Stein heraus, und während ich ihn betrachtete, dachte ich daran, welch große Rolle Opale in unserem
Leben gespielt hatten. Wenn Adeline an jenem Unglücks-
tag nicht nach dem Opal ihrer Mutter gesucht hätte, wäre
sie nicht dazu verleitet worden, zu tun, was sie getan hat;
Dr. Marline und Kitty Carson wären nicht des Mordes
angeklagt worden, und Lucian hätte nicht all die Jahre
unter Schuldgefühlen gelitten.
Ich ließ den Opal in einen Ring fassen. Ich trage ihn
ständig.
Kitty lebt nun auch hier. Ich muß sagen, als ich hörte, was sie
vorhatte, war ich sehr erstaunt, aber nachdem ihr Plan nun
vollendet ist, glaube ich zu verstehen, was sie empfindet.
Jefferson ist vor drei Jahren gestorben und hat Kitty und
Edwina wohlversorgt zurückgelassen. Die Zeitungen be-
richteten über sein Leben und seine Arbeit, und es wurde
darauf aufmerksam gemacht, daß er Kitty Carson geheiratet hatte, wobei natürlich wieder einmal auf den Fall Marline hingewiesen wurde.
Nach Jeffersons Tod kamen Kitty und Edwina oft zu uns zu
Besuch, und Kitty machte es sich zur Gewohnheit, hinüber
nach Haus Commonwood zu gehen.

Eines Tages bat sie mich, sie dorthin zu begleiten, und als wir zwischen den Ruinen standen, sagte sie: »Carmel, ich komme zurück.«

Ich verstand zuerst nicht, was sie meinte. Dann fuhr sie fort: »Vor langer Zeit habe ich davon geträumt, hier zu leben. Ich habe dieses Haus geliebt. Ich dachte daran, wie es hätte sein können. Ich möchte gerne in deiner Nähe sein, Carmel. Edwina liebt euch alle, ebenso wie ich. Ich denke, sie ist hier glücklicher als sonst irgendwo. Sie wird Edward mit jedem Tag ähnlicher. Ich möchte hier leben. Ich werde dieses Grundstück kaufen. Du weißt, Jefferson hat mir genügend hinterlassen, so daß ich es mir ohne weiteres leisten kann. Die Ruinen werden abgerissen. Ich baue hier ein neues Haus ... ein neues Commonwood.«

Anfangs dachte ich, das könne nicht ihr Ernst sein, und ich war erstaunt, als ich entdeckte, daß sie es wirklich so meinte. Und sie hat es wahrgemacht.

Sie zog in der ersten Woche des neuen Jahrhunderts im neuerbauten Haus Commonwood ein. Und als ich über die Schwelle trat, wußte ich, daß ihre Entscheidung die richtige war.

Sie lebt nun hier mit ihrer Tochter und ihren Erinnerungen an Edward, dessen Name endgültig reingewaschen ist.

Während ich nun über den Rasen blicke, sehe ich die ersten Schneeflocken fallen. Die Kinder kommen übers Gras gelaufen. Jonathan hält seine Händchen hoch, um die Flocken zu fangen, und lacht vergnügt. Er liebt den Schnee.

Da ist Lucian. Catherine läuft zu ihm, und er hebt sie auf seine Arme. Sie kommen ins Haus.

Ich betrachte meinen schwarzen Opal und denke an seine Verheißung. Ich bin glücklich. Dies ist jetzt meine Welt, und sie ist schön.